Für die Ertrinkenden.

Regentage & Sonnenschein

Daphne Teubner

Sara & Regenwetter

Sara

Das Regenwetter, das ich draußen lassen wollte, spiegelt sich in meiner bedrückten Stimmung wider und ist wie ein unsichtbarer Begleiter an meiner Seite. Die Tür des Gebäudes fällt hinter mir lautlos ins Schloss und ich richte den Blick nach vorne, um den Flur entlang zu schleichen. Lust habe ich nicht im Geringsten, aber ich habe keine andere Wahl als einzusehen, dass es kein Weg zurück und keine Chance auf Flucht gibt aus dieser so falsch wirkenden Realität.

Damals mit 16 hätte ich mich sicher nicht wie heute dazu zwingen lassen, aber mein emotionaler Tiefpunkt macht mich zu diesem willenlosen Opfer meiner dominanten Mutter.

Meine Eltern haben mich vor der Tür abgesetzt, gewartet bis ich das Gebäude betreten hatte und werden mich direkt vor der Tür wieder abholen. Wenigstens hatte ich die Wahl, welche Gruppe ich aufsuche, so habe ich mir eine ausgewählt mit der größten Gruppenstärke, die ich finden konnte, da kann ich hoffentlich etwas in der Masse verschwinden.

Ich gehe weiter den Flur entlang und lese das erste Schild an einer Tür und bin offensichtlich richtig:

Selbsthilfe Trauer – Erwachsene

Erwachsen trifft zu mit meinen 34 Jahren, Witwe bin ich auch und nun stehe ich vor dieser Tür und weiß nicht, was ich machen soll. Geht man einfach rein? Klopft man an?

Ein Blick auf meine Uhr verrät mir, dass es noch zehn Minuten Zeit bis zum offiziellen Beginn sind, warum ist die Tür dann geschlossen?

Ich erstarre vor Schreck, als ich von hinten angesprochen werde: »Möchten Sie da rein?«

Normalerweise recht schlagfertig, stottere ich jetzt aber nur: »Ich, ich, ich weiß nicht?«

»Sie sind das erste Mal hier?«, fragt mich die körperlose Stimme, ich habe mich noch nicht umgedreht, ich bin wie eingefroren.

»Sicher sind Sie das erste Mal hier, sonst würden Sie nicht so unsicher vor der Tür stehen und wir würden uns kennen. Ich will da nämlich rein.«

Jetzt drehe ich mich um und sehe den Menschen zu der Stimme. Ein Mann. Minimal größer als ich, dunkelblond, schlank, mein Alter, vermute ich.

»Können Sie sprechen?«, fragt er mich jetzt besorgt.

Ich schüttle kurz den Kopf, meine halblangen braunen Haare, die ich zurzeit gerne offen trage, damit ich mich dahinter verstecken kann, fliegen um mein Gesicht, und ich versichere ihm: »Natürlich, entschuldigen Sie, das hier ist neu für mich und will eigentlich gar nicht hier sein.«

»Und wer hat Sie gezwungen?«, will er mit einem charmanten Lächeln wissen.

»Sie meinen außer dem Schicksal?«, frage ich traurig zurück.

»Ja. Außer dem Schicksal.«

»Meine Eltern. Sie haben mich quasi bis vor diese Tür gefahren. Ein schlimmer Fall von Überbemutterung.«

Er nickt verständnisvoll. »Verstehe.«

»Und bei Ihnen? Sind sie freiwillig hier oder auch gezwungenermaßen?«

»Nein, freiwillig bin ich nicht hier. Das habe ich wohl auch dem Schicksal zu verdanken. Und meinen Kindern, vor allem meiner Tochter. Sie geht nur zu ihrer Therapie, wenn ich hier teilnehme.«

Ich weiß nicht, was ich jetzt sagen soll, also sage ich gar nichts und er fragt mich freundlich: »Wollen wir reingehen? Drinnen gibt es Kaffee und ich kann Ihnen versichern: Er ist sogar genießbar.«

Ich nicke, bewege mich aber nicht und so greift er an mir vorbei, drückt die Türklinke nach unten und stößt die Tür auf, um mich dann mit seiner Hand auf meinem Rücken erbarmungslos in den Raum zu schieben. Zwei Teilnehmer sind schon da und ich sage eine Spur zu leise: »Hallo«, zu den beiden. Sie nicken mir freundlich zu. Die Kursleiterin, laut Homepage eine Psychologin, wühlt vorne an einem Tisch in ihren Unterlagen.

»Kaffee?«, fragt mich der hilfsbereite Mann, oder besser Paul, wie ich jetzt weiß, weil die beiden anderen ihn mit diesem Namen begrüßt hatten.

Ich sammle mich und nicke. »Ja, gerne, schwarz bitte und ich bin Sara, Sara ohne H.«

Er nimmt die von mir angebotene Hand und schüttelt sie. »Hallo Sara ohne H, ich bin Paul ohne E.«

Ich schaue ihn an und frage irritiert: »Was?«

Er lächelt nachsichtig und entschuldigt sich: »Sorry, ich wollte einen kleinen Witz machen, um die Stimmung aufzulockern. Du wirkst sehr eingeschüchtert.«

»Ich habe gerade meinen Mann verloren und bin jetzt in einer Selbsthilfegruppe für Trauernde, was erwarten Sie denn? Dass ich hier reintanze und fröhlich Lieder singe?«

Er drückt mir den von ihm eingeschenkten Kaffee in die Hand, nimmt sich einen anderen, legt mir kurz die Hand auf die Schulter und sagt eindringlich: »Es tut mir aufrichtig leid, dass ich unsensibel war. Aber hier sind Sie nicht die Einzige, die jemand verloren hat, also kein Grund sich aufzuregen, nur weil ich nett sein möchte. Und Beileid zu Ihrem Verlust.«

Dann lässt er mich zurück, setzt sich auf einen der Stühle und nippt an seinem Kaffee. Ich bleibe verunsichert stehen, während drei weitere Teilnehmer durch die Tür kommen und die Runde begrüßen.

Das war ja mal peinlich, es gab absolut keinen Grund schnippisch zu ihm zu sein. Ich überlege kurz und entscheide mich dann, dass ich mich entschuldigen sollte, das war ja ein denkbar schlechter Start in die Gruppe. Ich gehe zu ihm rüber, setze mich auf den Stuhl neben ihn und frage: »Kann ich hier sitzen?«

»Ich weiß nicht, ob Sie dort sitzen kö...«, er unterbricht sich selbst, »Ach, vergessen Sie es, der Spruch ist unglaublich dämlich. Ja, Sie können dort sitzen, es gibt keine feste Sitzordnung.«

»Es tut mir leid, dass ich unfreundlich war. Sie waren wirklich nett und danke für den Kaffee.«

»Schon gut«, unterbricht er mich. »Sie müssen sich nicht entschuldigen, wir sind alle ziemlich gereizt.«

»Können wir noch einmal von vorne anfangen?«, bitte ich ihn.

»Sicher.«

Ich strecke ihm noch einmal meine Hand hin und sage: »Hallo Paul, ich bin Sara und es freut mich dich kennenzulernen, auch wenn die Umstände beschissen sind.«

Er ignoriert meine Hand, sondern erwidert, während er mir seinen Kaffeebecher hinhält: »Das hört sich eher nach einem Trinkspruch an.«

Nachdem ich schnell meinen Becher wieder in die rechte Hand gewechselt habe, stoße ich mit ihm an und sage: »Paul.«

Er sagt: »Sara.«

»Auf die Toten.«

»Und die Lebenden.«

Paul & Kummer

Paul

»Hey Sara«, begrüße ich sie freundlich.

Ich mustere sie erst flüchtig, dann genauer. Hilfe, sieht sie beschissen aus. Nicht, dass sie dieses merkwürdige Outfit aus Jogginghose, Sneakers und etwas zu kurzem Shirt nicht tragen kann, aber das sieht aus, als hätte sie wahllos in den Schrank gegriffen, ihre Haare sind wirr und ihr Gesicht wirkt, als wäre sie geschminkt gewesen und hätte das weggeheult.

Ich schenke ihr einen Kaffee ein und drücke ihn ihr die Hand. Sie trinkt ihn wie ich: Schwarz und heiß. Wenn andere noch pusten und vorsichtig nippen, schütten wir uns das Zeug schon in den Rachen.

»Hey Paul«, begrüßt sie mich zurück.

Ich versuche sie aufzumuntern: »Bist du in der Emo-Phase angekommen?«

Das ist unsere dritte gemeinsame Sitzung in der Selbsthilfegruppe und das letzte Mal haben wir uns heimlich über die Trauerphasen lustig gemacht, die uns die Psychologin oder Doc Selbsthilfe, wie wir sie mittlerweile nennen, näherbringen wollte. Wir haben die emotionale Phase in Emo-Phase, nach dieser Jugendmode in den 2000er, umbenannt. Wir finden das Phasenmodel beide dämlich, weil wir uns nicht in emotionale Schubladen stecken lassen wollen.

Sie lächelt künstlich. »Wie kommst du denn darauf?«

»Die ersten beiden Male warst du total gestylt und schick, das passt zur Leugnen-Phase, jetzt siehst du…« Ich höre auf zu sprechen, mir fällt kein Vergleich ein, der nur ansatzweise nett klingen würde, nein ich bin sogar gerade total gemein.

Sie schaut mich aus ihren großen, vor Trauer dunklen Augen an, ich nehme sie spontan in den Arm und erkläre: »Jetzt siehst du aus, als könntest du das gebrauchen.« Dann legt sie los, wie verrückt zu schluchzen. Oh je, ich bin echt ein unsensibler Arsch, dass ich Witze machen wollte. Ich streiche ihr mit der Handfläche über den Rücken und mache Schhhhttt-Geräusche, dass sie sich wieder beruhigt.

Sie lässt sich diese Umarmung nicht nur gefallen, sondern klammert sich regelrecht an mir fest und jammert an meinem Hals: »Warum ist das alles so kacke? Ich bin so alleine, das ist so gemein, warum er, warum ich? Wir waren so glücklich, das ist doch unfair. Ich will das nicht.«

Ich hebe meinen Kopf und gebe der Kursleiterin ein Zeichen, dass sie weiß, dass wir kurz rausgehen, da sie sicher gleich anfangen möchte, und schiebe Sara dann energisch nach draußen auf den Flur.

»Sara, sssshhhhtttt, alles wird wieder gut«, versuche ich sie zu beschwichtigen, das nimmt ja kein Ende.

Sie löst sich von mir, tritt einen Schritt zurück und schreit mich mit wütend roten Wangen an: »GAR NICHTS WIRD WIEDER GUT! NIE WIEDER!«

»Sorry, ich weiß«, antworte ich ihr traurig. Wer weiß das auch besser als ich? Ich verstehe gar nicht, warum ich diese Floskel benutzt habe, die ich selber so verabscheue, aber was soll ich denn sagen? Ich bin doch kein Scheiß Psychologe oder so etwas. Ich will doch nur helfen.

Sie lehnt sich schwer atmend an die Wand und lässt sich kraftlos nach unten sinken. Ich folge ihr und setze mich neben sie, Schulter an Schulter.

»Willst du mir von ihm erzählen? Von deinem Mann?«, frage ich sie leise.

»Nein«, antwortet sie, »Ja. Doch. Aber es interessiert dich doch genauso wenig, wie alle anderen. Alle gucken nur und nicken verständnisvoll, aber keinen interessiert es wirklich.«

»Mich interessiert es«, versichere ich ihr. »Los, erzähle mir von ihm und was passiert ist.«

Bis jetzt weiß ich nicht viel: Mann und Autounfall. Ich bin sicher nicht der Typ, der andere überredet über ihren Verlust zu sprechen, aber vielleicht hilft es ihr ja und sie beruhigt sie sich dann wieder. Letztendlich sind wir ja eine Art Gefährten auf dem Weg durch das Jammertal.

Sie schweigt kurz und fängt dann in bitterem Tonfall an zu erzählen: »Das Wichtigste zuerst: Er ist tot.«

Ich unterbreche sie sowohl sanft wie auch bestimmend: »Ich bin mir sicher, dass das nicht das Wichtigste ist. Das ist nur das Schmerzhafteste. Fang anders an. Sag mir seinen Namen und erzähl mir was von früher und wenn du magst, was passiert ist.«

Sie schluckt schwer und spricht dann tonlos weiter: »Er heißt Johannes und ich habe ihn immer Joe genannt. Am Anfang fand er das uncool und als ich dann gemerkt habe, dass ich ihn mag, habe ich aufgehört und dann hat er sich darüber beschwert, weil er sich daran gewöhnt hatte. Er hat gefragt warum, ich habe es ihm erklärt und dann haben wir uns zum ersten Mal geküsst. Das war vor über zwölf Jahren. In diesen zwölf Jahren waren wir das perfekte Paar. Und wir wären es auch sicher noch weiter zwölf oder vierundzwanzig oder noch länger gewesen. So im Nachhinein kommt es mir vor, als wären wir Seelenverwandte gewesen, obwohl wir total unterschiedlich waren. Ich bin totaler Faktenmensch und er eine Künstlerseele. Ich liebe Excel und er liebt Bilder und Musik. Du verstehst? Aber so hatten wir immer was zu reden und zu diskutieren.

Wir waren viel zusammen unterwegs. Wir sind erst vor einem Jahr wieder hierhergezogen. Ich komme von hier, weißt du und irgendwie hatte ich Lust wieder hier zu wohnen und alte Gesichter wiederzusehen und deswegen bin ich auch schuld. Ich habe ihn überredet hierher zu ziehen und von hier aus zu arbeiten und deswegen hatte er zu seinen Events einen weiteren Weg und ich hatte gebettelt, er soll nach Hause kommen und deswegen ist er übermüdet gefahren und ist mit dem Auto verunglückt. Ich habe ihn umgebracht, nur weil ich erst Sehnsucht nach meinem alten Zuhause und dann nach ihm hatte. Ich habe zu viel verlangt. Ich wollte alles. Ist Gier nicht eine Todsünde?«

Ich schweige. Was soll ich dazu sagen? Ich bin sicher, dass schon jeder in ihrer Umgebung tausende Male gesagt hat, dass sie keine Schuld hat, dass es seine Verantwortung war, in übermüdetem Zustand zu fahren. Aber gewiss würde ich mir ebenfalls selbst die Schuld geben, wenn ich an ihrer Stelle wäre.

Ich lege meinen Arm um ihre Schulter und sage nur: »Ich verstehe. Das ist übel. Es tut mir sehr leid um ihn und um dich und um euch. Das sind wirklich grausame Gedanken, die dich plagen.«

Sie lehnt sich daraufhin an meine Schulter, fängt wieder an zu weinen und schluchzt: »Man sollte mich als Mörderin einsperren. Ich würde sofort mit ihm tauschen. Er war ein wirklich wertvoller Mensch. Mehr als ich. Er hätte es eher verdient zu leben.«

Ich schüttle langsam meinen Kopf. »Sara, ich bin sicher, dass er das Gleiche über dich sagen würde. Und da du nicht tauschen kannst, musst du jetzt damit leben wie es ist, wie wir alle. Dass das einfach wird, hat nie jemand gesagt.«

Ich streichle über ihren Oberarm, während wir hier an die Wand gelehnt im Flur sitzen und sehe, dass die Kursleiterin einen Blick nach draußen zu uns wirft. Ich gebe ihr ein Zeichen, dass wir gleich wieder reinkommen.

»So, Zeit wieder reinzugehen. Kaffee?«

Sie zieht ihre Nase hoch, was für ein ekelhaftes Geräusch, aber in dem Fall sicher verschmerzbar. Ich ziehe eine Packung Taschentücher mühsam aus meiner Gesäßtasche, auf der ich ja sitze und reiche sie ihr.

Sie murmelt: »Tschuldigung. Danke. Ja, Kaffee.«

Ich drücke sie noch einmal kurz zu mir rüber und während ich meinen Arm wieder wegnehme, frage ich sie: »Was hast du heute zum Frühstück gegessen?«

»Kaffee. Warum?«

»Sonst nichts?«

»Nein, ich bin nicht so der Frühstücker. Aber warum fragst du?«

»Ich wollte dich nur ablenken, manchmal hilft es über etwas Banales, wie Essen nachzudenken oder Einkaufslisten«, erkläre ich ihr, stehe auf und biete ihr meine Hand zum Aufhelfen an. »Komm. Wir gehen zurück zu den anderen Jammerlappen.«

»Jammerlappen?«, fragt sie und ich sehe einen Mundwinkel einmal zucken. Das erreicht nicht ihre Augen, aber immerhin.

»Anonyme Jammerlappen«, ergänzt sie sich selbst und dann erreicht doch noch ein halbherziges Lächeln ihre Augen. »AJ-Treffen. Du weißt schon, wie die Anonymen Alkoholiker.«

Ich muss ein klein wenig darüber schmunzeln, dann nimmt sie endlich meine Hand und lässt sich von mir aufhelfen, damit wir zurück in den Raum des AJ-Treffens gehen können.

Sara & Schwäche

Sara

Ein kleines bisschen weniger Einmischung meiner Eltern wäre wünschenswert. Zumindest von meiner Mutter. Sie ist wie eine Urgewalt, wenn sie über dich kommt, rettet dich nichts und niemand mehr. Sie hat es sich zur Aufgabe gemacht, mich wieder *hinzubekommen* und so wurde ich wieder vor der Tür des Gebäudes zur Selbsthilfegruppe abgesetzt. Ich habe ihr schon mehrmals deutlich gemacht, dass ich freiwillig hingehe, aber sie glaubt mir nicht. Ich bin ja froh, dass sie nicht mit reinkommt. Sie würde die ganze Zeit für mich sprechen, allen kluge Ratschläge erteilen und der Kursleiterin ständig widersprechen.

Während ich aus dem Auto meiner Eltern aussteige, sehe ich, wie Paul auf den Parkplatz fährt. Ich warte auf dem Flur auf ihn, aber er taucht nicht auf. Dabei war ich mir so sicher, dass das sein Auto war. Oder habe ich mich geirrt? Meine Schritte führen mich nach draußen auf den Parkplatz, weil ich das jetzt wissen will.

Ich hatte recht, es ist sein Auto. Ich sehe ihn auf dem Fahrersitz sitzen und klopfe an die Scheibe, er wirft einen Blick zu mir rüber und winkt dann ab. Der weint doch!

Frech gehe ich ums Auto herum, setze mich auf den Beifahrersitz und wühle eine Packung Taschentücher aus meiner Tasche und reiche ihm wortlos eins davon rüber.

»Schwacher Moment oder Scheißtag?«

»Beides«, brummt er undeutlich und starrt konzentriert aus dem Fenster seiner Seite.

Tröstend lege ich meine Hand auf seinen Arm und starre ebenfalls etwas nach draußen. Nach sicher fünf Minuten frage ich ihn: »Frühstück oder Einkaufsliste?«

»Was?«, fragt er und dreht kurz seinen Kopf zu mir, bevor er wieder weitermacht mit dem Rausstarren. Aber der kurze Moment hat gereicht, um zu erkennen, dass er bis zum Rand mit Wasser gefüllte Augen hat. Das Taschentuch hält er ungenutzt in seiner Hand, er hat es nur zerknüllt und ich würde sie ihm am liebsten schnell abtupfen, bevor sie überschwappen können.

»Ach, nur so. Du hast das doch zu mir gesagt, dass das helfen würde.«

»Hmm«, erwidert er nur.

Wenn er nicht sprechen möchte, rede ich. Möglicherweise kann ich ihn damit ablenken. »Wir sind uns ja schon einig, dass wir die Trauerstufen nicht mögen, aber das mit den Wellen, was die Doc gesagt hat, das hat mir irgendwie gefallen, dass Trauer wie eine Welle wäre. Als ich letztens einen schlechten Tag hatte, musste ich darüber nachdenken und Wasser ist ein tolles Symbol für Trauer. Ich glaube damit konnte ich meinen Eltern zum ersten Mal etwas verständlich machen, wie ich mich manchmal fühle.«

Ich zögere kurz ob ich ihn tatsächlich an meinen persönlichen, womöglich etwas peinlichen Gedanken teilhaben lassen soll, aber ich denke, er kann es nachvollziehen, so erzähle ich ihm davon: »Oft beginnt es mit ein paar Tropfen, wie Regen, mit etwas Geschick kann man ihnen noch ausweichen oder man ist sich sicher, dass ein paar Tropfen nichts ausmachen, man ist ja nicht aus Zucker. Aber wenn der Platzregen einsetzt, dann wird man, ob man will oder nicht, völlig davon durchnässt. Wenn man dann großes Pech hat, steigt das Wasser immer weiter und weiter um einen an, bis die Wellen über einen hinweg schwappen und man den Boden unter den Füßen verliert.

Man schnappt nach Luft, kann einen Moment nicht atmen. Man ertrinkt innerlich, weil man es nicht rauslassen kann, es besteht doch alles nur noch aus Wasser. Die ganze beschissene Welt ist Wasser, es gibt keine Erde mehr, keine Luft, keine Helligkeit. Das Einzige, was einen davon abhält sich einfach untergehen zu lassen, ist die verdammte Hoffnung, dass da irgendwo die Sonne ist, die das Wasser verdunsten lassen kann. Bis man erst den Boden wieder fühlt, dann atmet und dann ist dieser Moment, da ist das Wasser zwar weg, aber die Kleidung ist noch nass und schwer, aber es geht weiter. Wichtig ist niemals über die Schulter zu schauen, denn man hat immer diese verfluchten dicken Regenwolken am Arsch hängen.«

»Und du wartest jetzt hier im Regen mit mir auf den Sonnenschein?«, fragt er und seine Stimme hört sich immer noch rau und brüchig an, aber wenigstens kommen wieder Sätze aus seinem Mund.

»Wenn du willst, dass ich gehe, musst du mich schon aus deinem Auto werfen«, teile ich ihm mit.

Er sagt nichts, aber tupft sich an den Augen rum, das deute ich als Erlaubnis zum Sitzenbleiben.

»Willst du darüber sprechen?«

Er schüttelt stumm seinen Kopf.

»Auch okay. Leg einfach los, wenn du es dir anders überlegst.«

Ich lasse eine Hand auf seinem Arm liegen und tippe auf dem Smartphone rum. Zum einem, um deutlich zu machen, dass er sich nicht beeilen muss und zum anderen um mich selbst abzulenken. Ich neige zum Mitweinen.

Ich werfe ihm einen heimlichen Seitenblick zu und er tut mir leid. Es ist, so fies es klingt, mal angenehm, wenn jemand anders einem Leid tut, statt man sich immer nur selbst.

Er ist ein genauso schlimmer Trauerkloß wie ich, auch wenn ihm das peinlich ist, und ich mag ihn. Wir haben, seit ich hierher komme, jede Sitzung zusammen verbracht, er ist nett und auf eine nicht anstrengende Art lustig. Ich glaube, manchmal tröstet er mich mehr, als nötig ist, weil er selbst Trost braucht, das aber nicht so zeigen kann. Ich bin eine offensichtliche Heulsuse und er eine heimliche.

Als ich sein Räuspern höre, blicke ich von meinem Smartphone auf und er fragt mich, wieder mit trockenen, aber etwas geröteten Augen: »Hast du Lust dich noch weiter zu verspäten?«

»Verspäten? Wir können so lange sitzenbleiben, wie du Zeit brauchst, kein Problem.«

»Geht wieder, danke. Aber ich habe keine Lust reinzugehen. Katherina spricht heute als erstes. Und wenn ich ehrlich bin und so gemein es auch klingt, ich kann ihre Geschichte nicht mehr hören. Sie hat sie schon so oft erzählt und sie jammert auf eine so nervige Art, da möchte ich ununterbrochen mit den Augen rollen. Und ihre Stimme erst, hast du sie mal sprechen hören? Dieses Piepsige, da möchte man sich doch die ganze Zeit die Ohren zuhalten.«

Ich muss wider Willen lachen. Er scheint sich wieder gefangen zu haben. »Gut, verspäten wir uns. Was schlägst du vor, was machen wir?«

»Komm«, fordert er mich auf und steigt aus, hakt sich dann bei mir unter und teilt mir mit: »Ums Eck ist ein Café, lass uns dort einen Kaffee trinken und in einer halben Stunde platzen wir dann einfach rein und erfinden spontan eine Ausrede.«

Er sagt mir nicht, was ihn heute im Speziellen so traurig gemacht hat, aber im Café erfahre ich dann trotzdem etwas mehr über ihn und seine Geschichte. Ich wusste zwar schon, dass er seine Frau Kerstin an Krebs verloren hat, aber nichts Genaueres. Es war Bauchspeicheldrüsenkrebs und es liegt eine harte Zeit hinter ihm.

Als ich merke, dass die Stimmung doch wieder etwas zu kippen droht und ich ihm die Verlegenheit ersparen möchte, in einem öffentlichen Café zu weinen, wechsle ich spontan das Thema.

Er scheint dankbar darüber zu sein, denn er greift die Thematik sofort auf und erzählt mir, wie er Kerstin kennengelernt hat, damals schon zur Schulzeit. Sie war in seiner Parallelklasse und sie hatten gemeinsam die Aufgabe übernommen die Abschlusszeitung zu gestalten und sich dabei verliebt. Eine total süße Geschichte.

Während er erzählt, wird mir klar, dass wir auf derselben Schule waren und als er mit der Erzählung fertig ist, finden wir raus, dass ich zwei Klassen unter ihm war und ich behaupte im Spaß: »Du warst doch sicher dieser unverschämte Junge, der mich auf dem Schulhof geschubst hat!«

Er widerspricht trocken: »Nein, sicher nicht, ich war kein Schubser, ich habe Mädchen immer nur an den Haaren gezogen. Das kann ich also nicht gewesen sein. Aber ich erinnere mich an dich. Du warst doch in dieser Mädchenbande, die den älteren Jungs das Pausengeld abgezogen hat.«

Ich frag erstaunt nach: »Gab es das echt? Habe ich gar nicht mitbekommen!«

Die Stimmung ist jetzt gerettet, denn dann lacht er: »Ich verarsche dich doch nur.«

Dann erzählt er mir von den Kindern und dass seine Tochter, die seit ein paar Tagen sechzehn ist, nicht geplant war, er und Kerstin waren nicht mal zwanzig, als sie schwanger wurde.

»Das schweißt schon zusammen«, erklärt er mir, »Wenn du dastehst, mitten im Studium, kein Geld, viel Angst, noch mehr Vorurteile. Aber trotzdem war uns klar, als wir die kleine Karla gesehen haben, dass wir so schnell wie möglich noch eins wollen. Das war dann auch eine super Motivation das Studium so schnell wie möglich abzuschließen und einen guten Job zu finden, um dieses Ziel wahrzumachen. Und so habe ich mir den spießbürgerlichen Traum erschaffen: Frau, zwei Kinder, Haus und Baum.«

»Kein Hund?«, frage ich. »Ich bin sehr sicher, dass ein Hund zum traditionellen Vorstadt-Traum gehört.«

»Ich habe eine Tochter mit langen Haaren«, antwortet er schelmisch zwinkernd, »Die haart genug. Ich darf nämlich regelmäßig den Abfluss davon befreien.«

Dann erzähle ich ein wenig etwas von meiner Version von Traum, die ich mir mit Joe erfüllt hatte: Meine und seine Selbstständigkeit, unsere Reisen, die Rückkehr hierher, die Freiheit von zuhause zu arbeiten.

Zwischendrin hält er gefasst fest: »Wir haben so verschiedene Träume, Ziele und Geschichten und trotzdem hat es uns heute hier gemeinsam als Schicksalsgefährten an diesen Tisch geführt. Falls es wirklich einen Plan geben sollte, wie Erika es immer behauptet, verstehe ich ihn nicht.«

Ich nicke. Erikas Mann ist an einem Schlaganfall gestorben und sie glaubt fest daran, dass es einen Plan von *oben* gibt und dass es einen Grund für alles gibt. Ich kann diesen Gedanken nicht teilen, ich glaube fest daran, dass das Leben einem einfach ganz beschissene Streiche spielt.

Ich bin kurz in der Versuchung ihn zu fragen, ob es so abwegig ist mit mir hier zu sitzen, aber wenn ich darüber nachdenke, bin ich mir sicher, dass das nicht beleidigend klingend sollte. Sondern so von ihm gemeint war, dass sich unsere Leben unter anderen Umständen nie gekreuzt hätten, selbst wenn wir hier in der gleichen Stadt wohnen. Und wenn doch? Worüber hätten wir gesprochen?

Dann reden wir weiter, hauptsächlich über unverfängliche Themen, über schöne Dinge, aber nicht zu schöne Dinge, so dass die Augen trocken bleiben. Wer will schon mitten in einem Café anfangen zu heulen?

Wir reden so lange, bis er erschrocken auf seine Uhr blickend feststellt: »Mist. Wir haben die Zeit vergessen. Das AJ-Treffen ist schon seit einer halben Stunde rum.«

»Oh«, bemerke ich, »Tja. Dann stehen meine Eltern sicher schon dort und warten auf mich. Ups.«

Er wirkt zerknirscht. »Sorry.«

Belustigt über seinen schuldbewussten Gesichtsausdruck frage ich ihn: »Warum entschuldigst du dich? Ich habe doch auch die Zeit vergessen. Und wenn ich ehrlich bin, fand ich das sehr schön, so mit dir zu quatschen. Eigentlich sind die Gespräche mit dir die besten seit Längerem. Kein mitleidiger Blick, kein mit Samthandschuhen anfassen, keine merkwürdigen Hilfeangebote. Vielleicht hatten meine Eltern doch recht mit dieser Selbsthilfegruppe.«

»Ja, geht mir genauso«, gibt er zu. »Das nächste Mal gehen wir einfach danach einen Kaffee trinken. Außer Katherina sagt was, dann flüchten wir wieder gleich.«

Ich muss lachen, nicke und erhebe mich, um die leeren Tassen wegzuräumen. Er folgt mir und als wir auf der Straße stehen, verabschiede ich mich: »Tschüss bester Trauerfreund.«

Er schaut mich aus zusammengekniffenen Augen an. Oh, das scheint ihm nicht zu gefallen, da habe ich wohl was Falsches gesagt.

Er hebt eine Augenbraue und wiederholt: »Bester Trauerfreund? Das gefällt mir nicht. Das hört sich negativ an. Wir sollen uns doch positiv ausdrücken, passt du denn gar nicht auf bei unseren Sitzungen?« Er hebt dazu spaßig seinen Finger, als würde er mich schimpfen und fragt dann: »Können wir nicht einfach normale Freunde sein? Freunde und Trauerklöße? Du musst mich ja nicht gleich als deinen besten Freund bezeichnen.«

Er hat recht, also nicke ich. Es gibt nichts hinzuzufügen. Er umarmt mich kurz freundschaftlich und sagt: »Prima, bis nächste Woche«, und läuft davon.

Paul & Nettigkeit

Paul

Ich unterhalte mich mit Kai, der auch seine Frau verloren hat. Er hat ebenfalls zwei Kinder, seine sind aber schon einige Jahre aus dem Haus und er hat mir gestanden, dass er jetzt sehr einsam sei. Das kann ich mir vorstellen, erst ziehen die Kinder aus und man hat wieder Zeit für den Partner und dann stirbt dieser und man ist ganz alleine. Ich habe ja wenigstens meine Kinder, für die ich mich zusammenreißen muss und die mich in der Spur halten, weil sie mich brauchen. Seine Kinder wohnen anscheinend so weit weg, dass er sie kaum zu Gesicht bekommt.

Ich werfe verstohlen einen Blick rüber zu Sara, die sich mit Jörg und Edeltraut unterhält. Er ist hier, weil er beide Eltern gleichzeitig verloren hat. Er ist zwar schon fast dreißig, aber der Verlust hat ihn hart getroffen. Edeltraut dagegen ist eine von diesen Frauen, denen man nie anmerkt, wie es um ihr Inneres bestellt ist. Sie spricht pragmatisch über den Tod ihres Mannes und sagt solche Sachen wie: *Ja, wir waren glücklich, aber er war schon alt. Mit so etwas muss man rechnen.* Oder: *Er war ein guter Mann, aber er hätte auf mich hören müssen und sein Gemüse essen.* Sie trägt ihre grauen Locken mit einer inneren stoischen Ruhe und hat einen angenehmen, unterschwelligen Humor. Außerdem hat sie Jörg irgendwie adoptiert, er weiß es nur noch nicht.

Die Pause ist zu Ende und ich lege Kai kurz meine Hand auf die Schulter als Zeichen des Trostes und schnappe mir zwei frische Kaffee, bevor ich mich wieder setze. Leider setzt sich Kai neben mich und redet weiter mit mir, obwohl ich, wie immer, neben Sara sitzen wollte. Der Kaffee ist schließlich für sie und jeder weiß, dass wir seit sie hier aufgetaucht ist eine Art festes Trauer-Gespann sind. Es gibt schon die ersten Gerüchte, aber das ist mir egal. Die Leute hier sind mir egal und erst recht, was sie über mich reden. Wäre Sara ein Kerl, würde keiner was sagen, aber so habe ich das Pech, dass ich mich ausgerechnet mit dieser hübschen Frau mit den großen Augen und den dichten Wimpern anfreunde. Mir ist es völlig gleich, wie sie aussieht, sie ist einfühlsam, hat gute Manieren und einen spitzbübischen, freigeistigen Humor.

Ich höre ihre Stimme hinter mir: »Was ist hier los? Wird mir hier kein Platz mehr freigehalten? Unverschämtheit.«

Ich drehe mich zu ihr um, sehe sie grinsen, hebe die zwei Becker hoch und sage entschuldigend: »Sorry. Kaffee?«

Sie grinst mich noch breiter an und hebt ebenfalls zwei Becher an. »Wir sollten uns wohl besser absprechen.« Dann kommt sie rum, hebt einen Kaffee Richtung Kai und fragt, obwohl ich sehe, dass es sie ärgert, dass er dort sitzt, freundlich: »Möchtest du einen haben?« Kai nickt und sie reicht ihm den Becher und setzt sich neben ihn. Er erzählt mir weiter von seinen Kindern, bis die Doc Selbsthilfe loslegt. Ich versuche zuzuhören, was sie uns vorträgt, aber Kai redet immer wieder leise dazwischen und das nervt mich. Sara macht das auch, aber ihre Bemerkungen sind witzig und Kais sind so pseudoklug.

Ich lehne mich so weit wie möglich auf dem Stuhl nach vorne und stütze die Unterarme auf meinen Oberschenkeln ab, damit man mich nicht so gut ansprechen kann. Ich sehe aus dem Augenwinkel, dass Sara das auch macht und als ich ihr kurz den Kopf zuwende, zwinkert sie mir lächelnd zu. Ich zwinkere zurück und wende mich wieder der Doc zu und ihren Ausführungen, bis meine Gedanken abschweifen zum nächsten Wochenende.

Wochenenden machen mir seit Kerstin gestorben ist ein wenig Angst. Früher war das unsere Familienzeit, sie hatte immer Aufgaben und Pläne für uns und jetzt ist alles so ziellos. Ich weiß nicht, was ich da mit den Kindern machen soll. Versuche ich, die Sachen mit ihnen zu machen, die wir zusammen mit Kerstin gemacht hatten, fehlt sie so sehr, dass wir alle peinlich berührt sind. Und andere Dinge, die nicht schrecklich nach künstlich erschaffener Situation rufen würden, fallen mir nicht ein.

Am liebsten fahre ich zu den Großeltern, die schaffen immer einen gemütlichen Rahmen, auch wenn sie recht anstrengend sind durch ihre Überfürsorglichkeit. Philip ist sehr gerne dort, aber Karla ist immer genervt, weil sie dann am Wochenende ihre Freunde nicht sehen kann, weshalb ich mich bemühe diese Möglichkeit nicht zu sehr auszuschöpfen.

Ich bin sehr froh, dass ich Kerstins Eltern habe, ohne sie wäre ich aufgeschmissen gewesen. Sie sind Menschen, auf die man sich immer zu 100% verlassen kann und die immer zur Stelle sind. Da ist es auch nicht so schlimm, dass ich mit meinen eigenen keinen Kontakt mehr habe, schon seit ich ausgezogen bin nicht mehr. Familie ist wichtig, aber wenn man sich nicht guttut, hilft alles nichts.

Ich habe jetzt meine eigene Familie. Oder hatte. Ohne Kerstin ist nichts mehr vollständig. Ich nicht, die Kinder nicht, unser Haus nicht, unsere Familie nicht.

Ich merke, wie meine Augen feucht werden bei dem Gedanken daran, wie sehr sie mir fehlt, ihr schönes freundliches Gesicht mit den klugen Augen und dem perfekten Mund, ihr liebevolles Auftreten, ihr Humor und wie sie einfach sie war. Wie sie mir gute Nacht gesagt hat, wie sie mich angelächelt hat, die Art, wie sie im Auto neben mir saß: Etwas schräg, die Beine leicht angezogen, ihre Tasche neben sich, weil man Taschen, ihrer Meinung nach, nicht auf den Boden stellt und den Blick nach draußen um mich und die Kinder auf Sachen aufmerksam zu machen. Wie sie mir manchmal Sachen ins Ohr geflüstert hat, die nur für meine Ohren bestimmt waren, und dann gekichert hat wie ein kleines Mädchen.

Ich muss mir einen tiefen Seufzer unterdrücken und kneife mich fest in meine Nasenwurzel, um meine Gedanken wieder ins Hier und Jetzt zu holen und weiter zuzuhören.

Nach dem Ende der Sitzung stehe ich auf, um die leeren Kaffeebecher wegzubringen, als mich jemand an der Hand berührt. Ich hasse es, wenn mich jemand einfach anfasst, und habe schon ein unfreundliches Wort auf den Lippen, aber als ich einen Blick zurückwerfe, sehe ich, dass es Sara ist, und lächle ihr leicht zu.

»Hey Paul. Geht's wieder? Oder kann ich was tun?«

»Hast du mich beobachtet?«, frage ich mit noch leicht belegter Stimme.

»Nein. Also nicht mit Absicht, du warst in meinem Blickfeld. Tut mir leid, wenn dir das unangenehm ist.«

Ich drücke ihre Hand kurz zurück und nehme ihr dann ihren Becher, ab, um ihn ebenfalls wegzuräumen, während ich ihr erkläre: »Nein, schon gut. Habe mich wieder im Griff. Aber ich glaube noch mehr Kaffee schaffe ich heute nicht. Gehst du statt mit mir Kaffeetrinken auch eine Kleinigkeit Essen? Nur einen Snack, ich habe Hunger.«

»Oh, hmmm, ja, das ist jetzt blöd. Wir hatten gesagt, dass wir noch Kaffeetrinken gehen, richtig?«

Ich schaue sie an, sie kaut auf ihrer Lippe und weicht meinem Blick aus.

»Du musst nicht Sara.«

»Nein, nein, ich hätte schon Lust, aber ich habe vergessen das mit meinen Eltern abzusprechen und die warten wahrscheinlich schon draußen.«

Ich nicke und rückversichere mich dann: »Sonst würdest du mit mir eine Kleinigkeit essen gehen?«

»Aber sicher.« Sie nickt eifrig zur Unterstreichung ihrer Worte und ich glaube ihr. Ich halte ihr zum Rausgehen die Tür auf und wir verabschieden uns bei den anderen Teilnehmern, während wir gemeinsam den Raum verlassen.

Draußen zeige ich auf das vermeintlich richtige Auto und frage: »Das sind deine Eltern, richtig?«

Sie nickt wieder.

Ich gehe ans Auto, beuge mich runter und klopfe an die Scheibe, um mich kurz vorzustellen: »Hallo, ich bin Paul und gehe zusammen mit ihrer Tochter in die Selbsthilfegruppe. Können Sie sie mir noch etwas ausleihen? Wir haben Hunger und würden das heutige Sitzungsthema gerne im Nachgang noch etwas vertiefen. Das würde mir und auch ihr bei der Bewältigung unserer Trauer sehr helfen.«

Beide nicken leicht verwirrt und ich sehe, wie der Mund ihrer Mutter sich öffnet, um etwas zu sagen, aber ich bin schneller und antworte auf das Nicken: »Sehr schön. Ich bringe sie danach nach Hause, gute Heimfahrt und Danke.« Dann klopfe ich auf das Wagendach und winke Sara zu, dass wir loskönnen.

Sie winkt ihren Eltern kurz zu, eilt an meine Seite und lacht: »Das war gut, so schnell wurde ich meine Mutter noch nie los. Auf die Idee kam ich gar nicht.«

Ihre Augen strahlen auf eine abenteuerlustige Art, wovon ich wieder gute Laune bekomme und ich hake mich bei ihr unter, damit wir uns auf den Weg machen können.

Kurze Zeit später stehen wir in der Schlange eines Sandwichladens an und sie stupst mich in die Seite. »Oh, cool, schau mal, es gibt Oreokekskuchen.«

Ich antworte uninteressiert: »Puh, Oreo Kekse sind doch völlig überbewertet.«

Sie macht einen großen Schritt zur Seite und sagt ganz ernst: »Das ist mir jetzt sehr unangenehm. Kannst du mir Geld für ein Taxi leihen? Ich kann unter diesen Umständen auf gar keinen Fall mehr mit dir befreundet sein. Ich werde umziehen müssen, vielleicht sogar das Land verlassen. Und mit so einem Freak kann ich natürlich nicht in einem Auto sitzen.«

»Gut, das leuchtet mir ein, ich möchte das dann auch nicht«, antworte ich ihr ebenso ernst und packe sie an ihrem Handgelenk, um sie zurück zu mir in die Schlange zu ziehen, »Aber jeder weiß, dass man sich seine Feinde näher halten soll, als seine Freunde, also komm gefälligst wieder her.« Dann muss ich lachen.

Sie lacht mich an, nickt und dann sind wir mit Bestellen dran. Ihre Augen werden riesig, als sie meine Bestellung hört, und ich muss mir ein breites Grinsen verkneifen, als sie erstaunt fragt: »So viel isst du?«

Ich sage der Bedienung: »Bitte alles bis auf das«, ich zeige auf das riesige Vollkornsandwich, »einpacken.« Dann wende ich mich ihr zu und erkläre: »Nein, ich bringe den Kindern noch was mit.«

Sie wirft einen Blick auf die Uhr über dem Bestelltresen und fragt vorsichtig: »Ist das nicht schon recht später für Kinderabendessen? Also bis du zuhause bist?«

Ich halte kurz inne. »Stimmt, du hast recht.«

»Und was essen sie dann heute?«, hakt sie nach.

Ich kann nicht gleich antworten, da ich das Wechselgeld einpacke und das Tablett nehme. Aber als wir sitzen und ich einen Schluck von der selbstgemachten Limo des Hauses nehme, ich hätte doch noch einen Kaffee nehmen sollen, das schmeckt ja gar nicht, antworte ich endlich: »Machst du dir etwa Sorgen um meine Kinder? Hast du Angst, dass ich sie verhungern lasse?« Ich beiße mir leicht auf die Innenseite der Backe, um nicht zu lachen, als sie rot wird bei meiner Antwort und schnell verlegen zurückgibt: »Nein, natürlich nicht. Ich habe ja keine Ahnung davon. Du wirst das schon machen.«

Jetzt lache ich doch über ihre Verlegenheit und gestehe: »Ich ziehe dich nur auf. Sie haben eine Bestell-App auf dem Smartphone, damit dürfen sie sich was zu essen bestellen auf meine Kreditkarte, dazu haben wir den Gefrierschrank voll mit Selbstgemachtem der Schwiegermutter, das sie sich aufwärmen können oder sie kochen sich was. Aber das ist eher unwahrscheinlich. Wenn das meine Versicherung mitbekommt, würde sonst sicherlich die Brandschutzversicherung deutlich teurer werden, so wie sie sich dabei anstellen. Ich esse normalerweise so oft es geht mit ihnen, aber heute kam ich direkt von der Arbeit zum Treffen, deswegen habe ich auch Hunger. Also hau rein.«

Ich nehme den ersten Bissen und sie tut es mir gleich. Nach dem Essen bleiben wir noch eine ganze Weile sitzen und trinken dann doch noch Kaffee. So ist das halt, wenn Kaffeejunkies unter sich sind.

Sie erzählt mir ein wenig von Johannes Marotten, wie dass er immer seine Kaffeetassen verlegt hat und sie dann einmal am Tag durch die ganze Wohnung ist, um alle einzusammeln, und er behauptet hat, dass diese unsichtbar wären, bis sie danach Ausschau hält. Und dass er immer das Smiley, das er gerade bei Nachrichten eingefügt hat, unbewusst mit seinem Gesicht nachgemacht hat. Danach versucht jeder von uns die letzten zehn benutzen Smileys auf seinem Smartphone nachzumachen und wir lachen uns dabei kaputt.

Im Auto frage ich: »So, dann bringe ich dich mal nach Hause, wo muss ich hin?«

Ich merke, wie sie auf dem Sitz hin und her rutscht und dann leise sagt: »Zu meinen Eltern, erstmal geradeaus.«

»Du wohnst bei deinen Eltern?«, frage ich erstaunt.

Sie schüttelt ihren Kopf und lässt ihre Haare ins Gesicht hängen. »Nein. Ich wohne in unserer Wohnung. Aber heute wäre unser Hochzeitstag gewesen. Ich will nicht allein sein.«

Ich sage nichts dazu. Was soll ich auch sagen? Ich lege ihr kurz die Hand auf den Arm als stummen Trost und den Rest der Fahrt schweigen wir, nur unterbrochen von ihren Anweisungen, wo ich langfahren muss. Als wir ankommen und ich rechts anfahre, sehe ich die Träne, die in ihrem Augenwinkel hängt, als sie mir zum Abschied sagt: »Es ist dämlich, wenn man mit 34 bei den Eltern übernachtet, weil man Angst vor dem Alleinsein und sich selbst hat, oder? Ich war immer gerne mal alleine und jetzt wo es nicht freiwillig ist, renne ich manchmal wie ein Baby nach Hause. Das ist so beschämend. So unerwachsen. Das ist so falsch.«

Ich stelle den Motor ab und wende mich ihr zu. »Nein. Sicher nicht. Es gibt kein Richtig oder Falsch. Wenn es das für dich einfacher macht, dann nimm es an, statt dich zu wehren. Ich hoffe du bekommst den restlichen Abend und die Nacht einigermaßen erträglich rum.« Dann lege ich einen Arm um sie und ziehe ihren Kopf an meinen, bevor ich an ihr vorbeigreife, die Tür aufmache und sie auffordere: »Los, raus jetzt, deine Eltern fragen sich sicher schon ob ich dich verschleppt habe.«

»Danke Paul. Danke für die netten Worte und fürs Fahren. Bis nächste Woche.«

Sie schenkt mir noch ein ehrliches Lächeln, bevor sie aussteigt und weil ich ein Gentleman bin, warte ich, bis sie im Haus verschwunden ist und fahre dann nach Hause.

Paul & Flucht

Paul

Ich will gerade aus der Einfahrt Richtung Selbsthilfetreffen fahren, da erhalte ich eine Nachricht.

Sara: *Kaffee oder Selbsthilfe? Ich habe heute gar keine Lust auf andere Menschen. Flucht?*

Sie hat keine Lust auf andere Menschen und sie will sich mit mir treffen, damit gehöre ich wohl zum inneren Kreis oder bin kein Mensch. Ich muss schmunzeln. Mittlerweile treffen wir uns immer vor dem Gebäude und gehen zusammen hin und an den meisten Treffen danach noch einen Kaffee trinken oder etwas essen.

Aber ich verstehe ihren Gedankengang, denn mir geht es auch so. Wir sind immer nur von den anderen genervt und nie von uns gegenseitig, vielleicht ist es ja das, was eine gute Freundschaft ausmacht. Wenigstens eine positive Sache konnte ich auf jeden Fall aus dieser Selbsthilfegruppe mitnehmen: Freundschaft mit einer Gleichgesinnten.

Ich antworte ihr, bevor ich losfahre:

Ich: *Gut, flüchten wir. Trotzdem Treffen vor dem Gebäude, du weißt warum.*

Wir treffen uns vor der Eingangstür, küssen uns auf die Wange und werfen dann einen Blick auf den Flur, die Luft ist rein. Vorsichtig schleichen wir uns zur Tür des Seminarraums und jeder von uns macht ein Selfie vor dem Türschild und dann verschwinden wir schnell wieder lachend nach draußen.

Den *Trick* habe ich ihr verraten. Meine Tochter besteht ja darauf, dass ich hierher gehe, weil ich möchte, dass sie und ihr Bruder mit jemanden über ihren Verlust reden. Damit sie mir glaubt, schicke ich ihr jedes Mal ein Selfie. Mal vor dem Kaffeetisch, dann wie ich einen der Gebäckstücke im Mund habe oder eine Grimasse ziehe, hauptsache leicht komisch angehaucht, um die ernste Situation etwas zu überdecken.

Und so konnte Sara ihre Eltern überreden, dass sie sie nicht mehr jedes Mal bis zur Bordsteinkante fahren. Sie schickt jetzt ebenfalls von jedem Treffen ein Selfie, nur sind ihre mit ernstem Gesicht, weil ihre Eltern es merkwürdig finden, wenn man trauert und versucht witzig zu sein.

Wir laufen Richtung Café, während wir die Bilder versenden. Dort angekommen, halte ich ihr die Tür auf und wir teilen uns auf: Einer holt immer Kaffee, der andere sucht schon einmal ein nettes Plätzchen. Dieses Mal bin ich mit Kaffee dran und als ich mit den zwei Tassen in der Hand am Tisch angekommen bin, schaue ich über ihre Schulter auf ihr Smartphone. »Suchst du dir eine neue Wohnung?«

»Jepp«, bestätigt sie, »Ich muss aus der alten raus.«

»Und dann schaust du dir solche Schrottwohnungen an?«, frage ich und zeige auf ihr Display, als ich den Kaffee abgestellt habe.

»Warum guckst du nochmal auf meinen Bildschirm?«, erwidert sie etwas verstimmt.

»Sorry«, entschuldige ich mich. Es tut mir echt leid, ich wollte sie nicht bloßstellen. Es finde es bedauerlich, dass sie nach solchen Wohnungen schauen muss. Sie verdient vermutlich nicht viel. Meine Frau hätte sicher ein ähnliches Problem bekommen, wenn ich nicht mehr da gewesen wäre, statt sie. Schließlich hat keiner von uns an so etwas gedacht und meine Lebensversicherung ist ja nicht gerade hoch. Sie hätte wahrscheinlich unser Haus verloren.

Spontan, vielleicht weil ich diese Parallelen zu meiner Frau ziehe, biete ich ihr an: »Zieh doch in mein Gästezimmer.« Während ich das ausspreche, kommt mir das sogar wie eine großartige Idee vor. Möglicherweise kann sie sogar auf die Kinder aufpassen, wenn ich auf Geschäftsreise muss? Das wären zwei Fliegen mit einer Klappe geschlagen! Ich habe da noch keine langfristige Lösung für gefunden.

Misstrauisch schaut sie zu mir rüber. »Was? Ich soll bei dir einziehen? Ins Gästezimmer? Sicher nicht. Ich finde schon eine schöne Wohnung, keine Sorge.«

Um so länger ich nachdenke, umso besser gefällt mir meine Idee und ich erkläre ihr euphorisch: »Vielleicht können wir eine Win-Win-Situation daraus machen? Ich habe das freistehende Gästezimmer. Du suchst eine Wohnung. Ich brauche jemand der auf meine Kinder ein Auge wirft, während ich geschäftlich unterwegs bin. Selbstverständlich muss du das nicht kostenlos machen, ich bezahle dich dafür. Kost und Logis frei.«

»Ich habe keine Ahnung von Kindern. Ich wollte nie welche und habe noch nicht mal einen Hauch einer Ahnung, was ich da zu beachten hätte.«

Sie wirkt nicht besonders angetan von der Idee, aber mir gefällt sie immer besser. Wir kommen gut miteinander aus, sie hat ein Problem, ich habe ein Problem, zusammen hätten wir keine Probleme.

Lächelnd winke ich ab. »Das ist kein Problem. Die zwei sind pflegeleicht und recht selbstständig. Aber ich kann sie natürlich nicht komplett sich selbst überlassen.«

Jetzt scheint sie ernsthaft darüber nachzudenken. »Welche Hausnummer?«

»Hausnummer?«, wiederhole ich verwirrt.

»Ja, Hausnummer, du hast mich richtig verstanden. Ich will wissen in welcher Hausnummer du wohnst.«

»7«, antworte ich immer noch verwirrt, »Warum ist das wichtig?«

Doch sie sagt einfach nur: »Gut. Ich ziehe bei dir ein. Wir werden uns sicher einig.« Wie zur Bestätigung steckt sie ihr Smartphone zurück in die Tasche. Dann schaut sie zu mir rüber und hakt nach: »Das war doch dein Ernst, oder? Ah, und ich will gleich mal klarstellen, dass ich nicht deine Putzfrau spiele.«

»Nein, musst du nicht, wir haben eine Putzfrau. Aber verrate mir, warum wolltest du die Nummer wissen?«

Sie zuckt mit den Schultern und lächelt mich leicht verlegen an, bevor sie mir erklärt: »Weißt du, ich bin aufgewachsen in der Hausnummer 17, bin ich mit Joe zusammengezogen in die Nummer 37, dann in die Wohnung, Hausnummer 177. Bei allem diesen Orten hatte ich großes Glück, deshalb habe ich das spontan entschieden, dass noch eine Nummer 7 sicher nicht schaden kann.«

Ich verziehe etwas mein Gesicht. »Das ist ja ganz schön abergläubisch«, kritisiere ich ihr Vorgehen, »Entscheidest du alles so? Du legst aber nicht Tarot-Karten und glaubst an Horoskope oder so?«

»Sicher, ich koche nach Mondphasen und beschwöre bei richtiger Sternenkonstellation gute Geister, richte meinen Tag nach meinen Sternzeichen aus und glaube natürlich auch an Homöopathie.« Ihre Stimme tropft schier vor Sarkasmus.

Ich lege ihr freundschaftlich die Hand auf den Arm. »Du musst nicht gleich beleidigt sein. Ich glaube es war nicht soooo abwegig das zu fragen, nachdem du das mit der Zahl gesagt hast.«

Sie nimmt einen Schluck Kaffee und lächelt mich dann entschuldigend an. »Ja, du hast recht, sorry. Ich entscheide eigentlich nie Dinge aus dem Bauch heraus. Aber ich habe ja nichts mehr zu verlieren. Und so wäre ich nicht alleine und hätte eine Aufgabe, neben meiner Arbeit.

Und um so länger ich darüber nachdenke, desto praktischer erscheint es mir. Also keine Sorge, ich bin durch und durch pragmatisch und werde kein schlechtes Vorbild für deine Kinder sein. Bis auf mein Alkoholproblem.«

»Das ist ein Scherz, oder?«, frage ich vorsichtig.

»Natürlich«, lacht sie mich aus, »Das ist mir nur eingefallen, weil ich Homöopathie erwähnt hatte. Weil gestern erst hat mir eine Bekannte homöopathische Tropfen gegen Trauer empfohlen und statt ihr zu sagen, dass sie ein Dummkopf ist, weil sie daran glaubt, habe ich ihr gesagt, dass mir da zu wenig Alkohol drin ist. Ich glaube, wir sind jetzt nur noch entfernte Bekannte.«

»Ich verstehe«, ich nicke verständnisvoll, das kenne ich nur zu gut, diese ständigen ungefragten Tipps. »Ist ja auch Unsinn, die helfen doch nur bei Krankheiten, Trauer ist ja keine Krankheit.«

»Nun ja, gegen Krankheiten helfen die auch nicht. Außer man isst Globuli gegen Unterzuckerung oder so.«

»Klar helfen die, die Kinder bekommen immer zur Unterstützung Globuli, wenn sie krank sind.«

Jetzt schaut sie mich mit offenem Mund an und fragt vorsichtig: »Du verscheißerst mich gerade, oder? Du gibst deinen Kindern nicht wirklich Globuli?«

»Doch, haben wir immer zuhause«, bestätige ich verwundert über ihre Reaktion.

»Ach du scheiße«, antwortet sie entsetzt, »Ich dachte, du wärst klug, nein, also unter den Bedingungen kann ich doch nicht bei dir einziehen.«

Ihre Reaktion regt mich auf und ich antworte scharf: »Was ist dein Problem? Es hilft, fertig. Meine Frau hat immer gut für die Kinder gesorgt und wollte immer das Beste für sie und das sind halt sanfte Methoden, das weiß doch jeder.«

»So ein Glück, dass sie noch leben«, antwortet sie wieder sarkastisch, »Sie waren sicher noch nie ernsthaft krank, oder?«

»Richtig«, rege ich mich auf, »Also kann es so verkehrt ja wohl nicht sein!«

Sie schaut mich kurz nachdenklich an und legt dann, wie ich vorhin bei ihr, ihre Hand auf meinen Arm und entschuldigt sich: »Hör zu, es tut mir leid. Ich wollte nichts Schlechtes über deine Frau sagen, aber...«

»Nach *aber* kommt nie was Gutes!«, falle ich ihr ins Wort.

Sie überlegt einen kurzen Augenblick und stimmt mir dann zu: »Ja, du hast recht. Ich bin ein Faktenmensch und kein Gefühlsmensch und ich halte mich an die Fakten und die sagen: Es gibt keine belegten Nachweise für die Wirkung von Globuli und Homöopathie. Und ich bin sicher, dass deine Frau nur das Beste für euch wollte.«

»Und jetzt hältst du sie für dumm, oder? Weil du eine andere Meinung darüber hast.« Ich bin echt etwas angepisst, weil sie Kerstin anzweifelt. Das geht entschieden zu weit für meinen Geschmack.

»Nein. Natürlich nicht. Ich weiß ja, wie verbreitet das ist. Außerdem ist es manchmal besser das Falsche aus den richtigen Gründen zu tun, als das Richtige aus den falschen Gründen.«

Das Thema nervt mich, ich bin mir sehr sicher, dass meine Frau in dieser Hinsicht Herz und Verstand genug hatte, um zu erkennen, ob das gut ist oder nicht. Ihre Meinung dazu interessiert mich eigentlich auch überhaupt nicht.

Sie nimmt ihre Hand weg und schlägt vor: »Dann fahren wir nach dem Kaffee zu dir, zeig mir dein Haus und wir überlegen uns, ob deine Idee wirklich funktionieren kann. Ich will das Gästezimmer sehen. Dann schlafen wir eine Nacht drüber und entscheiden uns dann.«

Ich bin froh, dass sie von sich aus das Thema wechselt und mag diese Art an ihr, alles gleich anzupacken, wenn sie es sich vorgenommen hat, aber trotzdem bremse ich sie: »Ich will erst mit den Kindern darüber sprechen, bevor ich sie jetzt einfach mit dir überrenne. Ich will auf keinen Fall, dass sie denken, dass ich gleich einen *Ersatz* für ihre Mutter anschleppen möchte. Sie könnten das falsch verstehen.«

Sie mustert mich, als würde sie scharf nachdenken. »Ja, das leuchtet mir ein. Sag mir einfach Bescheid, wenn du soweit bist. Oder nein, lass uns was ausmachen, sagen wir, hmm, du gibst mir innerhalb von zwei Wochen Bescheid, ob du das wirklich willst, dann pausiere ich so lange die Wohnungssuche und du hast keinen Druck.«

»Deal«, halte ich fest und strecke ihr meine Hand hin. Sie schlägt entschlossen ein und mir kommen die ersten Zweifel.

Sara & Spaß

Sara

Ich habe mich von meinen Freundinnen überreden lassen auszugehen. Sie sind bei mir eingefallen, haben mich in ein Kleid und hohe Schuhe gesteckt, nur Haare und Gesicht habe ich selbst gemacht, wer weiß, ob ich sonst nicht wie eine Nutte aussehen würde. Julia hatte mit einem Lippenstift in einem sündigen Rot vor meinem Gesicht rumgefuchtelt, aber das ist für mich im Moment auf jeden Fall nicht das Richtige.

Ich bin ja wirklich froh über die beiden. Julia ist eine typische Karrierefrau, geschieden und lebt für die Arbeit. Sie sieht immer toll aus und ist immer im Stress. Nadine scheint der Gegenpol zu ihr zu sein, sie ist immer ruhig und gelassen, egal ob um sie herum die Welt brennt oder nicht. Sie ist verheiratet und hat ein Kind und arbeitet als Lehrerin in Teilzeit.

Wir drei waren schon damals an der Schule befreundet, aber ich bin ja dann mit meinem Joe weggegangen und so haben wir uns aus den Augen verloren.

Als wir hierhergezogen sind, hatte ich die beiden spaßeshalber kontaktiert und da sie seit der Schulzeit immer noch eine feste Freundschaft pflegen, haben sie mich unkompliziert wieder aufgenommen in den Kreis und standen mir auch nach Joes Unfall bei.

Nun haben sie mich in ein Hotel an die Bar geschleppt und die beiden sind schon etwas angetrunken, aber kein Wunder, sie haben, während ich mich fertig gemacht habe, mit Sekt vorgeglüht. Eigentlich wollten sie mich in einen Club schleppen, aber dieser hat noch nicht geöffnet, es ist zu früh selbst für Freitagabend, deshalb sitzen wir jetzt an dieser Hotelbar und warten darauf, dass Clubzeit wird.

Ich trinke nicht, ich habe Angst die Contenance zu verlieren. Lust habe ich auch gar keine und überlege die ganze Zeit eine Ausrede, wie ich der Disco entkommen kann, lache und lästere aber mit um mir nichts vorwerfen lassen zu müssen.

Nadine erzählt gerade eine witzige Anekdote von der Schule, als links und rechts von mir zwei Hände auf dem Tresen auftauchen und ich von Armen und einem Körper festgenagelt werde. Ich erkenne den Geruch des Mannes sofort, an dessen Hals habe ich schon einige heulende Minuten verbracht, auch wenn dieses Mal ein Hauch gutes Parfum und Alkohol mitschwingen. Das ist Paul!

Er flüstert mir ins Ohr: »Hey Süße, tue mal so, als würdest du mich nicht kennen.«

Nach dieser Aufforderung drehe ich mich, so gut ich kann um und tue sie, als würde ich ihm eine scheuern. Vielleicht übertreibe ich ein wenig, denn er tritt wieder einen Schritt zurück, hebt gleichzeitig seine Hand an die Wange und schaut mich erstaunt an. »Wofür war die denn?«

»Ich lasse doch keine fremden Kerle so nahe an mich ran«, sage ich fröhlich und zwinkere ihm zu, »Vor allem nicht, wenn sie so aufdringlich sind.«

Er geht noch einen Schritt rückwärts, ich packe ihn an seiner Krawatte und ziehe ihn wieder in meine Richtung, wie praktisch, jetzt weiß ich, wofür die Dinger wirklich gut sind. Ich ziehe ihn so nahe ran, dass er zwischen meinen Beinen zum Stehen kommt, ziehe seinen Kopf zu mir runter und flüstere: »Und? Kennen wir uns immer noch nicht?«

Meine Freundinnen schauen uns mit offenem Mund an. Ist ja auch kein Wunder, ich habe ihnen vorhin noch gesagt, dass ich nur mit ihnen Spaß haben will und dass sie auf gar keinen Fall versuchen sollen mir jemanden anzulachen.

Ich halte ihn weiter an seiner Krawatte fest, lasse aber seinen Blick los und lege meine Wange an seine, während ich auf eine Antwort warte, und frage dann sicherheitshalber: »Paul, du weißt wer ich bin, oder?«

Ich bin mir da gar nicht so sicher. Wir waren uns zwar schon nahe, aber eher freundschaftlich, nicht auf diese Art, so flirtend. Und es wäre ja peinlich, wenn er mich unter Alkoholeinfluss verwechseln würde!

Aber die Sorge war unbegründet, denn er lacht leise und antwortet schelmisch an meinem Ohr: »Sara, Sara, natürlich weiß ich wer du bist, sonst hätte ich das mit Sicherheit nicht gemacht. Was ist denn das für eine Frage!«

Er kichert etwas, bevor er mir zuflüstert: »Vielleicht schulde ich dir eine Erklärung. Ich bin wegen eines Geschäftsessens hier und wir wollten noch einen Absacker hier im Barbereich zu uns nehmen. Und die Geschäftspartner sind etwas albern und haben mit mir gewettet, dass ich nicht die Nummer einer Lady an der Bar bekomme. Tja. Das warst wohl dann du Süße.«

»Solche Wetten machen die mit einem relativ frischen Witwer?«, frage ich leise zurück, »Ich bin entsetzt.«

»Pfff«, macht er albern an meinem Ohr, »Ich erzähle das doch nicht jedem. Wenn jemand fragt bin ich alleinstehend. Habe ich Interesse, dass mich jeder danach fragt? Das geht doch keinen was an!« Er legt die Hände auf meine Schultern, nimmt seine Wange aber nicht von meiner und hakt leise nach: »Und? Bekomme ich jetzt deine Nummer?«

»Bist du betrunken?« Er riecht zwar nach Alkohol, aber sonst wirkt er recht klar, nur anders als ich ihn bis jetzt kennengelernt habe.

»Schuldig. Und, Süße? Deine Nummer?«

Er nimmt seine Wange von meiner, drückt sich enger an mich, schaut mir in die Augen und fragt noch einmal neckisch: »Deine Nummer?«, und klimpert übertrieben mit den Wimpern.

Ich atme schwer, heute verwirrt mich seine körperliche Nähe. Es ist hier so anders als in der Gruppe oder wenn wir in ein Café flüchten. Nicht, dass mir nicht schon aufgefallen wäre, dass er attraktiv ist, aber ich hatte dieser Seite, dieser männlichen, anziehenden Seite, bis jetzt einfach keine Beachtung geschenkt.

»Flirtest du mit mir Paul?«, erkundige ich mich etwas atemlos, aber in bemüht amüsierten Tonfall.

»Endlich merkst du es Süße«, sagt er, nimmt meine Hand, küsst deren Handrücken und ermahnt mich: »Ich warte immer noch auf deine Nummer. Ich wusste nicht, dass es so schwer ist, dich dazu zu bekommen bei einem kleinen Spaß mitzumachen.« Seine Augen funkeln die ganze Zeit spitzbübisch, ich glaube, er hat jede Menge Spaß.

»Ja, okay, ich spiele dein Spielchen mit«, sage ich und dann fällt mir was ein: »Und was bekomme ich dafür? Schließlich lasse ich dich total männlich dastehen, wenn ich dir meine Nummer gebe!« Ha, jetzt bin ich mal gespannt.

Er schaut mir in die Augen und fragt lässig: »Was willst du denn dafür?«

Ich lege meinen Kopf schräg und räuspere mich. Verdammt, mir fällt nichts ein. Während mein Gehirn nach einem witzigen, schlagfertigen und vielleicht sogar noch nützlichen Gefallen sucht, lenke ich ab und frage: »Rieche ich Scotch?«

»Willst du ihn von meinen Lippen kosten?«

»Himmel, nein«, denke ich und »Himmel, ja!«, sage ich. Scheiße, das war falsch rum. Ups. Er verwirrt mich echt ganz schön, wenn er den sexy Typen raushängen lässt.

Er lacht warm und küsst mich einen flüchtigen, aber intensiven Augenblick auf meine Lippen und bestellt dann einen Scotch für mich, während er sich an mich lehnt.

Nach seiner Bestellung holt er sein Smartphone raus und tippt mir an die Schulter. »So, Süße, her jetzt mit der Nummer.«

Ich ziehe mein Smartphone aus der Tasche, suche im Internet kurz nach einem Meme und halt es ihm hin. Es ist eine zwinkernde Scotch-Flasche unter der steht: *Scotch: Denn die versoffenen Nachrichten verschicken sich nicht von alleine!*

Er wirft mir einen amüsierten Blick zu und tut so, als würde er meine Nummer abtippen und schickt mir stattdessen eine Nachricht.

Paul: *Es ist wirklich schön, dich zu treffen, süße Sara.*

Er geht zu seinen Geschäftspartnern zurück und ich sehe, wie er sehr langsam geht, um meine Antwort zu lesen.

Ich: *Yeah, Dude, supertoll. Ich weiß jetzt, was ich will: Einen beliebigen Gefallen. Blanko. Kann man immer gebrauchen.*

Paul: *Hey, du hattest doch schon einen Scotch-Kuss, du wirst gierig, aber von mir aus, einen Gefallen für dich. Aber Dude? :)*

Ich: *Hottie besser?*

Paul: *Aber auf jeden Fall Süße. ;)*

Ich: *Süße?*

Paul: *Das kam mir heute als erstes in den Sinn, als ich dich da sitzen sah. Du siehst wirklich süß aus in deinem Kleidchen.*

Ich: *Ich will nicht angegraben werden, nur damit du das weißt.*

Paul: *Darf ich trotzdem nett sein? Hey, ich bin es doch. Ich verspreche dir, dass es nicht meine Absicht ist, dir an die Wäsche zu gehen. Trauerkloßschwur. ;)*

Ich: *Ja gut Dude, aber nur weil du dich so nett für mich zurechtgemacht hast. ;)*

Paul: *Sehr schön Süße, ich wusste, dass ich mich auf dich verlassen kann. Aber Dude? Such mir doch was Nettes aus. Nur für heute Abend. Bisschen Spaß haben. Und morgen sind wir dann wieder Sara und Paul, die Jammerlappen. :)*

Ich: *Dann vergiss Dude. Hottie nicht gut genug für dich?*

Paul: *Das hatte ich schon wieder vergessen. Ups. Was hast du noch?*

Ich: *Süßer?*

Paul: *Ich sage nur: Einfallslos.*

Ich: *Hübscher? Sexy? Darling? Sweetie? Babe? Knuffel? Zuckerschnecke? Pupsi? Sweetheart?*

Paul: *Ich nehme alles. Außer Knuffel. Und Pupsi. Jetzt musst du das nur noch in anständige Sätze verpacken. Wink mal.*

Ich schau hoch und sehe ihn und drei andere an einem Tisch winken, dann habe ich die nächste Nachricht von ihm.

Paul: *Schnapp dir den Scotch und deine Freundinnen und komm rüber zu mir. Und vergiss nicht: Wir kennen uns nicht. ;)*

Ich überlege. Warum nicht? Könnte lustig werden. Und ich mag ihn ja. Ich wende mich den Mädels zu, die mich schon erwartungsvoll anstarren und an ihren Cocktailstrohhalmen saugen.

»Mädels, der Typ, der mich gerade so unverschämt angebaggert hat, fragt mich, ob wir drei rüberkommen wollen ihnen Gesellschaft leisten.«

Julia sagt etwas schnippisch: »Wenn ich das richtig sehe, hast du ja dann schon den besten erwischt.«

Daraufhin wird sie von Nadine in die Seite gestoßen. »Hey, Julia, es könnte doch trotzdem lustig sein, außerdem hast du die anderen noch nicht von Nahem gesehen und wenn Sara flirten möchte, sind wir dabei.«

»Ja, natürlich, sorry«, nimmt sie das zähneknirschend zurück, »Vielleicht war ich nur neidisch, weil mich noch nie jemand so angemacht und gleich so unverschämt geküsst hat.«

Nadine beugt sich jetzt zu ihr rüber und flüstert ihr ins Ohr: »Was ist denn mit dir los? Sie hat ihren Ehemann verloren und du gönnst ihr keinen Flirt? Ist doch toll, wenn sie etwas aus ihrem Schneckenhaus rauskommt.«

»Nein. Sie hatte schon einen verdammt coolen Ehemann. Ich hatte bis jetzt nur Arschlöcher und jetzt bekommt sie auch noch den netten Flirt. Dabei bin ich hübscher als sie. Die Welt ist doch unfair.«

Haben die beiden keine Ahnung, wie man flüstert? Ich habe jedes Wort davon gehört! Ich schnappe mir meinen Scotch, gehe wortlos rüber und nehme mir vor, dass das lustig werden muss, weil ich jetzt eine Freundin weniger habe. War sie schon immer so fies? Warum ist mir das nicht aufgefallen?

Ich lege meine Hand auf Pauls Schulter, nippe an dem Scotch, schmeckt das scheiße! Ekelhaft. Aber ich lasse mir nichts anmerken, sondern bücke mich leicht zu ihm runter. »Na, Sweetie?«

Er schaut zu mir hoch, lächelt mich an, klopft auf die Armablage des Sessels und fordert mich auf: »Setz dich Süße. Das sind Maik, Yussuf und Denis.«

Alle drei begrüßen mich freundlich, als ich dort Platz nehme. Paul lehnt sich an mich und lächelt zu mir hoch, während Yussuf aufsteht, eine weitere Sitzgelegenheit holt, sie neben seinen Sessel stellt und Paul ermahnt: »Sei doch nicht so unhöflich. Hier bitte. Kommen deine Freundinnen auch zu uns rüber?«

Ich lächle süffisant. »Oh, nur eine davon ist meine Freundin, die andere ist nur ein x-beliebiges Miststück. Aber sie ist hübscher als ich, also gleicht es das vielleicht wieder aus.«

Yussuf versucht mit mir zu flirten, aber ich beachte das nicht, Maik fängt an über Freundschaft zu sinnieren und es kommt ein nettes Gespräch in Gang, weshalb ich höflichkeitshalber eine eingehende Nachricht ignoriere, bis ich Pauls subtiles Winken und aufs Smartphone-Zeigen wahrnehme. Also schaue ich doch mal und die Nachricht ist von ihm.

Paul: *Was ist passiert mit deinen Freundinnen? War das irgendwie meine Schuld? Kann ich was machen?*

Ich: *Nein, Zuckerschnecke, das hat nichts mit dir zu tun. Aber danke.*

Paul: *Tut mir leid für deine Freundin, aber es ist kein Wunder, dass sie zum Miststück mutiert, denn du hast unrecht: Du bist eindeutig die Hübscheste von euch.*

Ich: *Babe, danke, sehr nett von dir.*

Paul: *Wenn du denkst, dass das nur nett gemeint war… Süße, du bist viel zu weit weg für meinen Geschmack.*

Ich: *Das war nicht meine Idee, Darling.*

Denis beugt sich zu Paul rüber und flüstert ihm was ins Ohr. Paul schmunzelt und flüstert was zurück, bevor er mir wieder schreibt.

Paul: *Hast du Interesse an Denis? Er fragt mich gerade, ob ich dich klar mache oder er sein Glück versuchen kann, nachdem du Yussuf abblitzen lässt.*

Ich: *Oh, bitte sag ihm, dass du mich klar machst, ich habe kein Interesse angegraben zu werden. Habe ich doch schon gesagt. Bloß nicht. Auf gar keinen Fall. Es war wohl dumm, hier rüber zu kommen.*

Paul: *Entschuldigung, das hätte ich mir denken müssen. Es tut mir leid, dass ich gefragt habe. Ich werde sie dir alle vom Hals halten.*

Ich: *Danke Sweetheart. Ich gehe mal für kleine Mädels und dann schaue ich mal, ob die beiden anderen doch noch überreden kann, damit ihr Frischfleisch habt.*

Mit dieser Nachricht stehe ich auf und entschuldige mich auf Toilette. Kurz vorher schwenke ich Richtung Bar um und gehe zu den Mädels. »Hey, ihr beiden. Ich gehe jetzt. Mir ist nicht gut. Wollt ihr euch zu den Männern setzen? Sie haben gerade nach euch gefragt und würden sich freuen.« Beide nicken eifrig und stehen von ihren Barhockern auf.

Nadine nimmt mich lieb in den Arm und flüstert mir zu: »Komm gut nach Hause. Ich komme dich nächste Woche besuchen. Ich hoffe es geht dir schnell wieder besser.«

Ich drücke sie kurz und versichere ihr: »Es ist alles in Ordnung, das geht vorbei, habt viel Spaß«. Dann lasse ich sie los und verschwinde Richtung Toiletten.

Dort stehe ich eine ganze Weile vor dem Spiegel, den Geschmack des Scotchs noch auf der Zunge. Was mache ich hier eigentlich? Ich will nach Hause. Aber da ist auch nichts. Ach, was soll´s, vielleicht sollte ich mich total besaufen. Aber wenn ich das mache, heule ich höchstwahrscheinlich später hier auf dem Klo. Schlechte Idee. Ich werde, wie beschlossen, nach Hause gehen.

Als ich die Toilette verlasse, steht Paul davor. Gut, dann kann ich ihm das ja gleich mitteilen. »Hey Paul, ich gehe jetzt nach Hause.«

»Süße, ich weiß, ich habe dein Gesicht gesehen, tut mir leid, falls ich schuld bin. Ehrlich. Und ich bin jetzt wieder Paul? Ich dachte, das bin ich erst morgen wieder?«

Ich muss lächeln. Er ist auf eine sexy-niedliche Art charmant.

»Was ist denn noch offen?«, überlege ich. »Ah, ich weiß es: Hey Sexy, ich gehe jetzt nach Hause.«

Er lächelt mich neckisch an: »Schon besser. Ich gehe jetzt auch, also bringe ich dich mindestens bis zur Tür.«

»Und dann erzählst du deinen Kollegen, dass du mich klar gemacht hast?«

Ein Grinsen umspielt seine Lippen. »Vielleicht. Vielleicht ist es aber auch die perfekte Gelegenheit für mich zur Flucht, die ich ergreifen möchte. Weißt du, bis auf Maik, sind das eventuelle Geschäftspartner und ich denke, dass ich sie davon überzeugen konnte mit uns zusammenzuarbeiten. Und dann sind sowieso andere Abteilungen für sie zuständig. Also kann ich sie getrost jetzt auch Maik für den Unterhaltsteil überlassen. Und was sagst du deiner Freundin und deiner Miststück-Nicht-Freundin?«

»Nun ja, es könnte lustig sein, wenn ich ihnen erzähle, dass ich dich heute kennengelernt habe und dann bald bei dir einziehe.«

Er lacht und bietet mir seinen Arm an. »Supergut. Komm wir gehen. Ich habe mich schon verabschiedet. Musst du noch?«

»Erledigt.«

»Gut. Dann komm. Du wartest draußen mit mir auf mein Taxi.«

»Taxi?«

»Klar, ich habe getrunken, da fahre ich doch nicht. Sollen wir uns eins teilen?«

»Nein. Ich habe nicht getrunken. Soll ich dich fahren?«

»Du hattest Scotch!«

»Zwei Schlucke! Ganz ehrlich: Das schmeckt doch nicht.«

Er lacht wieder und öffnet mir die Eingangstür, als mir einfällt: »Halt, ich habe meine Getränke noch gar nicht bezahlt!«

»Habe ich gemacht. Deswegen darfst du auch fahren, ich habe gesehen, dass du nur Wasser und Fruchtsaft hattest.«

»Was? Ach, okay, was soll´s, danke. Das nächste Wasser geht auf mich.«

»Richtig. Ich glaube, da ist auch schon mein Taxi, schade.«

Er wendet sich mir zu und verabschiedet sich: »Es war wirklich schön, dich hier zu treffen süße Sara, es hat diesen wirklich langweiligen Tag etwas besser gemacht.« Dann küsst er mich noch einmal fest auf meine Lippen und leckt dann drüber, lacht und fragt zwinkernd: »Na? Lecker Scotch?«, um dann lachend in seinem Taxi zu verschwinden. Ich will mich kopfschüttelnd umdrehen, um zu meinem Auto zu gehen, da lässt er das Fenster runter. »Süße? Ab morgen wieder Paul und Sara, richtig?«

Ich sage nichts dazu, sondern schreibe ihm, während ich Richtung meines Autos laufe:

Ich: *Aber sicher Pupsmuffelmausebärchensüßkartoffelschnuffi.*

Zuhause mache ich mich bettfertig und mummle mich mit einem Buch im Bett ein, um den Abend so für mich ausklingen zu lassen, bis ich noch eine Nachricht bekomme.

Paul: *Hey Süße, bist du gut nach Hause gekommen?*

Ich: *Ich dachte, wir sind jetzt wieder Paul und Sara?*

Paul: *Süßes Dummerchen, doch erst morgen! Cinderella hat sich auch erst mit dem Glockenschlag Punkt zwölf wieder zurückverwandelt.*

Ich: *Dummerchen? Da habe ich heute schon Netteres gehört, Sweatheart.*

Paul: *Ich vermute, das Sweatheart, statt Sweetheart ist Absicht?*

Ich: *Aber ja doch, Dummerchen. Außerdem wusste ich nicht, dass wir in einem Märchen sind. Ich kenne nur die modernen Varianten, wie: Rapunzel, Rapunzel, send nudes.*

Paul: *Du willst jetzt aber keine Nacktbilder von mir, oder?*

Ich: *Bitte nicht. Meine Penisbilder-Sammlung ist schon groß genug, ich habe keinen Platz mehr.*

Paul: *Du hast eine Sammlung mit Penisbildern???*

Ich muss mir sein Gesicht vorstellen und grinse. Ich trinke noch einen Schluck Wasser, klatsche, damit das Licht aus geht und lege mich gemütlich auf die Seite, um weiter mit ihm zu schreiben.

Ich: *Ja, gut, ich rudere zurück, nicht persönlich, aber im Internet findest du genug. Wenn du mal Zeit hast, erkläre ich dir das mit dem Internet gerne.*

Paul: *Du bist ganz schön frech, dafür dass wir uns heute erst kennengelernt haben.*

Ich: *Wenn du das für frech hältst, dann bist ganz schön naiv Sweetie. So. Ich muss jetzt aufhören, ich brauche meinen Schönheitsschlaf.*

Paul: *Ah, keine Cinderella, keine Rapunzel, ein Dornröschen also.*

Ich: *Also zu Dornröschen fallen mir jetzt so viele sexuelle Anspielungen ein, aber um die rauszulassen ist unser Grad der Freundschaft noch nicht ausreichend.*

Paul: *Aber wir sind doch heute gar keine Freunde, wir sind Fremde, die sich gerade kennengelernt haben, Freunde sind wir erst morgen wieder.*

Ich: *Und wer hat mich geküsst vorhin? Mein Freund Paul oder sein Kumpel Sweetie?*

Paul: *Sicher Sweetie, Paul macht so etwas doch nicht. Paul ist der Trauerkloß, der mit dir zusammen rumheult.*

Ich: *Ich mag Paul, du solltest nicht schlecht über ihn sprechen.*

Paul: *Paul mag dich auch. Magst du morgen mit ihm Frühstücken gehen?*

Ich: *Frühstücken?*

Paul: *Ja, Frühstücken. Das ist sowas, was ganz viele Menschen morgens machen. Obwohl du nur Kaffee trinkst, dachte ich, dass du schon einmal was davon gehört hast.*

Ich: *Sag Paul, dass ich das gerne tun würde, aber morgen Vormittag werde ich arbeiten.*

Paul: *Samstags? Paul sagt, er ist enttäuscht und fragt, ob du noch weißt, dass ihr morgen sowieso verabredet seid für die Hausbesichtigung und so.*

Ich: *Ja, ich arbeite gelegentlich auch samstags. Richte ihm aus, dass ich das selbstverständlich weiß, mein Terminkalender ist sehr gut organisiert.*

Paul: *Sehr schön. Dann lasse ich dich jetzt schlafen. Gute Nacht Süße.*

Ich: *Gute Nacht Sweetie, es war schön, dich kennenzulernen.*

Sara & Schwierigkeiten

Sara

Am nächsten Morgen erhalte ich von ihm ein Bild seines Frühstücks mit einem traurigen Smiley und der Nachricht.

Paul: *Guten Morgen Sara. Alleine frühstücken ist langweilig, ich hoffe, du hast wenigstens einen spannenden Arbeitstag. Bis später.*

Ich lächle. Ob es ihm heute peinlich ist, wie wir gestern miteinander umgegangen sind? Ach, das ist mir ja egal, ich werde ihn auf jeden Fall damit aufziehen, wenn sich eine Gelegenheit ergibt. Ich antworte ihm mit einem Smiley und wünsche ihm einen schönen Tag, bevor ich mich in meine Arbeit stürze.

Pünktlich zur vereinbarten Uhrzeit hält er vor meiner Wohnung und ich schwinge mich auf den Beifahrersitz seines Autos. Ich habe immer noch nicht verstanden, warum er mich abholen wollte, schließlich habe ich selbst ein Auto. Aber er hat darauf bestanden und so benutze ich ihn nun als meinen Taxifahrer zu seinem Haus.

Ich küsse ihn, wie immer, zur Begrüßung auf die Wange. Ich mag die Bartstoppeln seines Dreitagebarts, die kitzeln so lustig an der Lippe und deshalb gerate ich immer wieder in Versuchung einfach mit dem Mund darüber zu streichen. Ich küsse ihn überhaupt gerne auf die Wange, meine Nase ganz nah bei ihm. Er riecht so angenehm nach Frische und Mann. An seinem Hals riecht er anders. Intensiver, voller, aber da ich dort nur bin, wenn ich sehr traurig bin, ist das ein fast tröstlicher Geruch für mich. Der Wangenkuss-Geruch ist fröhlicher und abenteuerlustiger. Meine Lippen kribbeln etwas von dem Piksen und ich muss einen Augenblick an Joe denken. Er war so der gepflegte dunkelhaarige Hipstertyp mit dichtem Bart. Er wäre so auch als Holzfäller durchgegangen mit seinen breitschultrigen über zwei Metern Körpergröße und seiner bassigen Stimme, die, wenn er lachte, sicher kilometerweit dröhnte.

Paul wirkt dagegen regelrecht feingliedrig. Vielleicht empfinde ich ihn deshalb als so guten Freund. Mit unseren nur fünf oder zehn Zentimetern Größenunterschied, sind wir fast auf Augenhöhe, nicht wie bei Joe, bei dem ich regelrecht meinen Kopf in den Nacken legen musste. Er ist mit seiner sehnigen Läuferfigur, den eleganten Händen, die an einen Musiker erinnern, obwohl er laut eigener Aussage keiner ist und seinen dunkelblonden Haaren so sehr das Gegenteil von Joe, dass einfach nur guttut, dass ich nie Gleichheit feststelle. Ich mag ihn genau so wie er ist und wie er aussieht. So tut er mir gut, der Komplize Paul. Attraktiver Komplize Paul. Rudert mit mir das Boot Richtung Sonnenschein, wenn die Welt im Regen untergeht. Für einen Moment empfinde ich heftige Zuneigung zu ihm und begrüße ihn fröhlich mit: »Hey Sweetie, wie war dein Tag?« Ich sehe, wie er seine Stirn in Falten legt und hake gleich nach, bevor er etwas sagen kann: »Lass mich raten: Heute findest du das nicht mehr witzig?«

»Nein.«

»Hast du Angst, dass ich dich für immer so nenne?«

»Ich dachte, wir wären uns einig: Heute wieder Sara und Paul?«, entgegnet er knapp.

»Und wer hat gesagt, dass du die Spielregeln aufstellst? Du kannst nicht einfach anfangen mich *Süße* zu nennen, mich zu küssen und mit mir zu flirten und dann beschließen, dass ich das nie wieder erwähnen darf.«

Er starrt geradeaus und seufzt dann laut. »Doch. Mach ich doch gerade. Tut mir leid, wenn du das nicht so lustig fandest wie ich. Ich dachte so ein wenig Lockerheit zwischendurch wäre nett. Außerdem war ich betrunken.«

Ungeduldig schimpfe ich: »Warst du nicht. Ich merke doch ob jemand betrunken ist und du warst vielleicht kurz davor beschwipst zu werden. Ich glaube, du hast dasselbe Problem mit Alkohol wie ich: Zuviel davon und du gerätst in den Jammer-Modus. Also hör auf so etwas zu behaupten. Vor was hast du Angst? Dass ich dich gleich anspringe?«

Er wirft mir einen missbilligenden Seitenblick zu. »Nein. Und jetzt mach doch bitte kein Drama draus.«

Ich bin auf diesem schmalen Grat zwischen wütend werden oder in Lachen ausbrechen. Ich entscheide mich für das Lachen, haue ihm auf die Schulter und versichere ihm: »Ach, Paul, ich mach da kein Drama draus und du solltest das auch nicht, ich will dich nur ein wenig damit aufziehen. Wenn das heute gut läuft, dann ziehen wir bald zusammen, da wirst du noch öfter von mir mit irgendwas aufzogen werden. Oder bist du absolut humorlos? Dann fahre mich bitte gleich wieder nach Hause.«

Er antwortet erstmal nicht, also bohre ich nach: »Sweetie? Und was ist nun? Alles klar bei uns?«

Er nimmt eine Hand von Lenkrad, hebt sie zu mir rüber und legt Daumen und Zeigefinger zusammen, so dass es einen Kreis ergibt. Ich schaue auf seine Hand und er jauchzt auf: »HA! Reingeschaut!«

Verwirrt frage ich nach: »Was meinst du?«, aber er malt schon ein Kreuz auf meinen Oberarm, haut einmal fest drauf und streicht dann mit der ganzen Hand drüber.

Ich denke einen Augenblick nach und dann geht mir ein Licht auf. Ernsthaft? Er spielt ein so albernes Spiel mit mir wie *Reingeschaut*? Das habe ich das letzte Mal zur Schulzeit gespielt. Gerade noch rechtzeitig fällt mir ein, *Danke* zu sagen. Sonst würde es dreißig Extraschläge geben, so waren zumindest damals auf dem Schulhof die Regeln.

Er nickt anerkennend und ich schüttle meinen Kopf, bevor ich werte: »Das ist wohl deine Art *ja* zu sagen?«

Er grinst über das ganze Gesicht. »Richtig. Du darfst jetzt noch dreimal *Sweetie* sagen und dann will ich das nicht mehr hören. Aber nur, wenn du es jedes Mal anders sagst.«

»Gut«, stimme ich zu, dann beuge ich mich zu ihm rüber, fahre mit meinen Nägeln über seine Brust und flüstere ihm lasziv in sein Ohr, während ich kurz an seinem Ohrläppchen lecke: »Mhh ... Sweetie ... so zum Beispiel?«

Danach setze ich mich wieder hin und kreische in höchster Tonlage: »NEIN SWEETIE VORSICHT!«

Kurz schwankt der Wagen, weil er etwas das Lenkrad verzieht und er dann schimpft er: »Herrje, du lenkst mich ab. Gleich zweimal. Ich muss fahren, verdammt!«

»Kein Problem, Sweetie, ich bin auch fertig«, teile ich ihm neckisch mit und wechsle das Thema. »Warum wolltest du mich eigentlich abholen?«

»Hmm. Vielleicht wollte ich nur mal gucken, wie du so lebst. Nicht dass ich die Slumprinzessin bei mir einziehen lassen will.«

»Bitte! Hier gibt es so was gar nicht. Kennst du etwa Google Streetview nicht? Dann hättest du dir den Weg sparen können. Möchtest du noch mit zu mir kommen um zu prüfen ob ich ordentlich genug bin? Oder als Hippie oder Satanist lebe?«

»Sei einfach still.«

Ich sehe seine zuckenden Mundwinkel und haue ihn spielerisch gegen den Oberarm. »Ich mag dich auch Paul.«

Er fährt in eine Einfahrt. »Merke dir das mal, wir sind nämlich da.«

»Hier wohnst du also«, stelle ich überflüssigerweise fest und steige aus der Beifahrerseite seines Autos aus. Ein gepflegtes Einfamilienhaus im Bungalowstil am Stadtrand. Weit genug weg, um nichts vom Trubel mitzubekommen, aber nah genug dran, um überall schnell da zu sein. Bisschen spießig vielleicht von außen.

»Du musst ja viel im Garten werkeln, geht der ums Haus rum noch weiter?«, frage ich neugierig, während wir auf die Haustür zugehen.

»Ja, geht er und nö, wir haben einen Gärtner. Ich habe keine Zeit mich, um einen Garten zu kümmern. Und Kerstin hatte keine Lust dazu. Sie hatte ein kleines Beet hinterm Haus, aber das zählt wohl nicht richtig als Gartenarbeit.«

»Aha«, stelle ich fest. Ja, ich denke, ich würde mir auch einen Gärtner nehmen, bevor ich mich da selbst drum kümmern müsste. Ich bin ja mal gespannt, wie der Garten hinter dem Haus weitergeht. Er schließt die Haustür auf und lässt mir den Vortritt. Ich betrete den Flur, groß, breit, hell. Schön eingerichtet, Modern meets Klassik.

»Geh durch, hier links und rechts findest du einzelne Zimmer, die zeige ich dir später, da vorne ist das Wohnzimmer, geh vor.« Er schließt die Tür hinter sich und tritt sich die Schuhe von den Füßen, um sie ordentlich in einen offenen Schuhschrank neben der Tür zu stellen. Ich tue es ihm nach, lass sie aber an der Wand stehen und gehe vor ins Wohnzimmer, er dicht hinter mir. Oh, schön. Ein tolles Wohnzimmer, wobei es Wohnzimmer nicht ganz trifft, es ist ein offener Wohnbereich mit Esszimmer und Küchenecke. Die Küche ist offen und mit einer Theke, an der man auch sitzen kann, vom Rest abgetrennt. Die große, beige Couch dominiert den Wohnzimmerbereich und sieht einladend bequem aus. Da er Wohnzimmer gesagt hat, steuere ich mal die Couch an und lasse mich darauf nieder.

Ich sehe, wie er mich einen Augenblick mustert und er fragt mich dann: »Willst du was trinken?«

»Welche Cocktails bietest du denn an?«, frage ich schelmisch zurück.

»Scotch habe ich nicht da«, antwortet er trocken.

»Gut, dann ein Wässerchen, bitte.«

»Hmm, meinst du damit jetzt Wodka oder wirklich Wasser?«, hakt er belustig nach.

»Vorerst nehme ich mal wirkliches Wasser, nicht, dass du mich über den Tisch ziehst bei unseren Verhandlungen!«

Er holt wortlos eine Flasche Wasser und zwei Gläser, setzt sich zu mir und ich fordere ihn auf: »Jetzt erzähl mal etwas mehr, was haben deine Kinder genau gesagt? Du hast nur gesagt, dass sie einverstanden wären.«

»Sind sie. Gezwungenermaßen. Ich habe ganz offen mit ihnen gesprochen. Ich überlege ja schon länger, wie ich das mit ihnen machen soll. Ich kann sie ja nicht ständig unbeaufsichtigt lassen. Den Nachmittag bis ich von der Arbeit komme, geht ja schon, wobei es mir lieber wäre, wenn jemand ein Auge auf sie wirft, gerade auf Philip. Karla kommt zurecht. Aber wenn ich länger weg bin, und es kommt schon mal vor, dass ich geschäftlich zwei, drei Tage fort bin, manchmal aber auch ein, zwei Wochen oder auch mal über das Wochenende, das geht natürlich nicht. Also war meine Überlegung, dass sie entweder ins Internat müssen, was aber wirklich hart wäre, ich möchte sie schon bei mir haben. Außerdem wäre es ja auch schlimm für die beiden, erst verlieren sie ihre Mutter und dann abgeschoben von ihrem Vater. Eine andere Option wäre, dass sie zu den Schwiegereltern ziehen und am Wochenende bei mir sind. Schwiegervater arbeitet, Schwiegermutter ist Hausfrau, das würde also gehen. Aber ich möchte ihnen die Kinder auch nicht unbedingt aufbürden, Karla ist voll in der Pubertät und bei Philip geht es gerade los. Außerdem fällt es mir auch in dem Fall schwer, weil ich sie dann die ganze Woche nicht sehe, außer ich fahre täglich die zwei Stunden hin- und zurück, aber dann habe ich auch nicht mehr viel von allem. Und in beiden Fällen müssten sie ihren Freundeskreis aufgeben und die Schule wechseln. Und sie haben schon genug verloren. Deswegen haben sie sich für die Variante mit Babysitter entschieden.«

»Ich bin doch kein Babysitter«, werfe ich ein.

Er grinst mich an. »Karla nennt das so. Und sie ist äußerst genervt davon, da sie der Meinung ist, sie ist alt genug, dass sie auf Philip aufpassen kann. Aber sie weiß schon, ganz tief in sich drin, dass das nicht klappen würde. Vor allem, weil sie sich in ihrer Freizeit mit ihren Freundinnen und ihrem Freund treffen möchte und nicht ihren kleinen Bruder beaufsichtigen. Sie wollten wissen, wer du bist und Karla hat nach deinen Referenzen gefragt«, er lacht warm bei dem Gedanken an die Aussage seiner Tochter, »und Philip hat sich Sorgen gemacht, dass du meine neue Freundin wärst und jetzt Mutter spielen möchtest. Aber schlussendlich halten beide das jetzt für eine gute Idee. Aber natürlich wollen sie dich erst kennenlernen.«

Ich nicke. Langsam werde ich doch nervös. War das eine dumme Idee? Aber noch ist ja nichts entschieden. »Und wie wollen wir das konkret angehen? Was stellst du dir unter meinen Aufgaben vor?«

Er trinkt einen Schluck Wasser, wendet sich mir zu und zieht seine Beine unter den Körper. »Ich kann mir das so vorstellen: Du ziehst in das Gästezimmer, das wird dann quasi wie eine vierer WG, jeder von uns hat sein eigenes Zimmer. Leider kann ich dir kein eigenes Badezimmer anbieten. Du kannst jeden Raum mitbenutzen, wie du ihn brauchst. Die Kinder haben freies Bestimmungsrecht über ihre Zimmer, also gehst du nur rein, wenn du die Erlaubnis hast, so haben wir das bis jetzt gehalten. Außer natürlich es ist Gefahr im Verzug. Kost und Logis sind frei für dich. Außerdem bekommst du 500 €, aber dafür musst du auch immer zur Verfügung stehen, wenn ich auf Geschäftsreise muss. Sag mir rechtzeitig, wenn das irgendwie mit deiner eigenen Arbeit kollidiert. Ich brauche absolute Zuverlässigkeit. Und ich hätte gerne, dass du für die Kinder und mich kochst, dass es was Vernünftiges zu Essen gibt, im Moment essen wir nur Fastfood und Aufgewärmtes. Kannst du kochen?«

»Ja, ein wenig, sollte reichen und ich bin lernfähig. Gut, ich koche, aber du machst immer den Abwasch und räumst die Küche auf. Zumindest, wenn du zuhause bist.«

Er stutzt, damit hat er nicht gerechnet. »Ja, okay, erscheint mir fair. Dafür gehst du einkaufen, du bekommst Haushaltsgeld.«

»Soll ich ein Haushaltsbuch führen?«

»Öhm, darüber habe ich gar nicht nachgedacht. Nein, brauchst du nicht, ich vertraue dir.«

»Ich mache es trotzdem«, beschließe ich, »Ich nutze eine App, dann geht das schnell. Ich will keinen Streit um Geld. Und ich werde nicht putzen. Also meinen Dreck schon, aber ich werde hier nicht dieses ganze Haus sauber halten, ich habe noch meine eigene Arbeit und meine Hobbies.«

Er winkt ab. »Das ist kein Problem, wir haben eine Putzfrau. Die kommt zweimal die Woche.«

»Wäsche?«

»Die machen im Moment Karla und ich.«

»Ich schlage vor, dass ihr eure Wäsche macht und ich meine. Ich habe nämlich keine Lust deine getragenen Buxen und Socken zu waschen. Gemeinsame, wie Handtücher, mache ich mit.«

Er grinst. »Klar, verstehe ich. Klingt okay für mich.«

»Gibt es einen Keller? Also einen Keller in dem noch Platz ist? Ich ziehe von einer Wohnung in ein Zimmer. Wäre cool, wenn ich den Rest irgendwo unterbringen kann, sonst miete ich mir was.«

»Ich zeige ihn dir, wenn ich dir den Rest des Hauses zeige, dann kannst du sagen ob das reicht.«

»Gut, jetzt noch eine ganz wichtige und eigentlich fast auschlaggebende Frage: Wie gut ist euer Internet? Ich brauche es für meine Arbeit.«

»100 MBit/s, wenn du mehr brauchst, wir könnten sogar auf 250 MBit/s upgraden.«

»Nein, 100 reicht, super. Los, zeig mir den Rest.«

Er steht auf, ich folge ihm zurück auf den Flur und er öffnet eine Tür. »Das ist das Gästezimmer.«

Ich betrete den Raum und schaue mich um, es ist ein typisches Gästezimmer. Ein schlichtes Doppelbett, ein Fernseher, hübsch und gemütlich gemacht, aber mehr ist nicht drin, weil mehr auch nicht reinpasst. »Paul? Nein, das geht nicht. Das ist viel zu klein. Da bekomme ich ja mit Müh und Not mein Bett rein, nein, sorry, das geht nicht. Ich ... tut mir leid.«

Jetzt sieht er aus wie ein begossener Pudel, er hatte sich wohl schon mit dem Gedanken angefreundet.

Ich habe vielleicht eine Idee. »Paul? Hast du ein Arbeitszimmer oder sonst irgendein Hobbyraum oder was Ähnliches?«

Er nickt. War mein Riecher richtig, bei diesem riesigen Haus, wäre alles andere auch verwunderlich. »Zeig mal«, fordere ich ihn auf.

Er geht vor, öffnet eine andere Tür und lässt mir den Vortritt.

»Sag mal Paul, du hast so ein riesiges Arbeitszimmer und willst mir dieses winzige Gästezimmer anbieten? Du bist ja ein Arsch!« Ich schaue mich um. Das Zimmer ist sicher dreimal so groß wie das Gästezimmer, ein Schreibtisch, eine kleine Bar, eine Sitzecke. Wer braucht denn in seinem Arbeitszimmer eine Sitzecke? »Empfängst du hier Kunden oder Besucher?«

»Nein, eigentlich nicht.«

»Und warum eine Bar und eine Sitzecke?«

Er zuckt mit den Schultern. »Kerstin hat mir das eingerichtet, sie fand es so passend.«

»Arbeitest du überhaupt hier drin?«

»Selten bis gar nicht. Ich nutze das Büro in der Firma.«

»Und kannst du dir vorstellen zu tauschen? Ich bekomme das Zimmer und du das Gästezimmer als Büro?«

Er schüttelt langsam den Kopf und verlässt dann kommentarlos das Zimmer. Ich schaue mich weiter etwas um. Ja, das würde auf jeden Fall für mich reichen. Der Schnitt des Zimmers ist gut, das Fenster an einer passenden Stelle. Im Geiste plane ich schon, was ich mitnehmen kann und was nicht. Aber ich wollte sowieso viel neu kaufen, weil ich nichts möchte, was mich an Joe erinnert. Das tut viel zu sehr weh. Wo ist Paul? Ich verlasse das Büro, gehe zurück in den Wohnbereich und finde ihn auf der Couch. »Alles okay?«

»Nein«, antwortet er mit belegter Stimme. Weint er etwa? Ich gehe näher und setze mich neben ihn. Ja, er weint. Ich lege freundschaftlich meinen Arm um seine Schulter. »Hey, was ist passiert? Magst du es mir sagen?«

»Moment«, bittet er mich, putzt sich die Nase und wischt sich mit einem frischen Tuch die Augen, »Einen kleinen Augenblick noch.«

»Lass dir Zeit«, sage ich ihm, lasse den Arm wo er ist und lege meinen Kopf an seine Schulter. Fünf Minuten später hat er sich wieder gefangen und schüttelt meinen Arm ab, indem er sich zurücklehnt. »Nein, das geht dann nicht. Ich habe den Kindern versprochen, dass sich hier nichts ändert, dass wir das Haus so lassen, wie ihre Mutter es eingerichtet und geplant hatte. Und wenn dir das Gästezimmer zu klein ist, dann geht es halt nicht. Ich will ihnen das nicht antun. Dass ich jetzt schon Versprechen breche.«

Ich überlege nicht lange, sondern teile ihm entschlossen mit: »Ich verstehe. Gut, dann nehme ich das Gästezimmer.«

»Echt?« Er schaut mich verblüfft an.

»Klar«, ich schnappe mir tröstend seine Hand. Ich will nicht, dass es daran scheitert, »Das wird schon gehen. Darf ich dein Büro mitbenutzen, würde das gehen? Ich verändere auch nichts. Wobei mir einfällt ... Paul, also ich will nicht im Gästezimmer wohnen, so wie es ist. Ich will meine eigenen Sachen mitbringen. Geht das dann überhaupt?«

»Ja, das Gästezimmer kannst du dir einrichten, wie du möchtest.«

Ich lege meine Stirn in Falten, das verstehe ich nicht. Nichts soll sich verändern, das Gästezimmer darf ich aber anders einrichten und bei dem Büro, das keiner benutzt, ist es ein Problem? Ich glaube, er ist gerade verwirrt. Aber ich habe vielleicht, vielleicht schon eine Idee, wie ich das lösen könnte, denn ich will auf keinen Fall in dieses winzige Zimmer ziehen. Aber das kann ich ihm jetzt nicht sagen, ich glaube, er rechnet fest damit, dass das alles klappt, dass er seine Kinder weiter bei sich haben kann.

Ja, ich glaube, ich habe recht mit meinen Gedanken, denn jetzt umarmt er mich stürmisch. »Danke Sara.« Einen nassen Schmatz auf die Wange bekomme ich auch noch.

Das muss ihm ja wirklich viel bedeuten, hat er echt keine andere Wahl? Er könnte ja jemand anders einstellen? Aber sicher ist das schwierig mit jemanden, den man nicht kennt. Ein Au-pair-Mädchen vielleicht? Aber die brauchen ja auch Aufsicht. Langsam verstehe ich, wie schwierig das alles für ihn ist. Ich löse mich von ihm und bestimme: »Los, zeig mir den Rest.«

Also zurück auf den Flur, der schon so groß ist, wie ein Zimmer. Er zeigt mir die Zimmertüren der Kinder, die hätte ich aber auch sicher nicht alleine gefunden, nachdem die Namen dran stehen. Aber egal. Er erklärt mir: »Vielleicht zeigen sie sie dir ja später, wenn du sie kennenlernst, wie ich schon gesagt habe, gehen wir ohne Einverständnis nicht rein.«

Ich nicke. »Ja, habe ich kapiert. Sag mal der Name Karla: Aber nicht nach Karla Kolumna?«

»Wer zum Teufel ist Karla Kolumna?«

»Aus Benjamin Blümchen und Bibi Blocksberg, die Reporterin.«

»Was?«

»Kinderhörspiele? Noch nie was davon gehört?«

»Doch. Schon. Natürlich kenne ich die. Aber nein. Wir haben den Namen ausgesucht, weil er mit K beginnt, wie der ihrer Mutter und wir niemanden kannten, der so heißt.«

Ich schaue in sein Gesicht, er scheint nicht böse zu sein, sondern er schmunzelt belustigt und fragt mich: »Du hast ganz schon viel Fantasie. Hast du auch eine Theorie zu Philip?«

»Logisch!«, gestehe ich, »Philip J. Frey!«

»Aus Futurama?«

»Ja, genau«, grinse ich ihn an, »Aber ich vermute es war, weil er mit P ist, wie der Name seines Vaters und ihr niemanden kanntet, der so heißt. Richtig?«

Jetzt lacht er. »Richtig oder, oder du hast recht, aber ich habe das keinem verraten.« Er zwinkert mir zu und sagt: »Ich kann für deine zukünftigen Kinder nur hoffen, dass zu der Zeit, in der du ihre Namen auswählst, du nicht irgendwelche seltsamen Sachen liest oder guckst.«

»Das maximale an Kind, was ich mir zulegen werde ist ein Hund und der soll dann Boachanmiltrako heißen, nach einer Figur in einem meiner Lieblingsromane.«

»Da hat dein zukünftiger Hund aber großes Glück«, antwortet er ironisch.

»Ach, bis dahin habe ich mir das vielleicht auch schon wieder anders überlegt. Bis jetzt habe ich es noch nicht mal geschafft eine Pflanze durchzubringen, ich werde es also vor dem Hund erstmal mit einem Hamster versuchen.«

Er hebt eine Augenbraue, schüttelt seinen Kopf und fragt: »Und du bist dir sicher, dass du das hier mit mir durchziehen willst?«

Ich lache und hake mich bei ihm unter. »Aber klar. Deine Kinder müssen ja weder gegossen werden noch Gassi und Käfige haben sie auch keine, oder?«

Er schüttelt grinsend wieder seinen Kopf und öffnet die nächste Tür. »Tada, das Bad.«

Ich gehe an ihm vorbei. Ja, damit kann ich leben. Groß, geräumig, ebenerdige Dusche, zwei riesige Waschbecken, Ablage für Kleidung und sogar eine Badewanne.

»Ihr habt es ja wirklich nett hier«, stelle ich fest, »Echt ein tolles Haus.«

»Danke. Jetzt noch der Keller.«

Ich schaue mich im Flur noch einmal um. Auf einer Seite zwei Kinderzimmer und das Bad. Auf der anderen Seite das Elternschlafzimmer, das winzige Gästezimmer, das Büro, eine Gästetoilette und ein Hauswirtschaftsraum. Funktional und durchdacht. Dann folge ich ihm in den Keller. Selbst der Keller ist wie geleckt und es steht fast nichts drin. Ein paar Umzugskartons und verschlossene Plastikkisten. Ich zeige auf die Kisten. »Und dort versteckst du dann die Leichenteile der Frauen, die du als Kindermädchen anstellst?«

Er schmunzelt. »So ungefähr. Du hast nicht nur ganz schön viel, sondern auch noch eine ganz schön wilde Phantasie.«

»Ach, noch nicht bemerkt?«, foppe ich ihn.

»Und du hast jetzt Angst, dass ich ein Serienmörder bin?«

»Ach Paul, natürlich nicht. Es wäre doch ein ganz schön verrückter Zufall, wenn wir beide Serienmörder wären, oder?«

»Ich bin mir mittlerweile sehr sicher, dass es mit dir hier sowohl seltsam wie auch lustig werden könnte.«

Ich schaue ihn an und kann mir ein Grinsen nicht verkneifen. »Das wäre sehr schön. Es gibt für mich im Moment leichte und schwere Tage und wenn ich nur einen leichteren Tag dadurch bekommen könnte, dass wir zusammen lachen, dann wäre das schon ein Gewinn.« Dickes Grinsen, trotzdem ernste Worte.

Jetzt sieht er peinlich berührt aus und zeigt mir, ohne darauf einzugehen, die beiden anderen Räume. In einem steht ein Gefrierschrank und Werkzeug und ein großes Weinregal und der andere ist ein kleiner Fitnessraum mit Laufband, Klimmzugstange, Hantelbank und einer großen dicken, aber festen Matte und einem Fernseher an der Wand. Ich schaue mich in dem Fitnessraum um und frage: »Wird der tatsächlich benutzt oder ist das so ein Alibi-Ding, damit ihr das habt und überall davon erzählen könnt?«

Er schmunzelt. »Nein, wir benutzen den tatsächlich. Könnte aber natürlich mehr sein. Kerstin war da immer dahinter: Sport, gesunde Ernährung und so ein Zeug. Gebracht hat es ihr leider nichts«, fügt er bitter an.

Wir gehen zurück Richtung Treppe und ich wechsle das Thema: »Cool, also Platz ist ja. Wie viel darf ich in Beschlag nehmen?«

Er überlegt: »So, dass man die Tür noch aufbekommt? Ich wüsste nicht, warum du ihn nicht voll machen solltest. Schau halt, dass man noch überall rankommt.«

Den Zugang von außen zeigt er mir noch, wie praktisch, und dann schaut er auf die Uhr und bestimmt: »Lass uns hochgehen, die Schwiegereltern kommen in einer Dreiviertelstunde mit den Kindern. Ich will schon einmal die Pizza bestellen, ich denke es spricht sich ungezwungener beim Essen.«

Ich bleibe abrupt stehen. »Was? Deine Schwiegereltern kommen auch mit?«

»Ist das ein Problem?«, fragt er überrascht.

Ich bin ein wenig angefressen deswegen und erkläre bissig: »Das hättest du mir ja früher sagen können, dass ich hier gleich komplett begutachtet werde von einer ganzen Horde!«

»Hey«, versucht er mich zu beschwichtigen, »Sie hatten die Kinder über das Wochenende, weil ich, wie du mitbekommen hast, gestern lange arbeiten musste und jetzt kommen sie halt mit. Es sind nette Leute, es wird keine Schwierigkeiten geben.«

»Doch es gibt Schwierigkeiten!«, halte ich zornig fest, »Ich bin so schon total nervös. Für mich ist das schon eine große Sache, was wir hier vielleicht veranstalten. Nicht, dass mein Leben sowieso schon total durchgeschüttelt wäre und ich diese absolut verrückte Entscheidung getroffen habe, jetzt werde ich auch noch von Wildfremden beurteilt.«

Ich merke, wie mir das Wasser in den Augen zusammenläuft, und versuche mich durch Atmen zu beruhigen, aber es funktioniert nicht. Ich will weit weg sein von hier. Ich will nach Hause zu Joe und dass er mir was kocht und wir zusammen ein Bier trinken. Dass wir uns von unserem Tag erzählen, dass er über meine Hausschuhe lacht und ich meinen Kopf auf seinen Schoß legen kann, während er mir erzählt, was bei ihm auf Arbeit los war. Ich will nicht hier sein und zu Paul und seinen Kindern ziehen und ich will nicht von seinen Schwiegereltern begutachtet werden, wie ein Tier im Zoo. Ich will mein eigenes Leben zurück.

Ich merke, wie ich hyperventiliere, weil mich dieser Wunsch so hart und brutal trifft, dass jedes rationale Denken kurz ausgeschaltet ist. Als wäre ich von großer Höhe in eiskaltes Wasser gesprungen und dann spüre ich, wie Paul mich links und rechts an den Oberarmen hält, schüttelt und ruft: »Sara, Sara, atme! Atme normal, verdammt! Sara, tief Luft holen, tiiiiiiieeeef Luft holen. Jetzt.« Er zwickt mich und befielt mir: »Schau mich an.« Ich tue, was er sagt. »Gut so. Und jetzt atme mit mir.«

Er schaut mir hypnotisch in die Augen und atmet gleichmäßig und laut und ich mache wie befohlen mit und merke, wie ich mich beruhige. Als ich wieder normal atme, nimmt er mich fest in den Arm. »Gottseidank, kurz hatte ich Angst, dass du mir umfällst und zuckend auf dem Boden liegst.«

Ich versuche mich von ihm zu lösen, aber er hält mich weiter fest. »Bleib noch bei mir. Ich will dich noch halten, bis dein Puls ruhiger ist. Und dann gehen wir hoch und ich sage das Treffen ab. Du musst das nicht machen. Es tut mir leid, dass ich dir das nicht früher gesagt habe. Das war gedankenlos von mir.«

Nach ein paar Minuten befreie ich mich, er streicht mir eine gelöste Haarsträhne zurück und fragt mich sanft: »Kannst du hochgehen?«

Ich nicke und tue das Gefragte, ich gehe in sein Wohnzimmer und setze mich an den großen Esstisch. Er bringt mir mein Glas und die Wasserflasche von eben, setzt sich zu mir und streichelt meine Hand. Manchmal fühle ich mich ihm wirklich nahe. Er scheint der einzige Mensch auf der Welt zu sein, der weiß, wie ich mich fühle und was dann zu tun ist. Schade, dass Joe ihn nicht kennenlernen konnte, sie hätten sich sicher auch gut verstanden. Er nimmt jetzt meine Hand in seine beiden Hände, verschränkt die eine fest mit meiner und streichelt mit der andern meinen Handrücken, während er versichert: »Es tut mir wirklich leid.«

»Schon in Ordnung«, behaupte ich mit brüchiger Stimme.

»Du musst das nicht sagen, wenn es nicht stimmt. Nicht zu mir.«

Ich nicke. Ich weiß das.

»Möchtest du trotzdem meine Kinder kennenlernen oder soll ich dich einfach nach Hause fahren? Möchtest du es komplett abblasen oder möchtest du einfach noch einmal in Ruhe darüber nachdenken?«

»Deine Kinder wären okay«, sage ich und hoffe, dass es stimmt, »Wann kommen sie?«

Er schaut auf die Uhr und meine Hand loszulassen. »In einer knappen halben Stunde.«

Ich nicke wieder. »Ja, das schaffe ich, bis dahin bin ich wieder normal.«

Er steht auf und kommt mit einem Flyer eines Pizzalieferservice zurück. »Hier, suche dir eine aus, ich sage meinen Schwiegereltern ab.«

Er geht ein paar Schritte zur Seite und ich höre, wie er telefoniert: »Hallo Muttern, hallo. – Ja, ich rufe an, weil ich es mir anders überlegt habe. – Genau. – Richtig. Ich glaube es wäre besser, wenn wir uns erstmal im kleinen Rahmen beschnuppern. – Nein, das liegt nicht an euch, ihr seid prima. – Nur die Kinder und ich. - Ja, klar. Nein, ich will das so. – Hmm, ja. Danke für euer Verständnis. Bis gleich. – Ja. Tschüss.«

Ich bin froh, dass er nicht gesagt hat, dass es an mir liegt, also sage ich: »Danke«, als er wieder zu mir an den Tisch kommt und sich zu mir setzt.

»Diese Pizza gibt es dort nicht«, antwortet er mir lächelnd.

»Was?«, frage ich verdutzt, »Nein, ich meine ...«

»Sara«, unterbricht er mich, »Ich weiß was du meinst, ich versuche nur mal wieder witzig zu sein. Wenn du nicht gerade so durch den Wind wärst, hättest du das auch verstanden. Also? Welche Pizza?«

Ich atme tief durch. »Hawaii, bitte mit extra Oliven.«

Er lacht. »Pizza mit Ananas? Du bist ja pervers! Ich dachte nicht, dass das ernsthaft jemand isst.«

Ich schaue ihm bewusst ernst ins Gesicht, obwohl mir tatsächlich schon wieder nach Grinsen zumute ist, und antworte darauf: »Ja, stimmt. Ich bin der einzige Mensch auf der Welt, der die isst und trotzdem hat die jede Pizzeria, weil ich so fucking was Besonders bin.«

Jetzt lacht er laut auf und tippt auf seinem Smartphone rum. Ich sehe, dass er die Pizzen über eine Bestell-App ordert und ich hänge so lange meinen Gedanken nach. Joe und ich hatten auch gerne Pizza bestellt. Aber wir haben immer angerufen, weil wir dachten, das wäre der schnellere Weg. Als er fertig ist, legt er es zur Seite und schaut mich an. Er legt seinen Kopf schräg und schaut auf einmal besorgt. »Sara? Ist alles in Ordnung? Nein, streiche das. Kann ich was für dich tun? Du, du schaust so ... sehnsüchtig?«

Ich nicke und klettere einfach auf seinen Schoß, mache mich ganz klein, schlinge meine Arme um ihn und drücke meinen Kopf an seine Brust. Wie ein kleiner eingerollter Igel fühle ich mich. Ich merke, wie ich etwas abrutsche, aber er schlingt seine Arme ebenfalls um mich, zieht mich näher ran und legt sein Kinn auf meinen Kopf. »Hey Sara, schön, dass du da bist, danke, dass du da bist.«

»Mhhh«, nuschle ich, »Danke, dass du mich hältst.«

»Ich kann dich noch zwanzig Minuten so halten, wenn du möchtest und dann schicke ich dich frisch machen.«

Ich nicke wortlos und genieße die Nähe zu ihm, zu einem Menschen, der mich einfach festhält. Körperlich falle ich zwar nicht, aber mental fühle ich mich manchmal ganz schön abgestürzt.

Ich lasse mich normalerweise nicht gerne in den Arm nehmen, selbst von meinen Eltern nicht. Aber bei ihm ist das was anderes. Er hat mir, als wir mal wieder zusammen weinend auf dem Flur vor der Selbsthilfegruppe saßen, gestanden, dass es ihm ähnlich geht. Es ist wohl etwas anderes, wenn einen jemand in den Arm nimmt, der einen wirklich versteht, statt jemand, der das nur höflichkeitshalber tut.

Manchmal wissen wir schon, dass der andere eine Umarmung und Trost nötig hat, wenn wir uns vor dem Gebäude treffen und sobald wir den Flur betreten haben, fängt dann einer an zu weinen und der andere macht entweder mit oder hört zu und tröstet.

Er hatte mich auch schon einmal mitten in der Nacht angerufen, weil er nachts aufwachte und traurig war. Am nächsten Tag hat er sich entschuldigt und versprochen, dass es nicht wieder vorkommt, aber ich fand das nicht schlimm. Im Gegenteil, ich wusste dann, dass ich das auch mal machen kann, wenn ich eine schlimme Nacht habe.

Ein paar Minuten später fängt er vorsichtig, mit leiser Stimme an wieder mit mir zu sprechen: »Sara ... Ich finde das zwar selber gerade sehr unhöflich von mir, aber wir müssen das jetzt klären. Ich kann das hier nicht machen, wenn die Kinder da sind. Das sendet völlig falsche Signale und Philip ist gerade sehr sensibel und Karla hat immer wieder Wutausbrüche wegen einfach allem, ich glaube nicht, dass sie es verstehen würden. Ich will, dass du dir dessen vorher bewusst bist, bevor du die Entscheidung triffst, hier einzuziehen.«

»Ja, ich verstehe. Natürlich.«

Ich löse mich von ihm und stehe auf. Ich glaube, es wird Zeit sich frisch zu machen. Ich gehe Richtung Flur, um im Bad Augen und Frisur zu überprüfen, und er läuft mir hinterher. »Sara? Du bist jetzt nicht beleidigt, oder? Ich, ich ... «

Ich merke, dass er das falsch auffassen konnte, drehe mich schnell um und gehe zu ihm, nehme seine Hände in meine und küsse ihn auf die Wange und versichere ihm: »Nein. Ich verstehe es wirklich. Ich weiß, dass du das gelegentlich genauso brauchst, wie ich, vielleicht finden wir ja eine Lösung. Und wir gehen ja auch noch zusammen zur Selbsthilfegruppe, dann hängen wir einfach dort weinend auf dem Flur rum. Vielleicht solltest du aber nicht vergessen, dass du nicht immer den starken Typen spielen musst, Doc Selbsthilfe hat ja auch gesagt, dass man vor seinen Kindern mal rumheulen soll, damit sie es selber verarbeiten können.«

Er schaut so traurig, dass ich ihn noch einmal auf die Wange küsse, bevor ich weiterspreche: »Ich sag jetzt mal nicht, dass alles gut wird, aber ich mache mich jetzt kurz frisch und dann hoffe ich, dass die Pizza bald da ist, ich habe nämlich Hunger und hungrig ist alles viel scheißer als sonst.«

Zehn Minuten später ist es soweit. Sie sind da. Er hat mich gebeten am Esstisch sitzen zu bleiben, er will schnell rausgehen, die Kinder in Empfang nehmen und sich bei seinen Schwiegereltern bedanken.

Nervös hibbel ich auf meinem Stuhl rum. Warum bin ich eigentlich nervös? Es gibt gar keinen Grund dazu. Im schlimmsten Fall ziehe ich nicht hier ein. Ich bin mir sowieso nicht mehr sicher, ob das eine gute Idee ist. Eigentlich ist das sogar eine total dumme Idee. Ich mag keine Kinder und ich will auch nicht mit irgendeinem Typen unter einem Dach leben, den ich erst ein paar Wochen kenne, egal wie gut wir uns verstehen.

Auf einmal steht eine Frau im Wohnzimmer. Das wird dann höchstwahrscheinlich seine Schwiegermutter sein. Ich stehe ruckartig auf, sie kommt auf mich zu und spricht mich an: »Sie müssen Sara sein!«

»Äh, ja«, bestätige ich das. Was will sie hier? Wo ist Paul? Verdammt. Egal. Ich gehe auf sie zu und strecke ihr meine Hand hin. »Hallo Frau ...« Mist, ich weiß gar nicht, wie seine Schwiegereltern mit Nachnamen heißen.

»Nenne mich doch einfach Elvira.« Dann versinke ich auf einmal in der Umarmung dieser großbrüstigen, weichen Frau. Oh je. Duzen und umarmen vor dem ersten richtig gesprochen Satz. Das ist ja gar nicht mein Ding. »Du armes Kind.« Jetzt tätschelt sie mir auch noch den Rücken. »Was du durchmachen musst. Gut, dass unser großherziger Paul sich um dich kümmert. Ihr kennt euch von der Schule früher, ja?«

Ich fühle mich überrannt von ihrer mütterlichen Freundlichkeit und bin froh, dass Paul reinkommt. Er stutzt und ich winke ihm etwas hilflos zu. Er zuckt entschuldigend mit den Schultern und formt irgendwas mit seinen Lippen, was bedeuten könnte, dass sie nur mal schnell auf Toilette wollte.

Endlich lässt sie mich wieder los und eine Fragesalve prasselt auf mich nieder: »Wo war die Beerdigung deines Mannes? Auf welchem Friedhof liegt er? Hast du auch ein Doppelgrab gemietet? Wie war die Trauerfeier? Hast du gar keine Familie mehr, du armes Ding?«

Ich bin sehr froh, dass Paul seinen Arm um sie legt und sie bittet: »Muttern, überfall sie doch nicht. Schau mal, sie ist ganz durch den Wind.«

Sie schaut mich an. »Ach, herrje, das tut mir leid. Du musst wirklich Furchtbares durchmachen, wie unser armer Paul auch. Und ich und mein Mann, die Tochter sollte nicht vor einem gehen müssen. Das hat die Natur nicht vorgesehen, Eltern sollten nicht ihre Kinder sterben sehen müssen.« Sie bekommt ganz glasige Augen.

»Muttern«, ermahnt Paul sie nochmal, »Ich glaube es ist gut. Ich würde sie jetzt gerne Karla und Philip vorstellen, die beiden müssen ja mit ihr klar kommen.«

»Natürlich Paul, ich finde es ja schön, dass du ein Kindermädchen gefunden hast, dem du vertrauen und der du aus der Patsche helfen kannst, du bist so ein guter Mann. Wir sind so froh, dass wir dich für unsere Kerstin hatten.«

Ich wüsste echt gerne, wann diese Frau aufhört zu plappern. Ich bin sicher, wenn sie stirbt, muss man ihren Mund extra totschlagen, sie hört ja gar nicht auf! Wie hält er das nur aus?

Er führt sie, während sie weiterredet langsam nach draußen und meine höfliche Seite kommt kurz durch, ich eile ihr nach, strecke ihr die Hand hin und sage: »Es hat mich gefreut dich kennenzulernen Elvira und ich hoffe, dass ich Paul die Hilfe sein kann, die du erwartest. Wir sehen uns sicher bald wieder, sofern die Kinder mich mögen.« Paul schaut mich bewundernd an und ich lasse ihr keine Gelegenheit mehr was zu erwidern, sondern gehe zurück zum Esstisch, während er sie weiter nach draußen führt.

Fünf Minuten später kommt er mit Pizzakartons und den zwei Kindern im Schlepptau wieder zurück. Er lässt erst gar keine Begrüßung zu, die peinlich werden könnte, sondern treibt uns an: »Los, hinsetzen, ich habe Hunger. Ihr könnt euch auch beim Kauen begrüßen.«

Also setzen wir uns und jeder nimmt seine Pizza in Empfang und das Erste, was ich von den Kindern höre, ist Karla, die in die Runde sagt: »Igitt, Ananas auf der Pizza? Und die soll für uns kochen? Nein, danke.«

Ich antworte ihr: »Ich bin froh, dass du das sagst Karla, dann übernimmst du das Kochen.«

Sie schaut erst mich entgeistert an, dann Paul. »Paps, ich muss nicht kochen, oder?«

Er lacht. »Besser nicht.«

Ich frage die beiden: »Ihr habt mit eurem Vater gesprochen, ich habe mit eurem Vater gesprochen, wir wissen also alle, worum es geht. Was habt ihr denn für Erwartungen oder Fragen an mich?«

Karla antwortet sofort schnippisch: »Kein Ananas im Essen. Meine Ruhe. Kein Einmischen in meine Angelegenheiten, du bist keine Ersatzmutter oder sowas. Gefüllter Kühlschrank. Dass du nicht stinkst. Dass du meine Freunde nicht belästigst. Dass du mich nicht volllaberst mit deiner Scheiße.«

»Karla«, ermahnt Paul sie sanft, »Es reicht. Du hattest versprochen höflich zu bleiben.«

»Ich habe aber noch eine letzte Frage.«

Ich sage in Pauls Richtung: »Lass sie. Wir wohnen ja vielleicht bald zusammen, da muss ich das eh ertragen.«

Ihre Augen funkeln wütend, aber ich denke, es ist besser, wenn sie jetzt gleich mal alles rauslässt.

»Suchst du einen Sugardaddy?«

Ich frage sie, etwas verblüfft, zurück: »Du weißt was ein Sugardaddy ist?«

»Natürlich weiß ich das. Ich bin 16 und nicht weltfremd.«

»Sorry. Ich habe keine Ahnung, was Sechzehnjährige heute wissen und was nicht.«

»Also? Willst du jetzt meinen Vater rumkriegen, oder was?«

»KARLA! Es reicht jetzt!«, mischt sich Paul wieder ein, aber ich winke ab und antworte ganz ruhig: »Ich glaube, dafür bezahlt er mir nicht genug.«

Sie antwortet sarkastisch: »Ach, ne ganz Witzige. Juhu, ein Witzbold hat uns gerade noch gefehlt.«

Ich muss lachen, auch wenn ich das nicht will, und gestehe ihr: »Auch, wenn es dir wohl nicht so geht, aber ich finde dich ganz cool und ich denke, wir werden uns so weit aus dem Weg gehen können, dass das klappt mit uns. Und wie siehst du das?«

Sie mustert mich mit in Falten gelegter Stirn. »Ja, okay, ich glaube nicht, dass ich eine große Wahl habe.«

Dann wende ich mich dem kleinen Philip zu, der noch gar nichts gesagt hat, sondern nur langsam und bedächtig seine Pizza isst und unser Wortgefecht verfolgt. »Und du Philip? Was sagst du dazu? Willst du noch etwas von mir oder über mich wissen, oder denkst du, dass du mit mir klarkommst?«

Er schaut mich überrascht an, so als hätte er nicht erwartet, dass ich ihn frage. Er kaut langsam zu Ende und antwortet dann in sehr höflichem Tonfall: »Ich denke, es könnte funktionieren. Ich habe aktuell keine Fragen mehr. Mir ist es hauptsächlich wichtig, dass ich hier wohnen bleiben kann.«

Ich sehe Paul an. Paul sieht mich an. Wir nicken gleichzeitig. Scheint so, als wäre es beschlossen. Ich ziehe hier ein!

Nach dem Essen unterhalten wir uns noch ein bisschen und ich frage ein paar Sachen. Ich will ein wenig über den Tagesablauf wissen und über Hobbys und Gewohnheiten etwas erfahren.

Paul erzählt mir: »Philip spielt Geige und Karla tanzt.« Ich bin ein wenig genervt davon, die Kinder können ja wohl selber sprechen.

Ich frage Philip: »Geige? Das ist ein ungewöhnliches Instrument. Wie bist du darauf gekommen?«

Paul antwortet für ihn: »Kerstin und ich hatten ihm vor ein paar Jahren eine CD von einem Konzert einer Band mitgebracht, die alte Lieder neu mit ihren Elektrogeigen interpretiert haben. Das hat ihm so gut gefallen, dass er auch Geige spielen wollte. Ich wollte ihm erst eine Gitarre kaufen, weil das ja verbreiteter ist, aber er bestand auf die Geige.«

Ich ignoriere Paul und frage Philip direkt: »Warum wolltest du lieber Geige als Gitarre?«

Er zuckt mit seinen Schultern. »Sie ist kleiner und ich fand das cooler und jetzt bin ich ja schon mittendrin, es wäre ja doof, jetzt zu wechseln.«

Karla mischt sich ein: »Frag mich bloß nichts zum Tanzen, ich habe keine Lust mit dir darüber zu reden. Es reicht, wenn du weißt, dass du mich nicht zum Unterricht fahren musst, sondern nur gelegentlich auf Veranstaltungen.« Sie schaut zu ihrem Vater, »Wobei es ja nett wäre, wenn du das machst Paps. Ich muss sie da nicht unbedingt dabei haben.«

Sie steht auf, legt ihre Hand auf Philips Schulter und fordert ihn auf: »Komm Philip, wir haben uns genug verhören lassen, lass uns gehen.«

Beide verlassen zusammen den Wohnbereich und Paul und ich bleiben allein zurück.

Ich schaue einen Augenblick weiter auf die geschlossene Tür, bevor ich mich ihm wieder zuwende. »Das ist also deine Tochter. Scheiße.«

»Wieso scheiße?«, fragt er und legt missbilligend seine Stirn in Falten.

»Du solltest sie irgendwo einsperren.«

»Warum denn das?«

»Bist du blind?«, lache ich, »Sie ist heiß. Sie tanzt wohl schon lange? Das sieht man. Und dann das hübsche Gesicht und ihre Haare, die Jungs müssen ihr scharenweise hinterherlaufen. Hat sie einen Freund?«

Seine Stirnfalten werden tiefer. »Sag nicht so ein Zeug über meine Tochter. Ja, sie ist hübsch und ja, sie hat einen Freund und nein, ich mag ihn nicht. Aber ich habe mir sagen lassen, dass das normal sei als Vater. Also tue ich lässig und cool und lasse sie machen.«

Ich hebe beschwichtigend meine Hände. »Schon gut Paul. Du machst das schon. Ich denke, es ist nicht so einfach mit einer fast erwachsenen Tochter. Sag mir einfach ganz genau, welche Regeln sie zu befolgen hat und was sie nicht darf, damit sie mich nicht anschwindeln kann.«

»Ja, natürlich, das sollten wir machen, sie ist raffiniert.«

»Ja, das denke ich mir«, antworte ich nachdenklich. Die Idee einzuziehen kommt mir noch verrückter vor. Ich unter einem Dach mit einer durchtriebenen Sechzehnjährigen.

Ich konzentriere mich wieder auf Paul und fordere: »Wir müssen noch die Details festlegen. Ich will keinen Platz für Missverständnisse. Am besten halten wir alles schriftlich fest.«

Er nickt. »Ja, da bin ich auch Freund von. Unter der Woche, während ich arbeite bist du für die Kinder verfügbar, auch als Fahrdienst, wenn sie wohin müssen und auch für Terminaufsicht, wenn die Nachhilfe kommt und solche Sachen.«

»Was bedeutet das genau? Ich bin vormittags auch gelegentlich beruflich unterwegs. Und wie lange soll das immer sein, also bis abends? Nachts?«

Er überlegt. »Stimmt. Dann die Zeit zwischen, wenn die Schule aus ist, bis ich von der Arbeit komme, Überstunden mitgerechnet. Wenn ich auf Geschäftsreise bin, auch über Nacht. Wochenende auch, falls ich geschäftlich unterwegs bin. Oh, und in den Ferien. Aber du musst nicht ununterbrochen da sein, also wenn du mal nachmittags einen Termin hast, sag einfach Bescheid, sie kommen auch ein paar Stunden alleine aus. Das sind sie gewohnt mittlerweile.«

»Ja, hört sich okay an. Ich will Urlaub. Insgesamt vier Wochen im Jahr komplett. Wie ist das mit Besuch?«

»Urlaub ist logisch. Wie meinst du das mit Besuch?«

»Ich habe Freunde. Kann ich die mal zum Abendessen einladen oder zum Brunchen?«

»Oh, stimmt. Habe ich noch nicht darüber nachgedacht. Ja, klar. Wenn du hier wohnst, musst du ja auch irgendwo deine Freunde treffen können. Das wird sicher merkwürdig, aber so ist das wohl in WGs, nicht? Können wir uns darauf einigen, dass das nicht häufiger als einmal die Woche ist und du uns Bescheid gibst? Bezahlung passt dir?«

»Ja, klar. Und nein. Das ist zu viel für den Aufwand. Ich bin ja nur anwesend und koche was. Und ich zahle ja schon keine Miete und keine Nebenkosten und auch das Essen übernimmst du. Also gibt mir 250 €.«

»Das ist zu wenig. Du hast keine Ahnung, wie anstrengend das sein kann. 500 € mindestens. Außerdem, wenn ich die beiden in ein Internat hätte stecken müssen, wäre das viel, viel teurer geworden.«

»Dann sage ich nicht nein. Sonst fällt mir nichts mehr ein. Dir?«

»Kündigungsfristen. Falls du die Nase voll hast. Mindestens einen Monat, eher zwei. Ich brauche Vorlauf, wenn du es dir anders überlegst. Und ich will absolute Zuverlässigkeit. Ich kann nicht gebrauchen, dass du einfach verschwindest oder dich nicht an Abmachungen hältst.«

»Schätzt du mich echt so ein?«, empöre ich mich.

»Nein, ich vertraue dir. Und das ist schon ganz verrückt, dafür, dass wir uns wie lange kennen? Drei Monate? Ich muss auf Nummer sicher gehen, du verstehst?«

Ich sehe ihn an und ich erkenne, dass er das ernst meint. Er hat ja recht, er kennt mich nicht lange und vertraut mir seine Kinder an.

Ich lege meine Hand auf seine und versichere ihm: »Ich verspreche dir, dass du auf mich zählen kannst. Egal was passiert, ich werde dich nicht hängen lassen, wir finden immer eine Lösung, in Ordnung?«

Er legt seine zweite Hand auf meine und lächelt mich an. »Ja, davon bin ich überzeugt. Danke.«

»Gibt es noch etwas zu klären?«

»Ich bin sicher, dass uns noch eine Menge einfallen wird, wenn es erstmal soweit ist, aber du hast mir ja gerade zugesichert, dass wir für alles eine Lösung finden, also mache ich mir jetzt einfach keine Gedanken mehr.«

»Du machst dir wie verrückt Gedanken, oder?«, hake ich nach.

Er lächele wieder. »Du hast ja keine Ahnung, wie sehr.«

Ich lächele zurück. »Doch. Das steht quasi wie eine Leuchtreklame auf deiner Stirn. Aber das ist gut. Alles andere wäre ziemlich merkwürdig.«

»Stimmt.«

Er will nicht wissen, ob ich mir auch Gedanken mache, aber ich tue es. Diese Idee erscheint mir mittlerweile so abwegig, so verrückt, so absolut unüberlegt. Ich soll auf Kinder aufpassen? Joe und ich wollten nie Kinder, weil wir lieber unterwegs waren, uns gegenseitig vollauf genügten und unsere Ruhe schätzen. Und nun beschließe ich, von meiner Wohnung in ein Zimmer zu ziehen und mich den ganzen, nun ja, fast den ganzen Tag mit Menschen zu umgeben. Am liebsten würde ich jetzt die Reißleine ziehen und alles absagen. Vielleicht warte ich aber auch darauf, dass Paul sagt: »Hehe, verarscht. Denkst du ernsthaft, dass ich jemanden wie dich auf meine Kinder aufpassen lasse?«

Aber er sagt nichts in diese Richtung. Und jetzt kann ich ihn auch nicht mehr hängen lassen. Das wird schon werden, oder? Oder?

Paul & Vergebung

Paul

Ich bin nervös. In einer Woche wird sie zu uns ziehen. Das ging ja dann recht schnell. Vor drei Wochen war sie hier, damit die Kinder sie kennenlernen und dann ging es Schlag auf Schlag.

Wir haben uns noch einmal im Haus verabredet, damit wir Kleinigkeiten abklären können, die uns noch eingefallen sind.

Sie kommt mit den Kindern aus dem Bad, sie haben abgesprochen, wer welchen Platz bekommt und die Nutzungszeiten grob festgelegt. Bevor die Kinder wieder verschwinden können, öffnet sie die Tür vom Gästezimmer und fragt Karla: »Du Karla, wie würdest du denn hier einrichten, wenn du freie Hand hättest?«

Karla schaut sie an und antwortet: »Iiiiich? Ich würde niemals in ein so winziges Loch ziehen, hier passt ja mal gar nichts rein.«

Sara seufzt: »Ja, ich weiß, deswegen hatte ich die Hoffnung, dass du eine Idee für mich hast.«

An dieser Stelle mischt sich Philip ein: »Ja, das ist wirklich klein. Die Zimmer von Karla und mir sind ja viel größer. Das ist schon irgendwie doof, du bist ja eine Erwachsene.«

Sara fragt ihn ernst: »Hast du eine praktische Idee Phil?«

Ich ermahne sie: »Sara, er heißt Philip.«

Sie verdreht die Augen, kommt aber nicht mehr dazu zu antworten, denn er fragt mich: »Warum zieht sie nicht in das Büro? Da ist ja nie einer drin. Außer die Putzfrau und es ist größer. Fast so groß wie unsere Zimmer. Fast.«

»Wäre das für dich in Ordnung Philip?«, fragt Sara ihn und als er nickt, fragt sie Karla: »Und für dich?«

»Ist mir doch egal. Ich gehe jetzt auf jeden Fall in mein Zimmer«, antwortet sie und rauscht davon.

Jetzt wendet sie sich mir zu und schaut mich an. Und dann wird mir klar, dass das eine kleine List von ihr war. Sie hatte nie vor in das Gästezimmer zu ziehen.

Ich fühle mich überrumpelt, drehe mich um und gehe ins Büro rüber. Ich gehe hindurch und streiche über einen der Stühle. Sie kommt mir hinterher und vermutet richtig: »Es war nicht nur wegen der Kinder? Es war auch wegen dir? Es macht dir was aus, wenn sich was verändert? Richtig?«

»Vielleicht«, antworte ich ihr und merke, dass meine Stimme etwas brüchig ist, also räuspere ich mich, »Aber wenn die Kinder damit kein Problem haben, dann habe ich es auch nicht. Es ist jetzt dein Zimmer. Fertig. Was sollen wir auch mit einem ungenutzten Arbeitszimmer?«

Sie kommt zu mir her, drückt kurz meine Hand und geht wieder Richtung Tür. »Danke«, sagt sie und lässt mich alleine.

Während ich dastehe und mich umschaue, wird mir klar, dass das nicht so schlimm ist, wie ich dachte. Ich bin ja wirklich nie hier und wir haben so viele andere Erinnerungen. Ich nehme die herumstehenden Bilder und lege sie auf den Schreibtisch, staple die Stühle aufeinander und stelle sie in die Nähe der Tür. Die Flaschen aus der Bar trage ich in die Küche und dann merke ich, dass das gar kein Problem ist, es ist nur ein sinnloses Büro, vergeudeter Platz.

Als ich das Büro verlasse, habe ich wieder bessere Laune und als Sara das merkt, fragt sie mich vorsichtig: »Bleibt das Gästezimmer, Gästezimmer oder soll dann das Büro da rein, halt als kleine Variante?«

Ich lächle sie an. »Kein Büro mehr. Eine Sara. Guter Tausch, denke ich.« Sie lächelt zurück.

»Deine Kinder helfen beim Umzug nicht mit, oder?«

»Nein. Und glaub mir: Das willst du auch nicht. Ich habe sie gefragt und Karla hat nur ihre Augenbrauen hochgezogen und Philip, nun ja, er würde sicher helfen, aber eine richtige Antwort habe ich nicht bekommen. Vielleicht bringe ich sie zu den Großeltern, dann stehen sie nicht im Weg rum.«

Karla läuft mit einem Snack und Getränke an uns vorbei Richtung ihres Zimmers und wirft mir Halbsätze im Vorbeigehen hin: »Musst eh hin. Oma. Geburtstag.«

Ich werfe einen Blick auf meine Uhr, beziehungsweise das Datum darauf und mir wird heiß-kalt.

Ich streiche mir mit gesenktem Blick über den Nacken und erkläre ihr: »Ich glaube wir haben ein Problem.«

Sie hebt fragend ihre Augenbrauen. »Was?«

»Schwiegermutter feiert dieses Wochenende ihren runden Geburtstag. Groß und lange angekündigt. Ich hatte das vergessen. Ich habe das mit den privaten Terminen noch nicht wieder ganz im Griff.«

»Och Paul«, schimpft sie, »Echt? Wie kann man sowas vergessen?«

»Es tut mir leid. Früher hat Kerstin immer alle privaten Termine gemanagt und mir immer alles rechtzeitig angekündigt. Und in den Kalender in der Küche eingetragen. Das war doch schon immer so, ich habe mich noch nicht daran gewöhnt, dass das anders ist jetzt und ich habe immer den Kopf so voll. Aber das sind alles Ausreden. Es tut mir leid. Können wir den Umzug um eine Woche verschieben? Du musst doch noch nicht gleich aus der Wohnung raus, oder?«

Sie schweigt erst und atmet dann hörbar aus. Das ist kein gutes Zeichen, damit habe ich sie wohl richtig verärgert. Und ich verstehe das ja, das ist wahrlich kein guter Beginn in ein WG-Leben.

»Okay Paul, mach dir keine Gedanken, das geht in Ordnung. Kann ich trotzdem schon den Schlüssel haben? Dann bringe ich schon ein paar Sachen rüber.«

Ich atme erleichtert aus. Das klingt doch nicht böse.

»Aber natürlich. Brauchst du meinen Kombi? Wir können Kerstins SUV nehmen. In dein Miniauto geht ja fast nichts rein.«

»Nein, nein, mein Auto reicht. Nur die Schlüssel will ich, das wäre prima.«

»Klar. Soll ich sie dir im Laufe der Woche vorbeibringen?«

»Du hast noch keine für mich? Du brauchst sie nicht extra vorbeibringen, kann ich einfach am Freitagabend bei euch vorbeikommen? Ich kann auch Essen mitbringen. Dann bekomme ich die Schlüssel und ihr geht geburtstagfeiern. Wann seid ihr zurück?«

»Klar, super Idee! Wir fahren Samstagmorgen ganz früh los und kommen Sonntag so gegen Abend zurück.«

Sie nickt.

»Danke Sara, danke für dein Verständnis.«

»Wehe du vergisst die Schlüssel Paul! Ich gehe jetzt. Bis Freitag.«

Ich bringe sie zur Tür und vielleicht sollte ich beleidigt sein, weil sie denkt, dass ich die Schlüssel vergessen könnte. Aber leider hat sie mit ihrer Ermahnung ja recht, schließlich habe ich bis heute noch keine besorgt. Und Kerstins will ich ihr nicht geben. Ich trage mir das in meinen Terminkalender ein, dass ich mich darum kümmere, sonst ist sie mit Recht sauer.

Am Sonntagabend fahre ich das Auto in die Einfahrt. Ich bin echt müde, ein Wochenende bei den überfürsorglichen Schwiegereltern ist anstrengend, vor allem wenn gefeiert wird und unzählige Menschen da sind. Da sehe ich Saras Auto. Ist sie etwa hier? Wartet sie auf uns? Warum?

Karla schaut vom Beifahrersitz zu mir rüber. »Äh, ist das nicht das Auto von der Dings?«

»Sara heißt sie Schatz«, ermahne ich sie. Ich weiß, dass sie das weiß, aber es cooler findet so zu tun, als würde es sie nicht interessieren, dabei nimmt es sie schon auch etwas mit, dass wir jetzt dann eine fast Fremde im Haus haben werden.

Wir drei steigen aus, betreten das Haus und Sara kommt uns lächelnd entgegen. »Hey, ihr seid zurück. Schön.«

Bevor ich dazu komme, etwas zu sagen, fragt Karla gleich aggressiv: »Was machst du denn hier? Reicht es nicht, dass wir dich ab nächstes Wochenende jeden Tag ertragen müssen?«

Etwas verlegen antwortet Sara ihr: »Karla, wenn ihr das schafft, können wir jetzt gleich heute mit dem Ertragen anfangen.«

Jetzt mische ich mich ein: »Wie meinst du das?«

Sie strahlt mich an: »Tada! Umzug erledigt!«

»Wie hast du das gemacht?«, staune ich.

»Ich möchte eins vorwegnehmen: Falls es euch zu überfallartig ist, kann ich noch eine Woche woanders unterkommen, ansonsten wäre das heute meine erste Nacht bei euch. Und ich habe das mit vielen Helfern erledigt. Ich wollte nicht allen absagen und alle Termine verschieben, wegen dir als einzelnem Helfer. Aber da du sonst sicher die ganze Woche ein schlechtes Gewissen gehabt hättest, habe ich dich halt im Glauben gelassen, dass wir verschieben. Nicht böse sein, ja?«

Ich bin kurz sprachlos. »Nein, bin ich nicht. Ich glaube, ich verstehe das. Es waren also ganz viele Fremde in unserem Haus, während wir weg waren?«

»Ja, Paul, so ist es. Aber ich habe niemand in andere Zimmer gelassen, nur in meins, den Keller und auf Toilette, aber die habe ich dann gleich geputzt.«

Jetzt sagt auch der schüchtern wirkende Philip was: »Dürfen wir es sehen?«

»Was denn?«

»Dein Zimmer?«

»Aber klar«, antwortet sie, läuft vor, öffnet die Tür und schwenkt einladend ihren Arm. Philip voran und betritt zuerst den Raum. »Wow, cool. Das sieht ganz anders aus.«

Karla bleibt draußen und mault rum: »Was interessiert mich das, ich dachte, ich hätte noch eine Woche Ruhe.« Dann verschwindet sie mit einem lauten Türenknallen in ihrem eigenen Zimmer.

Ich gehe jetzt ebenfalls neugierig rein und erkenne mein altes Büro nicht wieder. Frisch tapeziert, man riecht noch den Leim, neue Lampen in anderer Verteilung, gemütliche Vorhänge, ein flauschiger Teppich in der Mitte. Dominiert wird das Zimmer von einem riesigen Bett und einem großen Schreibtisch. An einer Wand steht alles voller Kommoden und darüber hängen zwei richtig große Bilder.

Ich staune auch: »Echt wow. Wie hast du das geschafft? In der kurzen Zeit?«

Sie zuckt verlegen mit den Schultern. »Umzugsunternehmen. Handwerker. Wie auch immer.«

»Und wo sind die Sachen hin?«

»Ordentlich im Keller, falls du sie doch noch irgendwie verwerten möchtest.«

»Darf ich gucken?«

»Es ist dein Keller.«

Ich gehe runter und sehe die Sachen anständig abgedeckt, um sie zu schützen, sie hat sich wirklich Mühe gegeben. Ihre Sachen sind in ähnlichen Kisten verstaut, wie wir sie auch nutzen und ordentlich in die Ecken gestapelt. Keine Möbel. Was hat sie mit ihren Möbeln gemacht?

Ich gehe wieder hoch, finde sie mit Philip im Wohnzimmer und bekomme mit, wie sie in fragt: »Philip, ganz ehrlich, ist es für dich in Ordnung, wenn ich heute schon hierbleibe oder soll ich lieber erst nächste Woche einziehen?«

Vorsichtig antwortet er: »Das fragst du mich? Das ist doch nicht meine Entscheidung. Aber es ist mir egal, mich störst du nicht. Also hoffe ich.«

»Und was denkst du, wie es für deinen Vater und Karla ist?«

»Du stellst komische Fragen, ich weiß doch nicht was die denken. Obwohl ... Karla ist es auch egal, weil sie grundsätzlich alles scheiße findet und ich denke Paps ist hin- und her gerissen. Also kommt es wohl auf dich an. Willst du denn heute schon hierbleiben?«

»Phil, ich dachte eigentlich, du bist noch ein Kind, aber ich kenne viele Erwachsene, die hätten das nicht so wunderbar zusammenfassen können. Mir geht es wie deinem Vater. Ich denke, dann bleibe ich. Wenn man es hinter sich hat, hat man es hinter sich und um so schneller wird das normal für uns alle.«

Jetzt räuspere mich und beide fahren in meine Richtung herum.

Ich hebe entschuldigend meine Hand. »Ich wollte euch nicht erschrecken.«

»Alles gut«, winkt sie ab und schaut mich intensiv an, »Paul, ich brauche eine Entscheidung. Darf ich heute schon bleiben?«

Ich überlege nicht lange. »Bleib.«

Sie seufzt. »Prima. Ich habe auch schon Sekt kaltgestellt, damit wir vier anstoßen können. Ich dachte, dass wäre ganz nett. Magst du Karla fragen, ob sie auch will?«

Ich lege meine Stirn in Falten und hake nach: »Du willst meinen Kindern Alkohol geben?« Ich glaube, das mit ihr war die dümmste Entscheidung meines Lebens.

Sie lacht. »Ach Paul, was du von mir denkst. Ich habe selbstverständlich alkoholfreien. Und ich habe noch Orangensaft geholt und Ginger Ale, also sollte es für jeden etwas zum Anstoßen geben.«

Ich bin beruhigt und zehn Minuten später stehen wir zu viert in der Küche und stoßen an. Selbst Karla macht mit, wobei ich vermute, sie macht das nur, damit sie nicht ausgeschlossen ist, nicht weil sie Lust dazu hätte.

»Auf neue Freunde«, hebe ich mein Glas.

»Auf gute Zeiten«, stößt sie an.

»Auf wenig Generve«, meckert Karla.

»Äh«, weiß Philip nichts zu sagen.

Und dann ist es offiziell: Sie wohnt hier.

Paul & Genuss

Paul

Es war eine vollkommen unwirkliche Woche. Ich habe mich noch nie so seltsam gefühlt, als wenn ich nach Hause komme und da steht eine fremde Frau in meiner Küche. Also natürlich ist Sara nicht fremd, aber sie wirkt falsch, fehl am Platz. Auch das ist nicht richtig. Es wirkt unwirklich, ja das passt.

Ich werfe einen Blick in die Küche, um zu schauen, was es zu essen gibt, denn ihre Art zu kochen ist recht ungewohnt für uns, sie benutzt viel mehr verschiedene Gewürze und mischt gerne scharf unters Essen. An einem Tag in einer etwas übertriebenen Dosierung. Während die Kinder und ich rote, brennende Lippen und wässrige Augen bekamen, schaute sie uns nur an und fragte: »Was ist los?«

Gut, dass wir immer Milch dahaben, um das Brennen zu mildern, und so bestand unser Abendessen an diesem Tag aus Milch und belegten Broten, die wir uns als Ersatz gemacht hatten. Erst hatte sie sich entschuldigt und dann über uns lustig gemacht, dass wir Krankenhausessenesser wären und dass wir uns schon einmal freuen sollten, weil das immer zweimal brennen würde. Karla war natürlich hocherfreut, sicher erzählt sie ihren Freundinnen, dass ihre Babysitterin sie vergiften möchte, zumindest hat sie das lautstark angekündigt an diesem Abend.

Heute am Freitag hat sie uns ein lecker aussehendes Nudelgericht gemacht und einen Salat. Ich mag es, dass sie fast jeden Tag einen Salat dazu macht, das gab es eine ganze Zeitlang gar nicht mehr.

Während sie das Dressing mixt, probiere ich heimlich einen Happen und nicke anerkennend. Als ich wieder zu ihr hinsehe, erkenne ich eine hochgezogene Augenbraue. »Hat es den Paul-Feinschmecker-Test bestanden?«

Ertappt versichere ich: »Klar. Keine Atemnot, kein spontanes Übergeben, keine Vergiftungserscheinungen. Scheint zu gehen.«

Sie probiert ihr fertiges Dressing, kommt dann einen Schritt auf mich zu und erkundigt sich: »Weißt du was mich zum spontanen Übergeben bringt?«

»Hoffentlich nicht dein Dressing?«, spekuliere ich.

Dann packt sie mich an meiner Krawatte, die ich zwischen zwei Knöpfen ins Hemd gestopft hatte, und schleift mich unter meinen lautstarken Protesten hinter sich her in den Hauswirtschaftsraum. Sie lacht dabei die ganze Zeit und beteuert: »Das ist nur die gerechte Strafe für deinen dummen Spruch mein Hündchen.«

»Was soll ich jetzt hier? Ich will mich umziehen und habe Hunger« nörgle ich.

Sie zeigt auf einen Haufen Shirts. »Das sind deine und sie liegen hier, seit ich sie aus der Maschine habe, weil ich Handtücher waschen wollte. Nun schon zwei Tage. Sie waren nass und haben angefangen zu stinken. Ich habe sie für dich noch einmal gewaschen, ich werde sie aber nicht für dich aufhängen oder trocknen und auch nicht wegräumen. So haben wir das vereinbart. Selbst Karla hat schon gemeckert, dass du deinen Scheiß liegen lässt. Also?«

»Ist ja gut. Ich kümmere mich darum. Kein Wunder beschwert sich Karla so viel über dich, wenn du so eine Nörglerin bist.«

Ich wollte sie nur etwas ärgern und habe erwartet, dass sie jetzt mit in die Hüfte gestemmten Händen schimpft und ich sie dann zum Lachen bringe und sie wieder gut drauf ist. Es ist normalerweise einfach, sie zum Lachen zu bringen. Aber ihre Mundwinkel wandern nach unten und sie lässt ihre Arme hängen.

»Echt? Beschwert sie sich jetzt schon viel über mich? Ich bin doch erst ein paar Tage da. Ich muss mich doch auch erst eingewöhnen. Oh.«

Sie schaut auf den Boden und will gehen.

»Hey Sara. Nicht geknickt sein. Sie würde sich auch beschweren, wenn du Mary Poppins wärst. Tut mir leid, dass ich das gesagt habe. Danke, dass du die Handtücher gewaschen hast und danke für meine Shirts. Ich gebe mir mehr Mühe ein guter WG-Partner zu sein. Versprochen. Und wenn es hilft, darfst du mich noch einmal an der Krawatte durch die Gegend ziehen.«

Sie hebt ihren Kopf und muss gegen ihren Willen ein klein wenig lächeln. »Ich mache das Essen fertig, zieh dich um. Und dein Angebot hebe ich mir für einen anderen Tag auf.«

Das von mir vorgekostete Essen schmeckt allen so gut wie mir und Karla unterhält den Tisch mit Geschichten aus der Schule, erst eine lustige Geschichte und dann eine mit etwas Gemecker über einen wohl zu strengen Lehrer.

Ich höre ihr zu und fühle mich zufrieden, bis mir einfällt, dass jetzt mal wieder ein Wochenende bevorsteht und ich noch keinen Plan habe, was ich mit den Kindern oder auch mit mir am Wochenende anstellen soll.

Also frage ich, als Karla fertig ist: »Und was machst du am Wochenende Sara?«

Sie schaut mich so planlos an, wie ich mich fühle, und zuckt dann mit den Schultern: »Gute Frage. Vielleicht gehe ich meine Eltern besuchen. Sonst arbeite ich ein wenig und werde lesen, fernsehen und faulenzen. Und was macht ihr?«

»Freunde besuchen«, antwortet Karla knapp.

»Ich muss viel für die Schule machen und will Geige üben und zocken«, legt Philip nach.

Irgendwie beruhigt mich das, dass die beiden schon versorgt sind, auch wenn ich ein schlechtes Gewissen habe, dass ich da nichts organisiert habe.

»Ich habe die große Film-Sammlung von Joe mitgebracht beim Umzug, also falls jemand Lust auf Filmeabend oder -nachmittag hat, nur raus damit. Vielleicht wollt ihr auch mal durchschauen, ich werde alle Filme, die mich nicht interessieren weggeben, vielleicht wollte ihr ja ein paar haben.«

Karla mustert sie belustigt: »Wer guckt denn Filme noch auf DVD oder von mir aus Blu-ray? Sicher brauche ich das nicht.«

Aber Philip strahlt. »Oh gerne, ich mag Filme und auf meiner Playstation kann ich die auch angucken.«

Und nun sitzen wir am Samstagmittag da, machen im Wohnzimmer wilde Stapel von Filmen und haben uns welche für einen Filmabend rausgesucht. Wenn ich mir den Stapel so ansehe, geht der Filmabend mindestens zwei Wochen.

Als wir fertig sind, zieht sich Philip stolz mit seiner Beute in sein Zimmer zurück und wir verpacken den Rest wieder in Boxen, bis auf die, die wir zum Ansehen ausgewählt haben.

Die Kisten haben etwas Staub auf dem Boden zurückgelassen und Sara fragt mich: »Ich hatte euren Staubsauger ja schon gefunden, aber wo ist eigentlich euer Besen? Ihr habt doch einen Besen?«

»Nein, du musst heute wohl zu Fuß gehen, sorry«, antworte ich ihr.

Synchron zu ihrem Augenrollen höre ich von hinten eine Stimme: »Och neeee. Paps! Sag doch nicht so was. Deine Witze machen dich so ungefähr 20 Jahre älter. Du bist ein sehr peinlicher alter Mann.«

Ich sehe, wie Sara fest ihre Zähne zusammenbeißt, um nicht laut loszulachen, und ich drehe mich in Karlas Richtung, mache einen Satz auf sie zu, struble durch ihre Haare und kneife sie in die Wange, bevor ich sie fest in den Arm nehme. »So, da hast du deinen Vater, hätte ein alter Mann eine solches Reaktionsvermögen? Außerdem was heißt hier meine Witze sind nicht lustig? Du bekommst gleich kein Taschengeld mehr!«

»Lass mich sofort wieder los«, kreischt sie, lacht dann aber über meine Albernheit und drückt mich von sich weg, ich sehe, dass sie versucht ganz böse zu gucken, aber ihre Mundwinkel zucken verräterisch. Sie ist genauso albern wie ich und ich muss aufpassen, dass ich mir nicht irgendeine Retourkutsche einfange. Dann fasst sie sich an ihren Kopf und kreischt wieder: »Och nö, meine Frisur, ich wollte doch jetzt los, ich wollte nur Tschüss sagen! Na toll! Schlechtester Vater aller Zeiten. Den Preis kannst du dir aber sowas von sicher abholen.«

Dann rauscht sie davon und ich weiß, dass sie sich darüber ärgert, aber sobald sie sich wieder gerichtet hat, der Ärger auch schon wieder verraucht ist. Ich drehe mich zu Sara um und sehe ihren amüsierten Blick.

»Was?«

»Nichts«, beschwichtigt sie, »Ich finde es schön. So wie ihr seid. Miteinander. Ihr habt ein gutes Verhältnis, oder? Ich sehe viel Zuneigung.«

Ich bin etwas verlegen und fahre mir durch die Haare, ich weiß, ich muss nicht verlegen sein, aber sie hat das irgendwie mit einer so gefühlvollen Stimme gesagt, dass ich das jetzt bin. »Ja, ich denke schon. So wie ein alter Mann halt ein gutes Verhältnis zu seiner von der Pubertät mit weichgespültem Gehirn gesegnete Tochter haben kann. Aber sie ist eine tolle Tochter und eine tolle Person und ich wollte keine andere.«

»Ich habe das gesehen, alter Mann und jetzt suche mal den ersten Film aus zum Gucken, während ich den Staubsauger hole, wir legen doch gleich los mit Gucken, oder?«

»Klar«, stimme ich zu, halte sie aber kurz am Arm fest, »Du Sara, wie war die erste Woche für dich?«

Sie beißt auf ihrer Lippe rum und ich fordere: »Sei ganz ehrlich.«

Sie holt tief Luft und antwortet leise: »Schwierig. Es ist schön bei euch und ihr seid nett, sogar Karla ist umgänglicher als erwartet, aber es hat sich noch nie etwas so komisch angefühlt, wie hier zu sein. So wie in einem Ferienhaus, nur dass ich weiß, dass ich nicht mehr nach Hause gehe. Alles ist fremd und ja, ich weiß ich werde mich daran gewöhnen, aber hallo? Ihr habt kein Besen, alle eure Tassen sind das gleiche Model, zuhause hatten wir nur verschiedenen Tassen, ihr habt ganz andere Dinge in eurem Vorratsschrank. Ich fühle mich ununterbrochen wie ein Eindringling und jeder Tag wird mir das in unzähligen Kleinigkeiten bewusst, dass ich nicht wirklich dazugehöre. Ich denke den ganzen Tag daran, dass Doc Selbsthilfe gesagt hat, Trauer wäre ein wenig wie eine Schwangerschaft, man muss sie einfach durchstehen und ich denke mir, ich mach das jetzt neun Monate, so lange wie eine Schwangerschaft dauert und wenn es dann nicht besser ist, dann muss ich wieder gehen. Ich bin mir voll und ganz bewusst, dass ich Schlimmeres hinter mir habe und du auch, aber trotzdem. Tut mir leid.« Sie trägt diese Worte schnell und abgehakt vor und schluckt zum Schluss schwer.

Ich verstehe sie und komme mir jetzt schlecht vor, weil ich mich komisch gefühlt habe. Schließlich komme ich jeden Tag in mein vertrautes Zuhause mit meinen vertrauten Kindern. Ich würde sie gerne tröstend in den Arm nehmen, aber ich hatte ihr schon gesagt, dass ich das hier zuhause nicht machen kann. Also schlage ich vor: »Magst du kurz auf dein Zimmer gehen? Ich sauge schnell durch.«

Sie nickt mit Tränen in den Augen und ist schon weg.

Ich habe ein richtig schlechtes Gewissen, meine Frage war nicht böse gemeint, ich hätte aber wissen müssen, dass ich da in eine offene Wunde stochere. Manchmal sollte ich mein Gehirn einschalten.

Ich habe das dringende Gefühl, dass ich ihr nachgehen sollte, da ich den Gedanken unerträglich finde, dass sie jetzt alleine weinend in ihrem Zimmer sitzt und ich schuld bin, stattdessen schicke ich ihr ein paar Nachrichten.

Ich: *Es tut mir leid, dass ich gefragt habe, ich habe nicht nachgedacht.*

Ich: *Ich bin sehr froh, dass du da bist.*

Ich: *Ich wünschte, ich könnte es dir einfacher machen. Stelle deine Tassen doch einfach dazu, wenn das irgendwie hilft.*

Ich: *Ich würde gerne mit dir auf dem Trauerflur sitzen und Trauerkloßsachen machen, damit es dir besser geht.*

Ich: *Es tut mir unendlich leid.*

Sara: *Danke für deine Nachrichten, aber jetzt hör auf. Ja, ich weine, aber ich werde sicher nie wieder rauskommen können, wenn du so nett bist und ich noch mehr davon heulen muss!*

Ich tippe eine Antwort, aber dann kommt sie mit dem Staubsauger ins Zimmer und sagt mit leicht belegter Stimme: »Du wolltest das wegsaugen, stattdessen tippst du nur auf dem Smartphone rum. Bist du 16 oder was?«

Dann quält sie sich ein Lächeln ab, ich lächle zurück und will ihr den Staubsauger abnehmen, aber sie hat schon angefangen, saugt schnell den Staub, den die Kisten hinterlassen haben weg und trägt ihn dann zurück in den Hauswirtschaftsraum. Ich folge ihr und nehme sie dort dann doch tröstend in den Arm, aber sie wehrt sich und schimpft: »Lass das«, und wedelt sich mit der Hand Luft ins Gesicht. »Nicht mehr nett sein jetzt, ja? Ich muss die Fassung bewahren. Das nächste Mal wieder.«

Ich lasse meine Arme hängen, damit habe ich nicht gerechnet. Dann umarmt sie mich kurz und bestimmt: »Genug jetzt. Danke. Ich will jetzt den Film sehen, hol mal deinen Sohn, der will doch mitgucken.«

Wenig später verbringen wir zusammen mit Philip zu einer seichten Komödie den Nachmittag auf der Couch. Ich habe mir den Platz geschnappt, auf dem Kerstin beim Fernsehen immer saß, irgendwie will ich nicht, dass Sara dort sitzt, das würde alles noch absurder machen. Philip hat dann meinen Stammplatz genommen und Sara hat es sich im Liegen gemütlich gemacht mit einem Kissen und ich bin froh, dass es dadurch so gar nicht wirkt, wie ein Familienfernsehen vorher, so ist das okay für mich.

Ich stelle den Ton etwas lauter und sie beschwert sich: »Noch zwei Punkte bitte.«

»Punkte?«, wiederhole ich und pausiere den Film.

»Ja. Die eingestellte Lautstärke muss immer durch fünf teilbar sein, ist eine Macke von mir.«

Ich sehe Philips überraschten Blick und dann sagt er: »Bei mir muss es immer eine gerade Zahl sein.«

Die beiden schauen sich an und grinsen. »Dann haben wir wohl ein Problem Philip, wir können die Lautstärke nur noch in Zehnerschritten einstellen.«

»Ja. Stimmt.«

»Vielleicht hätten wir das vor meinem Einzug klären sollen.«

»Wir könnten den gleichen Film in getrennten Zimmern auf verschiedenen Fernsehern ansehen, dann hätten wir das Problem nicht.«

»Das ist eine sehr kluge Lösung.«

»Toll«, mische ich mich ein, »Ich wohne mit zwei Verrückten zusammen und einer davon ist mein Sohn.« Ich will meinen Arm um ihn legen, aber wie in letzter Zeit gewohnt, weicht er mir aus und nimmt ein Schluck von seinem Trinken, bevor er sich wieder, mit etwas Abstand zu mir, anlehnt und sagt: »Kann weitergehen.«

»Und der Ton?«

»Wir machen beide die Augen zu und du stellst ihn ein Paul. Dann ist es nicht so schlimm«, schlägt Sara vor.

Sie lächelt mich aufmunternd an, sie hat ja gesehen, wie Philip mir mal wieder aus dem Weg ging.

»Gut«, bestätige ich, »Augen zu. Ich stelle ein.« Ich starte den Film und fordere: »Augen wieder auf, es geht weiter.«

Ich drücke nach der Hälfte des Films Pause, weil ich mal schnell Pipipause machen möchte und bemerke, dass Sara die Augen zu hat. Ich sehe, dass Philip mich anschaut und deute auf Sara und mache mit den Händen ein Schlafensymbol und er zuckt mit den Schultern.

Ich knie mich langsam vor sie hin und wedle mit der Hand vor ihrem Gesicht rum. Nichts. Sie schläft echt, während wir Film gucken. Ich stecke meinen Finger in den Mund und dann nass von Spucke in ihr Ohr.

Quickend schießt sie hoch, fasst sich an ihr Ohr und wirft verwirrte Blicke um sich. Ich glaube, für einen Moment weiß sie gar nicht wo sie ist und ich bereue die Aktion, das war wirklich nicht nett.

Mit verschlafener Stimme fragt sie: »Warst du das Paul? Warum?«

»Du kannst doch nicht schlafen, wenn wir Filmgucken.«

»Du gönnst mir noch nicht mal einen Mittagsschlaf vorm Fernseher. Wo bin ich hier nur gelandet.« Sie setzt sich wieder vernünftig hin und streicht sich ein paar Mal durchs Haar. »Fandest du das gut Philip? Hast du ihn angestiftet?«, fragt sie dann nach und er wehrt sich: »Sicher nicht. Ich mag das auch nicht und Karla auch nicht. Das ist so ziemlich das Dämlichste was er manchmal macht. Tut mir leid Sara.«

»Keiner findet das lustig?«, hake ich nach. »Echt niemand?«

Beide schütteln ihren Kopf und ich fühle mich wie ein unlustiger Idiot. Wahrscheinlich gucke ich auch wie einer, wie ich da immer noch auf dem Boden vor der Couch hocke und Sara fragt Philip: »Also, wenn er uns jetzt Getränke mit Eiswürfel und einer Scheibe Zitrone bringt und uns dann auf eine Pizza einlädt und dazu noch einen heiligen Eid schwört, dass er das nie wieder tut, dann könnte ich ihm verzeihen. Was sagst du Philip?«

Er lacht doch tatsächlich kurz und stimmt zu: »Klar doch.«

Ich stehe theatralisch seufzend auf, hebe meine Hand ans Herz, wie zum Schwur und sage in feierlichem Tonfall: »Ich gelobe es nie wieder zu tun.« Dann gehe ich los, bringe den beiden ihre Getränke und ordere Pizza.

Paul & Sturheit

Paul

Ich beobachte die Kinder und Sara, während wir den Tisch gemeinsam nach dem Essen abräumen. Wohnt sie jetzt schon vier oder fünf Wochen hier? Es ist auf jeden Fall erstaunlich, wie schnell man Routinen entwickelt. Ich für meinen Teil habe mich daran gewöhnt, dass es frisches Essen gibt, wenn ich nach Hause komme und nichts was entweder die Kinder schnell aufgewärmt haben oder wir bestellen.

Auch daran, dass ich für den Abwasch zuständig bin, habe ich mich gewöhnt. Meiner Meinung nach könnten das die Kinder machen, die haben sowieso zu wenige Aufgaben, aber das war der Deal mit Sara und ich habe vor mich an Abmachungen zu halten.

»Soll ich dir helfen Paul?«, fragt sie mich, als sie den letzten Teller im Küchenbereich abgestellt hat, aber sie sitzt schon auf einem der Barhocker, was wohl bedeutet, dass sie die Antwort kennt.

»Sara, nein, selbe Antwort wie die letzten Male auch. Du brauchst nicht höflichkeitshalber ab und zu nachfragen. Unser Deal war, ich mache das, also mache ich das.«

»Alles klar Paul.« Sie lächelt mich an, zieht ihr Smartphone aus der Tasche und drückt darauf rum.

»Du darfst mich aber gerne unterhalten, wenn du schon da rumsitzt.«

»Hmm, was?«, hebt sie den Kopf, »Ach so, klar. Eine Bekannte hat ein Baby bekommen. Das ist ja echt hässlich geworden. Guck mal.«

Sie hebt ihr Smartphone in meine Richtung und ich winke ab. »Lass mal, ist jetzt nicht so spannend, wenn ich ehrlich bin. So Kinder anderer Leute. Wem sieht es ähnlich? Vater oder Mutter?«

»Warum interessiert dich das?«

Ich grinse sie an. »Ich wollte nur mal wissen, wen von beiden du hässlich findest.«

Jetzt muss sie lachen und zeigt mit dem Finger auf mich. »Du bist ja ein fieser Schlingel.« Sie wirft noch ein Blick auf den Bildschirm und sagt: »Sie hat noch eins geschickt. Da sieht es aber ganz süß aus.«

»Und jetzt willst du doch eins?«

»Was? Nein. Babys sind süß, aber langweilig.«

»Außer es sind die eigenen«, widerspreche ich ihr, »Die sind nur süß. Und cool. Als wir Karla bekommen hatten, wollte ich am liebsten sofort noch eins. Ich war jede Sekunde neidisch, die Kerstin mit ihr verbringen konnte und ich nicht.«

»Echt? Beschweren sich sonst nicht alle Eltern, wie schwierig das ist und wie anstrengend und wie ermüdend?«

»Ja, natürlich. Wir hatten auch eine schwere Zeit. Gerade weil wir ja noch so jung waren. Ohne die Schwiegereltern hätten wir das sicher nie auf die Reihe bekommen. Heute zählt das doch sicher schon als Teenieschwangerschaft, so mit Zwanzig. Deine Freunde bekommen ja auch jetzt erst welche und meine sind schon groß. Du hast also noch Chancen, falls du dich doch noch umentscheidest.« Ich hebe den Kopf vom Abwasch und zwinkere ihr zu, nicht dass sie denkt, dass ich das ernst meine und ich mir wieder einen Vortrag anhören muss, warum sie keine Kinder will. Ist ja schon etwas daneben, wenn sie das einem Vater von zwei Kindern erzählt.

»Was hat Kerstin eigentlich den ganzen Tag gemacht?«

»Was?«, frage ich, obwohl ich sie verstanden habe, der Themenwechsel irritiert mich etwas.

»Entschuldigung, wenn das zu viel ist. Ich hatte mich nur gefragt, was deine Frau den ganzen Tag gemacht hat. Die Putzfrau habt ihr euch erst besorgt, als sie krank wurde, also hat sie die Hütte hier sauber gehalten, gekocht nehme ich an, die Kinder sind ja schon recht groß, die brauchen ja nicht so viel Aufmerksamkeit mehr. Und da du gesagt hast, dass sie nicht arbeiten war, war halt mein Gedanke, was sie wohl für Hobbys hatte. Du musst nicht darüber reden, wenn du nicht willst.«

»Du kritisierst hier aber nicht gerade, dass sie nicht arbeiten war, sondern zuhause geblieben ist, oder?«

»Was? Paul, nein«, sie seufzt. »Entschuldige, wenn das falsch rüberkam. Das war doch eure Entscheidung, mich haben doch nur ihre Hobbys interessiert. Sonst sprichst du gerne über sie. So, wie ich über Joe, der, wie du schon weißt leidenschaftlich gerne gekocht hat.«

Ich räume weiter die Spülmaschine ein und denke kurz nach. »Ja, okay, sorry ebenfalls. Aber man bekommt da echt viel Kritik für, wenn man dieses klassische Rollenmodel pflegt. Sie hat alles für uns perfekt organisiert, sie war immer für uns da und hat sich einfach um alles gekümmert. Heimkommen war wie in die Hängematte fallen. Wir wollten das beide so. Es war nicht so, dass das einseitig gewesen wäre. Und sie hat sich gemeinnützig engagiert. Sie hatte im Tierheim ausgeholfen, ich bin ja nur froh, dass sie nie eins der Viecher hier angeschleppt hatte. Sie hatte sich bei der Tafel engagiert und war in ein paar Vereinen. Auch in Karlas Tanzverein hatte sie viel mitorganisiert. Stillsitzen konnte sie nicht, sie hat jede Aufgabe einfach an sich gerissen. Sie war ein begeisterungsfähiger Wirbelwind und gleichzeitig ein Ruhepol, du verstehst?« Ich merke, wie meine Stimme kippt, verdammt, warum musste sie davon anfangen. Ich möchte nicht in meiner Küche stehen und weinen, wenn eins der Kinder reinkommen könnte.

Ich drehe mich weg von ihr und atme ein paar Atemzüge durch, als sie hinter mir auftaucht. Ihre Arme umfassen mich, sie legt kurz ihren Kopf an meinen Rücken, dann lässt sie mich los und als ich mich umdrehe, sitzt sie schon wieder.

»Ich wollte noch was anderes wissen. Kann ich einen Platz in der Garage haben?«

Normalweise macht es mir nichts mehr aus vor ihr zu weinen, schließlich macht sie das auch vor mir, aber sie hat wohl ein gutes Gespür, dass es mir jetzt hier in der Küche unangenehm ist und ich bin dankbar für den Themenwechsel. Ich räuspere mich und frage: »Wir haben doch nur zwei Garagenplätze?«

»Ja, richtig. Da steht dein Auto, dass du fast täglich benutzt. Und der SUV, der Staub ansetzt und jeden Tag weniger wert wird. Warum verkaufst du ihn nicht? Du brauchst ihn nicht und ich könnte mein kleines Schätzchen in die Garage stellen. Er ist es nicht gewohnt draußen stehen zu müssen.«

»Du meinst ich soll den SUV verkaufen? Kerstins Auto? Aber wenn mein Auto in der Werkstatt ist, dann brauche ich doch ein anderes Auto, da habe ich immer den SUV genommen.«

»Paul«, sagt sie mit nachsichtig klingender Stimme zu mir, »Werkstätten haben Leihwägen. Der SUV springt vielleicht schon gar nicht mehr an, wenn du ihn das nächste Mal benötigst. Er ist doch sicher schon ein halbes Jahr nicht mehr bewegt worden. Und wenn du wirklich mal in einer Notlage bist, kannst du mein Schätzchen haben oder ein Taxi nehmen.«

»Ja, okay, du hast recht. Werde ich bei Gelegenheit machen.«

Jetzt lacht sie und schüttelt den Kopf. »Ich bin mir sehr sicher, dass bei dir Gelegenheit bedeutet, dass es niemals passiert. Soll ich das für dich übernehmen? Ich werde den besten Preis für dich rausschlagen und ich bekomme schneller ein Dach für mein Schätzchen.«

»Ja, mach halt. Die Schlüssel hängen im Flur, die Papiere lege ich dir raus.«

»Guter Junge.«

Ich werfe ihr einen bösen Blick aus zugekniffenen Augen zu und sie lacht wieder.

»Braves Mädchen«, gebe ich zurück.

»Oh, wow Paul, das war sicher deine schlagfertigste Antwort.«

»Sei froh, dass Prügel nicht mehr zeitgemäß sind, sonst würde ich dich jetzt übers Knie legen für deine frechen Antworten.« Zur Untermauerung hebe ich spielerisch meine Hand.

Sie legt ihren Kopf schräg. »Hmm, die Frage ist doch: Weil dir das gefällt oder weil du denkst, dass mir das gefällt?«

Ich beuge mich über die Theke etwas in ihre Richtung: »Ich schlage keine Frauen, weder so noch so.«

»Ahhhhh, du schlägst also lieber Männer? Ich wusste doch, dass du zu attraktiv bist, klar, dass du auf Männer stehst. Verdammt! Wie schade.«

»So, schade, also? Was hättest du denn sonst gemacht?«

Sie klimpert übertrieben mit ihren Wimpern und wickelt eine Haarsträhne um ihren Finger. »Dich auch mal auf einen Scotch eingeladen, ich habe gehört, dass du da lockerer wirst.«

Ich muss es jetzt einfach mal loswerden, ich mag sie wirklich gerne, sehr gerne und es gefällt mir ab und an mit ihr spaßig zu flirten. Und ich spüre schon, dass es eine gewisse Anziehung zwischen uns gibt, aber das ist nicht richtig und deshalb stelle ich klar: »Sara, mal was anderes, wir sind Freunde, richtig? Du weißt, dass ich nur Scherze mache und mir nicht wirklich was in diese Richtung erhoffe? Schon allein wegen der Kinder nicht. Ich will nur sichergehen, dass keine falschen Signale bei dir ankommen.«

»Paul? Das ist mir schon klar.«

»Ich wollte es nur sagen, weil wir doch manchmal derbe Späße miteinander machen und ich habe schließlich angefangen in der Bar und habe mich auch nie für mein aufdringliches Verhalten entschuldigt.«

»Paul? Schon klar! Mir geht es nicht anders als dir, ja? Alles ist in Ordnung, ich werde nicht versuchen dich gleich hier in deiner Küche anzuspringen.«

»Gut. Bei dir weiß man ja nie.«

»Wisch dir das Grinsen aus dem Gesicht.«

»Ich bin nur froh, dass wir das geklärt haben.«

»Du musst immer das letzte Wort haben, oder?«

»Aber sicher.«

»Bekommst du aber nicht.«

»Mal sehen.«

»Vergiss es. Sturheit Level 1.000.«

»Ich bin ziemlich ausdauernd.«

»Interessant, da wären wir ja wieder beim Thema.«

»Stimmt.«

»Aber so nicht, Freundchen. Ich verliere nie.«

Während ihres letzten Satzes ist sie einfach verschwunden und hat die Tür hinter sich geschlossen, ich lache und wische die Theke ab, fertig mit der Küche.

Sara & Umarmung

Sara

Heute ist ein schlimmer Tag für mich. Ich hoffte, er fühlt sich etwas mehr nach Erleichterung an, tut er aber nicht. Übergabe der Wohnung an die neuen Eigentümer. Möglicherweise hätte ich jemanden bitten sollen mich zu begleiten, vielleicht meine Eltern oder Nadine oder sogar Paul. Aber ich kann ja nicht ständig von jemand verlangen, mir zur Seite zu stehen. Ich manage mein Leben alleine, das konnte ich doch schon immer.

Ich bin extra eine Viertelstunde früher gekommen, um noch einmal für mich Abschied zu nehmen. Das hatte ich zwar schon getan, aber nur noch ein letztes Mal durchlaufen, alleine für mich. Leider warten die beiden Käufer schon vor der Eingangstür auf mich. Ich halte kurz an, die beiden stehen dort in eine Umarmung versunken, als gäbe es sonst niemand auf der Welt. Ich schaffe es, meine Mundwinkel einen Augenblick nach oben wandern zu lassen, aber dann steigen mir Tränen in die Augen und sie sinken wieder. Ich gehe in Gedanken die Einkaufsliste durch und starre in den Himmel, um die Trauer und den Neid abzuschütteln, manchmal kann ich das Glück von anderen Paaren kaum aushalten, weil meins zerstört ist und ich auch noch Schuld daran trage.

Ich habe mich wieder im Griff und gehe auf die beiden zu. Sie sind ein sehr hübsches Paar, ich meine mich aus dem Kaufvertrag erinnern zu können, dass sie ungefähr in meinem Alter sind, aber ich war abgelenkt von dem Namen der Frau: Peternella. Wer nennt denn sein Kind Peternella? Hätte Paul eins seiner Kinder so genannt, hätte ich mit absoluter Sicherheit nicht zu ihm ziehen können, weil ich mir dumme Bemerkungen darüber auf Dauer sicher nicht hätte verkneifen können.

Sie selbst hat sich aber als Ella vorgestellt und natürlich mache ich dann keine Kommentare über ihren Namen zu ihr als die Frau, die meine Wohnung kauft.

Wir waren schon beim ersten Gespräch per du, wir sind ja in einem ähnlichen Alter und die beiden waren mir gleich sympathisch, was aber nicht ausschlaggebend war beim Verkauf. Sie haben schlicht und ergreifend das beste Angebot gemacht und zugestimmt, das alles schnellstmöglich abzuwickeln. Bei so etwas gehe ich sicher nicht nach Sympathie.

Ich laufe auf die beiden zu und setze ein fröhliches Gesicht auf. Elias bemerkt mich zuerst und unterbricht ihre Umarmung mit einem Lächeln und den Worten: »Täubchen, sie ist da.«

Wir geben uns die Hand und beide sagen gleichzeitig: »Hallo Sara«, und lachen sich dann an. Ich begrüße sie ebenfalls: »Hallo Ella, hallo Elias. Ihr könnt es wohl kaum erwarten.«

Er legt seinen Arm um ihren Hals und schmunzelt, während er mir mit ihr im Arm ins Haus folgt. »Was hat uns verraten, dass wir zu früh sind, oder dass Ella wie ein Honigkuchenpferd strahlt?«

Ich sehe aus dem Augenwinkel, wie sie ihn mit dem Ellenbogen in die Seite stupst und sich beschwert: »Hey, du redest doch seit Tage von nichts anderem mehr und hast schon das Auto vollgeladen, so als hätten wir kein Umzugsunternehmen beauftragt.«

Ich wende meinen Blick wieder nach vorne und muss jetzt auch schmunzeln. Die beiden sind wirklich Zucker, wie Johannes das gerne gesagt hat. Ich glaube die beiden haben während der Besichtigung, des Verhandlungsgesprächs und auch während des Notartermins nur ihr Händchenhalten unterbrochen, wenn es absolut notwendig war. Als ich ihnen die Tür öffne, sehe ich, dass sie schon wieder Händchen halten.

Ich führe sie noch einmal durch alle Räume, lege ihnen ein paar ergänzende Unterlagen vor, die vielleicht hilfreich sind, gebe ihnen Namen und Nummer des Hausmeisters, wir notieren Zählerstände und ich übergebe die Schlüssel. Als ich den letzten verbleibenden Schlüssel von meinem Schlüsselbund abnehme, erstarre ich kurz und muss mich stark zusammennehmen. Ich merke, wie meine Brust eng wird, atme tief durch und bitte die beiden tonlos: »Kann ich nur noch einen ganz kurzen Moment zum Abschiednehmen haben?«

Beide nicken und Ella sagt freundlich zu mir: »Wir warten im Flur. Lass dir Zeit.«

Kaum sind die beiden draußen, stütze ich die Arme am Küchentresen ab, ich würde mich gerne setzen, weil meine Beine so weich sind, aber natürlich sind keine Stühle mehr hier. Die Stühle von Johannes und mir sind weg und bald stehen hier neue.

Ich hoffe die beiden können hier länger glücklich sein als ich. Ich stehe minutenlang nur da, starre gegen die Wand und fahre mit meinem Finger hektisch über die Arbeitsplatte, als ich eine kleine Rille ertaste. Jetzt fahre ich mit dem Nagel immer wieder darüber. Ich kann mich daran erinnern, wie das passiert ist. Das gab Ärger für mich, nicht weil ich die Kerbe reingemacht hatte, sondern weil ich Joes heiliges Messer benutzte. Ein schweineteures japanisches Profikochmesser. Sein Heiligtum. Aber er war nie lange sauer, das war nicht seine Art. Er hat es sicher zwanzig Minuten nachgeschärft und mir böse Blicke zugeworfen, dann hat er mir ein Bier aus dem Kühlschrank mitgebracht, sich zu mir gesetzt und behauptet, dass das nur ein billiger Trick von mir gewesen wäre, damit er sagt, dass ich nie wieder kochen müsse. Es war oft so schön einfach mit ihm.

Ich höre ein sanftes Räuspern und erschrecke mich. Elias steht in der Tür und entschuldigt sich: »Du bist schon sehr lange hier drin, das ist schon okay, aber«, er bricht seinen Satz ab und holt tief Luft. »Also, ich möchte mich nicht einmischen und du hast uns als Grund, warum du verkaufst nur gesagt, dass dir die Wohnung zu groß sei, aber hast du hast deinen Mann verloren, oder? Sein Name stand überall in den alten Unterlagen. Und du benimmst dich nicht wie jemand in Scheidung, sondern wie in Trauer.«

Ich drehe mich wieder weg, ich habe keine Lust auf Mitleid, vor allem nicht von einem Fremden, der meine Wohnung gekauft hat. Ich kneife fest die Augen zusammen und konzentriere mich auf das Gefühl des Ärgerns, dann muss ich nicht weinen und dann spüre ich eine Hand auf dem Rücken, leicht und warm.

»Ich habe ziemlich viele Menschen, die mir wichtig waren auf einmal verloren. Ich weiß wie sich das anfühlt.«

Ich unterbreche ihn boshaft: »Und jetzt kommt die *Alles wird wieder gut-Nummer*, oder? Sorry, ihr beiden seid nett, aber ich bin mir sehr sicher, dass du nicht weißt was in mir vorgeht und ich will auf gar keinen Fall jetzt hören, dass alles wieder gut wird.«

Er lacht kurz, nicht böse, sondern in einem verständnisvollen Tonfall und fragt nur: »Hast du jemanden der auf dich aufpasst?«

»Und wenn nicht?«, gebe ich gehässig zurück und drehe mich um, weil ich weiß, dass ich die Tränen jetzt unter Kontrolle habe, vor Ärger über seine Frechheit mich danach zu fragen. Als ob ihn das was angehen würde.

In dem Moment, in dem ich mich umdrehe, merke ich, dass ich das nicht möchte, hier rumzicken mit einem Fremden in meiner, halt nein, jetzt in seiner Küche und ich versichere in bemüht normalen Tonfall: »Ich habe Menschen, die für mich da sind, danke der Nachfrage.« Ich schweige einen nachdenklichen Augenblick und da er weder was sagt, noch sich bewegt, frage ich ihn: »Und was war dein Trick gegen den Verlustschmerz?«

Er zuckt mit den Schultern und antwortet: »Es gibt keinen Trick. Vielleicht hat sie«, er zeigt auf die Tür nach draußen zum Flur, »mich aufgefangen, aber im Prinzip müssen wir uns alle selbst retten. Es gibt besondere Menschen, die es einem einfacher machen, das zu tun. Ich hatte da großes Glück. Aber das ist eine andere Geschichte. Was ich noch sagen kann ist, dass der Verlustschmerz bleibt, auch wenn die Trauer nicht mehr im Vordergrund steht. Sorry, wenn ich da keine andere Antwort für dich habe.«

Ich lächle etwas gequält. »Ich schätze, das war eine gute Antwort. Danke. Vielleicht zitiere ich das beim nächsten Treffen der AJ.«

»AJ?«, will er wissen.

»Ein Freund und ich nenne die Treffen der Selbsthilfegruppe für Trauernde die Anonymen Jammerlappen, weil wir uns oft so fühlen.«

Er lächelt verschmitzt, so als wüsste er nicht, ob er über diesen Insiderwitz lachen darf oder nicht und in diesem Moment macht Ella die Tür ein Stück auf und fragt schüchtern: »Elias? Darf ich reinkommen? Ich habe auch Taschentücher aus dem Auto geholt, falls nötig.«

Ich antworte an seiner statt: »Komm rein, es ist alles in Ordnung, danke. Ich komme mir nur etwas merkwürdig vor.«

Ich lasse die Arme hängen und fühle mich etwas fehl am Platz, es ist nicht mehr meine Wohnung und ich bin das dritte Rad am Wagen. Und beide wissen über meinen Verlust Bescheid, obwohl das nicht meine Entscheidung war. Elias hat sich schon wieder Ellas Hand geschnappt und dann fällt mir was ein, was mir sehr recht ist, um das Thema zu wechseln: »Ha, ich habe noch was für euch!« Ich eile in den Flur, dort steht ein Karton, den ich vorbereitet habe. Ich trage ihn in die Küche und überreiche ihn den beiden. »Für euch. Als Einzugsgeschenk und Dankeschön, dass ihr es so schnell und reibungslos mit mir abgewickelt habt, wie ich es wollte, auch wenn ich sicher manchmal anstrengend war.«

Ella öffnet den Karton, fängt an zu lachen, die Sachen auszuräumen und an Elias weiterzureichen: Ein paar Rollen Toilettenpapier, eine neue WC-Bürste, ein Geschirrtuch, ein Handtuch, Spülmittel, Seife, zwei Gläser, zwei Sets Einmalgeschirr, eine Flasche Sekt, Wasser und zwei Kissen. Außerdem Bestellflyer von den nächsten Lieferservices aus der Umgebung, die immer im Briefkasten landen.

Ella schaut zu mir hoch und sagt: »Danke, ehrlich danke, das ist voll süß. Aber wieso?«

Ich zucke etwas verlegen mit den Schultern und erkläre: »Als mein Mann und ich die Wohnung übernommen hatten, war der ursprüngliche Plan nur zur Übernahme hinzugehen, aber dann wollten wir nicht mehr weg. Es war nicht unsere erste gemeinsame Wohnung, aber unsere erste gekaufte und dann mussten wir doch noch losziehen, weil wir nichts von diesen Sachen hatten und das war nervig. Wir saßen dann da vorne auf dem Boden, aßen bestellte Pizza und waren zufrieden mit der Welt.«

Tja, jetzt habe ich es doch geschafft, ich habe die beiden peinlich berührt, bis Ella das unterbricht und ganz offen sagt: »Nun bin ich aber verdammt froh, dass wir auch was für dich haben, damit ich dieses peinliche Schweigen unterbrechen kann.«

Dankbar lache ich etwas und frage neugierig: »Was denn?«

Ella zaubert aus ihrer Tasche eine hübsche durchsichtige Verpackung und übergibt sie mir. Darin ist eine Tafel Schokolade, sieht aus wie aus einer Konditorei und darauf steht: *Danke Ella & Elias*

»Ach, das ist lieb«, sage ich ehrlich gerührt, »Das wäre doch nicht nötig gewesen.«

»Ja, das sehe ich auch so«, erwidert Elias, »Schließlich haben wir den vollen Preis bezahlt.« Um seinen Worten etwas die Schärfe zu nehmen, die man vermuten könnte, zwinkert er mir zu und ich lache. Dann verabschiede ich mich von den beiden, schnappe mir meine Ausfertigung des Übergabeprotokolls und meine Tasche und verlasse zum letzten Mal die Wohnung, die Joe und mir immerhin über ein Jahr ein Zuhause war.

Die Übergabe muss mich mehr mitgenommen haben, als ich dachte. Ich konnte nicht schlafen und geistere etwas durch das Haus. Ich war Pipi, habe Wasser getrunken und jetzt sitze ich weinend im Dunklen am Esstisch. Manchmal pocht mein ganzer Körper so sehr vor Schmerz, weil hier zu sein, sich so falsch anfühlt, dass ich das Gefühl habe, dass es augenblicklich soweit ist: Gleich katapultiert mich etwas zurück in die echte Welt, in meine Welt. In die Welt, in der ich zurück in unsere Wohnung fahre, Joe dort schon auf mich wartet und mich begrüßt mit »Hey, Kleines, wo bleibst du denn? Das Essen ist fertig, geh dir schnell Händewaschen. Halt Stopp, aber zuerst einen Kuss.«

Meine dicken Tränen fallen auf den schönen Holztisch und ich verwische sie mit einem Finger, als ich merke, dass zum zweiten Mal an diesem Tag jemand seine Hand auf meinen Rücken legt, und ich hole scharf Luft vor Schreck und dann höre ich Philips Stimme, die zaghaft fragt: »Vermisst du deinen Mann?«

Ich nicke nur und bemühe mich wieder zu fangen, räuspere mich, wende mich ihm zu und versuche ihn anzulächeln. »Ja, ganz schrecklich.«

»Ich meine Mutter auch. Du musst nicht versuchen zu lächeln.«

»Danke. Du kannst auch nicht schlafen, hm?«

»Nein. Manchmal wache ich auf und bin mir nicht sicher, ob das echt ist und stehe auf und schaue ob die Trauerkarten noch da sind. Bis jetzt waren sie immer da.«

»Willst du einen heißen Kakao?«, frage ich ihn. Was macht man in dieser Situation? Ich habe keine Ahnung, wie ich mit dem kleinen Jungen, oder falsch dem Jugendlichen, aber jetzt wirkt er wie ein kleiner Junge, umgehen soll. Paul hat mir gesagt, dass er sich sehr zurückgezogen hat und niemand an sich heranlässt.

Er antwortet mir in freundlichem Tonfall: »Nein, ich bin doch kein Baby mehr.«

Ich seufze, das war wohl falsch. Und er hat ja recht. Er ist sicher kein Baby mehr, nachdem er so etwas durchmachen muss und deswegen bestätige ich: »Stimmt, bist du nicht.«

Er geht Richtung Kücheneck. »Ich hole uns Wasser.«

Er ist innerhalb einer Minute mit einer Flasche Wasser und zwei Gläsern zurück und schenkt mir ein.

»Danke Phil.«

Er zieht einen Stuhl neben mich und legt seinen Arm um mich. »Ich kann dir nicht versprechen, dass alles gut wird, aber morgen finden wir sicher einen Grund zum Lachen. Die Dunkelheit zieht einen manchmal runter.«

Ich schaue ihn erstaunt an. »Du bist ganz schön weise für...«

»Für was? Für mein Alter?« Jetzt klingt er spöttisch.

Ich antworte ehrlich: »Ja, das wollte ich sagen. Ich nehme es aber zurück. Das war weise. Danke.«

»Schon gut. Ich wollte nicht blöd werden. Geht es dir etwas besser?«

»Ja, danke. Vielleicht können wir ja versuchen noch etwas zu schlafen.«

»Können wir noch ein paar Minuten sitzenbleiben?«, bittet er mich gelassen.

»Natürlich. Ich meine auch nicht sofort, ich muss ja auch noch austrinken.«

Wir schweigen eine Weile und er streichelt mir immer noch den Rücken. Wie merkwürdig, dass der kleine einsame Junge mir Trost spenden möchte, wobei er so klein ja gar nicht mehr ist. Wie groß ist er? Sicher fast schon eineinhalb Meter oder so, nur halt schmal und schlaksig, wie kleine Jungs so sind, was ihn kleiner wirken lässt.

Als ich aufstehe, um ins Bett zu gehen, bittet er mich: »Warte, könntest du bitte meinem Paps nichts davon sagen? Dass ich manchmal nachts rumlaufe? Er macht schon immer viel Theater um mich und ich habe keine Lust mehr auf seine sorgenvollen Blicke.«

Er steht neben mir und ich nehme ihn freundschaftlich in den Arm, weil ich irgendwie das Gefühl habe, dass er das jetzt zulässt und tatsächlich umarmt er mich zurück. »Du bist wirklich sehr rücksichtsvoll, klar das bleibt unter uns. Aber, wenn du so erwachsen bist, kann ich dir ja was sagen.«

Mittlerweile haben wir uns wieder voneinander gelöst und er fragt mich neugierig: »Was denn?«

»Schließ ihn nicht aus.«

»Ich habe keine Lust darüber zu reden«, antwortet er und verschwindet ohne einen weiteren Kommentar. Ich räume noch schnell die Flasche und die Gläser weg und muss darüber nachdenken. Soll ich es Paul wirklich nicht sagen? An wem ist es Verrat? An Paul, wenn ich es ihm nicht sage oder an Philip, wenn ich es Paul sage? Ich beschieße das erstmal für mich zu behalten, wie ich es versprochen habe.

Nach dieser nächtlichen Begegnung klopft der kleine Philip gelegentlich an meine Tür oder fängt mich ab, wenn ich alleine im Wohnzimmer bin, und fragt mich, ob ich heute traurig war oder meinen Mann vermisse. Dann fragt er mich etwas über ihn, was Belangloses, wie was er gerne gegessen hat oder wie seine Haarfarbe war, nickt, nimmt mich kurz in den Arm, erzählt mir was von seiner Mutter, umarmt mich noch einmal und geht wieder. Manchmal weint er ein wenig und ich nehme ihn dann in den Arm und zweimal hatte er mich angeschrien, weil ich über was Witziges gelacht habe. Wie ich denn lachen könne, wenn mein Mann tot sei. Er hatte sich aber jedes Mal entschuldigt und mir versichert, dass er weiß, dass man auch lachen darf, wenn man trauert, aber er sei manchmal nicht er selbst. Das muss er von der Trauertherapie haben, zu der Paul ihn zwingt zu gehen, weil er sich ihm gegenüber so verschließt. Ich denke nicht, dass kleine Jungs schon so etwas von sich aus sagen.

Ich versichere ihm nie, dass alles wieder gut werden würde oder dass die Zeit alle Wunden heilt, ich weiß er ist zu klug, um Trost an den üblichen Sprüchen zu finden. Ich glaube in ihm kämpfen die verwundete Seele eines ganz kleinen Jungen gegen die eines künftigen Mannes. Eigentlich erinnert er mich sogar sehr an seinen Vater. Paul sagt zwar, dass Karla nach ihm kommen würde und Philip nach seiner Frau, aber manchmal sehe ich in seinem Verhalten eine Miniaturversion von Paul, zumindest diese verletzliche Seite. Aber ich würde so etwas nie sagen, da ich Kerstin ja nie kennengelernt habe und mir kein Urteil erlauben sollte.

Ich behalte dieses zutrauliche Verhalten von Philip weiter für mich, er macht es nur, wenn er genau weiß, dass weder seine Schwester noch Paul etwas davon mitbekommen. Und ich wüsste jetzt auch nicht, wie ich Paul erkläre, dass ich es bis jetzt verschwiegen habe.

Also tröste ich Philip jetzt genau so heimlich wie seinen Vater. Oder trösten beide mich?

Sara & Verständnis

Sara

Oh je. Was mache ich jetzt nur? Meine Mutter hat mich gerade angerufen und mir mitgeteilt, dass sie beschlossen hat, dass sie heute zusammen mit meinem Vater vorbeikommt zum Essen. Weil ich Geburtstag habe. Ich habe etwas Panik. Meine Mutter denkt nämlich, dass Paul und ich ein Paar wären und ich deswegen bei ihm wohnen würde. Sie hat das in ihrer Welt analysiert und festgestellt, dass es so sein muss, jede andere Begründung von mir wird ignoriert. Zuerst hat sie mir Vorwürfe gemacht, dass das zu schnell gehen würde, aber dann hat sie beschlossen, dass es meiner Heilung förderlich wäre.

Ich wollte das nicht machen, aber ich entschließe mich Paul auf der Arbeit zu stören und rufe ihn panisch an. Leider geht er gleich ran, so dass ich ungefiltert los plappere: »Paul! Hilfe, meine Eltern kommen!«

»Was ist los? Ich verstehe nicht.«

Dann fällt mir ein, dass ich ihm das nicht erzählt habe, dass meine Mutter so denkt, weil es mir zu peinlich war bis jetzt und er deshalb keine Ahnung haben kann, warum mich das so in Panik versetzt. Schließlich ist er sehr darauf bedacht, dass die Kinder genau so etwas nicht denken und in meinen Gedanken beschwert sich meine Mutter schon beim Essen, dass die beiden mich nicht *Mama* nennen. Sie kann so peinlich sein.

Ich atme tief durch und versuche langsamer zu sprechen. »Sorry, dass ich dich so überfalle. Meine Eltern kommen heute vorbei. Sie möchten mit mir essen. Und ich dachte, du und die Kinder, ihr könntet vielleicht zusammen essen gehen?«

Die Idee kam mir gerade und sie kommt mir wie die perfekte Lösung vor. »Und vielleicht danach noch ins Kino? So ein schöner Vater-Kinder-Tag? Ich lade euch ein.«

»Sara?«, fragt er misstrauisch, »Warum ist das so schlimm, wenn deine Eltern kommen? Es sind doch nur Eltern. Sie können doch bei uns mitessen. Wir hatten doch vereinbart, dass du auch Besuch mitbringen kannst.«

»Vertrau mir einfach Paul, das wäre nicht gut.«

»Hmm, ich habe irgendwie das Gefühl, du verheimlichst mir was und ich wüsste gerne was.«

Das kann doch nicht wahr sein! Kann er nicht einfach *Ja* sagen?

»Paul, du schuldest mir noch einen Gefallen, erinnerst du dich?«

»Nein. Warum sollte ich dir einen Gefallen schulden?«

»Als wir uns in der Bar getroffen haben, hast du mir einen versprochen.«

»Oh ja, stimmt«, erinnert er sich, »Und für den willst du, dass ich mich und die Kinder von deinen Eltern fernhalte?«

»Richtig erkannt. Also?«

»Ja, okay, ich gehe mit den Kindern essen. Aber du suchst mit ihnen zusammen ein Restaurant aus und klärst das mit ihnen. Ich hole sie nach der Arbeit ab. Reservier uns bitte einen Tisch.«

Erleichtert stimme ich zu: »Aber sicher. Danke.«

»Gerne und in einer ruhigen Minute will ich wissen warum.«

»Ja, gut. Natürlich kümmere mich um alles. Danke Paul.« Ich lege auf. Prima.

Das Essen mit meinen Eltern lief reibungslos, bis auf das, dass meine Mutter unzählige Beanstandungen hatte, wie dass, ihrer Meinung nach, zu viele Bilder von Pauls Frau rumstehen würden und keine von Johannes. Dann hat sie behauptet, dass Paul schlimm schnarchen müsse, weil wir uns für getrennte Schlafzimmer entschieden hätten. Sie glaubt mir einfach nicht, dass wir kein Paar, sondern nur Mitbewohner sind.

Aber das ist mir egal, ich bin froh, dass Paul und die Kinder das nicht hören müssen. Das wäre ja richtig peinlich geworden.

Es ist fast geschafft, mein Vater, der ja nie viel spricht, macht die ersten subtilen Andeutungen, dass er bereit ist, zu gehen, indem er sich auf eine bestimmte Art hinsetzt. Leider, leider geht in diesem Moment die Tür auf und Paul kommt rein. Oh nein.

Meine Mutter springt begeistert auf, mein Vater grunzt unwillig, weil er weiß, dass das jetzt länger dauert, als er gehofft hat.

Meine Mutter flötet: »Hallo Paul, wie nett dich wieder zu sehen.«

Sie kennt ihn von einem ungefähr zehnsekündigen Gespräch, damals waren sie aber per Sie. Jetzt duzt sie ihn einfach. Aber klar, sie hält ihn ja für ihren nächsten Schwiegersohn.

Ich möchte im Boden versinken, als sie ihn auch noch umarmt und anfängt ihm zu erklären: »Ich war ja zuerst mit dieser Verbindung nicht einverstanden, aber es ist so schön, dass Sara wieder jemand gefunden hat, da will man dem Glück ja nicht im Wege stehen.«

Mit meiner Mutter im Arm schaut er zu mir rüber und hebt eine Augenbraue und ich forme mit dem Mund wortlos das Wort *Sorry*.

Aber meine Mutter setzt noch einen drauf: »Ich muss aber unbedingt die putzigen Kinder kennenlernen, wo sind sie denn? Ich dachte ja nicht, dass unsere Sara uns noch Enkelkinder ins Haus bringt, auch wenn es über einen Umweg ist.«

Seine Augenbraue wandert noch höher und ich sehe, wie ein Grinsen seine Mundwinkel umspielt, als er antwortet: »Die *putzigen* Kinder sind auf ihren Zimmern, weil sie noch Hausaufgaben machen müssen. Und es wäre wirklich äußerst liebenswürdig, wenn du sie nicht gleich als Enkelkinder bezeichnen könntest, sie haben gerade ihre Mutter verloren und sind da etwas empfindlich. Deswegen halten Sara und ich unsere Beziehung auch vor ihnen geheim.«

Verständnisvoll nickt sie und erwidert verschwörerisch: »Natürlich, ihr könnt euch ganz auf mich verlassen.«

Er sagt höflich: »Danke«, wendet sich dann mir zu und fragt: »Hast du eine Sekunde für mich?«

»Sicher«, stimme ich zu und folge ihm auf den Flur.

Als ich die Tür hinter uns schließe, stellt er belustigt fest: »Und deshalb sollte ich also mit den Kindern verschwinden?«

»Ja«, gestehe ich kleinlaut, »Tut mir leid. Sie lässt sich nicht von dem Gedanken abbringen, egal was ich sage.«

Er legt seinen Arm um meine Schulter. »Schon okay, ich dachte mir schon, dass das nicht auf deinem Mist gewachsen ist. Meinst du sie kann wirklich die Klappe vor den Kindern halten?«

Ich nicke. »Ja, ich denke das kann sie. Aber riskieren müssen wir ja nichts. Oder wolltest du sie holen?«

Er lacht leise. »Sicher nicht. Lass uns reingehen.«

Wir gehen wieder rein und meine Mutter strahlt über das ganze Gesicht. Ob das ist, weil sie Paul doch getroffen hat oder weil sie offiziell Teil eines *Geheimnisses* ist, weiß ich nicht.

Paul hat seine Hand auf meinem Rücken liegen, vielleicht spürt er mein Unbehagen und den Fluchtreflex, den ich unterdrücken muss und will mir beistehen, aber meine Mutter ist davon begeistert und jubelt: »Schau mal Hase, wie glücklich die beiden sind, ist das nicht schön?«

Paul legt seinen Arm um meine Taille und zieht mich an sich ran, drückt mir die Lippen ans Ohr und säuselt lustig: »Ja, Süße, sind wir das nicht?«

Ich befreie mich und haue ihm auf den Hintern. »Sicher Sweetie.«

Er lacht und setzt sich zu meinen Eltern an den Tisch, ich nehme den Stuhl neben ihm. Sofort rutscht er näher an mich ran, legt seinen Arm um mich und fängt an sich mit meiner Mutter über Belanglosigkeiten zu unterhalten, während er meinen Nacken streichelt. Ich würde ihm gerne auf die Finger hauen, er übertreibt ein wenig, aber eigentlich bin ich froh, dass er es so locker nimmt.

Irgendwann entdeckt er die Glückwunschkarte, die mir meine Eltern mitgebracht haben, mit ihrem Geschenk darin, ein Gutschein. Er wendet sie in seiner Hand hin und her, liest die Geburtstagswünsche meiner Eltern und legt sie wieder hin, sagt aber nichts.

Nach einer, in meiner Welt, viel zu langen Zeitspanne teilt Paul ihnen mit: »Ich möchte nicht unhöflich sein, aber es ist schon spät und es ist unter der Woche. Ich muss sehr früh aufstehen und ich würde gerne noch etwas Zeit mit eurer Tochter alleine verbringen, sie hat schließlich Geburtstag.«

Meine Mutter wird etwas rot und sagt dann zu meinem Vater: »Das wäre doch der Knaller, Hase, wenn Sara und Paul uns noch ein echtes Enkelkind schenken. Wir hatten das ja schon aufgegeben.«

Jetzt werde ich rot und schimpfe: »Mutter! Niemand schenkt dir hier Enkelkinder.«

Aber Paul, total albern, küsst mich auf die Wange und sagt: »Warum denn nicht Süße? Das ist doch eine super Idee.«

Ich rolle mit den Augen und stupse ihn in die Seite. »Sicher nicht Sweetie. Die kannst du schön mit anderen Frauen machen.«

Er lacht leise und meine Mutter ermahnt jetzt mich: »Sara! Du kannst ihn doch nicht zum Ehebruch anstiften!«

Also jetzt geht es mir entschieden zu weit und ich erkläre ihr eisig, weil es mir für heute reicht: »Mutter. Wir sind nicht verheiratet. Ich bin in meinen Kopf noch mit Johannes verheiratet und er mit seiner Frau, Kerstin, die ihr hier überall auf Bildern sehen könnt. Sei jetzt bitte einfach ruhig.«

Mir steigen Tränen der Wut in die Augen und als Paul das mitbekommt, legt er die Hand an meinen Kopf und zwingt mich ihn anzusehen, streicht mir liebevoll über die Wange und flüstert mir einfühlsam ins Ohr: »Süße, ärgere dich nicht. Nichts davon musst du an dich ranlassen. Sie verstehen das nicht. Ich verstehe dich. Du kannst dich auf mich verlassen, okay?«

Ich nicke und schlucke meine Wut runter, atme tief ein und aus, lockere die Hände, ich hatte gar nicht gemerkt, dass ich sie zu Fäusten geballt hatte und dann bringe ich meine Eltern, jetzt wieder höflich-freundlich, zur Tür und verabschiede sie. Ich habe beide schrecklich lieb, aber sie verstehen einfach nicht was in mir vorgeht und sie hören nie richtig zu.

Als sie weg sind, gehe ich zurück zu Paul, der angefangen hat die Küche aufzuräumen und sage ihm: »Hey, du musst die Küche heute nicht machen, es war ja weder für dich noch für die Kinder, ich mache das selbst.«

Er schaut mich an und fordert mich auf: »Komm her, wir machen das zusammen.«

Bevor ich antworten kann, fährt er vorwurfsvoll fort: »Warum sagst du mir nicht, dass du Geburtstag hast? Bist du der schlechte Freund, weil du mir so etwas nicht sagst oder bin ich der schlechte Freund, weil ich nie gefragt habe?«

»Mein Geburtstag ist mir nicht wichtig. Also weder noch.«

»Hmm«, entgegnet er. »Gefällt mir trotzdem nicht.«

Ich wechsle das Thema und sage: »Danke, also nicht nur dass du mir jetzt in der Küche hilfst, sondern dass du so souverän auf meine Mutter reagiert hast.«

»Klar«, sagt er und zuckt mit den Schultern, »Dafür sind Freunde doch da. Du hättest mir aber auch einfach sagen können, dass sie so etwas denkt, statt deinen Gefallen einzufordern und zu versuchen mich fern zu halten. Vor allem, wenn du Geburtstag hast.« Bei seinem letzten Satz kassiere ich noch einen bösen Blick.

Ich ignoriere diesen und offenbare: »Das war mir viel zu peinlich, du hast ja keine Ahnung, wie hart ich versucht habe ihr das auszureden, aber ohne Erfolg. Und ich wusste eh nicht, was ich sonst mit dem Gefallen gemacht hätte.«

Er schielt schelmisch zu mir rüber und zwinkert mir zu. »Ja? Süße, MIR wären einige Sachen eingefallen.«

Ich haue ihm mit einem Geschirrtuch auf den Hintern und kontere: »Sweetie, ich wusste ja nicht, dass SOLCHE Gefallen eingeschlossen sind. Ja, wenn ich das gewusst hätte ... Gibt es auch einen zum Geburtstag?«

Er küsst mich blitzschnell auf die Wange und sagt: »Hier der ist zu deinem Ehrentag«, während er einem zweiten Schlag ausweicht und sich beschwert: »Was hast du es denn heute auf meinen Hintern abgesehen? Nicht mehr schlagen, vielleicht gibt es ja für dich dann irgendwann eine andere Gelegenheit, dir noch einen Gefallen zu verdienen.«

Ich lache. »Danke Paul.«

Er grinst mich spitzbübisch an. »Wofür?«

»Einfach, dass du bist, wie du bist.«

Sara & Enttäuschung

Sara

Ich sitze am Küchentisch und plane die Strategie für mein nächstes Projekt, als Karla reinkommt und sich zu mir setzt. Ich wundere mich, normalerweise geht sie mir aus dem Weg. Ich sage nichts zu ihr, ich warte mal lieber ab, was sie will. Sie schiebt mir langsam ein Blatt rüber. Ich nehme es in die Hand und sehe eine Matheaufgabe.

Ich lege es vor mich hin und sage: »16.«

Sie runzelt ihre Stirn. »Ist das die Lösung?«

Ich schüttle meinen Kopf. »Nein, so viele Jahre ist es vermutlich her, dass ich solche Matheaufgaben lösen musste.«

»Also kannst du das nicht?«

Ich schaue sie misstrauisch an. »Du willst mich auf die Probe stellen, richtig? Du willst, dass ich mich bei dem Versuch es zu lösen blamiere, oder? Aber weißt du was? Ich werde diese Aufgabe trotzdem schneller lösen als du.«

»Deal«, sagt sie und hält mir mit belustigtem Blick die Hand hin.

»Was bekommt der Gewinner?«, frage ich. Es gibt immer einen Preis.

Sie überlegt nicht lange. »Wenn ich gewinne, dann hilft du mir meinen Paps zu überreden auf die nächsten zwei Partys zu gehen, fährst mich hin und holst mich wieder ab. Wenn du gewinnst, werde ich für eine Woche deine Aufgaben übernehmen, also ohne kochen, aber Müll und Spülmaschine und so ein Zeug.«

»Einverstanden. Du benutzt einen Taschenrechner?«

»Natürlich, ohne geht nicht. Du darfst natürlich auch.«

Ich schreibe mir die Aufgabe ab und reiche ihr das Original zurück. »Lass uns starten.«

Sie setzt sich an den Küchentresen, vermutlich hat sie Angst, dass ich von ihr abschaue. Ich nehme mein Smartphone und google nach einer Seite, die Matheprobleme löst, gebe die Aufgabe dort ein und habe keine fünf Minuten später die Lösung, während sie noch fleißig rechnet. Ich schreibe die Lösung unter die Aufgabe ab, mache ein Foto davon und schicke ihr das als Nachricht, da ich weiß, dass sie jetzt nicht nachschaut, weil sie schneller sein will als ich. Dann warte ich.

Etwas später dreht sie sich um und ruft: »Fertig!«. Sie springt vom Barhocker, kommt zu mir rüber und sagt schadenfroh zu mir: »Sieht so aus, als hätte ich gewonnen.«

Ich schüttle stumm den Kopf und zeige auf ihr Smartphone. Sie nimmt es in die Hand, sieht meine Nachricht und fragt mich: »Wie hast du das gemacht?«

Ich lächle, erkläre es ihr und sie explodiert fast. »Du hast betrogen! Das ist unfair! So geht das nicht! Du bist ein richtig fieses Miststück!« Und es folgen noch weiter, nicht gerade schmeichelhafte Beschimpfungen. Bei manchen könnte man rot werden vor Scham.

Ich frage sie lässig: »Weiß dein Vater, dass du solche Wörter benutzt? Weißt du überhaupt was die alle bedeuten? Ich hoffe nicht. Ich glaube noch nicht mal dein Vater kennt die alle.«

Ich lache und dann lasse ich mich weiter beschimpfen. Ich glaube es tut ihr gut, mal so richtig jemanden anzuschreien und ich unterbreche sie nicht, bis sie davonstürmen will, dann rufe ich ihr hinterher: »Karla? Willst du den Namen der Seite?«

Sie bleibt ruckartig stehen und fragt mich: »Du verrätst mir die Seite, auf der man mogeln kann?«

»Klar«, bestätige ich, »Ich habe früher in der Schule auch immer versucht zu mogeln, das ist sicher heute nicht anders.« Ich schicke ihr den Link und sie verschwindet.

Später beim Abendessen mit Paul erzählt Karla dann mit lieblicher Stimme: »Paps, Sara hat mir heute wirklich geholfen, sie hat mir eine ganz tolle Seite gezeigt, auf der kann ich all meine Matheaufgaben lösen lassen. Ich bin jetzt viel früher fertig mit meinen Hausaufgaben, weil ich die Aufgaben ja jetzt nicht mehr selber rechnen muss. Total lieb von ihr, oder?«

Ich verdrehe innerlich die Augen. Sie will Paul mal wieder gegen mich aufbringen. Ich bin mir sicher, dass das auch klappen wird, er lässt sich leicht von ihr manipulieren, das habe ich schon gemerkt. Und tatsächlich wendet er sich mir zu und fragt streng: »Hast du wirklich?«

Ich antworte entspannt: »Ja, sicher.«

»Du hast meiner Tochter eine Seite gezeigt, damit sie ihre Aufgaben nicht mehr selbst lösten muss?«

»Ja, habe ich. Du hast das schon richtig verstanden.«

»Wer gibt dir das Recht dazu? Das geht zu weit! Sara, das ist nicht in Ordnung!«

»Du bist jetzt also wütend auf mich?«, hake ich nach, so als hätte ich das nicht bemerkt.

»Wütend? Ich bin stinkwütend«, wettert er aufgebracht. Ich sehe Karlas zufriedenes Grinsen.

»Paul, beruhig dich wieder. Ich bin keins deiner Kinder. Also fahr mich nicht so an.«

»Ich bin enttäuscht von dir Sara!«

Jetzt muss ich lachen. »Ach, Paul, bringst du mir gegenüber jetzt Elternsprüche? Ärgere dich doch nicht. Hältst du Karla für klug?«

»Natürlich!«

»Aber nicht für klug genug, um selbst so eine Seite zu finden, die ich nach ungefähr zwei Minuten gefunden hatte und die übrigens als Mathelernhilfe gedacht ist?«

»Was?«, fragt er überrascht.

»Ja, genau. Für wie doof hältst du sie? Also wenn sie so eine Seite nicht findet, halte ich sie für sehr doof und den heutigen Ansprüchen an mediale Kompetenzen nicht gewachsen. Die faulen, klugen Kids nutzen diese Seite, um zu lernen, wo sie Fehler machen und wo es hängt. Die faulen, dummen, um sich ihre Hausaufgaben zu ersparen.«

Ich stecke mir meine Gabel in den Mund und esse weiter als wäre nichts gewesen, während Paul mich noch anstarrt, und ich nehme aus den Augenwinkeln wahr, wie Karla rot anläuft. Oh-oh, da wird wohl jemand gleich explodieren, weil ihr Plan nicht aufging.

Und ich habe recht, denn jetzt schreit sie Paul an: »Du erlaubst ihr mich dumm zu nennen? Ich hasse dich dafür, dass du sie hast einziehen lassen!«

»Karla, beruhige dich«, versucht Paul sie wieder einzufangen, »Sie hat dich nicht dumm genannt.«

»Doch, hat sie und du lässt das zu!«. Sie springt auf.

Ich mische mich wieder ein, Paul tut mir leid. Und Philip auch, der aufgehört hat zu essen und immer kleiner auf seinem Stuhl wird. »Karla, ich habe dich wirklich nicht dumm genannt. Ich glaube nämlich, dass du solche Seiten schon kanntest und benutzt wie die faulen, schlauen Kids es machen. Okay? Ich wollte es mir nur nicht gefallen lassen, dass du deinen Vater gegen mich aufwiegeln möchtest. Waffenstillstand?«

Sie wendet sich mir zu und giftet los: »Halt einfach dein dummes Maul! Du hast hier gar nichts zu sagen! Niemand will dich hier haben. Selbst mein Vater will das nicht, er benutzt dich nur, um sich das Leben einfacher zu machen.«

Jetzt steht auch Paul auf und beginnt zu brüllen, während Philip bis zur Nasenspitze unter den Tisch gesunken ist. »KARLA! Entschuldige dich bei ihr! Du benimmst dich wie ein pubertäres Mädchen!«

»ICH BIN EIN PUBERTÄRES MÄDCHEN!«, schreit sie schrill zurück, nimmt ihren Teller und schleudert ihn auf den Boden, so dass die Scherben und das Essen durch die Gegend fliegen.

Ich stehe auf, betrachte den Teller oder seine Überreste. Ich habe noch nie etwas so Symbolisches für mein Leben wie diesen zerstörten Teller gesehen. Ich will das auch. Mit innerer Seelenruhe nehme ich meinen Teller und werfe ihn dann mit viel viel Schwung hinterher und schreie dazu: »VERDAMMT!!!« Ich bekomme eine Gänsehaut, weil das so guttut. Wow.

Dann gehe ich um den Tisch zu Philip und fordere ihn auf: »Los Phil, du auch, zertrümmere deinen Teller.« Sein skeptischer Blick trifft meinen animierenden und schließlich zuckt er mit den Schultern und wirft seinen Teller, nicht ganz so schwungvoll wie Karla und ich, auf den Boden und brüllt: »SCHEISSE, SCHEISSE, SCHEISSE!!«

Paul steht da und sein Blick ist fassungslos. Wir schauen ihn alle an. Keiner spricht. Zögerlich packt er seinen Teller und lässt ihn ebenfalls fallen. Er zerbricht nicht, also hebe ich ihn auf und fordere: »Richtig!« Er leistet meiner Aufforderung Folge und wirft ihn diesmal mit Schwung und er zerschellt ebenfalls in tausend Teile. Der Damm ist gebrochen, wir nehmen alles, was zerbrechen kann vom Tisch und schleudern es auf den Boden und fluchen dazu laut, Gläser, Salatteller, Schüsseln, alles fliegt.

Erst als alles zerbrochen auf dem Boden liegt und der Essbereich einem Schlachtfeld gleicht, hören wir auf und ich frage gespielt fröhlich, um das peinlich berührte Schweigen zu unterbrechen: »Wann kommt nochmal die Putzfrau?«

Wie als wäre der Bann dieses merkwürdigen Augenblicks gebrochen, beginnt Karla wieder zu nörgeln: »Und was essen wir jetzt?«

Ich lache und sage schelmisch: »Ich will ja jetzt nicht darauf rumhacken, dass du angefangen hättest, aber du hast angefangen.« Dann gehe ich Richtung Wohnzimmertür und winke den anderen drei zu, »Auf, kommt mit, ich lade euch ein, wir fahren durch den Drive In und ihr könnt bestellen was ihr wollt. Paul, hol deinen Schlüssel, wir brauchen dein Auto.«

Als wir zurück sind, gehen die Kinder auf ihr Zimmer. Philip will Geige üben und Karla, keine Ahnung was Karla machen will, aber Mathe wird es nicht sein. Ich gehe in den Essbereich und schaue mir das Chaos an. Hui. Da haben wir gewütet.

Paul kommt zu mir und streichelt über meinen Arm. »Tut mir leid, dass Karla dich so angegangen hat.«

Ich wende mich ihm zu und sehe seinen traurigen Blick und eine große Welle Mitleid überkommt mich. Es ist sicher, nicht einfach alleinerziehender Vater einer selbstbewussten und klugen Sechzehnjährigen zu sein.

Ich lächle ihn an und versichere ihm: »Nein, mir tut es leid, dass ich dieses Chaos angestiftet habe. Normalerweise reagiere ich angemessener. Es kam irgendwie einfach über mich.«

»Vielleicht tat es uns allen ja gut, mal den Frust rauszulassen auf eine dämliche unbeherrschte Art.«

Ich schlinge die Hände um seinen Nacken und ziehe seine Stirn an meine, keine Ahnung warum, aber es ist angenehm. Er legt seine Arme um mich, drückt mich fest an sich und schließt kurz seine Augen. Dann lassen wir uns wieder los und stehen immer noch so nahe beieinander und schauen uns in die Augen. Ich muss daran denken, wie er mich vor Monaten in der Bar geküsst hat und frage mich was ich tun würde, wenn er es jetzt seine Lippen auf meine drückt. Ich hätte Lust, ihn zu küssen. Ich hebe meine Hand, berühre mit einem Finger seine Unterlippe, lasse die Hand dann schnell wieder sinken und sage: »Paul.«

Er sagt: »Sara.«

Ich seufze: »Paul.«

Er seufzt ebenfalls: »Sara.«

»Führen wir gerade ein tiefsinniges Gespräch?«

Trotz meines Spruchs lässt er meinen Blick nicht los, ich gehe einen Schritt zurück, das wird mir gerade zu intensiv.

Mit diesem kleinen Abstand, kann ich auch endlich den Kopf abwenden, räuspere mich und frage mit leicht kratziger Stimme: »Hilfst du mir aufräumen?«

»Sara«, sagt er leise, »Ich habe etwas vergessen.«

»Was denn?«, will ich wissen und schaue ihn wieder an. Er beugt sich vor und küsst mich ganz liebevoll auf den Mundwinkel, geht dann in die Küche und holt einen großen schwarzen Müllsack und sagt lässig: »Natürlich machen wir das zusammen weg.«

Mein Körper fühlt sich als wären alle Systeme in Alarmbereitschaft, ich fasse mir an den Mundwinkel und habe das Gefühl, dass diese Stelle taub ist. Was war denn das? Dann schüttle ich mich kurz und wir machen uns an die Arbeit, das Chaos zu beseitigen.

Paul & Freundschaft

Paul

Ich treffe mich heute mit Ralf. Wir kennen uns schon Ewigkeiten und auch wenn wir uns nicht so häufig sehen, betrachte ich ihn als meinen besten Freund. Kerstin und ich waren gelegentlich mit ihm und seiner Frau zusammen aus und als Kerstin krank wurde, stand er mir bei.

Wir sitzen am Esstisch und unterhalten uns über unsere Arbeit als Sara ihren Kopf zu uns reinsteckt. »Hey, störe ich?«

Ich winke ihr zu und fordere sie auf: »Komm rein, ich stelle dir Ralf vor.«

Sie kommt zu uns rüber und lächelt uns entschuldigend an. »Ich wäre nicht reingeplatzt, aber ich habe in einem schwachen Moment zugesagt für Karlas Tanzveranstaltung morgen 50 Muffins zu backen. Leider kann ich gar nicht backen. Noch nicht.«

Ralf und ich lachen, während wir aufstehen und ich stelle sie vor: »Ralf, das ist meine Freundin Sara.«

»Freundin?«, fragt Ralf mit erstauntem Blick.

»Ralf, meine GUTE Freundin«, erkläre ich ihm augenrollend und wende mich dann Sara zu: »Sara, das ist mein Freund Ralf.«

Sie antwortet ebenfalls: »Freund?«, und imitiert seinen erstaunten Blick.

Ich muss lachen und erwidere genauso augenrollend: »Mein GUTER Freund.«

Sie lächelt mich schelmisch an, zwinkert mir kurz zu und streckt Ralf die Hand hin. Er nimmt sie und beide mustern sich gegenseitig. Sara ist definitiv ein netterer Anblick als Ralf. Ralf ist nicht unattraktiv, aber mit den Jahren und dank der guten Küche seiner Frau etwas aus der Form geraten. Da hatte ich Glück: Kerstin hat mich immer angetrieben mich gesund zu ernähren und Sport zu machen, wahrscheinlich bin ich deshalb noch gut in Form.

»Hallo Ralf, nett dich kennenzulernen«, begrüßt sie ihn und er antwortet: »Nur nett? Es ist mir eine Freude dich kennenzulernen Sara.«

»Ob das überhaupt nett ist, entscheide ich dann, wenn wir uns besser kennen«, sagt sie und zwinkert jetzt ihm zu. Sie lässt seine Hand los und zeigt auf die Küche. »Ich bin dann mal da drüben und mache mich an die Arbeit. Drückt mir die Daumen, dass dieses Internetrezept was taugt und lasst euch sonst nicht von mir stören.«

Sie verschwindet hinter dem Tresen und ich sehe, wie sie alles Mögliche aus den Schränken holt, sicherlich die Zutaten.

Ralf sagt leise zu mir: »Das ist sie also? Jetzt verstehe ich.«

Ich wende mich ihm zu und frage: »Was verstehst du?«

»Warum sie hier wohnt. Bei dir.«

»Wie meinst du das?«, hake ich nach. Ich stehe wohl etwas auf dem Schlauch, ich habe ihm doch unser Arrangement erklärt.

»Weil sie wirklich hot ist.«

»Hot?«, ich ziehe meine Augenbrauen nach oben und grinse, »Nein, das ist nicht der Grund, heiße Frauen kann ich mir überall angucken, wenn ich wollte.«

»Aber du gibst es zu?«

»Was gebe ich zu?«

»Dass sie attraktiv ist.«

»Natürlich«, gestehe ich, »Daran gibt es nichts zu leugnen.«

»Und, hast du ...?«

»Ralf«, unterbreche ich ihn leise lachend, »Hör auf mit deinen kleinen schmutzigen Fantasien.«

Ralf nimmt einen Schluck, beugt sich verschwörerisch zu mir und gesteht: »Ich würde.«

»Ich würde niemals zulassen, dass mein verheirateter Freund sich an eine Person meines Haushalts heranmacht.«

»Ich an deiner Stelle würde, meinte ich natürlich«, fängt Ralf an und lehnt sich zurück, »Ich bin sicher, so kannst du schneller über Kerstin hinwegkommen. Ich würde sogar, wenn meine Frau lebt.«

»Ralf, ehrlich, wenn du nicht mein bester Freund wärst, würde ich dich jetzt rausschmeißen. Das war völlig daneben. Nur weil du gerade mit deiner Frau nicht so gut kannst, gibt dir das nicht das Recht schlecht über meine Frau oder unsere Ehe zu sprechen. Du kannst mir alles erzählen, jeden Scheiß, den du baust, aber lass meine Frau aus dem Spiel!«

Ralf legt mir den Arm um die Schulter und beschwichtigt mich: »Paul. Tut mir leid. Ich vergesse manchmal, wie empfindlich du da bist.«

Ich schüttle seinen Arm ab und schenke ihm nach. »Schon gut. Ich weiß, ich bin aktuell nicht gerade die beste und lustigste Gesellschaft.«

»Kein Problem, ich bin für dich da. Und wenn es sein muss, halte ich auch mal meine Klappe. Lass uns das Thema wechseln. Wir können uns doch noch ein wenig über den Arsch deines Kindermädchens unterhalten.«

Ich pruste mein Getränk zurück ins Glas.

»So überraschend gut, ja?«, fragt Ralf belustigt, »Was machst du dann erst, wenn ich ihre Brüste erwähne? Kann ich die von hier aus sehen? Ich glaube, ich sollte mal genauer hingucken.«

Ich weiß, dass er mich belustigen möchte, also lache ich. Dann höre ich was fallen und Sara kommt zu uns rüber, einen Kochlöffel in der Hand.

»Schön, ihr Idioten, jetzt muss ich doch was sagen: Ich kann euch hören. Ihr seid nur wenige Meter von mir weg. Soll ich mich ausziehen oder möchtet ihr meine Zähne begutachten, wie beim Pferdekauf?«

Ich verziehe beschämt meinen Mund und Ralf flüstert mir zu leise lachend zu: »Ich verstehe dich immer besser.«

Dann landet der Kochlöffel auf seiner Schulter und sie schimpft ihn: »Klappe halten Ralf, da kommt nur Stuss raus.«

»Hey!«, beschwert er sich, »Du kannst mich doch nicht mit einem Kochlöffel schlagen!«

»Ich kann.«

»Sara«, sage ich ihr, »Tu es besser nicht. Ich habe seit Jahren den Verdacht, dass er darauf steht, es könnte ihm also gefallen.«

»Was ist denn hier los?«, beklagt er sich, »Fällst du mir etwa in den Rücken Paul? Mir, deinem langjährigen Freund. Wegen einer Frau. Ich muss gleich heulen.« Wieder seiner Worte, grinst er von einem Ohr zum anderen.

Sara schwenkt drohend den Kochlöffel. »Und? Wie wäre es nun mit einer Entschuldigung?«

»Entschuldigung gegen Muffin?«, schlage ich vor, »Falls du 52 Stück hinbekommst, natürlich nur.«

»53«, korrigiert sie mich, »Oder denkst du, ich will keinen?«

Ich schaue Ralf an und er mich, wir grinsen beide und sagen gleichzeitig: »Es tut uns leid Sara.«

Sie schüttelt ihren Kopf und antwortet trocken: »Was habe ich mir da nur eingebrockt, als ich hier eingezogen bin?« Dann verlässt sie uns und macht in der Küche weiter mit den Muffins.

Wir nicken uns zu, schnappen uns unsere Gläser und setzen uns zu ihr an die Theke.

Sie schaut von mir zu Ralf und wieder zurück zu mir und fragt misstrauisch: »Ihr wollt mir jetzt nicht zugucken, oder?« Sie schwingt einen Schneebesen und überzieht uns mit ein paar Tropfen flüssiger Teigmasse.

»Uppps. Das war keine Absicht. Wehe ihr macht euch über mich lustig, dann fliegt ihr raus!«

Ralf erwidert amüsiert, während er auf mich zeigt: »Das ist sein Haus, das wird schwer.«

Sie grinst diabolisch. »Glaub mir, wenn ich euch loswerden möchte, dann werde ich euch los.«

Ich glaube ihr das. Und ich muss Ralf recht geben: Sie ist hot. Jetzt in ihrer zu weiten Hose und dem engen, ausgewaschenen Top, ihren zerzausten Haaren, überall mit Mehl bestäubt und mir roten Wangen ist sie auch noch total niedlich und ich muss lächeln. Ich mag es, wie lebendig sie ist und wie schlagfertig.

Sie zeigt auf mich und kneift ihre Augen zusammen. »Was grinst du so dümmlich Paul?«

»Was?«, frage ich verwirrt, »Sorry, ich war abgelenkt.«

Sie senkt den tropfenden Schneebesen und sagt friedfertig: »Schon gut. Wenn dein Freund mich jetzt eh schon abgecheckt hat, könnt ihr auch bleiben und mich unterhalten. Ich habe nämlich gerade was bemerkt: Karla benötigt über 50 Muffins und in die Form gehen 12. Ich brauche fünf Backvorgänge je 15 bis 20 Minuten. Mit aus der Form nehmen und Teig nachfüllen bin ich sicher noch zwei Stunden hier in der Küche gefangen. Wenn ihr mir Gesellschaft leistet, dürft ihr zum Schluss die Schüssel ausschlecken.«

Ralf stößt mich mit dem Ellenbogen in die Seite und gesteht belustigt: »Hast du gehört Paul? Wir dürfen die Schüssel auslecken. Ich fühle mich auf einmal wieder sehr jung.« Dann wendet er sich Sara zu und sagt grinsend zu ihr: »Wir würden jetzt sowieso bleiben, ob du uns bittest oder nicht. Du bist lustig.«

»Ich weiß«, erwidert sie in gespielt gequältem Tonfall und füllt Teig in die Muffinform um diese in den Backofen zu schieben. Sie stellt sich einen Timer, nimmt sich ein Glas mit Wasser und setzt sich auf den Barhocker neben mich, während Ralf sich kurz auf Toilette entschuldigt.

Sie schaut mich schmunzelnd an und ich frage sie: »Was ist los?«

»Du hast Teig im Gesicht.«

»Wo?«, will ich wissen, wische mir mit meiner Hand über eine Wange und sie lacht auf.

»Da nicht. Soll ich wegmachen?«

Ich nicke und sie grinst mich ordinär an. »Nasses Küchentuch oder Zunge?«, fragt sie und streckt ihre Zunge raus.

»Auch wenn es schade um den Teig ist, wähle ich das Küchentuch«, entgegne ich, »Aber mach schnell, bevor ich es mir anders überlege.«

Sie geht um die Theke und beugt sich, nachdem sie ein Stück Küchentuch am Waschbecken befeuchtet hat, über den Tresen zu mir rüber und wischt mir damit durchs Gesicht und entfernt auch etwas Teig aus meinen Haaren. Beiläufig fragt sie mich in unschuldigem Tonfall: »Wann kommt denn dein Freund Sweetie vorbei?«

Bevor ich antworten kann, fragt Ralf von der Tür aus: »Wer ist Sweetie?«

Mir ist das unangenehm, aber sie antwortet lässig: »Ein gemeinsamer Bekannter, auf den ich heimlich etwas stehe.«

»So so. Hast du nicht auch deinen Mann verloren? Oder habe ich das falsch verstanden?«

»Nein, du hast das richtig verstanden. Ich bin Witwe und habe den Mann meines Lebens zu Grabe getragen. Und ja, ich trauere deswegen heftig und viel. Aber gucken darf man ja mal.«

Ralf schaut auf mich, bevor er entgegnet: »Ich wünschte Paul würde das auch so lässig sehen können.«

Ich öffne meinen Mund, um ihn zurechtzuweisen, doch sie ist schneller: »Lass Paul in Ruhe. Er macht alles richtig. Er ist ein guter Mann. Er ist ein guter Freund. Ich denke, das weißt du auch, sonst hätte eure Freundschaft nicht schon so viele Jahre bestand«, sie wirft kurz einen Blick in den Ofen, »Die sehen fertig aus. Lasst uns probieren, wollt ihr Kaffee dazu? Dann müsst ihr einen machen. Und wehe ihr vergesst mir einen mitzumachen!« Dann lacht sie und nimmt die Ofenhandschuhe, um die erste Fuhre Muffins aus dem Backofen zu nehmen.

Paul & High Five

Paul

Wir sitzen zusammen auf der Couch und schauen einen Film. Karla ist zu einer Freundin und Philip will lieber auf seinem Zimmer bleiben. Trotzdem sitzen wir mit einer züchtigen mehr als Handbreit Abstand auseinander, wie es sich für bloße Mitbewohner gehört, obwohl ich sie gerne in den Arm nehmen würde oder ihre Hand halten. Nur als Trost. Sie wie ein kleiner Junge seinen Teddy.

Aber ich möchte keine falschen Signale senden. Würde ich Philips Geigeübungen im Hintergrund hören, dann könnte ich es wagen, weil er währenddessen nicht ins Zimmer kommen wird.

Ich habe im Moment schreckliche Sehnsucht nach Berührungen. Wir nehmen uns zwar in den Arm oder halten unsere Hand, wenn wir zur Selbsthilfegruppe gehen und in den seltenen Augenblicken, wenn wir mal alleine zuhause sind. Manchmal ist mir das zu wenig und ich habe dieses körperliche Bedürfnis, sie anzufassen, um Trost zu finden. Ich lege meine Hand neben mich und unsere kleinen Finger berühren sich, weil ihre bereits schon dort lag. Sie zieht ihre Hand nicht weg, sondern legt ihren kleinen Finger auf meinen.

Ich merke, wie mein Herz heftiger schlägt und mein Blut schneller durch meinen Körper fließt. Ausgerechnet an eine Stelle, die ich nicht unbedingt beabsichtigt hatte. Gut, vielleicht brauche ich mehr als nur etwas Trost.

Meistens fassen wir uns freundschaftlich an, aber manchmal knistert es ganz schön zwischen uns und diese kleine Berührung unserer Finger macht mich gerade mehr an, als, keine Ahnung als was, ich bin viel zu sehr abgelenkt, um zu denken.

Im Film gibt es eine heiße Sexszene, die mein Problem nicht gerade besser macht und wir blödeln etwas rum, weil, wie so oft in Filmen der BH während des Akts an bleibt, was absoluter Blödsinn ist.

Sie hört auf zu lachen und fragt mich ernst: »Weißt du was ich echt vermisse?«

»Du wirst es mir sicher gleich verraten, hoffe ich.«

»Das da«, sagt sie und zeigt auf den Fernseher, »Sex. Ich bin immer kurz davor auf ein Date zu gehen. Ich habe mich bei Singlebörsen angemeldet. Also nicht, weil ich einen Partner suche, sondern ... Ach, du verstehst schon.«

Ich schaue zu ihr rüber und antworte langsam: »Ja ... ich denke schon. Man hat es irgendwann satt, dass man alles selber machen muss.«

Sie grinst zu mir rüber. »Ich denke, dass trifft es ziemlich genau.«

Ganz unschuldig biete ich ihr halb im Ernst, halb im Spaß an: »Ich könnte dir ja zur Hand gehen.«

Sie merkt das doch auch, oder? Diese sexuellen Spannungen? Oder bin das nur ich, weil ich ein kranker Mistkerl bin? Nein. Sicher nicht. Sie leckt sich nervös über ihre Lippen, was die Enge in meiner Hose noch viel schlimmer macht.

Ich weiß, dass ich das nicht tun sollte und nicht tun wollte, aber ich bin echt scharf auf sie. Sie wohnt jetzt zehn, elf Wochen hier und vielleicht habe ich das unterschätzt, wie das sein wird, mit einer süßen, schlagfertigen und witzigen Frau unter einem Dach zu leben, wenn man sexuell ausgehungert ist. Da kann man sich irgendwann auch nicht mehr selbst helfen. Möglicherweise sollte ich für diese Dummheit einen Pokal bekommen und womöglich noch einen dafür, dass ich es tatsächlich bis jetzt geschafft habe meine Finger von ihr zu lassen.

Sie kichert. Das bedeutet sicher *ja*. Vorsichtig streiche ich ihr mit meiner Nase über ihre Wange und hauche in ihr Ohr: »Bisschen Druckausgleich für uns beide? Was sagst du Süße? Ich glaube, das könnten wir wirklich gut gebrauchen.«

Sie versteift sich etwas unter meinen Worten und ich beschwichtige sie sanft: »Tut mir leid, wenn dir das unangenehm ist. Ich wollte nur direkt sein, statt rumzueiern.«

Sie wendet sich mir zu und flüstert: »Kennst du das Gefühl, wenn du denkst, etwas ist nicht richtig, aber gleichzeitig könnte es zu gut sein, um es zu verpassen?«

»Ja, ich glaube ich weiß genau, was du meinst«, flüstere ich zurück und drücke meine Lippen an ihr Ohr und sauge ihren Geruch in die Nase: Vanille, ein Hauch Parfum, viel Sara. Automatisch schließe ich kurz meine Augen.

Da sie sich immer noch nicht bewegt, streiche ich ihr ihre Haare hinters Ohr und hauche ihr an den Hals, während ich sie dort vorsichtig küsse: »Mach dir nicht zu viele Gedanken, das wird sicher gut.«

Sie wehrt sich nicht, sagt aber leise: »Ich weiß nicht ... hast du dir das gut überlegt? Du hast bis jetzt nicht so gewirkt, als wäre dir das recht. Eigentlich warst du sogar ziemlich deutlich, dass das wegen deiner Kinder nicht geht. Ich respektiere das.«

Ich höre auf ihren Hals entlang zu küssen, lege meine Hand an ihren Kopf und fordere sie klar auf: »Süße, lenk nicht ab, ich weiß was ich früher gesagt habe und jetzt habe doch gerade gesagt, dass ich will. Und ich will es ja nicht vor meinen Kindern machen, sondern schon eher so als kleines schmutziges Geheimnis. Also was denkst du darüber, willst du es auch: Ja oder nein?«

Sie schaut mich einen Moment wie ein Reh im Lichtkegel eines Autos an und sagt dann entschlossen: »Ja, Sweetie, klar will ich.«

»Gottseidank«, murmle ich, bevor ich meinen Mund auf ihren drücke und hoffe, dass sie es sich nicht anders überlegt. Ihre Lippen sind warm und so weich, wie ich sie in Erinnerung habe. Ich hätte das schon viel früher tun sollen. Himmel ist das gut.

»Beherrsche dich!«, fordert sie, als sie es geschafft hat sich von meinen Lippen zu lösen.

Beherrschen? Ist sie verrückt? Der Punkt ist längst überschritten.

»Denk an DEINE Kinder«, erinnert sie mich und mich überkommen Schuldgefühle, Mist, die habe ich fast vergessen, vor lauter Hunger nach ihr.

Sie packt mein Handgelenk, steht auf und fordert: »Komm mit. Ich warte keine Sekunde länger.«

Und dann schleift sie mich in ihr Schlafzimmer, schließt die Tür hinter uns und atmet so heftig, wie ich nach dem Sport. Oh, fuck, ich glaube, sie ist genauso scharf auf mich, wie ich auf sie. Ich greife in meinen Nacken und zerre mein Shirt über den Kopf, während ich die zwei Schritte zu ihr überwinde. Dann ziehe ich sie stürmisch an mich, um mich an sie zu drängen, sie soll fühlen, wie hart ich für sie bin.

»Süße, das wird keine romantische Nummer, das erwartest du aber auch nicht von mir, oder?«

»Nein, sicher nicht, nervös bin ich trotzdem«, erwidert sie heiser, »Könntest du das bitte einfach wegficken?«

Ich stöhne auf, ich stehe auf deutliche Worte. »Nichts lieber als das.«

Dann stürze ich mich auf sie, ich bin nicht sanft oder zärtlich, ich reiße ihr die Kleidung vom Leib und will mir nehmen, was ich brauche. Ich fasse ihr ungeniert zwischen die Beine und stöhne noch einmal auf, sie ist schon nass und bereit und ich schaffe es kaum mich von meiner Hose zu befreien, um endlich in ihr zu sein. Ich schmeiße sie auf ihr Bett und nagle ihre Hände über ihren Kopf fest, positioniere mich zwischen ihren Beinen, schaue ihr einen Moment in ihre vor Lust dunkel glänzenden Augen, bevor ich zustoße. Verdammt, ja, das ist es.

Sie verleiert ihre Augen und jammert: »Nicht...«

Ich halte kurz inne und frage keuchend: »Gibt es ein Problem?«

»Ja verflucht, ich bin schon kurz davor.«

Ich stutze kurz, beiße sie in den Hals und flüstere ihr ins Ohr: »Bleib lässig, du kannst von mir so viele haben, wie du brauchst.« Dann dränge ich mich noch tiefer und heftiger in sie und tatsächlich fängt sie wenige Stöße später an, sich unter mir aufzubäumen. Ich drücke meine Lippen auf ihre, damit ich ihre Schreie schlucken kann, falls sie dabei laut wird, aber ich bekomme nur leise kleiner Jammer-Seufzer mit. Das ist mit Sicherheit das beste Geräusch, das ich in letzter Zeit gehört habe. Sie öffnet ihre Augen, schlingt ihre Beine um mich und fordert: »Mehr.«

Kurzatmig vor Erregung offenbare ich ihr: »Du bist eine absolute Gönnung.« Ich senke meinen Mund auf ihre Brust um ihre kleinen aufrechtstehenden Nippel abwechselnd in den Mund zu saugen und als sie sich innerhalb kürzester Zeit wieder unter mir aufbäumt, lasse ich mich auch gehen. Lange hätte ich sowieso nicht mehr dagegen ankämpfen können. Nicht unter diesen Umständen.

Ich lasse meinen Körper auf sie sinken. Das war nicht nur ein körperlicher Druckausgleich, sondern wahrhaftig sowas von Druckausgleich fürs Gehirn. Ich fühle mich fast schwerelos, während ich so auf ihr liege und mich kurz erhole. Das können ja jetzt keine fünf Minuten gewesen sein.

Ich kichere und sie streicht mir zärtlich über den Kopf. »Alles in Ordnung?«

»Sicher«, bestätige ich, »Ich komme mir nur vor wie ein pubertärer Teenager. Ich weiß nicht, wann ich das letzte Mal so schnell gekommen bin. Wir hatten es wohl wirklich beide dringend nötig.«

Sie sagt nichts dazu, also rolle ich mich von ihr runter, richte mich auf meine Ellenbogen auf und schaue ihr ins Gesicht. Sie weicht meinem Blick aus. Ach nein. Sie bereut es.

Ich drehe ihren Kopf sanft zu mir, dass sie mich ansehen muss, und sage ihr eindringlich: »Süße, das war kein Fehler.« Ich sehe die Skepsis in ihrem Blick und sie will was dazu sagen, aber ich lege ihr einen Finger auf die Lippen und wiederhole: »KEIN Fehler.« Sie will meine Hand wegziehen, aber ich bin stärker. Ich komme ihr mit meinem Gesicht ein wenig näher und versichere noch eindringlicher: »Noch einmal: DAS. WAR. KEIN. VERDAMMTER. FEHLER.«

Dann nehme ich meine Hand weg und sie nickt endlich.

»Ja, von mir aus, du hast recht. Es war keiner. Ich will es auch nicht zu einem machen. Peinlich war es trotzdem.«

»Peinlich?«, hake ich nach. »Was war denn peinlich? Habe ich was verpasst?«

»Du hast mich kaum berührt und schon bin ich fast fertig? DAS ist peinlich.«

Ich lache warm auf. »Ach Süße, ich hatte doch gerade das gleiche Problem. Dann ist es doch gar nicht mehr so schlimm, oder? Außerdem hat mich das ziemlich angetörnt, wie schnell du in Fahrt kommst. Geht das immer so schnell bei dir?«

»Nein, doch, vielleicht, du Arsch, sowas fragt man doch nicht. Oder doch? Ich weiß es nicht. Es ist schon lange her und du hast mich ziemlich scharf gemacht.«

»Sorry, wollte nicht fies sein. Bei mir auch.«

Ich lege mich neben sie und wir schweigen ein paar Minuten, dann fragt sie mich, kaum hörbar: »Hast du dabei an Kerstin gedacht?«

»Nein. Du an Johannes?«

»Nein. Ist das jetzt gut oder schlecht? Ich weiß nicht, was ich fühlen soll. Ich bin ganz durcheinander.«

Ich denke darüber nach und über Sex früher und Sex mit ihr und weil ich dann irgendwann auch nicht mehr weiß, was ich fühlen soll, fange ich wieder an sie zu küssen, langsam und bedächtig und ich genieße ihre Lippen, wie eine köstliche Süßigkeit. Sie küsst mich zärtlich zurück und ich sehe in ihren Augen, dass sie froh über diesen Themenwechsel ist.

Und dieses Mal ist es kein einfacher Druckausgleich, sondern Seelenbalsam. Ich halte ihre Hand, ich küsse sie überall, sie küsst mich, leckt an mir, beißt mich, wir wälzen uns durchs Bett, zerwühlen die Laken. Ich versenke mich tief in ihr und sie verlangt nach immer mehr. Unsere Haut ist mit einem Schweißfilm bedeckt, meine Hände gleiten über ihre Kurven, die mich schier in den Wahnsinn treiben. Ihre Lust gehört mir und meine ihr und ich koste das auf das Genüsslichste aus.

»Ich habe doch gesagt, das wird gut«, stelle ich hinterher mehr als befriedigt fest, »Liebesbekundungen wären jetzt ja nicht angebracht, darf ich dir ein High-Five anbieten?«

»Sicher Sweetie«, sagt sie, kichert und schlägt mit Wucht ein.

In diesem Moment geht die Haustür und Karla schreit: »Paaaaaaps!?« Scheiße. Mir wird heiß-kalt, ich will nicht, dass sie mich so aus ihrem Zimmer kommen sieht.

Sie flüstert mir beruhigend zu: »Ganz ruhig«, während sie ohne Unterwäsche in eine Jogginghose und einen Hoodie hüpft, »Ich lenke sie ab und du gehst ins Bad und machst dich frisch, du siehst, äh, ziemlich durchgefickt aus.«

Fast muss ich lachen, ob sie sich schon mal angesehen hat?

Sie fährt sich zweimal mit den Händen durch die Haare, während ich meine Sachen zusammensammle.

Sie verlässt ihr Zimmer ganz gelassen und ich höre sie rufen: »Karla, komm mal mit in die Küche!«

»Du kannst mich mal, wo ist mein Vater?«

»Im Bad. Glaube ich. Zumindest ist er vorhin durch den Flur gepoltert, auf komm mit in die Küche!«

Ich lausche, wie ein Einbrecher, an der Tür, höre beide den Flur verlassen und Karla fragen: »Wie siehst du denn überhaupt aus?«

Ich höre sie ernst erwidern: »Ich überlege eine neue Sportart anzufangen, Nahkampf, ich habe das mal vor dem Spiegel geübt.«

Nach Karlas »Aha«, höre ich nichts mehr, schaue vorsichtig auf den Flur, um dann schnell in meinem Zimmer zu verschwinden. Zehn Minuten später betrete ich wieder ordentlich und frisch die Küche und frage Karla: »Was schreist du denn so?«

»Wo warst du so lange?«

»Auf der Toilette. Wolltest du mir dort Gesellschaft leisten, oder was?«

»Papa! Du bist ekelhaft. Ich will was mit dir besprechen. Alleine!«

Ich werfe Sara einen Blick zu, sie nickt und verlässt die Küche.

Später klopfe ich vorsichtig bei ihr an, ich bin mir nicht sicher, ob sie schon schläft, aber ich höre ihr leises *Herein* und husche zu ihr ins Zimmer. Sie sitzt in legerer Kleidung, frisch geduscht, an ihrem Schreibtisch und liest auf ihrem Kindle.

Ich lehne mich kurz an ihren Schreibtisch und schaue sie an. Sie lächelt zu mir hoch und fragt: »Und? Was wollte sie?«

Ich winke ab. »Sie hat die Meine-Mutter-ist-tot-Mitleidsmasche abgezogen, um zu bekommen was sie will. Clever. Ist aber ja auch mein Kind.« Weil ich neugierig bin, frage ich: »Und was hast du vorhin zu ihr gesagt, warum sie mitkommen soll?«

»Ich habe sie geschimpft, dass sie nicht die leere Milchpackung zurück in den Kühlschrank stellen soll, sie hat zurückgeschimpft, dass sie das nicht war, hat sich ein wenig aufgeregt, dass sie immer die Hauptverdächtige bei allem wäre und dann warst du auch schon wieder da.«

Ich lache leise und antworte: »Raffiniert und durchtrieben.« Ich räuspere mich kurz und fahre fort: »Du kannst dir aber denken, dass ich deswegen nicht hier bin. Ich wollte mich bedanken.«

Sie legt ihren Kopf schräg und fragt grinsend: »Wofür? Dass ich dich gedeckt habe oder für den Sex?«

Ich verstrubble ihr die frisch gewaschenen Haare und lache sie an.

»Süße, für beides.«

»Ja, das war«, sie zögert kurz, »erfrischend. Ich sollte mich wohl auch bedanken.«

Ich schaue sie an, es sieht aus, als wollte sie noch etwas sagen oder fragen, tut es aber nicht.

»Wir sind klar miteinander?«, frage dann ich.

»Sicher sind wir das. Von meiner Seite auf jeden Fall. Mich würde nur interessieren: War das eine einmalige Sache?«

»Wegen mir muss es das nicht sein.«

»Gut«, seufzt sie, »Ich würde Sweetie jetzt schon vermissen.«

»Dann sind wir uns ja einig«, beschließe ich grinsend und dann fällt mir was Wichtiges ein und ich fahre mir verlegen durch die Haare, weil ich nicht weiß, wie ich das Thema anschneiden soll und beginne mit einem: »Ähhm, da wäre noch etwas.«

»Ja, was denn? Um mir zu gestehen auf welchen perversen Scheiß du stehst ist es noch zu früh«, scherzt sie und zwinkert mir zu.

»Nein, das ist es nicht, ich dachte nur, wir sollten vielleicht auch über Verhütung sprechen? Wir haben es einfach komplett ungeschützt getan. Und wenn ich ehrlich bin, habe ich keine Sekunde daran gedacht. Was wohl für jemanden in unserem Alter ziemlich dämlich ist. Und dann habe ich auch noch Kinder und soll denen das nahebringen? Ich fühle mich wie ein verantwortungsloser Idiot.«

Sie lächelt süffisant. »Ja, da hast du wohl nicht unrecht damit, du bist wohl seit Karla damals nicht klüger geworden. Denn ich weiß zumindest, dass ich nicht schwanger werden kann. Oder werden sollte. Ich habe nie aufgehört die Pille zu nehmen. Ist wohl Gewohnheit. Aber trotzdem war es nicht besonders erwachsen, schließlich gibt es schlimmere Risiken, als eine Schwangerschaft. Und keiner hat den anderen nach seiner sexuellen Vergangenheit gefragt.«

Ich ignoriere den Seitenhieb auf die zuerst ungewollte Schwangerschaft von Kerstin und verkneife mir den Kommentar, dass das hinterher betrachtet eine großartige Sache war, denn ich werde sicher nicht mit ihr über Kinderkriegen sprechen.

»Gut«, seufze ich ergeben, »Dann muss ich an dieser Stelle wohl zugeben, dass ich normalerweise, um Geld zu sparen in die billigsten Freudenhäuser gehe und nie ein Kondom verwende, weil mich das stört.«

Sie antwortet trocken: »Komisch, dass wir uns dann nicht schon früher begegnet sind, da arbeite ich nämlich.«

Ich seufze noch einmal theatralisch. »Es ist nicht so einfach dich zu verarschen, oder?«

»Nicht, wenn du es auf diese Art versuchst«, lacht sie mich als Antwort an.

Ich lache mit ihr, ich mag unsere Wortgeplänkel und werde dann wieder ernst: »Dann probieren wir es mal mit der Wahrheit: Ich komme aus einer monogamen Beziehung mit meiner Frau und bin dann direkt in eine monogame Beziehung mit mir selbst übergegangen. Falls du das nicht glauben kannst, bin ich auch gerne bereit mich testen zu lassen.«

Sie lächelt mich süß an und schüttelt ihren Kopf. »Nein, Sweetie, ich glaube dir. Kann dir das aber genauso anbieten. Bei mir ist es das gleiche Szenario.«

»Haben wir dann alles geklärt, Süße?«

Sie grinst schmutzig. »Ich denke schon. Hört sich für mich an, als wäre der Weg nun frei für sauberen und zugleich schmutzigen Geschlechtsverkehr.«

»Oh ja«, schmunzle ich, »So hört sich das für mich auch an«, ich stehe auf, küsse sie auf die Stirn, wünsche ihr: »Gute Nacht und sexy Träume«, und gehe in mein eigenes Bett.

Sara & Umziehen

Sara

Ich stehe am Küchentresen und trinke ein Glas Wasser, als er nach Hause kommt, und beobachte den Auflauf im Ofen. Ich werde ganz gewiss noch eine Topköchin.

Ich bin mir noch nicht sicher, wie ich damit umgehen soll, was gestern passiert ist, aber ich denke, wir sind klar miteinander. Wir sind Freunde und Mitbewohner und Trostspender und jetzt halt auch noch Freunde mit gewissen Vorzügen. Das sollte ja kein Problem sein.

Ich begrüße ihn lächelnd, wie immer und dann entgleist mir mein Gesicht, als er Blumen hinter seinem Rücken hervorzieht und mir hinhält mit den Worten: »Für dich.«

Ich frage ihn recht forsch: »Paul? Warum bringst du mir Blumen mit?«

Mit erschrockenem Blick fragt er zurück: »Magst du etwa keine Blumen?«

»Mal ganz davon abgesehen, dass ich wirklich keine mag, verstehe ich nicht wieso.«

Nachdem ich ihm den Strauß nicht abgenommen habe und mich krampfhaft an meinem Wasserglas festhalte, legt er die Blumen neben mich auf die Theke und klingt enttäuscht, als er sagt: »Ich dachte, du würdest dich freuen.«

Ich seufze gequält. »Wir müssen jetzt doch DAS Gespräch führen, oder?«

Ich merke, wie sein Gesichtsausdruck langsam ins Genervte wechselt. »Ich weiß nicht, was du meinst.«

»Dieses Was-wir-sind-Gespräch.«

»Dauert das länger?«, fragt er mich gestresst, »Dann ziehe ich mich vorher um.«

Ich nicke. »Klar, mach nur.«

»Und du kommst mit«, bestimmt er, packt mein Handgelenk und schleift mich in sein Schlafzimmer. Hier war ich noch nie drin. Warum auch? Er drückt mich aufs Bett, so dass ich am Rand sitze und ich frage ihn: »Und warum sollte ich jetzt mit hier reinkommen?«

»Weil ich mir nicht sicher bin, ob ich will, dass die Kinder uns zufällig belauschen«, erklärt er mir und fängt an sich auszuziehen. Er löst seine Krawatte und beginnt sein Hemd aufzuknöpfen. Ich schaue ihm einen Augenblick zu und frage dann: »Äh, sag mal, was machst du da eigentlich?«

Er wirft mir kurz einen Blick zu. »Warum?«

»Weil du dich ausziehst?«

Jetzt grinst er spitzbübisch. »Keine Sorge, ich werde dich nicht gleich vernaschen und wenn der Anblick dich zu sehr antörnt, schau einfach weg, ich will mich nur schnell umziehen.«

Ich schaue tatsächlich weg. Nicht, dass ich ihn gestern nicht bereit schon nackt gesehen hätte, aber es erscheint mir falsch ihm bei so einer banalen Sache, wie Umziehen, zu beobachten. Das ist mir zu intim.

Als er fertig ist, setzt er sich lässig im Schneidersitz zu mir auf das Bett und fordert mich auf: »Los, sag mir, was du mir zu sagen hast.«

Ich atme tief ein und lege los: »Ich will nur klarstellen, dass ich keinen Partner suche. Unsere Vereinbarung ist super und es gefällt mir, dass wir so gut miteinander auskommen und füreinander da sind. Wenn ich ehrlich bin, fehlt mir der Sex schon sehr und wenn wir so eine Art Freunde mit gewissen Vorzügen sein könnten, das würde mir gefallen. Aber mehr nicht. Ich war zwölf Jahre in einer sehr guten Partnerschaft und ich werde auf keinen Fall gleich wieder in die nächste springen. Ich will also auf keinen Fall einen Freund, eine Beziehung oder etwas Ähnliches. Ich will einfach nur für mich sein und nur an mich denken müssen. Ich hoffe du verstehst mich.«

Er schaut mich einen Moment nachdenklich an, bevor er antwortet: »Ja, ich verstehe. Nimm doch dafür die Blumen, sie sollten kein billiges *Danke* für Sex sein. Gut, ich gebe zu, das war unüberlegt von mir, das weiß ich jetzt. Aber grundsätzlich denke ich, dass das ein gegenseitiges Ding ist, von dem jeder was hat, und ich habe auch nicht die Absicht dir den Hof zu machen. Ich wollte dir einfach nur eine Freude machen. Ich habe dich gerne hier. Es tut mir leid, wenn das falsche Signale ausgesendet hat. Wenn du keine Blumen magst, sag mir, wie ich dir dann eine Freude machen kann. Ich habe das Bedürfnis etwas für dich zu tun. Und das zwischen uns mag ich gar nicht definieren müssen. Lass es doch einfach so stehen, wie es ist. Du magst mich doch, oder? Ich weiß, dass du mich magst und wenn du mich für Sex benutzen möchtest, nur zu. Mir fehlt das auch. Ich stehe dir zur Verfügung.«

Er grinst wieder und leider, leider sieht er auch noch total verführerisch aus, wie er da so lässig dasitzt in Jeans und schlichten Shirt, dass seine gute Figur auf unterschwellige Art betont.

Ich atme tief ein und versuche ihm ehrlich zu erklären: »Ja, ich mag dich. Meistens. Und das ärgert mich manchmal.«

»Warum?«, fragt er verblüfft.

»Es kommt mir falsch vor.«

Er lächelt mich lieb an und beugt sich etwas zu mir vor. »Hey, Sara, Süße, du musst mich nicht gleich heiraten.«

»Nenn mich nicht Süße! Ich bin nicht deine Süße! Hast du denn gar kein Problem mehr damit, dass deine Frau weg ist. Für immer? Mir kommt das mit uns jetzt nicht vor wie Betrug, aber irgendwie doch und ich bin überfordert mit mir selbst. Manchmal.«

Jetzt fährt er sich durch die Haare und zerstört seine Frisur, was ihn noch attraktiver wirken lässt, dieser lockere Look und ich muss mich zusammennehmen, ihm nicht auch mal durchzufahren. Ich fühle mich im Augenblick schrecklich hin- und hergerissen. Einerseits will ich ihn anschreien und beschimpfen, wegen dieser doofen Blumen und andererseits will ich auf seinen Schoß klettern und ihn küssen und dort weitermachen, wo wir gestern aufgehört haben. Ist das normal? Dieser Zwang jetzt einen Mann zu berühren und ist es nur des Berührens willen oder ist es er?

Er seufzt. »Sara, natürlich vermisse ich sie. Jeden. Verdammten. Tag. Bei allem was ich tue. Ich habe im Geschäft ständig mein Smartphone in der Hand, um ihr zu schreiben, ich lasse ihr Platz auf der Couch und habe ihr auch schon Schokolade gekauft, um sie ihr mitzubringen, so wie früher. Ich führe imaginiere Gespräche mit ihr. Aber all das hat ja nichts mit uns zu tun. Ich liebe sie, aber ich kann dich ja trotzdem mögen und ich bin sehr glücklich, dass ich dich habe und mit dir über sie sprechen kann und du mir von Johannes erzählst und wir dann zusammen traurig sind und lachen und beides auch mal gleichzeitig. Das ist so viel besser als in der Selbsthilfegruppe und als jedes Gespräch mit jemand anderem darüber. Überall nur dieses künstliche Mitleid, obwohl sich doch eigentlich keiner dafür wirklich interessiert.«

»Also ist das zwischen uns nichts Ernstes und absolut zwanglos und nicht exklusiv?«, will ich sichergehen.

»Hast du heute ein Date, oder warum fragst du das so?«, versucht er zu scherzen.

Ich antworte ihm: »Um ehrlich zu sein ja.«

»Oh«, ist seine Reaktion darauf.

»Wir sind doch ehrlich zueinander?«, frage ich ihn leise, doch er antwortet nicht, sondern schaut mich nur an, also spreche ich weiter: »Ich muss mich noch mit jemand anderem treffen, ich muss irgendwie rausfinden, ob das nur deine Berührungen sind, die so guttun oder überhaupt von einem Menschen oder besser Mann.«

Er atmet tief ein, beugt sich vor zu mir, küsst mich auf den Mundwinkel und ermuntert mich: »Dann geh und finde es raus, Süße, äh Sara.«

»Außerdem hatte ich jetzt zwölf Jahre nur Sex mit einem einzigen Mann, ich will mich jetzt nicht unbedingt gleich wieder festlegen.«

»Ja, ich habe das schon kapiert, tob dich aus. Viel Spaß dabei, aber bitte nicht hier, ich denke, das wäre sehr merkwürdig, wenn du einen Mann mit hierherbringst.«

Ich stehe auf und will das Zimmer verlassen, drehe mich an der Tür aber noch einmal um und versichere mich: »Paul? Aber zwischen uns ist alles gut, oder?«

»Sicher«, seufzt er und wedelt mit einer Hand, um zu verdeutlichen, dass ich verschwinden soll.

Ich habe wirklich gar kein Interesse daran, im Moment Männer kennenzulernen oder mit einem Fremden Sex zu haben. Aber ich hatte das Gefühl, dass ich ihm klarmachen muss, dass das auf keinen Fall auf irgendetwas hinausläuft. Leider habe ich es tatsächlich geschafft, mir ein Date zu besorgen. Also habe ich keine Ausreden mehr. Ich stelle das Essen auf den Tisch und verabschiede mich dann. Ich muss ja nicht hier essen, wenn ich in einem Restaurant verabredet bin.

Ich gebe mir keine Mühe mit meinem Aussehen, sondern gehe in schlichten Jeans und einer einigermaßen netten Bluse, meine Haare fasse ich zu einem Pferdeschwanz zusammen und ich schminke mich, wie ich mich immer im Alltag schminke. Mit schlechter Laune verlasse ich dann das Haus.

Das Date ist genauso grausam, wie ich es mir vorgestellt hatte. Der Typ ist weniger attraktiv als auf dem Foto und weniger interessant, als sich sein Profil gelesen hat. Eigentlich erzählt er ununterbrochen erst von seinem Hund und dann von seiner schlimmen Exfreundin und wie schwierig es sei, in seinem Alter gute Frauen zu finden, so als wären wir schon uralt. Ich glaube, ich spreche keine drei Sätze und zwei davon sind mit dem Kellner, was ich bestellen möchte.

Als er nach dem Essen auf Toilette verschwindet, bezahle ich schnell und mache mich davon. Ich laufe eine Weile recht ziellos durch die Stadt und bleibe dann an einem Waffelhaus hängen. Ich überlege kurz. Ich hatte ja keinen Nachtisch, aber Lust auf Süßes. Ich bestelle mir eine Waffel und meine Laune sinkt noch weiter in den Keller. Sie ist absolut geschmacklos und langweilig. Eine Vergeudung von Kalorien. Ich werfe sie in den nächsten Müll und fahre zurück zum Haus.

In einen Bademantel gehüllt, komme ich aus der Dusche und hole mir noch etwas zu trinken, bevor ich in meinem Zimmer verschwinde. Es ist zwar noch nicht meine übliche Schlafenszeit, aber ich lege mich trotzdem schon mal hin und lese ein wenig. Ich möchte jetzt niemanden begegnen, ich habe die Befürchtung, dass ich sonst meine schlechte Laune an demjenigen auslassen werde.

Leider klopft es nur wenige Minuten später und genervt rufe ich: »Herein«, setze mich auf und ziehe schnell die Bettdecke bis über die Schulter hoch. Ich bin Nacktschläfer, aber das muss ja nicht jeder wissen.

Paul steckt seinen Kopf zur Tür rein und sagt mehr zu sich selbst: »Gut, du bist heil zurück.«

»Warum interessiert dich das?«, frage ich schlecht gelaunt.

»Weil du bei mir wohnst und ich mir sonst Sorgen mache. Ich weiß ja nicht, mit wem du dich so triffst.«

Ich maule unzufrieden rum: »Ich bin keins deiner Kinder, ich kann schon alleine auf mich aufpassen.«

»Hmm«, antwortet er, kommt rein und schließt die Tür hinter sich, »Ich weiß nicht. Wer raus geht und mit so einer Laune zurück ist, der kann nicht gut auf sich aufpassen.«

»Keiner hat dir erlaubt hier reinzukommen.«

»Ich bin kein Vampir, ich kann auch ohne Erlaubnis reinkommen«, versucht er mich mit einem süßen Lächeln aufzumuntern. Aber das funktioniert im Moment nicht. Ich starre ihn grimmig an.

»Du siehst hübsch aus, wenn du lächelst«, sagt er ironisch als nächsten Versuch der Aufmunterung.

»Und du schlau, wenn du den Mund hältst«, schieße ich gemein zurück.

Sein Gesichtsausdruck wechselt zurück ins Besorgte und ich möchte innerlich mit den Augen rollen.

»Was muss man in diesem Haus tun, um in Ruhe gelassen zu werden?«

»Ich gehe erst, wenn du lächelst«, legt er fest. Das wird ja immer penetranter hier.

Ich ziehe eine Grimasse, die ein Lächeln imitieren soll und er fährt fort: »Ein echtes Lächeln.«

»Klappt das etwa bei Karla?«, nörgle ich rum. Soll er doch seiner Tochter auf den Geist gehen, wenn die schlecht drauf ist, das passiert schließlich oft genug.

Er schüttelt seinen Kopf und kommt näher, statt zu verschwinden. »Nein, wenn Karla ihre Ruhe will, lass ich sie. Das ist die Pubertät, da kann ich nicht helfen. Bei dir ist das was anderes.«

»Aha«, stelle ich wenig begeistert fest, er kommt zu mir ans Bett und setzt sich einfach unverschämt neben mich.

Ich schiele zu ihm rüber und denke mir: »Gleich brennt hier die Hütte, wenn er nicht verschwindet!«, sage aber: »Finde ich irgendwie seltsam, was du da machst.«

Doch er sagt nichts, sondern zieht meinen Kopf an seine Brust und was mache ich? Ich fange sofort an hemmungslos zu schluchzen und kralle mich an ihm fest. Er schweigt weiter und hält mich eine ganze Weile fest, beugt sich dann nur zum Nachttisch rüber, ohne mich loszulassen, und nimmt die Taschentuchbox, um sie vor mir abzulegen.

»Ich dachte nur Jungs haben Taschentuchboxen am Bett stehen?«

Ich kann mich gar nicht wehren, ich muss kichern, was sich wahrscheinlich wie ein schnaubendes Nashorn nach einem Dauerlauf anhört.

»Na, dieses Gekeuche geht doch schon mal in die Richtung ehrliches Lächeln. Ich denke, wir sind hier in fünf, sechs Stunden durch, wenn wir so weitermachen. Sagst du mir, warum du nackt bist? Du wirst ja wohl nicht auf mich gewartet haben, auch wenn das ein netter Gedanke ist.«

»Ich schlafe immer nackt«, nuschle ich in sein Shirt, bevor ich mich etwas aufrichte, »Damit lenke ich gewöhnlich von meinem verheulten Gesicht ab.«

Er streichelt mir den nackten Rücken und freut sich: »Da, ein Funken Ironie. Dann ist es nicht mehr weit, dass sie mir erzählt, was passiert ist.«

»Was passiert ist? Ich habe dein Shirt vollgeheult. Guck doch mal«, ich zeige auf sein Shirt, während ich mir noch ein Tuch zum Naseputzen nehme, »Alles nass. Tut mir leid.«

Er hält die Decke fest, damit sie nicht verrutscht und ich murmle: »Danke.«

»Schon gut. Du schläfst echt immer nackt?«

Ich zucke mit den Schultern und erkläre mit noch belegter Stimme: »Ja. Ich mag das. Ich mag guten Stoff auf der Haut, es hat was Sinnliches. Man muss zwar öfter Bettwäsche waschen, aber das ist ja nicht schlimm.«

»Hmm«, überlegt er, »Ja, verstehe ich. Ein Schlafanzug kann aber auch wie eine Decke zum Anziehen sein. Und natürlich auch aus gutem Stoff. Und du müsstest dir nachts nichts überwerfen, wenn du mal raus musst. Warte kurz, ich bin gleich wieder da«, sagt er und verschwindet aus meinem Zimmer. Ich nutze die Gelegenheit, um tief durchzuatmen. Keine fünf Minuten später ist er zurück und wirft mir einen Schlafanzug aufs Bett und hat sich selber umgezogen in Schlafshorts und -shirt.

Er dreht sich um und fordert mich in einem keine Widerrede duldenden Tonfall auf: »Los, anziehen! Pyjamaparty.«

»Und du guckst auch nicht?«, frage ich und merke dann, wie bescheuert die Frage ist. Erstens hat er mich schon nackt gesehen und außerdem ist er ein Gentleman, er hat ja eben auch die Decke festgehalten.

Ich höre das Lächeln in seiner Stimme, als er antwortet: »Einen kleinen Blick könntest du mir natürlich gönnen, aber nein, ich werde nicht gucken. Nicht bevor nicht die nächste Minute um ist.«

Ich stehe auf und schlüpfe in den Schlafanzug. Er ist mir zu groß, aber es geht. Er dreht sich wieder zu mir um und fragt: »Und? Der Stoff ist super angenehm, oder? Das ist irgendeine tolle Mischung«, er schnappt sich meine Hand und zieht mich daran nach draußen und dann in den Küchenbereich. Er macht nur ein kleines Licht an, packt mich an der Hüfte und hebt mich hoch, um mich auf der Arbeitsfläche abzusetzen, und befielt mir: »Sitzenbleiben!«

Dann holt er alles Mögliche zusammen, wirft etwas in die Mikrowelle und serviert mir kurze Zeit später Eis mit heißen Himbeeren, Schokoladensauce und Sahne.

Er lehnt sich gegen mein Bein und beginnt zu essen, schaut zu mir hoch und fordert mich auf: »Ich erwarte, dass du mir zwischen den Bissen erzählst, warum du so mies drauf bist. Seit ich dich kenne warst du noch nie so mies drauf, traurig ja, aber abgrundtief schlecht nein. Und als dein Freund und Mitbewohner will ich wissen warum.«

»Sei nicht so nett«, sage ich nur und esse mein Eis. Ich löffle und merke, wie ich das Eis tatsächlich genieße. Die Süße des Eises, das Saure der Beeren, das Herbe der Schokolade, gemischt mit dem sahnigen Mundgefühl. Dann nehme ich bewusst wahr, wie er sich an mich lehnt, genieße seine Anwesenheit und die Atmosphäre in der nur schwach beleuchteten Küche. Ich beginne mich tatsächlich wohlzufühlen und etwas zu entspannen.

Als ich die Schale leer habe, nimmt er sie mir weg und räumt beide in die Spülmaschine, lehnt sich wieder an mein Bein, legt dazu noch seinen Arm fürsorglich um meine Hüfte und fordert mich erneut einmal auf: »Sag es mir. Sonst kann ich nicht schlafen. Bitte.«

»Ach, es ist so dämlich«, schäme ich mich und will nichts erzählen, fahre aber trotzdem fort, weil er mir das Gefühl gibt, dass ich ihm alles sagen kann: »Ich weiß gar nicht was ich mir beweisen wollte, damit dass ich auf ein Date gegangen bin. Ich will doch gar niemand kennenlernen. Und schon gar nicht jemanden anfassen. Ich will nur mein altes Leben zurück. Und weil ich weiß, dass das nicht geht und dass das hier gerade die beste Alternative ist und ich mich auch noch mit dir wohlfühle und dazu Sex mit dir habe, fühle ich mich schuldig. Weil es mir zu gut geht. Versteh mich nicht falsch, ich bin dankbar, dass es dich gibt, aber du bist viel zu nett und zu gut, ich habe so einen Freund gar nicht verdient, ich sollte alleine irgendwo im Dunklen sitzen müssen nachdem wie das mit Joe passiert ist.«

»Sara, nein«, sagt er und lässt mich los, nur um sich zwischen meine Beine zu stellen, um mich an sich zu ziehen, »Nein, niemals. Was sollst du denn irgendwo im Dunklen sitzen, wenn ich dich hier brauche? Es sind schlimme Dinge in unserem Leben passiert, aber mit dir ist es einfacher. Meine Schwiegereltern haben mich viel unterstützt, mein Freund Ralf war für mich da. Mein Chef hat mir viel Freiraum gegeben, aber du bist das Wichtigste. Ich glaube, du hast keine Ahnung, wie gut es ist, dich hier zu haben. Du hilfst mir so sehr, ich glaube, du kannst das gar nicht richtig begreifen. Aber du bist nicht alleine mit solchen Gedanken, wenn es dich beruhigt. Ich hatte auch schon ein schlechtes Gewissen. Wir sind Freunde, wohnen zusammen und schlafen miteinander? Wenn man sich das auf der Zunge zergehen lässt, hört sich das ziemlich naja an gegenüber unseren verstorbenen Partnern, vor allem nach dieser kurzen Zeit. Aber ich bin dankbar, dass ich dich als Freundin und Trauersparingpartner gefunden habe. Und es ist nur Sex. Ich würde auch nicht mit jeder Frau Eis essen. Und da denkt sich keiner was dabei.«

Er sagt das so ehrlich und so überzeugend, dass ich fast wieder losgeheult hätte, würde ich da nicht was bemerken. »Paul, bist du erregt?«

»Ach, Mist du hast es bemerkt, wie auch nicht, ja, tut mir leid. Ehrlich. Das ist eine rein körperliche Reaktion auf dich, ich habe das nicht unter Kontrolle, du hast da nichts drunter und drückst dich an mich, hey, ich, ach was soll ich sagen, es tut mir leid«, faselt er verlegen, »Aber jedes Wort war ehrlich gemeint. Nimm es einfach als Ausrufezeichen für das Gesagte.«

Ich muss laut lachen und schlage schnell meine Hände vor den Mund, bevor jemand in die Küche kommt. Er geht einen Schritt von mir weg, fährt sich verlegen durch seine Haare und grinst mich dann verschämt an. »Ich hoffe das nimmst du mir nicht übel.«

Ich schüttle, immer noch lachend, meinen Kopf.

»Nein, Paul, tue ich nicht.« Ich springe von der Arbeitsfläche, küsse ihn zärtlich auf die Wange und flüstere ihm dankbar ins Ohr: »Du bist ein toller Kerl. Kerstin hatte viel Glück mit dir. Und ich auch. Wer einen Menschen wie dich im Leben hat, hat auf jeden Fall gewonnen. Danke.« Dann lasse ich ihn stehen, ich muss ins Bett.

Paul & Geheimnisse

Paul

Es ist Wochenende und ich war heute Morgen mit Karla laufen, wie es eine unserer Gewohnheiten ist. Andere Teenager verpennen den halben Tag, aber sie steht auch am Wochenende früh auf. Ich hätte in ihrem Alter nie die Disziplin dafür gehabt und schon gar nicht die Lust mit meinem Vater laufen zu gehen.

Sie ist eine gute, ausdauernde Läuferin. Ohne sie laufe ich einen Tick schneller, aber ich finde es toll, mit ihr gemeinsam unsere Runde zu drehen. Während wir uns normalerweise häufig streiten und sie häufig nur in ironischem Unterton mit mir spricht, redet sie dabei mit mir in normalem Tonfall und erzählt viel über sich.

Danach hatte ich mir Zeit für Philip genommen, aber seit Kerstin nicht mehr da ist, fehlt mir einfach der Draht zu ihm. Manchmal glaube ich, er gibt mir die Schuld. Er behandelt mich so respektvoll wie einen Bekannten, alles was wir tun bleibt ernst und er fertigt mich mit wenigen Worten ab.

Meistens verlangt er, dass ich ihn zum Friedhof fahre, dann kümmern wir uns gemeinsam um das Grab seiner Mutter und bleiben dort ein bisschen und schweigen. Ich hoffe so sehr, dass er irgendwann darüber hinwegkommt, wieder normal wird und wir wie früher Blödsinn machen können. Ich mache mir verdammte Sorgen um ihn, weil er mit niemanden darüber spricht, noch nicht mal mit der Therapeutin.

Ich hole mir ein Wasser und schau kurz im Stehen, was Sara sich im Fernsehen ansieht, sie schaut zu mir rüber und fragt: »Brauchst du den Fernseher? Dann gehe ich in mein Zimmer.«

Ich lasse mich neben sie auf die Couch fallen. »Nein, nein, bleib. Was ist das? Eine Doku über Japan? Warst du schon mal dort?«

»Ja und nein. Du?«

»Wie jetzt?«, frage ich verwirrt.

»Die Antworten auf deine Fragen: Ja, eine Doku über Japan und nein, ich war noch nie da. Du, warst du bereits dort?«

»Ach so, klar. Ja, war ich, geschäftlich. Aber ich habe nicht viel mitbekommen. Warum rutschst du weg von mir?« Das tut sie nämlich, ganz heimlich rutscht sie Millimeter für Millimeter weiter von mir weg. Bin ich gefährlich, oder was?

»Das letzte Mal hat mich deine Nähe beim Fernsehen, äh, ziemlich verwirrt.«

»Verwirrt?«, ich bin auch verwirrt, was meint sie? Dann geht mir ein Licht auf und ich lache leise. »Ach, du meinst erregt. Ja, das erklärt wohl einiges. Aber ging mir nicht anders. Also muss es dir ja nicht unangenehm sein.« Ich muss kurz an die eisenharten Ständer denken, die sie mir manchmal mit den kleinsten Berührungen verpasst.

»Ich möchte das gerne sehen und jetzt nicht darüber nachdenken müssen, wie gerne ich dich anfassen würde. Also halte mal etwas Sicherheitsabstand, ich will dich jetzt nicht in Spür-, Riech- und Greifnähe, okay?«

»Sicherheitsabstand? Süße, du bist der Knaller. Sag mir einfach ein Codewort, bei dem ich weiß, dass ich mich an dich ranmachen darf. Dann bleibe ich sonst auf Abstand, wenn du dich wohler fühlst.«

Jetzt mustert sie mich interessiert und ich sehe, dass ihr Gehirn sich etwas ausdenkt, also halte ich meine Klappe und schaue der Doku zu. Sie wird mich an ihren Gedanken teilhaben lassen, oder halt nicht.

Nur wenige Minuten später ist es soweit. »Paul? Die Idee ist eigentlich gar nicht so verkehrt. Wir wollten es ja einfach halten zwischen uns. Vielleicht können wir tatsächlich mit einem Codewort klar machen, was wir wollen und die Kinder bekommen es nicht mit. Mir fällt nur kein passendes Wort ein.«

»Okay, cool«, stimme ich zu. Sie hat recht, mein kleiner Scherz ist wirklich praktisch. »Wir brauchen aber zwei. Quasi für Lust und keine Lust. Die Details können wir ja dann über Nachrichten ausmachen, wenn wir uns einig sind.«

Sie nickt. »Gute Idee. Vorschläge für Wörter?«

»Hmm«, überlege ich, »Vielleicht Fernseher und Radio?«

Sie lacht. »Sicher nicht. Erstens will man ja vielleicht wirklich mal nur fernsehen und zweitens bekommst du wahrscheinlich innerhalb kürzester Zeit eine Erektion, wenn jemand Fernseher sagt, egal in welchem Zusammenhang.«

»Haha«, antworte ich entrüstet, »Und du hinterlässt dann Flecken auf meiner Couch? Wir sind doch keine Pawlowschen Hunde!«

Sie hebt beschwichtigend ihre Hände. »Ganz ruhig, ich wollte dich nicht beleidigen, aber Konditionierung klappt immer, wir sind auch nur Menschen.«

»Du meinst Tiere«, korrigiere ich sie, jetzt anzüglich grinsend, »Zumindest haben wir es wie welche getrieben.«

Sie wird rot. Süß. Ich schlage vor: »Wie wäre es mit Käsekuchen und Wurstbrot?«

»Nein, auch nicht. Wenn einer von uns was zu essen erwähnt, wollen deine Kids nur was abhaben.«

»Stimmt«, seufze ich, »Die verfressenen Dinger.«

»Ha, ich habe eine Idee!«

»Dann raus damit«, fordere ich.

»Wir müssen was nehmen, was sich für deine Kids nach alte Leute-Zeug anhört. Da haben sie kein Interesse daran und hören nicht zu.«

»Gute Idee«, bestätige ich, »Wie wäre es mit VHS und, und«, ich überlege, »Nokia?«

»VHS ist gar nicht so schlecht, dass kann man in einen schlanken Nebensatz einbauen«, stimmt sie zu, »Nokia gefällt mir nicht. Vielleicht Poesiealbum oder Yps-Heft oder Karottenhose oder, oder Lila Pause?«

Ich muss lachen, die Unterhaltung beginnt mir Spaß zu machen. »Wir werden sehr seltsame Gespräche haben.«

Jetzt lacht sie auch. »Oh ja. Die werden uns für verrückt halten.«

»Gut, lass uns VHS und Karottenjeans nehmen«, lache ich, rutsche näher an sie ran und flüstere ihr ins Ohr: »Willst du später vielleicht eine VHS mit mir anschauen?«

Sie lacht mich an und küsst mich spontan. Ihre Lippen sind warm und weich und ich muss mich zusammenreißen, dass ich sie nicht an ihren Haaren packe und diesen Kuss mit ungebremster Leidenschaft erwidere. »Nicht hier«, raune ich ihr stattdessen zu.

»Ich weiß«, haucht sie zurück, rutscht dann wieder ein Stück von mir weg und sagt dann in normaler Lautstärke zu mir: »Ich sage doch: Sicherheitsabstand. Jetzt habe ich ein Teil der Doku nicht mitbekommen!« Sie nimmt die Fernbedienung und sucht die Stelle, an der ihre Aufmerksamkeit von mir abgelenkt wurde und ich merke, wie ein zufriedenes Grinsen in mein Gesicht huscht.

Ich stehe auf und teile ihr mit: »Ich schreibe dir, hast du dein Smartphone da?«

»Ja, aber ich werde erst diese Doku zu Ende schauen. Also melde ich mich frühestens in einer Dreiviertelstunde.«

Ich nicke, auch wenn sie mich gerade nicht ansieht. »Gut.«

Ich gehe in den Garten. Es gibt nichts zu tun für mich. Der Gärtner erledigt alles. Was habe ich früher am Wochenende gemacht? Kerstin hat die Wochenenden immer für uns organisiert. Wir haben was mit den Kindern unternommen, obwohl Karla immer weniger Lust dazu hatte. Ich seufze, hole mein Smartphone raus und schreibe Sara.

Ich: Treffen wir uns um 16:00 Uhr bei dir? Um 18:00 Uhr bin ich mit Karla verabredet, um mit ihr zu quatschen, und um 19:00 Uhr wollten wir alle uns zum Abendessen treffen.

Wider Erwarten erhalte ich sofort eine Antwort.

Sara: *Ja*
Ich: *Spezielle Wünsche?*
Sara: *Meinst du Sex oder Essen?*
Ich: *Essen ist ja bereits klar: Wir hatten uns darauf geeinigt Pizza zu bestellen. Also meine ich Sex. Welche Art von VHS möchtest du denn anschauen? Komödie, Thriller, Horrorfilm?*
Sara: *Sei nicht so ein Klugscheißer. Und bitte? Horrorfilm? Auf was für einen perversen Scheiß stehst du denn so? Wird es dann blutig? Ende ich doch noch als zerstückelte Leiche in einer Kiste in deinem Keller?*
Ich: *Ich wollte nur lustig sein.*
Sara: *Ich weiß doch, ich auch. Das müssen wir noch üben. Aber nein, ich habe keine speziellen Wünsche, zumindest fällt mir im Augenblick nichts ein. Bring halt mal deinen Schwanz mit Sweetie, ich glaube damit, könnte ich was anfangen.*
Ich: *Das hoffe ich doch! Sonst wird es vielleicht doch noch eine Komödie. Ist deine Doku zu Ende?*
Sara: *Nein.*
Ich: *Dann störe ich dich nicht länger.*
Sara: *Ja.*
Ich: *Diese Unterhaltung ist wirklich sehr tiefgehend und bewegt mich emotional total.*
Sara: *Ich weiß.*
Ich: *Es ist, als würde ich mit einer Seelenverwandten sprechen, ein Echo meiner Seele.*
Sara: *Dito.*
Ich: *Noch nie habe ich mich jemanden so nahe gefühlt, als würde unser Bewusstsein aus einem bestehen.*
Sara: *:)*
Ich: *Süße, du bringst mit deinen Worten was ganz tief in mir zum Klingen.*

Sara: *Hör jetzt auf, ich kann nicht mehr! Ich will diese Doku wirklich sehen! Hör jetzt sofort auf zu schreiben, sonst lache ich so sehr, dass ich deine Couch einnässe.*

Ich: *Du weißt wirklich, worauf ich stehe.*

Sara: *Ich lege jetzt das Smartphone weg!*

Ich: *Sicher?*

Sara: *Ja.*

Ich: *Also nein.*

Sara: *Doch.*

Ich: *Wenn ich nicht mehr zurückschreibe, wärst du sicher traurig.*

Sara: *Nein. Ich will jetzt fernsehen!*

Ich: *Soll ich dir eine VHS bringen?*

Sara: *Bleib bloß weg! Karottenjeans! Karottenjeans! Karottenjeans!*

Ich: *Ist das wie dreimal Beetlejuice zu rufen?*

Sara: *PAUL!*

Ich: *SARA!*

Dann gehe ich wieder zu ihr, setze mich an das andere Ende der Couch und schaue mir auch diese Doku an. Ich habe ja erstmal nichts Besseres zu tun. Sie wirft mir einen Blick zu und lächelt, sagt aber nichts. Warum auch? Es ist ja alles geklärt.

Sara & Freude

Sara

Karlas Freund ist zu Besuch und die zwei hängen in ihrem Zimmer rum. Er ist das erste Mal hier und ich bin mir nicht sicher, was ich machen sollte oder darf. Ich habe vergessen zu fragen, wie das hier in der Familie gehandhabt wird. Was ist, wenn die beiden ungeschützten Geschlechtsverkehr haben, Karla danach Filzläuse, Syphilis und eine Schwangerschaft an der Backe hat, weil ich das nicht verhindert habe? Ich habe Paul schon geschrieben, aber er antwortet nicht. Ich überlege, ob ich unter fadenscheinigen Gründen einfach mal klopfe, aber Paul hat auch mal gesagt, dass er das locker nehmen möchte. Ich sollte da echt nicht so viel darüber nachdenken, es ist ja schließlich nicht mein Kind.

Ich fange schon einmal an, das Abendessen vorzubereiten, auch wenn es noch zu früh ist, aber dann bin ich abgelenkt. Ich hätte Philip fragen können, aber der ist bei seinem Geigenunterricht.

Die Wohnzimmertür habe ich offengelassen und höre nun Stimmen. Gottseidank, sie kommen aus dem Zimmer. Nicht, dass das viel zu bedeuten hätte, aber egal, was da drin passiert ist, jetzt ist es rum und ich kann nichts mehr machen. Ich höre die beiden lachen und dann höre ich die Haustüre. Aha. Sie sind wohl gegangen.

Ich höre eine Stimme, die Stimme von Karlas Freund und drehe mich in seine Richtung. Sind die beiden nicht gerade gegangen?

Ich grüße freundlich zurück: »Hallo. Wo ist Karla? Ich habe doch gerade die Haustür gehört?«

Er kommt zu mir in den Küchenbereich und stütz sich lässig an der Theke ab. »Ja, das war Karla. Sie geht zum Tanztraining. Ich habe gesagt, dass ich noch schnell für kleine Jungs müsste. Ich dachte, du könntest noch etwas Gesellschaft vertragen und ich habe heute nichts mehr vor.«

Ich mustere ihn. Also irgendwie sieht er nicht aus, als wäre er sechzehn. Außerdem ist mein Misstrauen geweckt, was will der Kerl hier noch?

Ich höre auf mit der Kochvorbereitung, wasche meine Hände, stelle mich zu ihm an den Tresen und frage: »Und warum denkst du, dass ich Gesellschaft benötige? Und dann ausgerechnet deine?«

»Sara, richtig?«, fragt er.

»Ja.«

»Du siehst echt gut aus für dein Alter.«

»Hmm«, antworte ich und muss das erstmal verarbeiten. Hat der tatsächlich gesagt, dass ich gut aussehen würde für MEIN ALTER? Fehlt nur noch, dass er mich als Milf bezeichnet oder so etwas. Das ist ja die absolute Höhe. In mir kämpfen der Drang ihm kräftig eine zu scheuern und unter lautem Schimpfen aus dem Haus zu jagen und die Neugier herauszufinden, was für ein Interesse so ein Schmierlappen an Karla hat und was er überhaupt hier will.

»Dieses negative Kompliment kannst du gerne woanders bringen Jungspund. Bist du nicht Karlas Freund? Denkst du nicht, dein Benehmen wäre ihr unangenehm?«

»Ach«, sagt er und winkt ab, »Das ist doch nichts Ernstes mit Karla.«

»Weiß SIE das auch?«, hake ich nach.

»Ist das wichtig?«, kontert er und kommt näher.

Ich glaube, ich steh im Wald! Der macht sich doch an mich ran! Karlas Freund, fast halb so alt wie ich.

Ich gebe ihm noch eine Chance und bohre nach: »Ich weiß ja nicht, wie das heute bei euch läuft, aber findest du das nicht etwas unpassend, mit dem Kindermädchen deiner Freundin zu flirten? Hast du keine Sorge, dass ich es ihr erzähle?«

»Das glaubt sie dir sowieso nicht. Und wenn ich sage, dass du dich an mich rangemacht hast, rastet sie wahrscheinlich aus. Sie frisst mir quasi aus der Hand.«

Gut, das reicht mir, den Scheißer werde ich mir vorknöpfen.

Ich komme ihm näher und schalte den Flirtmodus an. »Du hast wohl recht. Wir sollten ihr das nicht sagen. Sie ist noch so schrecklich jung und unerfahren.« Ich lecke mir über die Lippen und komme ihm noch näher, so als wollte ich ihn gleich küssen, gehe dann aber wieder einen Schritt zurück. »Schade, dass du minderjährig bist. Schade, schade.«

Seine Augen funkeln. »Nein, bin ich nicht. Ich bin 21.«

»Ach so«, sage ich und lege meinen Zeigefinger an die Lippe, »Nein, das kann ich nicht glauben. Du kennst Karla doch aus der Schule, also lügst du mich sicher an.«

»Nein, wirklich, ich bin nicht auf ihrer Schule. Ich kenne sie über Freunde, die mit ihr im Tanzverein sind.«

Ich trete wieder ein Stück näher und fordere ihn auf: »Dann zeig mir deinen Ausweis, damit ich mir sicher sein kann.«

Er nickt und zieht einen Geldbeutel aus der Hosentasche und gibt mir seinen Ausweis. Er ist tatsächlich schon 21, fast 22, mein Gespür war richtig.

Ich drehe den Ausweis ein paar Mal zwischen meinen Fingern, gebe ihm ihn dann zurück und lehne mich an die Theke und sage in nüchternem Tonfall zu ihm: »So, Jonas, Schätzchen, jetzt kenne ich deinen Namen und weiß wo du wohnst. Du wohnst noch bei deinen Eltern, oder? Ich bin sicher, sie würden sich für all das interessieren.

Ich mache dir einen Vorschlag, damit das für dich nicht richtig peinlich wird, wenn ich dort einschlage und ja, ich meine nicht eintreffen, sondern einschlagen. Ich kann explodieren wie eine Bombe, wie eine gewaltige Bombe. Vielleicht ist es nicht ganz illegal, wenn du als Einundzwanzigjähriger eine Sechzehnjährige verführst, aber ich werde das so drehen, dass es in den illegalen Bereich fällt. Dass ich gehört hätte, wie du sie fast genötigt hast und ihre Jugend und Unschuld ausgenutzt hast. Du weißt, dass dir dann, selbst wenn du nicht verurteilt wirst, das lange nachhängt und in Akten stehen wird, oder?« Ich sehe an seinem Gesicht, dass er mir das glaubt, und fahre fort: »Also mein Vorschlag: Du verlässt Karla und lässt dich nie wieder in ihrer Nähe blicken. Es ist mir egal was du ihr sagst, aber am besten irgendeine Standardfloskel, sowas, wie dass sie zu gut für dich sei und du ihr nicht im Weg stehen möchtest oder so. Ich bin sicher, deine Fantasie ist ausreichend. Im Gegenzug dazu, erwähne ich nicht, dass ich dich heute gesehen habe. Sind wir uns einig?«

Er kneift ungläubig die Augen zusammen, so dass Falten auf seiner Stirn entstehen, und fragt: »Ist das dein Ernst?«

»Ja, ist es. Tut mir leid, so einen Arsch wie dich will ich nicht in Karlas Nähe haben.«

»Du weißt, dass sie dich nicht leiden kann und als Hure bezeichnet, die sich an ihren Vater ranmacht, um sich ihren Lebensstandard zu verbessern?«

Ich zucke betont gleichgültig mit meinen Schultern, obwohl ich den Gedanken schon traurig finde, dass sie so über mich spricht, aber vielleicht ist das auch ein wenig Pubertät und sie hat viel durchgemacht. »Selbst, wenn es so wäre, geht es dich nichts an. Aber ich kann dir versichern, dass ich eine ziemlich gute Partie bin und im Augenblick hier den Lebensstandard anhebe, der übrigens nicht immer etwas mit Geld zu tun hat.«

»Du hast meine Adresse doch schon wieder vergessen.«

»Goethestraße 23, Jonas. Ganz ehrlich: Ich finde dein Verhalten schrecklich. Aber ich werde dich nicht bessern können, also bleib von Karla weg. Können wir uns darauf einigen? Ich ziehe das sonst durch, auch wenn ich keine Lust darauf habe.«

»Ja, okay, ich wollte eh Schluss machen«, sagt er und verlässt die Küche. Ich folge ihm nach draußen und bleibe an der Haustür stehen bis er das Grundstück verlassen hat und merke dann erst, wie angespannt ich war. Das war richtig übel. Ich bin froh, dass er mir meine Unsicherheit nicht angemerkt hat, ich habe mir nämlich fast in die Hose gemacht. Nicht, dass ich keine schlimmen Jungs von früher kennen würde, aber das war schon ein besonderes Ekelpaket und täglich mache ich so was ja nicht. Ich bin so erleichtert, dass er weg ist und zugestimmt hat, dass mir sogar etwas Wasser in die Augen steigt. Soll ich das Paul erzählen? Er würde sich sicher Sorgen machen. Nein, besser nicht. Er kann Karla ja trösten, wenn er sie verlassen hat.

Zum Abendessen sitzen wir alle zusammen und Karla ist ganz normal. Hat dieser Jonas etwa unsere Abmachung vergessen? Ich kann ja jetzt schlecht fragen.

Sie fragt Paul: »Darf ich heute länger auf der Party bleiben, bitte? Alle dürfen bis 2 Uhr oder länger, nur ich werde um 12 Uhr abgeholt, das ist voll peinlich. Und es ist doch nur zehn Minuten von hier, du musst also nicht mal wach bleiben, bitte Paps, bitte, bitte, bitte.«

Doch Paul sagt streng: »Nein, du bist sechzehn, du musst um 12 Uhr zuhause sein. Und ich hole dich, ich lasse dich nicht nachts im Dunklen allein rumlaufen!«

Das geht noch eine ganze Weile so weiter und ich sehe, wie Philip mit den Augen rollt und muss schmunzeln. Blöd, dass Karla das sieht und dann gleich über mich herfällt: »Was gibt es da zu grinsen, du dumme Kuh? Paps, sie lacht mich aus! Ihr seid alle scheiße!«

Sie will aufstehen, aber Paul befiehlt ihr energisch: »Du bleibst sitzen und isst mit uns oder gehst gar nicht auf diese Party!«, dann wendet er sich mir zu und schimpft auch mich: »Und du lach sie nicht aus.«

Ich will protestieren, schließe aber meinen Mund wieder, das bringt ja nichts. Ich nicke also nur. Ich werde Paul später aufklären.

Der Streit geht später, als Karla aufbrechen will, weiter. Paul fordert, dass sie sich was anderes anziehen soll. Das Kleid ist aber auch recht knapp. Sie schimpft und besteht darauf, dass alle auf der Party so rumlaufen würden.

Ich wollte mich nicht einmischen, aber ich kann meine Klappe nicht halten und frage Karla: »Es kommen doch auch Freundinnen von dir, oder? Habt ihr euch gegenseitig Bilder eurer Outfits geschickt? Dann zeig deinem Vater doch einfach mal, wie deinen Freundinnen kommen.«

Karla nimmt meinen Vorschlag an und ja, die anderen laufen auch so knapp rum. Paul ist unzufrieden damit und regt sich auf: »Nur weil alle so rumlaufen, musst du das doch nicht auch machen!«

Nach einigem Hin und Her, gibt Paul sich geschlagen und fährt sie so zur Party.

Als er zurück ist, schauen wir zusammen mit Philip einen Film und als er ins Bett geht, entschuldige ich mich bei Paul: »Sorry, dass ich mich vorhin eingemischt habe.«

»Kein Problem Süße, ich hätte sie so oder so, so gehen lassen. Es passt mir zwar absolut nicht, aber ich will sie ja auch nicht zu einem Außenseiter machen, weil ich sie zwinge einen Kartoffelsack anzuziehen.« Er grinst mich an und erklärt mir: »Aber ich sollte doch meine Vaterpflichten erfüllen und wenigstens ein bisschen einen Aufstand machen. Und wenn Karla wüsste, wie ihre Mutter früher manchmal rumgelaufen ist, hätte ich schlechte Karten.«

Ich haue ihn spielerisch auf die Schulter. »Du bist ja ein Schlingel!«

»Ja, vielleicht. Also es gibt schon Sachen, an die sie sich halten muss, aber wenn ich bei solchen Sachen dann nachgebe, hat sie wenigstens das Gefühl ab und zu zu gewinnen.«

»Clever, clever Sweetie. Da muss man ja aufpassen bei dir!«

Er rutscht ganz dicht an mich ran und raunt mir ins Ohr: »Vor allem du. Was müsste ich denn Raffiniertes einfädeln, dass du mich jetzt in dein Schlafzimmer bringst?«

Natürlich nichts, denn ich bin schon auf dem Weg und ziehe ihn hinter mir her, während er lacht.

Mitten in der Nacht, Paul ist schon lange wieder verschwunden und Karla von der Party abgeholt, klingelt mein Smartphone. Verschlafen gehe ich, ohne zu schauen, wer dran ist, ran und sage mit von Müdigkeit belegter Stimme: »Hallo?«

»Hallo? Ist dort die Sara?«, will jemand wissen.

»Ja, wer ist denn dran und was ist los? Es ist mitten in der Nacht.«

»Karla hat gesagt ich soll Sie anrufen.«

Karla? Ich werde wach. Karla sollte in ihrem Bett liegen.

Ich hake nach: »Was ist mit Karla?«

»Ihr geht es nicht gut und sie kann nicht mehr laufen und ich wollte ihren Vater anrufen, aber sie hat gesagt, ich soll Sie verständigen.«

Ich stehe schon auf und will energisch wissen: »Wo ist sie?«

»Auf der Party.«

»Von der ihr Vater sie abgeholt hatte?«

»Ja, sie hat sich wieder rausgeschlichen.«

»Alles klar, schick mir den Standort ich bin auf dem Weg.«

Ich lege auf und ziehe mir was an, ich kann ja nicht im Schlafanzug los. Leise verlasse ich das Schlafzimmer und gehe rüber in Karlas. Ich mache das Licht an. Sie ist tatsächlich weg. Hätte ja auch nur ein Streich sein können. Schade.

Ich verlasse vorsichtig das Haus und fahre so leise wie möglich aus der Einfahrt Richtung des Standorts, den mir die Anruferin geschickt hat.

Als ich ankomme, sehe ich Licht hinter dem Haus und gehe ohne Umschweife durch den Garten nach hinten. Ja, hier bin ich richtig, hier ist oder besser war die Party. Es ist fast 5 Uhr morgens, es sind nur noch wenige Leute hier. Ich gehe zum Erstbesten und frage: »Wo ist Karla?«

Er zeigt auf die großzügige Terrasse und dort finde ich sie tatsächlich mit einer ihren Freundinnen, die mich gleich fragt: »Sie sind Sara, oder?«

Ich nicke. »Was ist passiert? Kurzfassung bitte.«

»Jonas hat sie verlassen«, erklärt sie und ich bin erleichtert, also doch. »Deshalb hat sie sich zuhause rausgeschlichen und betrunken. Sie trinkt doch sonst nie, wegen dem Tanzen, aber heute hat sie voll reingehauen und jetzt kann sie nicht mehr laufen.«

Ich schaue mich um: »Beaufsichtigt das hier kein Erwachsener?«

»Nein. Die meisten hier sind auch volljährig.«

»Aha.« Ich wende mich Karla zu, die wirklich weggetreten aussieht. Sie lehnt auf dem Boden sitzend an der Wand und hat die Augen geschlossen.

Ich knie mich neben sie und spreche sie an: »Karla? Karla, mach die Augen auf.«

Sie öffnet sie und schaut mich an. »Mir ist so schlecht«, lallt sie, »Ich will nach Hause.«

»Ich helfe dir«, versichere ich ihr, muss aber vorher noch eins wissen: »Warum hast du mich anrufen lassen und nicht deinen Vater?«

Sie schielt mit einem halbgeöffneten Auge zu mir rüber. »Ich dachte, wir könnten einen Deal machen. Du sagst nichts und ich bin netter und werde nicht mehr versuchen ihn gegen dich aufzustacheln.«

Ich überlege einen Augenblick. Ist das Erbrochenes auf ihrem Kleid? Ich glaube schon. Ich entscheide mich dafür ihr zu helfen. Erstens, weil ich ja irgendwie schuld habe, dass ihr Freund Schluss gemacht hat, auch wenn er ein Arsch ist und zweitens, weil ich nicht will, dass Paul das sehen muss und drittens, weil das vielleicht wirklich praktisch ist, wenn sie nicht immer bei allem gegen mich ist.

»Alles klar«, bestätige ich, stehe auf und wende mich ihrer Freundin zu, »Ich brauche Wasser ohne Kohlensäure, eine Schmerztablette und was Deftiges zu Essen.«

Sie nickt und verschwindet. Ein paar Minuten später ist sie zurück und drückt mir Pizza und Wasser in die Hand. »Schmerztabletten habe ich nicht.«

»Danke«, sage ich, »Das war dann alles, den Rest schaffe ich alleine.«

Ich knie mich neben Karla und weise sie an: »Du isst jetzt ein Stück Pizza und trinkst diese Flasche Wasser, dann bringe ich dich nach Hause.«

»Ich will nichts essen«, jammert sie.

»Doch, du isst die, vielleicht musst du dich noch einmal übergeben, aber das ist egal. Runter damit!«

Sie fängt heulend an zu kauen und zu trinken. Als sie fertig ist, helfe ich ihr auf und sie schwankt. Ich hake sie unter und ziehe sie Richtung Auto.

Auf dem Weg dorthin, der wirklich sehr lange dauert, übergibt sie sich noch einmal.

Endlich am Auto angekommen, hole ich eine frische Flasche Wasser, die ich mitgebracht hatte, heraus, zaubere eine Schmerztablette aus dem Handschuhfach hervor und fordere sie auf beides zu nehmen. Ich lasse sie dann zehn Minuten ans Auto gelehnt stehen, damit ich sicher sein kann, dass es ihr vorerst nicht mehr hochkommt.

Als wir langsam in die Einfahrt rollen, ist sie auf dem Beifahrersitz fast eingeschlafen. Ich schüttle und ermahne sie: »Wir gehen leise rein. Ich werde morgen früh sagen, dass ich dich getroffen hätte und du Liebeskummer hast und deswegen niemanden sehen willst. Dann hast du deine Ruhe, um deinen Rausch loszuwerden. Wie vereinbart, kein Wort zu deinem Vater. Wenn was ist oder du was brauchst, schreibe mir, ich bring es dir in dein Zimmer. Verstanden?«

Sie nickt. Sicher bin ich mir aber nicht. Ich steige aus, gehe auf die Beifahrerseite und ziehe sie aus dem Auto. Ich umfasse ihre Taille und führe sie zum Haus. Vorsichtig öffne ich die Haustüre, sie stolpert und macht ein erschrockenes Geräusch.

»Leise!«, ermahne ich sie flüsternd, »Du willst doch nicht, dass dein Vater was mitbekommt.«

»Dass ihr Vater was mitbekommt?«, höre ich und dann geht das Licht an. Paul. Verdammt.

Ich blinzle gegen die plötzliche Helligkeit an und sage gestellt fröhlich: »Hallo Paul, du bist wach?«

»Offensichtlich. Ich warte.«

»Worauf?«

»Dass du mir erklärst, was du mit meiner Tochter gemacht hast.«

»Ich habe sie von einer Party abgeholt.«

Karla fängt an zu heulen. »Paps, mir ist so schlecht.« Und dann erbricht sie sich auf den Flur.

Paul und ich schauen uns an. Paul sieht böse aus.

Ich versichere ihm: »Das war nicht meine Idee. Eine Freundin von ihr hat mich angerufen.«

»Aha. Ich kümmere mich um sie. Ich schlage vor, wir sprechen uns morgen.«

»Ich kann dir helfen«, biete ich ihm an.

»Nein, ich will deine Hilfe nicht, lass uns beide bitte alleine.«

Ich ziehe eine Augenbraue nach oben. »Gut, dann übernimm du. Viel Spaß.«

Ich stehe am nächsten Morgen, trotz des nächtlichen Ausflugs, früh auf, da ich arbeiten muss. Ich war kurz im Bad, auf Frühstück habe ich verzichtet, nur einen Kaffee habe ich mir geholt, ohne Treibstoff geht nichts. Ich bin noch niemandem begegnet. Ich denke aber auch nicht, dass ich Karla vor dem Mittag sehen werde, bei Paul bin ich mir nicht sicher, aber er klang heute Nacht wütend und ich habe keine Lust mir jetzt etwas anzuhören.

Ich arbeite schon ungefähr zwei Stunden, als es klopft und ich rufe: »Herein«, und wende mich der Tür zu.

Pauls Gesicht erscheint an der Tür »Guten Morgen. Darf ich reinkommen?«

»Parole?«, erwidere ich.

»Was?«, fragt er zurück.

»Nur ein Scherz, ich habe doch *herein* gesagt, also kannst du reinkommen.«

»Ach so, klar, ich habe auch einen Tribut mitgebracht.«

Er kommt rein und drückt mir einen heißen, schwarzen Kaffee in die Hand. Ich klappe meinen Laptop zu, schiebe alles etwas zur Seite und mache eine einladende Handbewegung, damit er sich setzen kann. Er nimmt die Einladung an und setzt sich auf meinen Schreibtisch.

»Also?«, will er wissen, »Was ist passiert gestern oder besser heute morgen?«

»Bist du nicht böse auf mich?«

»Kommt darauf an, was du mir erzählst.«

»Lange oder kurze Fassung?«

»Fang mal mit der kurzen an«, fordert er und nimmt einen Schluck von seinem Kaffee.

»Gut. Jonas hat mit Karla Schluss gemacht. Sie hat sich, nachdem du sie abgeholt hattest, wieder auf die Party geschlichen. Dort hat sie sich betrunken. Ihre Freundin hat mich angerufen, weil Karla nicht mehr alleine heimkam und nicht wollte, dass du es erfährst.«

Er nickt und trinkt einen Schluck. »Willst du Karlas Version hören?«

»Sie kann sprechen?«, lache ich, »Ja, erzähl mal.«

»Ich habe sie abgeholt. Dann hat sie dich hier auf dem Flur getroffen und du hast ihr gesagt, sie soll wieder auf die Party gehen, das hast du früher auch so gemacht und dass gegen Liebeskummer Alkohol hilft. Und dann wolltest du das vertuschen.«

Ich spucke meinen Schluck Kaffee wieder in den Becher. »Echt?«, frage ich und dann muss ich lachen, »Das glaubst du aber nicht, oder?«

»Nein. Sie war zwar schon überzeugend und ich würde ihr gerne glauben, einfach aus dem Grund, weil ich es schade findet, dass sie in Notfällen lieber dich ruft als mich. Aber ich bin ja froh, dass sie überhaupt jemanden zur Hilfe holt.«

»Und warum glaubst du mir dann?«

»Ich vertraue dir. Es wäre schlimm, wenn ich das nicht könnte. Also danke, dass du sie abgeholt hast, auch wenn ich es nicht nett finde, dass du es mir verschweigen wolltest. Das wolltest du doch, oder?«

Ich seufze zustimmend. »Ja, stimmt. Ich dachte, du wärst sehr enttäuscht und außerdem trinkt sie normalerweise ja nicht und ich glaube nach dem Vorfall wird sie es eine Weile auch nicht mehr tun.« Ich nippe nachdenklich an meinem Kaffee. »Und außerdem hat sie mir versprochen, dass sie dann nicht mehr versucht dich gegen mich aufzubringen. Aber das war wohl ein leeres Versprechen. Aber der Plan ging ja auch nicht auf. Wird sie bestraft?«

»Sollte ich, oder? Was wäre da gut?«

»Ich habe keine Ahnung. Wir könnten googeln, im Internet finden wir bestimmt interessante Anregungen.«

Er lacht. »Du bist süß. Aber vielleicht ist die Idee gar nicht so schlecht. Einerseits will ich sie gar nicht bestrafen, ich glaube ich habe als Sechzehnjähriger Schlimmeres angestellt und der Kater wird schon eine schlimme Strafe sein, andererseits ist das ja meine Vaterpflicht.«

»Hach«, seufze ich, »Verstehe. Schwierig.«

»Weißt du was einfach wäre?«

»Was?«, frage ich.

Er rutscht näher, stellt seinen Kaffeebecher ab und beugt sich zu mir runter, um mich zu küssen. An meinem Mund flüstert er mir zu: »Morgenquickie?«

Ich komme nicht dazu, lange zu überlegen, denn sobald er seine Lippen auf meine legt, denke ich nur noch daran, mehr zu bekommen. Er ist ein fantastischer Küsser und diese Küsse versprechen nie zu viel, denn jedes einzelne Mal mit ihm ist einfach so unglaublich gut.

Wir haben in Zwischenzeit nicht nur zu jeder sich bietenden Gelegenheit Sex, sondern auch schon unsere eigenen Gewohnheiten entwickelt. Wenn wir fertig sind, hebt immer einer seine Hand zum High Five und fragt: »War das gut?«, und der andere schlägt ein und sagt: »Besser als gut!« Dann lachen wir und gehen wieder unseres Weges. Wir küssen uns danach nie. Ich glaube, das ist uns zu intim. Davor und dabei gibt es heiße Küsse, aber wenn wir satt und befriedigt sind, dann nicht mehr. Und das ist gut so. Wir sind ja kein Paar. Wir umarmen uns, wenn es die Freundschaft erfordert, und haben Sex, wenn wir Lust haben. Fertig. Ein perfektes Arrangement.

Sara & Genervtheit

Sara

Ich finde Ferien schrecklich. Die Kinder sind viel zu viel zuhause und nerven alleine durch ihre Anwesenheit. Ich bin es gewohnt, dass es vormittags still ist und ich in Ruhe arbeiten kann. Aber so hört man ständig Musik, Türen, Küchengeklapper und sprechende Menschen, wenn sie ihre Freunde da haben. Boah ist das anstrengend.

Heute übt Karla mit zwei Freundinnen die neuste Choreografie aus dem Tanzunterricht. Ich bin ja beeindruckt wie leichtfüßig sie diese schweren Hiphop-Tanzmoves beherrscht, aber hier läuft seit mindestens einer Stunde immer wieder dasselbe Lied und das treibt mich bald in den Wahnsinn. Ich bin schon am überlegen, ob ich mir ein Büro anmieten soll, damit ich meine Ruhe habe.

Als ich das Paul erzählt hatte, hat er nur gelacht und mir versichert, dass die Ferien schneller vorbei wären, als man denkt. Aber die haben doch ständig Ferien! Ich werde ihnen Knebel und Fesseln kaufen und sie dann vormittags damit in den Keller sperren.

Karla geht heute Abend mit ihren Freundinnen nach dem Tanztraining aus und Philip soll ich erst gegen 20:30 Uhr bei einem Freund abholen. Jetzt muss ich Paul nur noch dazu bekommen, pünktlich Feierabend zu machen, damit wir das auskosten können, dass wir sturmfrei haben. Und habe deswegen auch schon etwas vorbereitet.

Ich schreibe ihm eine Nachricht.

Ich: *Hey Sweetie, heute schon ein Date?*

Leider antwortet er nicht gleich. Aber er muss arbeiten, logisch. Dann mach ich das jetzt auch mal. Ich räume etwas auf und fahre dann meinen Laptop hoch und will mich mit ihm an den Küchentresen setzen. Dort arbeite ich gerne, auch wenn es ergonomisch nicht ganz so gut ist für den Rücken. Da ich heute nur langweilige Sachen mache, wie Unterlagen an meinen Steuerberater übermitteln, für die Steuererklärung, lasse ich mich nur zu gerne ablenken und reagiere sofort, als ich endlich eine Antwort erhalte.

Paul: *Hey Süße, ich weiß noch nicht, ob ich es heute auf ein Date schaffe.*

Ich: *Wie viel Motivation brauchst du?*

Paul: *Du gegen meinen Chef? Dann gewinnst immer du. ;) Aber es ist keine Frage der Motivation.*

Ich: *Ist es immer. Arbeite schneller. Hau ein paar Ergebnisse raus. Hier ist Motivation Nummer 1: Sturmfrei bis 20:30.*

Paul: *Oh, nett. Wenn das Nummer 1 war, gibt es sicher eine Nummer 2, oder?*

Ich: *Ja*

Ich schicke ihm ein Bild vom Küchentresen.

Paul: *Falsches Bild?*

Ich: *Nein. So sieht es jetzt aus und wenn du nach Hause kommst, werde ich da drauf auf dich warten.*

Paul: *Und was hast du an?*

Jetzt habe ich ihn bald soweit. Hihi.

Ich: *Greif mal in die linke Tasche deines Sakkos.*

Paul: *Du hast mir ein getragenes Höschen von dir in die Tasche?*

Ich: *Nein, es ist nicht getragen. Das ist das, das ich heute angezogen hätte, wenn ich eins anzogen hätte.*

Paul: *Gibt es noch mehr Nummern?*

Ich: *Nein, ich habe verschossen. Wenn das nicht reicht, dann bleib halt auf Arbeit, ich komme schon mit mir selber klar.*

Paul: *Finger weg von dir! Ich werde pünktlich sein. Deshalb werde ich jetzt nicht mehr schreiben, ich muss Ergebnisse liefern. Du hast anscheinend doch recht, es ist doch eine Frage der Motivation.*

Wusste ich es doch!

Tatsächlich kommt er nicht nur gut gelaunt, sondern auch noch fast pünktlich nach Hause. Sehr schön. Wir kümmern uns erst gegenseitig um unsere anderen körperlichen Bedürfnisse und dann gibt es was zu essen.

Obwohl ja nur vereinbart ist, dass ich was für die Kinder mache und diese nicht da sind, habe ich was für ihn vorbereitet und für mich natürlich auch. Nur in Höschen und Shirt, ich habe viel zu viel Hunger, um mich erst ordentlich anzuziehen, hole ich riesige Sandwichs, die ich gerichtet hatte, aus dem Kühlschrank.

Wir essen im Stehen an der Theke und unterhalten uns, bis er irgendwann aufhört zu kauen und mich nur noch anstarrt mit einem verträumten Lächeln auf den Lippen.

Ich frage ihn vorsichtig: »Paul? Ist alles in Ordnung? Warum glotzt du mich so verliebt an?«

Er lacht leise und erklärt: »Ich wollte mir nur den Moment einprägen. Danke für den schönen Tag. Seit du mir geschrieben hast, habe ich gute Laune. Nicht nur, weil du mir Sex versprochen hast«, dann grinst er schmutzig, »Obwohl das natürlich auch nicht ganz unschuldig war. Aber es ist schön hier mit dir zu stehen und ein paar Sandwichs im Stehen zu verdrücken und ich bin einfach verdammt gut drauf. Und weil du so ein super Sonnenschein bist, habe ich ein Geschenk für dich.«

Ich klatsche begeistert. »Oh, super, spontane Geschenke mag ich. Los, her damit.«

Ich strecke meine Hände aus und er lacht. »Ich habe es in den Flur gelegt, warte kurz.«

Er verschwindet und drückt mir eine Minute später einen an ihn in der Firma adressierten Versandkarton in die Hand.

»Los, mach auf.«

Das lasse ich mir nicht zweimal sagen und hole die Schere, um den Karton zu öffnen.

»Paul? Kopfhörer?«

»Ja«, bestätigt er grinsend. »Noise-canseling-Kopfhörer. Du kannst sie nur so nutzen, entspannende Geräusche dazu anhören oder Musik. Wie du willst, aber sicherheitshalber«, er greift in seine hintere Hosentasche und reicht mir einen Zettel, »habe ich hier zwei Adresse von Coworking-Büros. Leider ist das nähere zwanzig Minuten weg, das andere sogar eine halbe Stunde. Nur falls du es gar nicht mehr aushältst mit den Kindern in den Ferien.«

»Hast du Angst, dass ich abhaue, weil ich so gemeckert habe?«

»Nein. Dass du sie umbringst und im Keller zu den Leichen der Kindermädchen packst. Jetzt habe ich sie so lange durchgefüttert und würde sie gerne behalten.«

»Ach Paul«, seufze ich. »Das ist sehr aufmerksam von dir. Danke.«

Er legt einen Arm um mich und hakt seinen Daumen in meinem Höschen ein, während er mich auf die die Stirn küsst. Ich nutze die Gelegenheit, ziehe ihn ganz an mich ran, drücke mein Gesicht an seinen Hals und schiebe dabei meine Hände unter sein Shirt, um mich von innen daran festzukrallen. Ich spüre Zufriedenheit in ihrer reinsten Form und verstehe gar nicht, wie ich vorhin noch so genervt sein konnte.

Paul & Neid

Paul

Sie steht in der Küche, es ist Sonntagnachmittag und sie bereitet das Abendessen vor. Ich war heute mit Karla laufen, ich habe etwas Kraftsport gemacht, ich war mit Philip auf dem Friedhof, ich habe ein Buch fertig gelesen und jetzt weiß ich nichts mit mir anzufangen. Ich bin unruhig wie ein Tiger im Käfig, es ist kein guter Tag für mich, weshalb ich ihr Gesellschaft leiste, und frage, ob ich helfen kann. Ablenkung ist manchmal alles.

»Klar«, sagt sie und zeigt auf einen Berg Zwiebeln, »Schneiden bitte, in feine Würfel.«

Ich mache mich an die Arbeit und sie wirbelt um mich rum. Gelegentlich berührt sie beim Vorbeigehen mit ihrer Hüfte meine, ich bin mir nicht sicher, ob das Zufall oder Absicht ist. Als ich endlich fertig bin mit der Schneiderei, wasche ich mir die Hände und sie sagt zu mir: »Du musst deine Hände am Wasserhahn entlangrubbeln.«

Ich drehe mich mit meinen nassen Händen zu ihr um und frage schmunzelnd: »Warum um alles in der Welt sollte ich meine Hände am Wasserhahn *entlangrubbeln*? Du willst mich verarschen, oder?« Manchmal hat sie merkwürdige Ideen.

Sie schüttelt ihren Kopf und schimpft: »Du tropfst alles voll! Mensch Paul!« Sie kommt zu mir rüber, reicht mir ein Geschirrtuch und fordert mich auf, als ich meine Hände abgetrocknet habe: »So, riechen. An deinen Händen.«

Ich tue, wie befohlen, wenn sie so spricht, legt man sich besser nicht mit ihr an. »Ja, riecht nach Zwiebeln. Sorry Sara, ich habe keine Ahnung, was du von mir willst.«

Sie lacht und packt meine Hände, macht den Wasserhahn an, hebt meine Hände darunter, macht ihn aus und fährt mit ihnen am Wasserhahn hoch und runter.

Ich bin noch mehr verwirrt: »Soll das eine sexuelle Anspielung sein?«

Jetzt lacht sie wieder. »Stimmt. Könnte man denken. Wenn du mit Rubbeln Erfahrung hast, schaffst du das sicher auch alleine. Und nein, das sollte keine sexuelle Anspielung sein. Aber das vielleicht«, fügt sie an, nimmt meinen Kopf in ihre Hände, küsst mich und packt dann meine nassen Hände und legt sie auf ihre Oberweite.

Ich ignoriere das, nehme meine Hände wieder weg und frage sie: »Und was sollte jetzt das Gerubble?«

»Rieche an deinen Fingern.«

Ich rieche noch einmal und tatsächlich: »Hey, weniger zwiebelig!«

»Ja, das macht das Metall«, erklärt sie mir stolz, »Wenn dir der Wasserhahn aber zu peinlich ist, kannst du auch einen Löffel benutzen.«

»Cleverer Trick«, halte ich fest und lege dann die Stirn in Falten, als ich sehe, dass der Abdruck meiner nassen Hände auf ihrem Shirt zu sehen ist. »Sara, du solltest dich umziehen, wenn das jemand sieht...«

Sie grinst mich schmutzig an. »Karla ist tanzen üben bei ihrer Freundin, Philip hole ich in ungefähr zwei Stunden von seinem Freund ab, das wird keiner sehen und das auch nicht«, sagt sie und zieht sich ihr Shirt über den Kopf, um es davon zuwerfen.

»Irgendwie ist es seltsam, dass du besser weißt, wo meine Kinder stecken, ich muss das alles mal echt auf die Reihe kriegen mit deren Terminen«, ärgere ich mich und wende außerdem ein: »Und was ist mit dem Essen?«

Sie zieht ihre Augenbrauen fragend nach oben. »Dem Essen ist das egal, das hat keine Augen. Was ist los Sweetie? Das ist nicht ganz die Reaktion, die ich mir erhofft hatte.«

Sie hebt ihr Shirt wieder auf, zieht es sich über den Kopf und folgt mir auf die Couch. Ich bin hin und her gerissen, einerseits möchte ich ihre Gesellschaft, andererseits will ich alleine sein. Ich schwappe über vor Bitterkeit, fühle mich unsagbar bedrückt und zutiefst gequält. Dort wo ich gerade bin, da kann mich kein Sonnenstrahl erreichen.

Sie klettert auf meinen Schoß und fragt mich: »So sehr traurig heute? Los, ein wenig Sex wird dich ablenken. Du hast gesagt, du stehst mir immer zur Verfügung.«

Ich lächle etwas gequält, ja das habe ich, ich lasse mich von ihr küssen, aber sie merkt, dass ich viel zu sehr abgelenkt bin und seufzt ergeben, bleibt aber sitzen. »Sweetie, so geht das nicht. Da regt sich ja gar nichts. Du musst mir unbedingt sagen, was los ist. Normalerweise schnippe ich nur mit dem Finger und du bist nackt.«

»Ich will nicht darüber reden.«

»Natürlich willst du das. Paul, es tut mir leid, wenn ich dich überfallen habe. Ich dachte, ich könnte so das Ruder rumreisen. «

»Schon okay.«

Sie klettert jetzt von meinem Schoß und setzt sich neben mich, greift eine meiner Hände und sagt entschlossen: »Ich bin bereit. Schieß los.«

»Aber ich bin nicht bereit.«

»Bist du. Lass es raus.«

Ich schnaufe etwas genervt. »Du gibst nicht auf, oder?«

»Ich bin deine beste Freundin, also gebe ich niemals auf, wenn dich was bedrückt.«

»Gut, ich werde es dir sagen.«

Sie drückt nur kurz meine Hand, sagt aber nichts, also fange ich widerwillig an zu erzählen: »Heute vor einem Jahr haben wir die Diagnose erhalten.«

Ich pausiere, normalerweise sagen bei sowas die Leute irgendwas Mitleidiges, aber ich hätte wissen müssen, dass sie das nicht tun wird, sie ist wie immer einfach da.

Sie ist wie ein Gefäß, in das meine Worte tropfen können, ein Gefäß ohne Boden, denn sie läuft nie über, es ist nie zu viel für sie. Um zu verhindern, dass mir allein bei dem Gedanken daran, dass ich so ein Glück habe, jemanden wie sie bei mir zu haben, wenn ich mich so fühle, schon die Tränen laufen, drücke ich ihre Hand fest. Und dann schütte ich ohne weiteres Nachdenken mein Herz aus.

»Weißt du, Bauchspeicheldrüsenkrebs hat die niedrigste Überlebensrate, unter anderem weil man ihn so schwer erkennen kann, da er fast keine Symptome hat, die darauf einen Hinweis geben könnten. Wir haben also schon lange mit diesem Arschloch zusammengelebt, bis er sich bemerkbar machte. Es dauerte auch ewig, bis jemand die Idee hatte, dass es das sein könnte, da sie viel zu jung war dafür. Es gab kaum Risikofaktoren, wie Rauchen, Diabetes oder Übergewicht, im Gegenteil, sie hat Sport gemacht und sich gesund ernährt und trotzdem hat er sie geholt.

Es gab keine Chance mehr auf Heilung, er hat sich schon in ihr ausgebreitet, Organe, Knochen, alles war schon verseucht. Wir haben nicht nur die Diagnose bekommen, sondern in diesem Moment wurde sie von einer gesunden Frau zu einer Totgeweihten. Wir haben erfahren, dass sie nur noch Monate hat, wenn überhaupt«, ich merke, wie meine Stimme einen bitteren Unterton annimmt, als ich weiterspreche, »Eine Chemo hätte ihr Leben maximal etwas verlängert. Sie hat sich dagegen entschieden, ich habe sie angebettelt eine zu machen, ich wollte sie nicht aufgeben, ich wollte sie egoistisch noch länger für mich haben, egal wie, also habe ich sie ständig angefleht und ihr Druck gemacht. Obwohl es ihre Entscheidung war und ich sie hätte respektieren müssen.

Sie konnte nicht lange zuhause bleiben, ich konnte sie nicht versorgen, mein Urlaub und alle Krankheitstage waren schnell aufgebraucht, also haben wir gemeinsam mit ihren Eltern entschieden, dass sie in ein Hospiz geht. Dort bekam sie die Betreuung, die sie benötigt, gerade wegen der Schmerzmittel. Außerdem wollte sie nicht, dass die Kinder den täglichen Kampf zuhause erleben müssen. Ich habe immer weiter und weiter darauf bestanden, dass sie eine Chemo machen soll bis sie mir verboten hat noch einmal darüber zu sprechen, sonst bekäme ich Hausverbot. Dann habe ich das aufgegeben. Und dann habe ich irgendwie komplett aufgegeben. Ich wollte dann nur noch, dass sie endlich tot ist. Dass es vorbei ist, dass es aufhört. Sie ist quasi in meinen Händen weggeschmolzen oder verblüht oder wie man das auch nennen mag. Man konnte dabei zusehen. Ich hatte jeden Tag Angst hinzugehen, weil ich ihren Verfall nicht sehen wollte. Es hat mich schier verrückt gemacht, dass ich ihr, obwohl ich sie liebe, den Tod gewünscht habe, dass ich das nicht mehr ertragen muss. Ich habe jede Überstunde mitgenommen, um die Normalität im Büro zu haben. Ich habe die Kinder einfach ihrer Großmutter überlassen und vernachlässigt. Es war alles brutal. Sie musste mir Trost spenden, das ist doch verrückt, oder? Sie, die sterbenskranke Frau, mit großen Schmerzen, das Morphium hat irgendwann nicht mehr ausgereicht, hat mich getröstet und mir Mut zugesprochen und ich hatte keine Worte für sie. Ich bin der schlechteste Ehemann aller Zeiten.«

Ich schluchze auf, ich kann nicht mehr. Ich fühle alles noch einmal: Der Schock der Diagnose, die Ungläubigkeit, der Tag als ich sie ins Hospiz gefahren habe, mit dem Wissen, dass ich sie nie wieder mit nach Hause nehmen werde. Die vielen Tage bei denen ich nicht wusste, ob das unser letzter sein könnte und sie das nächste Mal weg sein würde. Die Schuldgefühle, als es passierte, während ich arbeiten war und ich nicht bei ihr sein konnte. Alles stürzt gnadenlos auf mich ein. Ich bin blind vor Tränen und suhle mich in meinem Leid, ich empfinde es als gerechte Strafe, dafür, dass ich versagt habe als Ehemann und hoffe, dass es niemals aufhört, es ist das Letzte, was mir geblieben ist.

Ich merke, dass ich fast Saras Hand zerquetsche und werfe einen Blick auf sie. Der Kragen ihres Shirts ist komplett nass, so heftig laufen ihr die Tränen und ich erkenne, wie fest sie ihre Lippen aufeinanderpresst, um mich mit keinem Geräusch zu unterbrechen, und ich weine selbst noch schwerere Tränen.

Ich habe ihr die komplette Geschichte noch nie so erzählt, so ausführlich, das ist viel zu abscheulich.

Ich träume manchmal davon und wenn ich daran denke, wird mir ganz tief in mir drinnen übel. Von dieser Geschichte der Schuldgefühle, der tonnenschweren Schuldgefühle des im Stichlassens. Die Geschichte meiner Scham und der Reue.

Sie sieht meinen Blick und erkennt wohl, dass ich nichts mehr zu sagen habe, und legt beide Arme um meinen Körper und lehnt ihren Kopf an mich. Mit einer Hand beginnt sie mir den Kopf zu streicheln und ich bin froh, dass sie nicht solche Sachen sagt, wie dass ich sicher nicht so schlimm war und dass ich mir das nur einbilden würde.

Als ich mich etwas beruhigt habe, fragt sie mich leise: »Was war das Letzte, was du zu ihr gesagt hast?«

»Das ist einfach«, gestehe ich voller Bitterkeit, »Das war viele, viele Tage dasselbe, weil ich nie wusste, ob ich sie noch einmal wiedersehe: Du bist die Frau, die ich liebe, ich habe nie jemanden mehr geliebt, wir sehen uns frühestens morgen und spätestens im nächsten Leben.«

Ich spüre, wie sie nickt. »Und sie?«

»Bis morgen, ich warte auf dich. Wenn ich deine Liebe nicht mehr brauchen sollte, gibt sie den Kindern.«

Sie nickt wieder und streichelt weiter meinen Kopf. Ich bin mir sehr sicher, dass das das Intimste war, das ich je mit jemanden geteilt habe.

»Hattet ihr Kosenamen?«, fragt sie mich gedankenverloren.

»Ja. Der Klassiker *Schatz*. Aber das war sie auch. Nichts hätte besser zu ihr gepasst. Und bei euch?«

»Kleines und Großer. Weil er so unverschämt riesig war. Aber das ist ja auch nicht wichtig.«

Wir schweigen und sitzen eine ganze Weile bis sie nachdenklich zu mir sagt: »Kannst du dir vorstellen, dass ich trotzdem ein wenig neidisch bin?«

Ich setze mich wieder aufrecht hin und frage überrascht: »Neidisch? Worauf?«

»Du konntest dich verabschieden. Das Letzte was ich zu Joe gesagt habe war: »Wenn du an der Tankstelle hältst bring mir ein Bier mit, wir haben keins mehr.« Seitdem kann ich kein Bier mehr trinken.«

Ich rutsche ein Stück von ihr weg, verschränke meine Arme und erwidere schroff: »Du sagst mir gerade ernsthaft, dass du neidisch bist darauf, dass ich mich so viele Tage immer wieder von meiner Frau verabschieden musste, während wir beide darauf gewartet haben, dass der Tag kommt, an dem sie stirbt? ICH bin vielleicht neidisch auf dich: Sauberer Schnitt, es war einfach vorbei für dich und ihn. Es gab kein Leid, kein Bangen, keine Verantwortung. Boom tot, du konntest gleich zum Trauern übergehen. Total einfach. Der bequeme Weg.«

Ich sehe, wie ihr Gesicht entgleist und sie giftet mich an: »Bequem? BEQUEM? Hast du überhaupt eine Vorstellung, wie fies das klingt? Ich kann es nicht fassen, dass du *bequem* gesagt hast. Und *einfach* auch noch. Ich hatte keinerlei Vorbereitungszeit, keine Zeit alles zu regeln, noch nicht einmal ein Abschiedswort, glaube mir, mein letzter Satz hätte sich nicht um Bier gedreht, sondern sicher auch so was Tiefsinniges, wie ihr das hattet! Außerdem ist dir noch was geblieben: Du hast deine Kinder, eine bessere Erinnerung an sie gibt es wohl nicht.«

Ich rutsche weiter von ihr weg, sie ekelt mich an und erkläre ihr eisig: »Das war doch eure Entscheidung keine Kinder zu wollen. Ist ja nicht so, als wäre dir das nicht freigestanden, dann hättest du jetzt auch jemanden, der dir noch was bedeutet.«

Sie schnaubt missmutig. »Ich HABE Menschen, die mir etwas bedeuten. Ich habe meine Eltern und Freunde und dich. Du bedeutest mir auch etwas.«

Ich muss fast lachen und zeige mit dem Finger auf sie. »DAS ist definitiv das Traurigste und Erbärmlichste, was ich je gehört habe. ICH bedeute dir etwas? Pfff. Wir kennen uns wie viele Monate? Sechs? Sieben?! Das kannst du ja nicht mal ansatzweise mit dem vergleichen, was Kinder einem bedeuten.«

»Aha«, erwidert sie tonlos, »Und deshalb wusstest du heute auch, wo sie sind? Was bedeuten sie dir denn, wenn du noch nicht mal einen Plan hast, was in ihrem Leben passiert? Ich muss dir ja sogar sagen, wann Karla einen Tanzauftritt hat und du verziehst das Gesicht, weil du keine Lust hast hinzugehen. Also sag nicht, dass ich erbärmlich wäre.«

Ich merke, wie mein Kopf heiß wird vor Wut und fahre sie an: »Benutze nicht meine Kinder, um mich zu verletzen.«

Sie steht auf, zuckt mit den Schultern und sagt: »Das machst du ganz alleine.« Dann geht sie seelenruhig zurück in den Küchenbereich und kocht weiter.

Ich bin fassungslos und kann nicht glauben, dass ich dieser Frau gerade mein Herz ausgeschüttet habe, darüber, wie ich die Liebe meines Lebens verloren habe und wie brutal das für mich war.

Zehn Minuten später gehe ich zu ihr rüber und stelle mich auf die andere Seite der Theke, ich bin immer noch wütend, aber ich muss wissen, wo wir stehen. Dicke Tränen von ihr tropfen auf den Boden vor dem Herd, während sie umrührt und sie versucht, sie schnell mit dem Handrücken wegzuwischen, dass ich sie nicht sehe.

Da ich überhaupt gar keine Lust habe mit einer heulenden Frau zu reden, verlasse ich den Raum, ziehe Sportsachen an und gehe noch einmal laufen, um meinen Kopf frei zu bekommen.

Als ich zurückkomme und in die Einfahrt jogge, sehe ich wie sie und Philip gerade aus dem Auto steigen. Stimmt, sie hat erwähnt, dass sie ihn abholen wird.

Er sagt etwas zu ihr und sie lacht und legt ihre Hand auf seine Schulter. Von mir lässt er sich das nicht gefallen, sondern schüttelt meine Hand immer gleich ab. Das macht mich traurig. Will sie mir meine Kinder wegnehmen? Also emotional? Ist es egoistisch so zu denken, obwohl ich froh sein sollte, dass sie das besser als erwartet hinbekommt mit ihnen? Ich bin mir nicht sicher, ob sie nicht doch recht hat, dass ich wenig von den Kindern mitbekomme. Ich rede mit ihnen, aber sonst leben wir nebeneinander her.

Im Flur treffe ich dann auf die beiden, sie ziehen ihre Schuhe aus und sie unterhalten sich lebhaft über irgendetwas, verstummen aber, als ich durch die Haustüre komme. Ich fühle mich ausgeschlossen. Da ich immer noch nicht mit ihr reden möchte, begrüße ich Philip und ziehe ebenfalls meine Schuhe aus, um dann Richtung Schlafzimmer zu verschwinden, damit ich duschen kann. Bevor ich die Tür schließen kann, höre ich, wie sie zu ihm sagt: »Phil, es gibt in einer halben Stunde Essen, Paul, das ging auch an dich.«

Ich mag es nicht, dass sie seinen Namen abkürzt, das steht ihr nicht zu. Aber da ich keine Lust habe, mit ihr zu sprechen, weise ich sie nicht zurecht, sondern schließe die Tür hinter mir.

Nach der Dusche gehe ich in den Wohnbereich, sie steht wieder in der Küche und schmeckt wohl ab. Philip ist immer noch, oder schon wieder?, bei ihr und deckt den Tisch. Sie hat mich noch nicht bemerkt und lobt sich selbst: »Boah ist das lecker, das werde ich auf jeden Fall öfter kochen.«

Philip lacht und erwidert: »Pech für Karla, dass sie es verpasst.«

»Ich hebe ihr eine Portion auf. Falls du heute Abend noch einmal Hunger bekommst und ihr die Portion klaust, dann, ja, dann hat sie wirklich Pech.«

Ich mische mich ein: »Warum isst Karla nicht mit uns?«

Sie bemerkt mich jetzt erst, wirbelt herum und antwortet lässig: »Sie isst bei einer Freundin mit und kommt etwas später.«

»Und warum weiß ich so etwas nicht?«, meckere ich, »Ich will, dass wir sonntags alle zusammen essen.«

In ruhiger Tonlage erwidert sie: »Paul, sie ist sechzehn. Da ist das doch nicht schlimm. Sie hat mir pünktlich geschrieben und ich sah keinen Grund deswegen Theater zu machen.«

Beleidigt sage ich zu ihr: »Also, du entscheidest nicht, wie wir unser Familienleben gestalten. Sie soll in Zukunft mich bei solchen Sachen fragen und gefälligst zum Essen da sein!«

»Gut«, höre ich nur von ihr, sie dreht sich um und macht weiter am Essen rum.

Philip schaut zwischen uns hin und her und wirkt unentschlossen, was er tun soll. Sara scheint das zu bemerken und weist ihn an: »Philip, trägst du den Salat auf den Tisch? Danke. Dann kannst du dich hinsetzen, ich bringe den Rest. Paul, du kannst dich auch hinsetzen, ich bin fertig.«

Beim Essen versuche ich mit ihm ein Gespräch anzufangen: »Wie war dein Tag Philip?«

»Gut.«

»Was hast du alles gemacht?«

»Ich war noch bei Sebastian.«

»Und was habt ihr dort gemacht?«

»Zeug.«

»Aha.«

Das ist ja eine großartige Unterhaltung mit meinem Sohn. Warum kann er nicht normal mit mir reden? Er hat doch vorhin auch mit Sara erzählt. Ich bin unzufrieden und muss mich zusammenreißen, dass ich nichts Schnippisches zu Philip sage. Dass ich nicht weiterrede oder weiterfrage scheint ihn nicht zu stören. Er isst sein Essen und starrt nur auf seinen Teller. Sara ebenso. Mir ist der Appetit vergangen. Ich schmecke nichts.

Ich wünsche mir sehr, dass Kerstin jetzt zur Tür reinkommt, Sara freundlich wegschickt, Philip über den Kopf streicht, dann zu mir kommt und mir so etwas sagt, wie: »Schatz, lass uns dies und das machen, die Kinder freuen sich, dass du dabei bist.« Und dann möchte ich Philips eifriges Nicken sehen und seine leuchtenden Augen, weil wir was mit der ganzen Familie unternehmen.

Und auch Karlas gespieltes Desinteresse, dass verbergen soll, dass ihr Aktivitäten mit der Familie doch noch gelegentlich Spaß machen. Kerstin und ich würden uns dann anlächeln, weil wir beide das genau wissen, aber darüber schweigen.

Ich halte das nicht mehr aus, lege mein Besteck hin und verkünde: »Ich bin fertig, lasst einfach alles stehen, wenn ihr gegessen habt, ich mache später die Küche.«

Dann verlasse ich fluchtartig den Raum und verschwinde in meinem Schlafzimmer.

Sara & Stolz

Sara

Nach dem Essen kommt Philip zu mir und fragt: »Ihr habt gestritten, oder?«

Ich überlege einen Augenblick, aber er ist zu clever, um eine Lüge nicht sofort zu durchschauen.

»Ja«, antworte ich dann schließlich knapp.

Er denkt nach und fragt mich dann: »Stufe 1 bis 10, wie schlimm ist der Streit und welche Konsequenzen hat er für mich?«

Ich muss lächeln, wo er das wohl wieder her hat? Aber es ist eine gute Frage und so versuche ich wieder ehrlich zu antworten: »Ich vermute, dass es so Stufe 5 bis 6 ist, vielleicht auch 7. Aber für dich sollte sich nichts ändern. Vielleicht ist die Stimmung zwischen deinem Vater und mir etwas eisig in nächster Zeit.«

»Musst du oder er sich entschuldigen?«

»Wahrscheinlich beide.«

»Warum tust du es dann nicht?«

»Das ist eine gute Frage. Weißt du Philip, Worte, die ausgesprochen sind, kann man nicht zurücknehmen. Manchmal ist das gut, manchmal schlecht. Manche Worte sind wahr, tun aber weh. Manchmal sagt man Dinge, die man auf eine Art meint und der, der sie hört nimmt sie falsch auf. Verstehst du das?«

»Nein, nicht wirklich, aber ihr macht das schon. Ich übe Geige, vielleicht können wir ja später noch einen Film anschauen?«

»Klar.«

»Kann Papa mitschauen?«

»Natürlich, sag ihm Bescheid, falls er Lust hat, soll er mitgucken. Sucht zusammen was aus, ja?«

Er nickt und geht raus. Ich schaue ihm hinterher und lächle. Ich kenne ihn noch nicht lange, aber irgendwie ist er mir schon ans Herz gewachsen, der kleine Kerl. Aber er ist auch ein sehr einfaches Kind, vielleicht mag ich ihn ja nicht mehr, wenn die Pubertät voll zuschlägt, mal sehen. Auf jeden Fall süß von ihm, dass er versucht zu helfen, indem er will, dass wir zusammen fernsehen.

Ich beginne den Tisch abzuräumen und denke weiter nach. Soll ich Paul um Entschuldigung bitten? Ich war ja eigentlich nur ehrlich. Er vielleicht auch? Bin ich erbärmlich, weil er mir etwas bedeutet? Er kam so schnell und so heftig in mein Leben und ist in diesen Monaten einer der wichtigsten Menschen für mich geworden und zwar an einer Stelle, die es vorher schlicht und ergreifend nicht gab. Ist das verkehrt? Vielleicht ja.

Ich nehme mir, während ich die Essensreste in Schüssel umfülle, es wurde ja kaum etwas gegessen, und dann in den Kühlschrank stelle, fest vor, dass ich mich wieder mehr um andere Freunde kümmern sollte, häufiger bei meinen Eltern vorbeigehen und auch sonst wieder mehr für mich tun. Ein wenig auf Abstand zu ihm.

Als ich die Spülmaschine einräume, höre ich ein Räuspern. »Oh, hallo Paul, ich habe dich nicht reinkommen hören, ich war in Gedanken.«

»Ja, das habe ich bemerkt. Philip war gerade bei mir, er sagt, du willst mit mir einen Film schauen?«

Ich blicke von der Spülmaschine zu ihm hoch, richte mich auf und grinse, aber bevor ich das erklären kann, sagt er scharf zu mir: »Falls du damit auf unseren VHS-Code anspielen wolltest, finde ich es unmöglich, dass du meinen Sohn dafür benutzt! Das geht ja gar nicht. Außerdem habe ich sicher keine Lust auf dich, nachdem vorhin. Eigentlich möchte ich gerade noch nicht einmal mit dir sprechen, geschweige denn dich anfassen.«

Ich schaue ihn fassungslos an. »Paul, bist du doof? Ich benutze doch Philip nicht dafür. Ich habe gegrinst, weil dein Sohn ganz schön raffiniert ist. Er hat mich gefragt ob wir einen anschauen möchten und ob du mitschauen darfst. Er will wohl einfädeln, dass wir uns wieder vertragen.«

»Wieso vertragen?«

»Denkst du er merkt das nicht, dass wir uns gestritten haben?«

»Ich dachte, wir kämen recht normal rüber.«

»Pfff, dachtest du echt? Paul, du bist manchmal herrlich naiv.«

»Geht das jetzt weiter, das mit dem Beleidigen?«

Ich seufze. »Sorry. Ich will mich ja gar nicht streiten. Lass uns darüber reden.«

»Ich finde, da gibt es nicht viel zu sagen.«

»Wirklich? Du hast nichts dazu zu sagen? Mir tut es leid, dass ich dich verletzt habe, das war nicht meine Absicht.«

»Nein, ich habe nichts dazu zu sagen.«

»Puhh, Paul, das ist hart. Das ist ja noch eine Stufe härter als deine Worte selbst, wenn es dir noch nicht einmal leid tut.«

»Hast du wirklich eine Entschuldigung von mir erwartet?«, fragt er mich in kaltem Tonfall.

Ich schaue ihm nur ins Gesicht und sage nichts mehr. Sein Blick ist abweisend. Seine Miene unbeweglich. Er starrt zurück.

Gleichzeitig fangen wir an zu sprechen:

Er: »Bleibt unsere Vereinbarung bestehen?«

Ich: »Es tut mir wirklich leid. Und das meine ich ehrlich.«

Ich merke, wie ich mich innerlich versteife. Ich entschuldige mich bei ihm, zweimal, und ihn interessiert nur, ob alles so bleibt, wie es ist? Ja, er bedeutet mir wirklich zu viel.

Barsch lasse ich ihn wissen: »Ja, keine Sorge, es bleibt wie es ist, ich werde dich nicht hängenlassen, *Freund*.« Das letzte Wort spucke ich ihm schier vor die Füße. Dann werfe ich ihm das Geschirrtuch entgegen, dass ich über meine Schulter gelegt hatte und erinnere ihn: »Es ist deine Aufgabe die Küche zu machen. Ich gehe noch etwas aus. Sag Philip bitte, dass er den Film mit dir alleine schauen soll. Nein, ich sage es ihm selbst.«

Ich rufe Nadine an und sie freut sich, dass ich mich spontan mit ihr treffen möchte und wir gehen zusammen in eine Cocktailbar. Ich trinke, wie seit Johannes Tod, kein Alkohol, aber es tut gut mich mit ihr zu unterhalten. Ich erwähne nicht, dass ich mich mit Paul gestritten habe, ich habe keine Lust über schwierige Sachen zu reden.

Ich kenne diese Art Streit nicht. Sicher hatte ich in der Pubertät oft Krach mit meinen Eltern und auch heute sind wir uns nicht immer ganz einig. Mit Johannes habe ich mich nie so gestritten, so, wie soll man sagen? So unversöhnlich? Wir waren nie lange aufeinander böse und wir sind kein einziges Mal im Streit schlafen gegangen. Aber Paul ist weder meine Eltern noch mein Partner, also gibt es keinen Vergleich.

Wir sprechen nicht mehr miteinander, also wir sprechen schon, aber nur das Nötigste und das nicht gerade freundlich.

Ich kann seine Anwesenheit kaum ertragen, wenn wir so miteinander sind, und so verschwinde ich montags spontan nach dem Essen zu meinen Eltern und lade sie zum Besuch ihres Lieblingsrestaurants ein, obwohl ich ja gerade gegessen habe.

Dienstags gehe ich nach dem Essen in die Boulderhalle. Bouldern war ein gemeinsames Hobby von Joe und mir und für einen kurzen Moment bin ich glücklich, als ich an der Wand hänge. Es ist so eine wunderbare Freizeitbeschäftigung, ich sollte wieder viel öfter hierher kommen.

»Schmeckt das Scheiße«, sagt Paul zu mir am Mittwochabend, als er den ersten Bissen meines Essens kaut.

Ich wettere sofort zurück: »Du bist ein echter Arsch.«

»Du verträgst einfach nur keine Kritik«, regt er sich auf. »Du bist die schlimmste aller Zicken.«

»Wenn du nicht so ein Riesenarsch wärst, dann würdest du merken, dass man das auch höflicher sagen kann!«

»Wenn du nicht so eine Zicke wärst, müsste ich mir dein Genöle nicht anhören.«

Ich merke, dass beide Kinder, ja sogar Karla, peinlich berührt gucken und rudere etwas zurück: »Ja, okay, es schmeckt wirklich nicht so gut.«

Und Philip greift das auf: »Ja, du hast recht, sonst kochst du viel besser. Das macht nichts, wenn es einmal nicht so gut klappt.«

Selbst Karla stimmt ihm zu: »Ja, sonst geht es ja.«

Paul grunzt nur irgendwas vor sich hin und geht nicht weiter darauf ein, ist mir aber auch egal, ich bin mit Freunden verabredet. Ein Pärchen mit dem Joe und ich befreundet waren.

Sie bieten mir Wein an, den wir früher gerne gemeinsam getrunken haben, aber ich lehne ab, ich trinke ja nicht. Dann sitze ich auf ihrer Couch und merke, dass das keine gute Idee war. Das peinliche Schweigen dehnt sich wie Kaugummi. Früher waren wir eine heitere Gruppe, jetzt mit Joes Tod zwischen uns sind wir wie Fremde. Nach einer halben Stunde tue ich so, als würde ich eine wichtige Nachricht erhalten, entschuldige mich und fahre zurück.

Nachdem es gestern beim Essen diese peinliche Situation mit den Kindern gab, sind wir höflicher zueinander. Und zwar so höflich, dass nicht viel fehlt und wir uns siezen. Dieses Eisige ist fast noch schlimmer als das gegenseitige Beschimpfen. Lieber Arsch und Zicke als so.

Ich entschuldige mich und verzichte heute auf das gemeinsame Essen. Stattdessen fahre ich zur Boulderhalle und beehre danach meine Eltern mit einem weiteren Besuch. Natürlich analysiert meine Mutter, warum ich sonst so selten und dann gleich zweimal in einer Woche auftauche, aber ich versichere ihr, dass ich gerade nur Zeit hätte und mich für ihre Hilfe revangieren möchte und lade sie deshalb in ein teures Restaurant ein.

Freitags beteilige ich mich wieder am gemeinsamen Essen, auch um mal die Lage auszuspähen, aber keine Besserung in Sicht. Aber das ist in Ordnung, ich habe heute sowieso keine Zeit für den Scheiß, ich bin mit Knut verabredet, Joes bestem Freund und wir quatschen bis in den frühen Morgen.

So lange war ich noch nie weg, seit ich hier wohne. Ich hatte ihn seit der Beerdigung nicht mehr gesehen und es war schön mit ihm zu reden.

Ich gehe erstmal in die Küche, um mir ein Wasser zu holen, ich fühle mich etwas klebrig von den vielen alkoholfreien Cocktails. Dort treffe ich Paul, erst will ich auf dem Absatz umdrehen, aber ich wohne ja auch hier, also gehe ich lässig an ihm vorbei.

Er lehnt sich an den Tresen und beobachtet mich, wie ich an ihm vorbeigehe. »Du warst aus?«

»Was hat dir das verraten? Das Kleid? Dass ich gerade zurückgekommen bin? Dass ich morgens um 4 Uhr noch geschminkt bin?«

Er erwidert trocken: »Also ICH könnte das ja nicht, so schnell wieder daten.«

Ich schnappe mir die Wasserflasche, stelle mich direkt vor ihn und sage zuckersüß: »Sweetie, Trauer ist kein Wettbewerb. Außerdem date ich nicht. Ich habe Spaß. Probiere das doch mal aus, könnte dir guttun. Und wenn du darüber nachdenkst: Für deine Aussage hast du dir ganz schön schnell wieder eine Frau ins Haus geholt und ziemlich oft ordentlich durchgevögelt. Und ja, ich meine mich. Und ja, das sollte verletztend klingen. Es stört mich ja noch nicht einmal, dass du mich hier durch die Blume als Hure bezeichnest, aber es stört mich ganz gewaltig, dass du meine Gefühle gegenüber Johannes anzweifelst. Aber so spielen wir wohl jetzt, richtig? Mit unfairen Mitteln. Gute Nacht.«

Er sagt nichts dazu und ich stolziere erhobenen Hauptes davon.

Nadine weiß, dass ich bei Paul wohne, weiß aber nicht, dass Paul der Typ aus der Bar ist. Sie hat ihn nie zu Gesicht bekommen. Das war keine Absicht, es ist ja nicht so, als würde ich ihn verstecken, aber das eine Mal, dass sie bei uns war, war Paul arbeiten und sonst war ich bei ihr oder wir waren aus. Wobei unsere Treffen immer seltener wurden, schon allein, weil Julia ihre beste Freundin ist und ich ihr ihre Fiesheit nachtrage.

Sie gibt die Hoffnung nicht auf, dass es wieder so wie früher werden könnte mit unserem Dreigespann und versucht Julia und mich zu versöhnen und so landet unser Gesprächsthema schließlich wieder bei Julia.

Nadine gesteht mir etwas, was sie eigentlich unter Verschluss halten sollte. Sicher sagt sie es mir nicht, weil sie es böse meint, sondern einfach nur, weil sie möchte, dass ich Julia verstehe. Ich merke, wie meine Augen immer größer werden, als sie mir erzählt: »Weißt du, dieser Typ, der mit dir in der Bar geflirtet hat? Julia hatte doch den neuen Job und dort hatte sie auf eben diesen Typen ein Auge geworfen und dann erkennt er sie nicht nur nicht, sondern hat auch noch Augen nur für dich und geht dann sogar mit dir nach Hause. Das hat sie sehr getroffen.«

Ich sollte sicher betroffen sein, dass ich als Freundin nichts von ihrem neuen Job mitbekommen hatte, weil ich zu sehr mit mir selbst beschäftigt war und verständnisvoll, weil das wirklich unschön ist, wenn einem so etwas passiert, aber ich fange an hemmungslos zu lachen. Das ist zu komisch. Julia hat versucht, sich an Paul ranzumachen. Welch Zufall. Als ich mich wieder einkriege, sehe ich Nadines Blick, etwas pikiert, etwas verwundert.

Dann kläre ich sie auf: »Der Typ in der Bar war mein Paul.«

»Dein Paul?« Ich sehe, wie die Erkenntnis bei ihr ankommt. »Der Witwer, mit dem du zusammen wohnst? Aus der Trauergruppe?«

Ich nicke. »Ja, genau. Der Typ aus der Bar ist der Typ mit dem ich jetzt zusammenwohne und auf dessen Kinder ich aufpasse.«

Sie schweigt betroffen und ihr Blick windet sich. Ich sehe das und hake nach: »Was ist los?«

»Seid ihr nur Mitbewohner? Denn Julia hat erzählt, dass sie mit ihm ausgehen wird. Er hat wohl einem Date zu gestimmt.«

Ich merke, dass mein Auge nervös zuckt und erkläre ihr betont lässig: »Ja, wir sind nur Mitbewohner und Freunde. Das ist kein Problem.«

Nadine scheint mir das zu glauben, denn sie klatscht begeistert in ihre Hände: »Vielleicht können wir dann doch wieder unser altes Dreiergespann werden? Jetzt wo er mit ihr ausgeht gibt es ja keinen Grund mehr für sie auf dich eifersüchtig zu sein und wenn sie mit deinem Mitbewohner zusammen wäre, dann habt ihr ja sowieso Kontakt. Ach, das läuft ja super!«

Ich finde ja, dass das gar nicht super läuft, aber lächle zustimmend. Bin ich eifersüchtig? Ja, bin ich. Er kann mit jeder ausgehen, aber doch nicht mit meiner ehemaligen Freundin, die ein Miststück ist. Aber vielleicht weiß er gar nicht mehr, dass sie das in der Bar war, das ist schließlich drei, vier Monate her. Aber ich will nicht, dass er Julia mit nach Hause bringt und sie dort rumhängt. Ich will nicht, dass er sie vor meinen Augen anfasst. Dann fällt mir zum Glück ein, dass er sie sicher nicht mitbringen wird, wegen der Kinder. Ich will das trotzdem nicht wissen. Ich stelle mir vor, wie er ihr Nachrichten schickt statt mir und wie er Sex mit ihr auf seinem Schreibtisch im Büro hat. Bähh.

»Sara? Sara!«, höre ich Nadine, »Hörst du mir zu?«

»Entschuldigung, ich war abgelenkt.« Ich schüttle meinen Kopf, um die Gedanken loszuwerden. Ich habe kein Recht, mich darüber zu ärgern, ich habe ihm selbst gesagt, dass er Spaß haben soll. Aber in meinem Kopf will ich das nicht haben.

Nadine legt ihren Arm um meine Schulter und sagt mitfühlend zu mir: »Ja, das ist sicher hart. Du hast Johannes verloren und Julia findet ihr Glück direkt vor deiner Nase. Es ist sicher schwer andere glückliche Paare zu sehen, vor allem, wenn es dein Witwer-Kumpel ist und du noch nicht so weit bist wie er.«

Ich blinzle hektisch und nutze diese Chance, um dieser Unterhaltung zu entkommen: »Ja, du hast Recht, Nadine, danke für dein Verständnis. Ich gehe jetzt nach Hause, ich fühle mich überfordert.«

Sie nickt verständnisvoll und zieht mich kurz in ihre Arme.

Als ich sonntags in die Boulderhalle verschwinden will, hält Philip mich auf und fragt mich: »Wohin gehst du? Warum bist du nur noch so wenig hier?«

»Ich habe zur Zeit viel zu tun«, erkläre ich ihm, »Tut mir leid. Ich gehe jetzt bouldern.«

»Bouldern? Was ist das?«, will er neugierig wissen.

»Bouldern ist wie Klettern, nur nicht so hoch und ohne Sicherungsseil«, einer spontanen Eingebung folgend frage ich ihn: »Willst du mit? Bist du schon einmal geklettert?«

Er schüttelt den Kopf. »Nein, ich bin noch nie geklettert. Wenn du mich mitnimmst, dann will ich. Mir ist langweilig.«

Ich hoffe, ich muss ihn jetzt nicht enttäuschen und bitte ihn kurz zu warten, ich muss erst auf der Homepage der Halle prüfen, ab wie viel Jahren man darf.

Ich schaue von meinem Smartphone hoch und erkläre ihm: »Wir haben Glück: Ab zehn darf man in der Halle, in der ich immer gehe, klettern und bouldern. Aber ich brauche ein schriftliches Einverständnis deines Vaters als Erziehungsberechtigten.«

Er strahlt. »Das dürfte kein Problem sein. Ich frage ihn.«

Freudig läuft er davon, um Paul zu fragen, und ich suche auf der Homepage das Formular. Leider werde ich nicht fündig, das scheint es nur vor Ort zu geben. Mist. Ich schaue wo die beiden stecken und gestehe Philip: »Sorry, das geht heute wohl nicht. Das Formular ist nicht auf der Homepage zum Download verfügbar. Ich kann eins mitbringen und dann kommst du das nächste Mal mit. Sorry.«

Paul kommentiert das achselzuckend: »Ist mir ehrlich gesagt auch recht. Das ist doch gefährlich, oder? Ich habe das gegoogelt: Man klettert ohne Sicherung?«

Ich sehe Philips enttäuschtes Gesicht und erkläre Paul: »Erstens ist das immer in Absprunghöhe, also so, dass man jederzeit aufhören kann und zweitens würde ich ihm schon zeigen, wie das geht, wie man klettert und richtig stürzt.«

Philip bittet ihn: »Ach Paps, komm schon, ich will das mal ausprobieren. Komm doch einfach mit, dann kannst du dir das anschauen und dieses Formular ausfüllen und dann kannst du ja wieder gehen.«

Mit ironischem Unterton mache ich mit: »Ach komm schon Paps, gibt dir einen Ruck.«

Er schaut mich böse an, sagt dann aber tatsächlich: »Na gut, ich komme mit. Wo ist Karla? Vielleicht will sie ja auch?«

Ich rolle mit den Augen und teile ihm mit: »Paul, Karla ist in die Stadt mit Freunden auf irgendein Fest, die kommt so schnell nicht wieder, das hat sie doch gestern beim Abendessen erzählt.«

Noch ein böser Blick von ihm, während Philips Augen leuchten, er scheint sich darauf zu freuen. Ich schicke Philip auf sein Zimmer, damit er sich Klamotten einpackt, und bleibe mit Paul stehen, um ihm vorzuschlagen: »Ich denke, wir sollten getrennt fahren. Dann kannst du abhauen, wenn du gesehen hast, dass es nicht so gefährlich ist und ich bringe ihn dann einfach wieder mit.«

»Nein. Ich bleibe bei meinem Sohn, wir fahren mit meinem Auto.«

»Sicher?«, hake ich nach, »Das könnte langweilig für dich werden, wir bleiben sicher Stunden.«

»Du hast mir nicht zu sagen, was ich zu machen habe.«

»Paul«, seufze ich, »Ich finde das langsam ganz schön ermüdend. Ich habe dir doch gesagt, dass es mir leid tut. Ich wollte dich nicht verletzten, das solltest du aber wissen. Wie lange bist du denn noch böse auf mich? Oder bist du das gar nicht mehr? Ich bin auch bereit eine Entschuldigung von dir anzunehmen, falls du denkst, dass wäre das Problem.«

Er antwortet nicht, sondern geht wortlos raus, zieht sich Schuhe an und packt seinen Schlüssel, um mir beim Verlassen des Hauses zuzurufen: »Ich warte draußen im Auto auf euch.«

Ich warte auf Philip und sage ihm, als er an mir vorbei aus dem Haus geht: »Setz dich auf den Beifahrersitz.«

»Du willst nicht mit ihm sprechen?«

»Kluges Kind.« Er läuft kopfschüttelnd Richtung Auto und ich meine zu hören, wie er flucht: »Erwachsene, schlimmer als Kinder.« Fast muss ich lachen, weil das von einem Elfjährigen wirklich komisch ist.

Wir schweigen die Fahrt über und in der Boulderhalle angekommen, füllt Paul das Erlaubnisformular aus, wir lesen uns die Sicherheitseinweisung für Jugendliche durch und unterzeichnen diese. Wir dürfen Philip nicht alleine lassen, aber das ist ja logisch.

Ich habe meine Kletterschuhe dabei und erkläre Philip, warum man diese nutzen sollte und leihe ihm welche aus. Mit normalen Sportschuhen ist es einfach zu anstrengend, weil man keinen richtigen Halt findet. Ich würdige Paul keines Blickes und tu so, als wäre er nicht da.

Der kleine Philip schaut sich staunend um, die Halle ist riesig, gepflegt und modern. Er zeigt auf eine sehr hohe Wand und fragt mich: »Da klettern wir hoch?«

»Nein, wir klettern nicht hier, wir bouldern. Siehst du die Kletterer?«, frage ich ihn und zeige auf ein paar Leute, die gerade an der Wand sind, »Die sind gesichert und gehen da hoch. Wir gehen in eine Extrabteilung, wir klettern ohne diese Seile. Aber zuerst müssen wir uns umziehen.«

Ich zeige ihm den Weg zur Herrenumkleide, verschwinde in der für Mädels und werfe mich in mein Kletteroutfit. Ich trage immer enge lange Hosen und ein langes enganliegendes Shirt ohne Kapuze, meine Haare kommen in einen engen Zopf, den ich am Kopf feststecke, aber mit weichen Plastiknadeln. Metall ist mir zu gefährlich, falls ich auf den Kopf falle, will ich mir die nicht in den Schädel rammen. Ich lege Uhr und Ring ab und befestige mein Calk Bag an meiner Hüfte. Kann losgehen.

Vor den Umkleiden treffe ich die Jungs wieder und ich frage Philip: »Na? Aufgeregt? Das Wichtigste, nach der Sicherheit, ist: Spaßhaben.«

Er nickt und folgt mir zur Boulderabteilung, Paul läuft uns hinterher. Wir haben Glück, es ist zwar gut besucht, aber wir finden ein Plätzchen, das für Anfänger geeignet ist und gerade keiner außer uns nutzt.

»Hier fangen wir an«, beginne ich zu erklären, »Paul«, jetzt muss ich doch was zu ihm sagen, »Stehe nicht unter uns, wir sehen nicht, wohin wir fallen und wenn du im Weg bist, könnten wir uns verletzten.« Er nickt und ich wende mich Philip zu: »Wir beginnen mit etwas Aufwärmen, mach es mir einfach nach.« Ich mache ein paar Minuten Hampelmänner, um die Muskulatur zu lockern, und zeige Philip dann, wie man seine Handgelenke und Schultern etwas dehnt als Vorbereitung. »So, dann üben wir das richtige Fallen.«

»Fallen?«, fragt er, »Wieso Fallen?«

»Weil wir auf jeden Fall mal fallen werden. Das gehört dazu. Pass gut auf, wenn du merkst, dass du fällst, lässt du einfach los und machst das«, ich zeige ihm, wie man richtig über den Rücken abrollt, »Ja? Dann mach mal nach.«

Er steht etwas unschlüssig da und ich ermuntere ihn: »Keine Scheu, wenn du das aus dem Stehen geübt hast, dann macht dein Körper die Bewegung automatisch, wenn du von der Wand fällst.«

Er lässt sich ein paar Mal, wie von mir gezeigt, auf den Rücken fallen, bis ich zufrieden bin und ich ihn frage: »Willst du jetzt an die Wand?«

Er druckst etwas rum, bis ich vorschlage: »Soll ich zuerst?«

Er nickt verlegen. Aha. Er ist also nicht so furchtlos, wie er immer tut. Ich klettere die Anfängerwand hoch und rüber. Ich bin zügig, erkläre aber jeden Schritt und Technik und frage dann: »Ist hinter mir frei?«

Philip bejat und ich stoß mich von der Wand ab, lasse mich schwungvoll über den Rücken abrollen und stehe dann grinsend vor ihm. »Siehst du? So. Wobei du dich natürlich nicht abstoßen musst, ich habe etwas Show gemacht.« Ich greife in mein Chalk Bag, um mir die Hände einzupudern und Philip will wissen: »Was ist denn das eigentlich?«

Ich erkläre ihm: »Das ist Magnesium für einen besseren Halt. Das nimmst du auch, wenn du an die Wand gehst.« Ich klettere wieder an der Wand hoch und rüber, bis ich an einen Überhang komme, überlege kurz: Philip oder Paul und entscheide: »Paul, komm mal her«, und ermahne gleichzeitig: »Philip schau zu, wenn man am Überhang nicht erfahren oder unsicher ist, kann man sich Hilfe dazu nehmen.« Ich bin mittlerweile in Waagerechten angekommen und frage: »Paul, ich sehe dich nicht, bist du da?«

»Ja, ich stehe quasi neben dir«, höre ich seine Stimme.

»Gut, danke, stelle dich unter mich und halte deine Hände eine Handbreit unter meine Schulterblätter. Nicht anfassen, nicht festhalten, ich lasse mich gleich fallen. Fertig?«

»Ja«, bestätigt er.

Mit seiner Bestätigung lasse ich mich fallen. Dadurch, dass meine Schulterblätter von seinen Händen gebremst werden, stürze ich nicht auf den Rücken, sondern lande auf den Beinen. Ich mache einen Ausfallschritt, tue so, als würde ich einen Rock ausbreiten und rufe: »TADA! Gelandet.«

Diese kurze Berührung von ihm war die erste seit unserem Streit und ich muss daran denken, dass er jetzt mit Julia ausgeht. Wer weiß wo diese Hände schon überall an ihr waren. Mich ekelt der Gedanke. Ich mustere ihn kurz heimlich und bilde mir ein, dass er anders aussehen müsste, wenn er meine ehemalige Freundin datet, aber das ist natürlich Blödsinn.

Ich gehe rüber zu Philip und erkundige mich in motivierendem Tonfall: »Bereit?«, und halte ihm mein Calk Bag hin.

Er nickt, nimmt sich etwas davon, verteilt es an seinen Händen und geht an die Wand. »Wie soll ich anfangen?«

Ich stelle mich neben ihn und lasse ihn wissen: »Völlig egal. Such dir einen Weg, wenn du Fragen hast, frag mich, ich bleibe in der Nähe, aber sonst suche dir einfach konzentriert einen Weg. Es geht hier nicht um Kraft oder Schnelligkeit, es geht darum konzentriert vorzugehen. Du wirst merken, wie es deinen Kopf leer macht und nur noch die Aufgabe vor dir liegt das Problem zu lösen.«

Er hat schon eine Hand an einem der Griffe und schaut noch einmal zu mir rüber. »Das kenne ich vom Geigespielen, wenn man richtig drin ist, dann sind nur noch die Noten und die Töne im Kopf, der Rest der Welt ist ausgeblendet.«

Ich sehe sein bedrücktes Gesicht, lege tröstend meine Hand auf seinen Rücken und frage mitfühlend: »Spielst du deswegen so viel Geige? Damit du an nichts anderes denken musst?«

Er nickt und ich merke, wie Paul hinter uns getreten ist, um zuzuhören, und ich will von Philip wissen, um ihm abzulenken: »Bist du denn gut? Also mit der Geige?«

Statt Philip antwortet mir Paul: »Natürlich ist er gut.«

Ich schaue ihn böse an und frage noch einmal: »Und du Philip? Hältst du dich für gut?«

Er zuckt mit den Schultern und antwortet zögerlich: »Ich weiß nicht. Was ist gut? Ich merke auf jeden Fall, wie ich immer besser werde. Dinge, die ich vor ein paar Monaten noch gar nicht konnte, fallen mir jetzt leicht.«

Ich klopfe ihm abschließend auf die Schulter: »Das ist perfekt. Wir müssen uns immer mit uns selbst messen. Und jetzt ran an die Wand!«

Er beginnt erst zögerlich zu klettern, bekommt dann aber mehr Selbstbewusstsein, als er merkt, dass es ganz gut läuft, und wird etwas schneller, ohne die Konzentration zu verlieren. Ich nicke respektvoll. Er macht das gut. Paul und ich schauen ihm eine Weile zu, bis ich ihn auffordere: »Philip, mach nicht zu lange am Stück. Dir wird morgen sowieso alles weh tun. Komm kurz runter, lockere dich und fang noch einmal an.«

Er macht ein paar Minuten Pause und dann weiter. Manchmal verliert er den Halt und fällt, aber er ist nie hoch und fällt meistens direkt auf seine Füße.

Ich ertrage Pauls Nähe neben mir kaum. Ich müsste nur einen Schritt zur Seite machen und unsere Schultern würden sich berühren. Ich sehne mich danach, dass wir uns wieder vertragen, dass das alles aus der Welt geschafft ist und ich bereue, was ich zu ihm gesagt habe, einfach nur, weil er mir fehlt.

Als Freund und Vertrauter. Andererseits bin ich böse auf ihn, weil er so gemein zu mir war, mich mit seiner Ablehnung bestraft und auch noch Julia datet.

Ich möchte ihn gleichzeitig schlagen und umarmen. Küssen und anbrüllen. Ihm weh tun und ihn trösten.

Als ich es nicht mehr aushalte, frage ich ihn: »Kann ich euch alleine lassen? Er braucht ja keine zwei Aufsichtspersonen, dann klettere ich auch ein wenig. Wenn was ist, könnt ihr ja zu mir kommen oder mich rufen.«

Er nickt und ich suche mir eine freie Route und lege los. Ab und zu werfe ich einen Blick auf die beiden, aber die kommen klar. Ich gehe langsam zu höheren Schwierigkeitsgraden über und merke, wie ich anfange zu schwitzen. So muss das sein.

Ich weiß nicht, wie viel Zeit vergangen ist, aber irgendwann fragt mich Philip von unten: »Sara? Ich gehe zum Kiosk, hast du auch Durst?«

Ich steige runter und lasse meine Schultermuskulatur rollen, ich merke die Anstrengung. »Nein, gehe nur. Ich mach noch eine Route, dann mach ich eine längere Pause, warte dort, dann essen wir auch was.«

Er verschwindet und ich wundere mich: »Was willst du noch hier Paul? Geh mit ihm. Obwohl, warte kurz, mach nochmal mein Spotter, also wie vorhin unterstützen. Ich mache diese Route«, ich zeige auf eine Route, die sogar etwas steiler als waagerecht abfällt, »Aber da bin ich das letzte Mal abgestürzt und bin sehr unsanft direkt auf den Kopf aufgekommen, weil ich mich doof abgerollt habe, oder wegen des schwierigen Winkels. Aber egal. Du musst auch nicht. Ich schaff es auch alleine.« Ich weiß nicht, warum ich ihn frage, er soll doch einfach weggehen.

Ich kalke mir die Hände ein und lege los, Griff für Griff. Ich brauche nicht lange bis zu dem Überhang, aber an derselben Stelle wie das letzte Mal, verlassen mich die Kräfte, meine Muskulatur macht nicht mehr mit. Das letzte Mal, war ich noch frischer, habe mich aber vergriffen. Ich falle. Und Paul auch. Er landet auf dem Hintern, zum Glück ist der Boden gut gepolstert, und ich auf seinem Schoß.

Ich rufe laut, vor Schreck: »Himmel, was machst du? Wolltest du mich auffangen? Ich habe dir doch gesagt, nur die Hände unter die Schulterblätter! Hast du dir weh getan?«

Er schnauft, ich glaube, er hat sich genauso erschrocken wie ich. »Ja, ich wollte dich auffangen, das hätte auch geklappt, aber ich habe auf dem weichen Boden das Gleichgewicht verloren.«

Er lacht. Ich lache. Er küsst mich. Erst auf den Mund und dann mein ganzes Gesicht.

Ich schiebe ihn von mir. »Paul, lass das. Ich bin böse auf dich.«

»Dann mach doch bitte eine Pause davon. Nur kurz.«

»Nein. So läuft das nicht.«

»Bitte?«, bettelt er mit Dackelblick.

»Ach fick dich, Paul«, sage ich, lege meine Arme um seinen Hals, drücke meine Lippen erst nur kurz fest auf seine und falle dann über seinen Mund her und vergesse für einen Augenblick, dass wir böse aufeinander sind, dass er sich mit anderen Frauen verabredet, dass er ein gemeiner Arsch ist. Er küsst mich so ungestüm zurück, dass es bis in die Fußspitzen kribbelt.

»Genug«, bestimme ich dann schwer atmend, »Wir sind in einer Kletterhalle.«

Ich stehe auf und schaue böse auf ihn runter. »Ich hoffe, du denkst nicht, dass jetzt alles wieder gut ist.«

Er lächelt zaghaft. »Vielleicht hatte ich einen kleinen Moment die Hoffnung.«

»Du kannst mich noch so süß angrinsen, wenn ich weich werde, denke ich einfach daran, wie du mit dem Finger auf mich gezeigt hast und mir gesagt hast, dass ich erbärmlich bin. Oder als du einfach weggelaufen bist, als ich mich entschuldigt habe. Das war übrigens erst vorhin.«

»Und wenn ich jetzt sage, dass es mir leidtut?«

»Dann glaube ich dir kein Wort«, informiere ich ihn und gehe Richtung Kiosk, weil ich jetzt einen Mordshunger habe.

Nach unserem Snack klettern Philip und ich noch eine Weile und ich erkläre ihm ein paar Techniken, bis wir uns entschließen zurück nach Hause zu fahren.

»Morgen wirst du sowas von Muskelkater haben«, verspreche ich Philip auf der Heimfahrt, »Du wirst wahrscheinlich deine Geige nicht mehr hochhalten können. Vielleicht kannst du ja auch mit den Füßen spielen und wirst du dann als erster Fußgeiger der Welt berühmt? Das könnte lustig werden!«

Philip dreht sich grinsend vom Beifahrersitz zu mir nach hinten um. »Klar, aber als mein Babysitter musst du dann zu jedem meiner Konzerte kommen und immer laut applaudieren und jubeln.«

»Ich würde das niemals verpassen!«, garantiere ich überschwänglich.

Auch auf dem Heimweg sprechen Paul und ich nicht miteinander. Aber ich habe die Hoffnung, dass aus Arsch und Zicke vielleicht doch wieder Paul und Sara oder sogar Süße und Sweetie werden könnten. Alles genau wie vorher. Auch wenn ich grundsätzlich versöhnungsbereit bin, bin ich im Augenblick sauer, weil er denkt, dass ein Kuss und eine halbherzige Entschuldung einfach alles wieder gut machen könnten.

Zuhause schaue ich auf die Uhr und kündige an, dass es in ungefähr zwei Stunden Essen gibt. Heute gibt es Reste. Ich habe keine Lust zu kochen. Ich sage Philip, dass ich so frech bin und zuerst duschen gehe, hole mir frische Klamotten aus meinem Zimmer und verschwinde im Bad. Ich lasse mir Zeit, Beine rasieren, Haarkur, Gesichtsmaske, ich habe ja eh nichts mehr vor. Danach schlüpfe ich in bequeme Sachen und gehe mit Handtuchturban auf dem Kopf zurück Richtung mein Zimmer, klopfe unterwegs kurz bei Philip an und rufe durch die geschlossene Tür: »Bad ist frei!«

Während ich die Tür zu meinem Zimmer öffne, höre ich eine eingehende Nachricht auf meinem Smartphone. Ich nehme es in die Hand, um zu sehen, wer mir schreibt, und sehe zwanzig Nachrichten. So lange war ich doch gar nicht weg?

Alle Nachrichten haben denselben Absender: Paul.

Er hat mir immer abwechselnd ein trauriges Selfie von sich geschickt mit einem *Es tut mir so leid* darunter und ein Entschuldigungs-Meme.

Ich muss schmunzeln und springe dann gefühlt fünf Meter hoch, als ich seine Stimme höre, die ruft: »HA! Sie lächelt!«

Ich hatte ihn, bis er gesprochen hat, nicht bemerkt und frage empört: »Was machst du in meinem Zimmer? Ich dachte man geht hier nur mit Erlaubnis in die Zimmer von anderen?«

Er lächelt charmant und versucht sich rauszureden: »Das gilt doch nur für die Zimmer der Kinder und außerdem dachte ich mir, mehr sauer wirst du jetzt auch nicht mehr werden.«

»Nein«, widerspreche ich, »Eigentlich gilt das auch für dein und mein Zimmer und klar kann ich noch böser werden!« Empört stemme ich meine Hände in die Seite. So geht das nicht. Er kann nicht hier reinkommen mir Nachrichten schicken und davon ausgehen, dass ich das alles mit Humor nehme!

»Aber können wir vorher miteinander reden, bitte?« Seine Stimme klingt leicht flehend und sein Blick ist offen und warmherzig. Er legt sein Smartphone auf meine Kommode und öffnet seine Hände, wie zu einer Beschwichtigungsgeste, kommt aber nicht näher.

Ich blinzle zwei, drei Mal, während mein Gehirn versucht sich zu entscheiden, zwischen Rauswerfen und Nachgeben und seufze dann: »Ja, in Ordnung.« Ich sehe, dass er den Mund öffnet, um was zu sagen, und haue vorher raus: »Erst muss ich noch was loswerden!« Er schließt seinen Mund wieder, macht eine einladende Geste und ich halte bestimmend mit jetzt verschränkten Armen fest: »Du bist ein Arsch.«

»Ich weiß.«

»Dass du meine Entschuldigung ignoriert hast war fies.«

»Ich weiß.«

»Ich sollte auch einfach weglaufen, damit du weißt wie das ist.«

»Ich weiß.«

»Du hast gar nicht verdienst, dass ich dir zuhöre.«

»Ich weiß.«

»Du verhältst dich überhaupt nicht erwachsen.«

»Ich weiß.«

»Freunde machen so etwas nicht.«

»Ich weiß.«

»Wenn du noch einmal *Ich weiß* sagst, dann bekomme ich die Krise!«

»Ich weiß.«

Ich schmeiße meine Hände in die Höhe und schimpfe: »Ach Paul, dann nicht. Geh bitte.«

Er kommt ein paar Schritte auf mich zu und sagt: »Nein, bitte, warte. Ich weiß und alles tut mir leid. Ich weiß, dass wir uns wieder vertragen werden. Können wir die Versöhnungsumarmung schon mal vorziehen? Ich habe das dringende Bedürfnis dich in den Arm zu nehmen.«

Ich schüttle fassungslos meinen Kopf. »Sag mal Paul, bist du irgendwie doof?«

»Ja Sara, das hatten wir doch schon festgestellt. Was dich allerdings nicht davon abhält mich zu küssen.«

»Boah Paul, ich möchte doch nicht mit dir reden. War der Kuss eine Art Test von dir oder was? Du bist ein echter Mistkerl.«

»Nein, kein Test, so bin ich jetzt doch nicht. Du hast mit mir gelacht und ich konnte nicht anders. Das war weder überlegt noch Kalkül noch manipulativ. Das musst du mir glauben. Entschuldige, entschuldige alles.«

»Du willst trotzdem meine Gutmütigkeit ausnutzen, oder? Du weißt, dass ich dir nicht lange böse sein kann, weil ich dich mag.«

»Ja. Du hast recht, darauf setze ich. Und ich bin sehr froh, dass du so bist, wie du bist. Und ich bin sehr unfroh, so wie ich bin. Weißt du, was das Verrückteste an diesem Streit ist?«

»Was?«, frage ich hin und her gerissen darüber, ob ich beleidigt sein soll, weil er meine Gutmütigkeit ausnutzt oder froh, dass er ehrlich ist und es zugibt.

»Hast du die letzte Woche an Johannes gedacht?«

Ich überlege und stelle verblüfft fest: »Nein. Tatsächlich nur ganz wenig.«

»Ja, so ging es mir auch. Ich hatte nur im Kopf, dass du scheiße bist.«

»Hey!«, beschwere ich mich.

Er grinst mich verschmitzt an. »Komm, gib zu: Dir ging es nicht anders.«

»Ja, okay«, gebe ich zu, »Das stimmt. Ich habe dich sehr oft imaginär angeschrien und dir noch schlimmere Schimpfnamen verpasst als nur Arsch«, ich zögere kurz, bin dann aber ehrlich, »Aber ich habe mir auch vorgestellt, wie ich das wieder hinbekomme. Und ich war traurig deswegen, ich will mich nicht mit dir streiten. Ich wollte dich nicht verletzen. Und ich habe geweint, weil du so gemein warst.«

Er atmet tief ein und antwortet mit sanfter Stimme: »Ich weiß. Und das tut mir leid. Eigentlich wollten wir uns gegenseitig helfen, wenn wir weinen müssen, nicht uns gegenseitig dazu bringen. Ich lag viel wach deswegen und habe mich gefühlt wie ein Arsch. War ich ja auch. Du bist nicht erbärmlich. Ich glaube ich habe das nur gesagt, weil ich mich so unverstanden von dir fühlte, als du gesagt hast, dass du neidisch wärst. Und von dir bin ich das nicht gewohnt, sonst bist du der einzige Mensch, von dem ich mich immer verstanden fühle. Um so länger ich darüber nachdenke, um so mehr wird mir klar, dass wir immer das wollen, was wir nicht haben oder hatten. Du warst nur ehrlich. Und dann hast du das mit den Kindern gesagt und auch da hattest du recht. Und da kommt wieder der Neid ins Spiel: Du bekommst das besser auf die Reihe als ich. Ich habe keinen Draht zu meinem Sohn, du aber schon. Mit Karla komme ich zwar klar, aber sie ist oft schwierig und gleichzeitig schon so selbstständig. Ich fühle mich manchmal ausgeschlossen. Und wie lange wohnst du jetzt hier? Drei Monate? Vier? Vielleicht habe ich Angst, dass du sie mir wegnimmst, sie sind doch alles was ich noch habe.«

»Blödsinn!«, rufe ich impulsiv, schmeiße mich ihm an den Hals und verliere dabei meinen Handtuchturban. »Das ist wirklich ein verrückter Gedanke, was soll ich denn mit deinen Kindern? Ich halte mich doch nur an unsere Vereinbarung.«

Ich lehne meine Stirn an seine. Ich bin froh, dass er endlich mit mir spricht. Es hat mir gefehlt mit ihm zu sprechen.

Wir stehen sicher einige Minuten einfach nur wortlos so da, bis er das Wort ergreift und vorsichtig fragt: »Bedeutet das, dass du meine Entschuldigung annimmst?«

Ich nehme meine Stirn von seiner, lasse aber die Arme um seinen Hals geschlungen und sehe ihm ins Gesicht, bevor ich entgegne: »Ja, das tue ich. Natürlich. Das wusstest du doch schon.«

Er seufzt erleichtert. »Das ist gut. Ein wenig Sorgen habe ich mir doch gemacht. So einen merkwürdigen Streit hatte ich noch nie.«

»Ich habe schon mehrmals versucht, mich zu entschuldigen. Warum hast du die nicht annehmen wollen?«

»Hmm, ich weiß nicht. Ich musste noch nachdenken und alles sacken lassen. Es ging irgendwie nicht, ich war echt beleidigt und hatte einen tiefsitzenden Groll an dem ich mich ganz dämlich festgebissen hatte. In der Halle wurde mir dann was klar: Weißt du noch, als du gesagt hast, dass du mit mir auf den Sonnenschein wartest? Du bist mein Sonnenschein. Und ich deiner. Das waren wir von Anfang an, oder? Wir sind so Freunde, die sich gegenseitig einfach durch Anwesenheit was geben. Selbst als wir gestritten hatten, haben wir, wenn wir bei Symbolik bleiben, damit so einen Wind gemacht, dass die dunklen Regenwolken die, wie du so schön gesagt hast, einem am Arsch kleben, weggeblasen wurden. Ich will damit jetzt nicht sagen, dass wir uns streiten sollten, damit wir vergessen, sondern ich will damit sagen, dass du mir auch was bedeutest und du kein bisschen erbärmlich bist. Wenn bin ich das, weil ich das dachte. Und dann wollte ich unsere Leiden so schnell wie möglich beenden.«

»Unser Leid beenden?«, lache ich. »Du bist ja süß.«

»Warum hast du mir in der Halle vertraut, dass ich dich auffange?«, fragt er mich ganz ernst. »Wir waren ja nicht gerade nett zueinander, sondern eher richtig gemein.«

»Paul, ich hatte noch nicht einmal daran gedacht, dass du mich fallen lassen könntest.«

Er legt seinen Kopf schräg und fragt zögerlich: »Meinst du das jetzt metaphorisch oder wörtlich?«

Ich antworte erst spontan: »Klugscheißer«, denke dann aber kurz nach und fahre fort: »Also ehrlich gesagt habe ich mit beidem nicht gerechnet. So bist du nicht, oder? Dass du wegen eines Streits jemanden fallen lässt?«

»Nein, natürlich nicht.« Er zieht mich an sich und drückt mich ganz fest. »Niemals.«

»Also nimmst du meine Entschuldigung auch an? Es tut mir nämlich wirklich leid, dass ich dich so verletzt habe, als du gerade in einem tiefen Loch gesteckt hast. Das war nicht in Ordnung von mir. Gar nicht.«

»Natürlich.« Er umklammert mich weiter fest und will mich küssen. Ich lege meinen Finger auf seine Lippen und frage ihn: »Du wolltest dich jetzt aber nicht mehr wieder mit mir vertragen, damit wir wieder miteinander schlafen, oder?«

Glaubhaft empört antwortet er: »Nein. Das du so etwas glaubst! Hier geht es um mehr als Sex.«

Ich verziehe verlegen meine Mundwinkel. »Sorry, ich wollte dir nichts unterstellen, aber wir küssen uns sonst nur, wenn wir miteinander schlafen.«

»Stimmt. Das habe ich fast vergessen. Aber okay, ich habe noch ein Geschenk für dich, aber nicht lachen.« Er küsst mich, jetzt freundschaftlich, auf die Stirn, nimmt ein Kästchen vom Bett und hält es einen Augenblick in der Hand und versichert sich: »Nicht lachen, versprochen?«

Ich schüttle meinen Kopf und nehme es ihm ab. Nachdem ich den Deckel abgenommen habe, lache ich dann doch. Das ist ein geknüpftes Freundschaftsarmband auf dem *BFF* steht.

Ich frage lachend: »Best Friends Forever? Wo hast du denn das her?«

Ich drehe und wende es, es ist wirklich schlecht geknüpft und man kann die Buchstaben nur schwer lesen.

Nicht ohne Stolz erklärt er mir: »Das habe ich selbst gemacht. Mit einer YouTube-Anleitung. Karla hat so etwas als junges Mädchen für ihre Freundin gemacht, als sie Streit hatten und ich habe ihr damals geholfen. Und da musste ich dran denken. Mir war schon klar, dass wir nicht für immer böse aufeinander sein können und dass ich ganz schön lange brauche. Und da ich dich ja trotzdem mochte, auch wenn ich dich scheiße fand, habe ich das gemacht.«

Ich frage ungläubig noch einmal sicherheitshalber nach: »Du hast das selbst gemacht?«

»Jepp.«

»Du bist in deinem Zimmer gesessen und hast dieses Armband für mich geknüpft?«

»Die Antwort ändert sich nicht, egal wie oft du noch fragst.«

Ich schaue ihn an und gestehe ihm: »Das ist das dämlichste und zugleich netteste Geschenk, das ich je bekommen habe. Du bist echt bekloppt.«

»Du wirst es nicht tragen, oder?«

»Auf gar keinen Fall«, lache ich ihn an, werde dann wieder ernst und fahre fort: »Aber ich weiß was ich damit mache.« Ich nehme meinen Schlüssel von der Kommode und knote es daran fest. »So, ein Ehrenplatz.«

Er grinst nicht unzufrieden.

Ich öffne eine Schublade meiner Kommode und lasse ihn wissen: »Ich habe auch was für dich.«

»Echt?«, er lacht, »Du hast mir auch was besorgt? Das ist ja verrückt.«

»Hier«, sage ich und werfe es ihm zu.

Er fängt es geschickt auf und schaut es an. »Eine Miniaturflasche Scotch?«

»Ja. Als kleine Erinnerung an unseren ersten Flirt an der Bar.«

»Warum denn daran?«, fragt er neugierig.

Ich gebe schelmisch grinsend zu: »Um ehrlich zu sein, habe ich dich dort zum ersten Mal als Mann wahrgenommen. Nicht, dass ich dich nicht vorher schon mochte, aber da ist mir dann aufgefallen, dass du auch einen Schwanz hast.«

Er lacht laut, sehr laut. Als er sich wieder etwas gefangen hat, fragt er fröhlich: »Und was war ich dann vorher, wenn ich kein Mann war?«

»Ha, logisch: Mein schwanzloser Trauerkumpel Paul.« Ich lache jetzt auch, sein Lachen ist ansteckend.

»Herrlich«, sagt er immer noch glucksend zu mir. »Gut, wenn wir hier direkt werden: Das Erste was ich über dich gedacht habe war: *Oh, was für ein scharfer Hintern, hoffentlich ist die andere Seite auch so knackig, dann gibt es wenigstens Mal was Ansprechendes für die Augen in der Selbsthilfegruppe.* Und ich wurde nicht enttäuscht.«

»Hast du da etwa mit mir geflirtet? Nein, oder? Oder habe ich das nur nicht bemerkt?«

»Nein, natürlich nicht. Ich war ja nicht auf Brautschau dort. Ich hatte keine Absichten in diese Richtung. Aber gucken darf man ja wohl mal. Dass du auch nett und lustig bist, konnte ich an deinem Hintern auf den ersten Blick ja nicht erkennen.«

»Na gut, dann darfst du auch das andere haben.«

Ich ziehe eine zweite, diesmal aber normalgroße, Flasche aus der Schublade, setze mich zu ihm und drücke sie ihm in die Hand. »Das ist ein ziemlich guter Rum, falls wir doch mal was zusammen trinken möchten. Scotch schmeckt nämlich wirklich scheiße, auch von deinen Lippen.«

Er grinst anzüglich. »Du willst mich doch nur betrunken machen, um mich in dein Bett zu bekommen.«

»Nein«, antworte ich ernst, »So ist das nicht. Ich will dich in meinem Bett natürlich auch ficken.« Dann pruste ich über meinen ordinären Spruch los und auch er lacht wieder und legt seinen Arm um meine Schulter. »Sara, ich bin froh, dass wir wieder normal sind. Das war eine anstrengende Woche. Wir sind höchst merkwürdige Freunde, streiten uns und besorgen uns dabei Geschenke.«

»Ja. Das war es wirklich und ja, so einen Freund wie dich hatte ich noch nie.« Ich schiele zu ihm rüber. »Du, Paul«, ich verstumme, weil ich nicht weiß, wie ich danach fragen soll, ohne dass das seltsam ist.

»Ja? Was hast du? Sag es mir.«

»Triffst du dich wirklich mit meiner Miststück-Freundin Julia?«

»Die aus der Bar? Wie kommst du denn darauf? Ich weiß schon gar nicht mehr, wie sie aussieht, ehrlich gesagt. Und mit wem triffst du dich so? Wenn du mich das fragst, dann darf ich dich auch fragen.«

Ich lache und lege auch meinen Arm um ihn, er um meine Schulter, ich um seine Taille, und lehne mich mit dem Kopf an seine Schulter. »Mit niemand. Also nicht sexuell.«

»Und warum erzählst du mir dann, dass ich es auch mal mit etwas Spaß versuchen soll?«

»Weiß nicht. Vielleicht wollte ich, dass du nicht denkst, dass ich von deinen sexuellen Gunstbezeugungen abhängig bin. Außerdem hast du mir doch direkt unterstellt, dass ich auf einem Date gewesen wäre.«

»Ja, davon ging ich aus. Tut mir leid. Das war sicher blöd.«

»Du versuchst aber nicht abzulenken, oder?«

»Wovon?«

»Triffst du dich mit einer Julia?«

»Sara, ich habe wirklich gar kein Interesse mich mit einer Frau zu treffen, auch nicht mit einer Julia.« Er küsst mich auf mein Haar und fährt fort: »Ich weiß nicht, wer dir das erzählt hat, aber es stimmt nicht. In meinem Kopf ist nur Platz für zwei lebendige weibliche Wesen und eine davon heißt Karla und die andere Sara. Und du bist sicher anstrengend genug.«

»Hey! Das sagst ausgerechnet du?«

»Sei einfach still Freundin.«

»Noch so ein Spruch und wir sind per Sie!« Leider kann nicht ernst bleiben, so wie er mich angrinst, und drücke ihm, versucht ein Lachen zu unterdrücken, während ich mich schmollend stelle, einen Kuss an seinen Kiefer. Ich bin so sehr froh, dass das aus der Welt ist.

Paul & Eifersucht

Paul

Ich wache auf. Ich glaube ich habe verwirrt geträumt, aber die Erinnerungen an den Traum sind schon wieder fast verflogen, er war zu flüchtig. Ich setze mich etwas auf und dann sehe ich, was mich vermutlich geweckt hat: Vom Mondlicht beleuchtet sehe ich eine kindlich wirkende Person an der Tür stehen und ich frage leise: »Karla?«, dann erkenne ich meinen Irrtum und ich korrigiere mich: »Sara? Sorry, du sahst so kindlich aus, wie du da stehst.« Und das tut sie, ihre halblangen Haare sind vom Schlafen verwuschelt und sie trägt einen etwas zu großen Schlafanzug. Da sie nichts sagt, spreche ich sie noch einmal an: »Sara? Was ist los? Du solltest nicht nachts in meinem Schlafzimmer sein.«

»Ja, du hast recht, sorry«, antwortet sie jetzt in einem traurigen Tonfall.

Es tut mir sofort leid, dass ich das gesagt habe, sie wird schon einen Grund haben und so nehme ich es zurück: »Nein, ich habe nicht recht, komm her zu mir und sage mir was los ist. Kannst du nicht schlafen?«

»Nein, ich wollte zu dir.«

»Willst du Sex?«, will ich wissen, so gerne ich es mit ihr tue, aber ich muss morgen früh raus.

Aber sie antwortet nur: »Nein.«

»Was dann?«

»Ich weiß es nicht«, haucht sie.

Ich sage in bemüht sanften Tonfall zu ihr: »Komm jetzt endlich her zu mir. Sonst hole ich dich.«

Aber statt herzukommen geht sie raus und sagt leise dabei: »Tut mir leid, dass ich dich gestört habe, ich gehe wieder.«

Ich stehe auf, um ihr zu folgen, und sehe, dass sie im Bad verschwindet, also husche ich in ihr Bett und warte dort auf sie.

Als sich die Tür öffnet, sage ich leise, damit sie sich nicht erschreckt, wenn sie mich bemerkt: »Sara, ich bin hier.«

Sie schließt die Tür, fliegt schier in meine Arme und kuschelt sich eng an mich. Ich streichle ihr über den Kopf und frage sie vorsichtig: »Was ist denn passiert? Hast du schlecht geträumt? Hast du an Johannes gedacht?«

Sie schüttelt ihren Kopf.

»Sag mir was los ist, du bist doch sonst nicht so schmusig. Du kuschelst nur mit mir, wenn du Trost, wegen Johannes brauchst.«

Und das stimmt. Wir nehmen uns, so oft es möglich ist, in den Arm, wenn einer von uns traurig ist, aber sonst nie. Selbst nach dem Sex bleibt sie nicht liegen, sondern steht in kürzester Zeit auf und macht, als wäre nichts gewesen.

Sie antwortet nicht.

»Sara, ich mache mir Sorgen.«

»Musst du nicht. Mir geht es jetzt gut. Ich habe dich vermisst, okay?«

»Du hast mich vermisst?«, staune ich, »Aber ich war doch gar nicht weg?«

»Dummkopf, wir haben nicht miteinander geredet, das ist wie Wegsein.«

»Du bist wegen mir rübergekommen? Du warst doch wegen mir noch nie schmusebedürftig, was ist passiert?«

»Warum reden wir so viel? Kann ich nicht einfach bei dir sein? Wenn dir das zu viel ist, dann geh.«

»Nein, ich bin für dich da, das weißt du.«

»Ja, das weiß ich. Und jetzt sei ruhig, du kannst in zehn Minuten wieder gehen.«

Ich halte sie wie gewünscht weiter fest und sie schmiegt sich an mich. Ich habe keine Ahnung, was sie hat und warum sie es mir nicht verrät, sonst ist sie doch so offen. Als ich merke, dass sie eingeschlafen ist, löse ich mich so sanft wie möglich von ihr und decke sie zu, bevor ich wieder verschwinde.

Ich weiß auch endlich, von welcher Julia Sara letztens gesprochen hatte. Also vermutlich. Hier gibt es eine recht penetrante Frau namens Julia bei mir im Büro. Ich wusste bis heute nicht, wie sie heißt, sie arbeitet nicht direkt mit mir zusammen, ich habe sie, wenn nur in der Kaffeeküche oder auf dem Flur getroffen. Ihrer Flirterei hatte ich nie Beachtung geschenkt, es hat mich einfach nicht interessiert.

Nachdem Sara das erwähnt hatte und ich von ihr mal wieder in der Kaffeeküche angequatscht wurde, als ich mir vom Rückweg einer Besprechung nur schnell einen Kaffee holen wollte, bin ich aufmerksam geworden, als jemand ihren Namen sagte. Sie muss gemerkt haben, dass ich sie mustere, denn sie hat mich erinnert: »Sie wollten mir noch einen Kaffee ausgeben.« Ich stutzte kurz, ich konnte mich nicht erinnern, so etwas angedeutet zu haben, und fragte nach: »Habe ich das? Dann hier bitte«, ich streckte ihr den gerade von mir eingeschenkten Kaffee entgegen und nahm mir einen neuen.

Das war wohl ein Fehler, denn danach wurde ich noch zwei Mal zum Abendessen eingeladen. Beim ersten Mal lehnte ich höflich ab, ohne sie in Verlegenheit zu bringen, beim zweiten Mal wurde sie mir etwas zu dreist, denn sie hatte sich mir einfach in den Weg gestellt und gesagt: »Gerüchten zufolge sind Sie Single. Was hindert sie daran mit mir auszugehen? Im Zweifelsfall können wir das Abendessen auch überspringen.«

Ich hatte geseufzt und ihr eindringlich klar gemacht: »Danke für das Angebot, aber: KEIN Interesse. Außerdem bin ich nicht Single, sondern Witwer und wenn sie den Unterschied nicht verstehen, ist das in Ordnung, das erwarte ich auch nicht von Ihnen. Aber ich erwarte in Zukunft, dass Sie mein *Nein* akzeptieren.«

Sie hatte mich mit großen Augen angeschaut, genickt, sich dann gefangen und kleinlaut gesagt: »Es tut mir leid. Bitte vergessen Sie das. Lassen Sie uns so tun, als wäre das nicht passiert.«

Weil ich dann Mitleid mit ihr hatte, hatte ich ihr die Hand gereicht und gesagt: »Ich nehme die Entschuldigung an. Ich bin Paul.«

Sie hatte meine Hand genommen und sich ebenfalls vorgestellt: »Ich bin Julia. Danke Paul.«

Normalerweise hätte ich ihr das Du nicht angeboten, aber sie ist irgendwie eine Freundin von Sara, auch wenn sie sich momentan nicht verstehen, aber wenn sie sich wieder vertragen und ich war unhöflich zu ihr, dann bin ich sicher der Böse.

Bei einem geschäftlichen Mittagessen saß ich dann neben ihr. Ob Zufall oder Absicht von ihr, weiß ich nicht, aber wir hatten uns unterhalten und sie wirkte doch ganz nett, wenn sie nicht auf Teufel komm raus, versucht zu flirten. Ich war darüber sehr erleichtert und hatte ihr auch augenzwinkernd gesagt, dass sie sympathisch wäre, wenn sie nicht gerade Abendesseneinladungen raushaut.

Als ich Sara das einige Tage später erzählen möchte, werden ein riesiger Strauß weiße Blumen geliefert und Sara kommt strahlend damit in die Küche, stellt sie sorgsam in eine Vase, steckt dann ihre Nase rein und riecht mit geschlossenen Augen daran. Ich beobachte das und ich weiß nicht warum, aber mich ärgert das. Als ich ihr Blumen mitgebracht hatte, hat sie mir gesagt, dass sie keine Blumen mag und sie nicht mal angefasst, geschweige denn so daran gerochen.

Als ich noch überlege, ob ich was dazu sagen soll oder fragen, von wem die sind, fragt Philip: »Was sind das für Blumen? Die sind sehr schön.«

Sara lächelt ihn zufrieden an und antwortet ihm: »Das sind weiße Blumen.« Dann lacht sie laut und redet weiter: »Ich hätte wohl Biolehrer werden sollen. Sorry Philip, ich habe keine Ahnung. Aber ja, sie sind sehr schön.«

Kopfschüttelnd verlasse ich den Raum. Sie weiß wohl wirklich nicht was sie will. Blumen nein, Blumen ja. Ist mir ja auch egal, ich ärgere mich darüber, dass es mich ärgert.

Ich sitze an meinem Schreibtisch im Büro und muss an die Blumen denken, über die Sara sich so gefreut hat und mich beschleicht das Gefühl, dass das was Ernstes sein könnte, von wem auch immer die Blumen sind.

Es ist noch nicht so lange her, da haben wir jede Gelegenheit genutzt, um übereinander herzufallen, aber in letzter Zeit hat sie alle subtilen Hinweise ignoriert und auf die deutlichen immer eine Ausrede gehabt.

Ich schaue in meinen Kalender, es ist Freitag, ich habe keine wichtigen Termine heute, ich werde etwas früher Feierabend machen, genügend Überstunden habe ich ja und dann werde ich der Sache auf den Grund gehen.

Ich werde schon einmal vortasten, aber nicht subtil, sondern direkt, also schreibe ich Sara eine Nachricht.

Ich: *Hey Süße, Filmabend heute? Traditionell mit VHS und Popcorn?*

Sara: *Nein danke.*

Ich: *:(Schade. Hast du eine andere Verabredung oder was machst du heute Abend? Möchtest du dann vielleicht mit mir einen echten Film ansehen und ein wenig quatschen? Ich würde mich sehr über deine Gesellschaft freuen.*

Sara: *Kein Date heute?*

Ich: *Nein. Ich wurde gerade eiskalt abserviert. ;)*

Sara: *Und ich bin dann dein Notnagel, na danke schön.*

Ich: *Sara? Ich meinte dich. Was meintest du?*

Ich bin ratlos, aber es kommt keine Antwort mehr. Ich mache mir viel zu viel Gedanken, was sie meinen könnte und kann mich nicht mehr richtig konzentrieren, also rufe ich sie zehn Minuten später an, um das für mich zu klären.

Sie meldet sich mit einem gelangweilten Tonfall: »Ja Paul?«

»Hey Sara, erkläre mir das mal bitte, was da eben war. Was meintest du?«

»Tut mir leid. Vielleicht habe ich überreagiert, aber ich möchte nicht mehr mit dir schlafen, wenn du meine Miststück-Freundin flachlegst. Das ist komisch. In Ordnung? Lass uns einfach wieder an den Punkt zurückkehren, an dem wir Mitbewohner und Freunde ohne Extras waren.«

»Von wem um alles in der Welt redest du da?«

»Paul, stell dich nicht dumm. Julia?«

Ich knurre ins Telefon: »Schon wieder Julia. Sag mal, was denkst du denn zu wissen und von wem?«

»Meine Freundin Nadine, die zufällig die beste Freundin von Julia ist, hat mir erzählt, dass ihr zusammen erst Kaffeetrinken wart und dann gemeinsam Essen und sie schwärmt quasi von deinen sexuellen Qualitäten. Nadine freut sich wie verrückt, weil das ja bedeuten könnte, dass Julia und ich wieder Freunde sein könnten, wenn du ja quasi das Bindeglied zwischen uns bist. Und ich kotze gleich auf den Tisch wegen deiner Heuchelei, dass du keine Julia kennen würdest.«

»Sara, ich bin in ungefähr zehn Sekunden beleidigt mit dir.«

»Warum in zehn Sekunden?«

»Die Zeit bekommst du, um dich bei mir zu entschuldigen.«

»IIIIIICH? Ich soll mich entschuldigen?«

»Ja Sara«, presse ich zwischen meinen Zähnen hervor. »Dafür, dass du nicht mit mir sprichst, wenn dir jemand so etwas über mich erzählt und stattdessen davon ausgehst, dass ich dich anlüge. Ich war wirklich der Meinung, dass wir Freunde wären, die miteinander reden, wenn was ist.«

Sie legt auf und ich bin jetzt wirklich sauer, sie hat einen Typen am Start, der ihr Blumen schenken darf und sie macht Theater, weil sie glaubt, dass ich was mit ihrer Freundin anfange? Das ist doch total lächerlich.

Ich nehme einen Schluck Kaffee, lasse das erstmal hinter mir und konzentriere mich wieder auf meine Arbeit, ich werde zuhause noch einmal mit ihr reden.

Ich brauche mehr Kaffee. Soll ich mir noch einen bringen lassen? Nein, ich sollte mal wieder aufstehen. Ich strecke mich etwas und verlasse mein Büro und frage meine Assistentinnen, ob sie auch einen möchten, und gehe Richtung Kaffeeküche.

Natürlich begegne ich auf dem Rückweg über den Flur der besagten Julia, muss daran denken, was Sara vorhin erzählt hat, und spreche sie gleich mal darauf an: »Hey Julia, ich bin mir nicht sicher ob wir ein Problem haben. Ein kleines Missverständnis.«

Sie klimpert mir ihren Wimpern. »Oh, was denn Paul?«

»Hast du vielleicht eine Freundin Namens Natalie oder Nadine oder ähnlich? Und du bist eine Freundin von Sara, richtig? Nun ja, mir kam zu Ohren, dass da vielleicht ein paar Fehlinformationen ankamen, die richtig zu stellen wären. Im Büro einen Kaffee trinken und ein geschäftliches Mittagessen sind keine Dates. Und ich glaube, wir hatten nur einmal Hautkontakt und das war beim Händeschütteln, richtig?«

Ich bin mir nicht sicher, ob sie etwas blass wird, aber ich höre von hinten eine wohlbekannte Stimme.

»Hallo Paul, welch lustiger Zufall. Braucht ihr noch Kuchen für euer kleines Kaffeekränzchen?«

Ich drehe mich um und da steht Sara mit einer Pappschachtel in der Hand. Sie schaut etwas grantig und ich habe leicht Sorge, dass sie jetzt eine kindische Szene macht.

Das wäre nämlich völlig daneben, weil wir keine Beziehung führen und sie absolut keine Rechte an mir hat, wir sind nur Freunde oder haben, wenn man es so nennen möchte, eine Affäre. Außerdem wäre es sehr peinlich für mich. Ich bin ein erwachsener Mann in gehobener Position, das wäre mehr als unpassend.

Trotz meiner Sorgen muss ich lächeln, als ich ihr ins Gesicht schaue und ich begrüße sie: »Hallo Sara, schön dich zu sehen. Ich glaube ich konnte das kleine Missverständnis klären.«

Ich wende mich Julia zu und hake freundlich nach: »Das stimmt doch Julia? Wir sind klar miteinander? Ich würde gerne mit meiner Freundin Sara Kuchen essen.«

»Sicher«, bestätigt sie schnell und nickt dann Sara zu. »Hallo Sara. Ich wusste nicht, dass ihr noch Kontakt habt.«

»Hey Julia, haben wir. Hat dir Nadine das nicht erzählt? Ist ja auch egal. Ich wünsche dir einen schönen Tag.«

Ich halte die beiden Kaffeetassen in einer Hand und führe mit der anderen auf Saras Rücken diese in mein Büro, nachdem ich der Assistentin, die sich einen Kaffee gewünscht hat, diesen auf ihrem Schreibtisch abgestellt habe.

Den Fußknöchel auf dem Knie ablegend, lasse ich mich in der kleinen Besprechungsecke in meinem Büro nieder und fordere Sara auf: »Komm setz dich zu mir. Ich teile meinen Kaffee mit dir, wenn du das da drin«, ich zeige auf die Schachtel, »mit mir teilst und mir sagst, wieso du hier bist.«

Sie setzt sich, packt den Kuchen aus und seufzt, bevor sie erklärt: »Ich wollte mich entschuldigen.«

»Du willst dich mit Kuchen bei mir einschleimen?« Ich muss mir ein Grinsen unterdrücken. Ich hätte wissen müssen, dass sie mich nicht in peinliche Situationen bringt.

»Ja, Fett und Zucker damit bekomme ich dich sicher in gute Stimmung und die ein, zwei Stunden, die du deswegen laufen gehen musst, dass schaffst du doch mit Links.«

Jetzt muss sie sich ein Grinsen unterdrücken.

»Und das hätte nicht bis heute Abend warten können oder gleich am Telefon passieren?«

»Ich fand, dass du recht hast und ich unfair war und dass ein Sorry nicht reicht.«

»Kuchen reicht aber denkst du?«

»Du hast noch nicht probiert, danach weißt du das er mehr als ausreicht.«

»Wie hast du es überhaupt herausgefunden?«

»Herausgefunden?«

»Dass ich weder mit ihr aus war, noch sie flachgelegt habe.«

»Hätte ich das herausfinden müssen? Paul, es war dämlich von mir. Ich war deswegen beleidigt und das war doppelt falsch. Ich hätte dich als Freund einfach fragen sollen, wir reden ja auch sonst über alles und selbst wenn es stimmt, ist es deine Sache und ich habe kein Recht rumzuzicken.«

»Du warst eifersüchtig, oder?« Ich stecke meinen Finger in die Sahne des Kuchens und lecke ihn ab. Sie nimmt eine der Holzgabel, die mit eingepackt waren, und reicht sie mir.

Dann antwortet sie: »Ja, vielleicht, tut mir leid. Ich weiß, dass das unangebracht ist. Bin mir aber noch nicht ganz so sicher, was mich mehr geärgert hat, der Gedanke, dass du mit einer anderen ins Bett gehst oder dass du es mir noch nicht mal erzählst.«

Ich halte die Gabel in der Hand, bereit zum Abstechen eines Happens und hake, nach kurzer Überlegung, jetzt ist meiner Meinung nach die beste Gelegenheit dazu, nach: »Wenn wir schon als Freunde sprechen: Von wem waren die Blumen? Da war ich ehrlich gesagt etwas eifersüchtig. Mir hast du gesagt, dass du keine Blumen magst.«

Sie schaut mich verdutzt an und lacht dann. »Echt? Bist du? Wegen der Blumen? Du bist ja total süß.«

Ich stochere spaßig mit der Gabel nach ihr: »Hey, lach mich nicht aus. Wenn du eifersüchtig sein darfst, wenn ich angeblich mit dieser Julia ausgehe, darf ich wohl eifersüchtig sein, wenn du dich nicht nur mit jemanden triffst, sondern der dir auch noch Blumen schenken darf.«

Sie schüttelt ihren Kopf. »Ich gehe mit niemandem aus, ich habe gar kein Interesse jemanden kennenzulernen. Und ich mag auch keine Blumen. Die sind tot und man schaut ihnen langsam beim Verwesen zu, auch wenn wir das Verblühen nennen. Nein, ich habe mich nur über die Geste gefreut, die Blumen waren von einem Kunden, der richtig was erreicht hat und sich bei mir bedanken wollte. Ich habe mich darüber so gefreut, weil ich mich mit ihm freue und weil ich es liebe, wenn es positive Rückmeldung über meine Arbeit gibt.«

»Ach so«, stoße ich irgendwie erleichtert aus.

Sie legt nachdenklich ihren Kopf schräg und nimmt dann einen Bissen vom Kuchen und kaut gedankenverloren. Ich tue es ihr nach, nehme dazu einen Schluck Kaffee und reiche die Tasse an sie weiter.

Als der Kuchen aufgegessen ist, fängt sie an: »Du, Paul. Hmmm. Ich weiß nicht wie ich es sagen soll, ohne dass es merkwürdig klingt. Wir beide möchten im Moment niemanden kennenlernen. Können wir fest ausmachen, dass wir uns das als Freunde erzählen, wenn einer von uns anfängt anders darüber zu denken? Damit man sich darauf einstellen kann und sich überlegen, wie man damit umgeht? Dann wären Eifersucht und Missverständnisse ja kein Thema mehr, oder?«

Ich bin froh, dass sie das sagt und nicht ich davon anfangen muss, denn ich habe gar keine Lust sie zu teilen. Aber ich war mir nicht sicher, wie ich ihr das sagen soll, vor allem, da sie schon einmal erwähnt hatte, dass sie sich nicht auf einen Mann gleich wieder festlegen möchte.

Ich packe die leere Schachtel in den Müll und setze mich wieder zu ihr, bevor ich antworte: »Ich finde das nicht merkwürdig. Wir sind beide besitzergreifende Menschen und wir sind Freunde und haben ein Verhältnis am Laufen. Und da ich auf Theater keine Lust habe, sondern unsere Unkompliziertheit schätze, halte ich das für eine gute Idee.«

Ich werfe einen Blick auf meine Uhr und schlage vor: »Deshalb machen wir das so und ich finde, um das zu besiegeln, sollten wir noch für ungefähr zehn Minuten wie Teenager heftig knutschen, bevor ich weiterarbeite.«

»Du willst Sex hier im Büro?«

»Nein«, lache ich. »Ich wollte nur ein paar heiße Küsse rausschlagen und vielleicht kann ich dich ja doch noch zu einem nichtromantischen Date damit überreden.«

Bevor ich fertig geredet habe, hat sie mich schon an meiner Krawatte gepackt und zu sich herangezogen. »Überreden ist nicht notwendig.« Dann küsst sie mich kurz auf den Mund und fährt fort: »Aber sicher machen wir hier nicht wie Teenager rum. Wie sieht denn das aus, wenn ich mit Knutschlippen und verrutschter Bluse hier rauslaufe?«

»Nur einen kleinen als Vorgeschmack?«, schlage ich vor und grinse sie an. Ich weiß ja, dass sie recht hat. Sicher wird schon genug spekuliert, wer sie ist, ich bekomme nie privaten Damenbesuch im Büro. Als Antwort haut sie mir gegen die Schulter, steht auf, umarmt mich von hinten mit einem Arm, küsst mich auf den Kopf und flüstert: »Bis später Sweetie.«

Sara & Superkraft

Sara

Paul hat Geburtstag. Er war den Tag gestern etwas schlecht drauf, weil das sein erster Geburtstag ohne Kerstin ist, die ihm immer eine kleine Feier organisiert hatte mit Freunden. Ich könnte ihm die beste Party aller Zeiten organisieren, wenn ich wollte. Aber ich glaube, das ist nicht das, was er will. Es ist heikles Gebiet, weil nichts richtig wäre: Würde ich eine identische Feier, wie Kerstin organisieren, würde es ihn traurig machen, eine andere aber ebenso. Außerdem kenne ich seine Freunde nicht. Ich vermute, er hat wie ich auch, den Kontakt zu befreundeten Pärchen abgebrochen. Ich weiß nur, dass er sich gelegentlich mit seinem Freund Ralf trifft, der auch während der schlimmen Zeit für ihn da war.

Seine Schwiegereltern sind gekommen und bleiben über Nacht im Gästezimmer. Mehr Leute kommen nicht und ich glaube, er ist froh darüber. Für diesen kleinen Kreis habe ich ihm einen winzigen Rührkuchen gebacken und kurz überlegt so viele Kerzen, wie alt er ist reinzustecken, so als kleiner Scherz, weil das so viele sind für den kleinen Kuchen. Stattdessen habe ich mich für gekaufte Fondant-Buchstaben entschieden und damit *Paul* auf den Kuchen geschrieben.

Zu Essen gibt es Pizza. Vom Lieferservice. Ein beliebter Klassiker hier im Haus. Ein Geschenk habe ich mir auch überlegt: Ich habe Karla beim Tanzen und Philip beim Geigespielen von einem Freund fotografieren lassen, von jedem das beste Foto professionell gedruckt und beide jeweils unterschreiben lassen, so, dass es wie zwei Autogrammkarten aussieht. Die Karten habe ich in einen schönen Rahmen gesteckt, davon stehen hier ja schon so viele rum, da passt das ja auch ins Haus.

Kurz nachdem seine Schwiegereltern eingetroffen sind, klingelt es. Paul geht nach draußen und bringt sechs weitere Personen mit rein. Einer davon ist sein Freund Ralf, den ich ja kenne, mit seiner Frau und zwei weitere Pärchen, mit denen Kerstin und er befreundet waren. Sein Freund hat das als Überraschungsbesuch organisiert und rechtfertigt sich für den Überfall jetzt damit, dass er sich ja gar nicht mehr melden würde. Irgendwie nett. Und sie haben Kuchen und Salate mitgebracht.

Paul stellt mich allen vor. Ich kenne ihn jetzt über acht Monate und mehr als die Hälfte davon wohne ich bei ihm und trotzdem kenne ich von seinen Freunden nur Ralf und werde von allen neugierig begafft. Bis Pauls Schwiegermutter mich wieder mal an ihre Brust zieht, um mich zu trösten und allen zu erzählen, was für ein *armes verlorenes Kind* ich doch sei, so allein auf der Welt ohne Mann und Familie.

Langsam glaube ich, sie denkt, meine Eltern wären tot und ich erst vierzehn oder so. Ich bekomme schon Angst, dass sie mich später einfach mitnimmt und adoptiert, so wie sie mich betüdelt. Ich sehe viele mitleidige Blicke von Pauls Freunden und bin mir nicht sicher, ob das ist, weil ich meinen Mann verloren habe, oder weil ich fast in Elviras Busen verschwinde, vor lauter Herzerei von ihr.

Als ich da durch bin, bestelle ich unauffällig mehr Pizza beim Lieferservice, damit alle satt werden, gehe dann hinter die Theke und bereite alles vor, stelle weitere Gläser raus, lege Servierten bereit und was so alles meiner Meinung nach gebraucht wird.

Johannes und ich hatten nie Geburtstag zuhause gefeiert. Wir sind immer ausgegangen oder haben eine Location gemietet, also habe ich keine Ahnung, wie so etwas als privater Gastgeber unter Freunden zuhause normalerweise abläuft.

Ich bleibe etwas stehen und beobachte die Menschen. Philip wird von seinen Großeltern in Beschlag genommen, Karla sitzt auf dem Sofa und tippt auf ihrem Smartphone rum, Pauls Freunde unterhalten sich und er ist zwischendrin. Er schaut zu mir rüber und unsere Blicke treffen sich, er lächelt mich an, sagt was zu seinen Freunden und kommt dann zu mir hinter die Theke.

»Zu viele fremde Menschen?«, fragt er mich.

»Nein, nein«, versichere ich ihm. »Ich komme gut mit fremden Menschen klar, hey, Menschen sind mein Beruf. Ich komme gleich wieder zu euch. Ich habe nur gerade beobachtet. Das ist manchmal ganz nett.«

»Willst du auch einen Kaffee?«

»Nein«, erwidere ich. »Ich hatte heute schon zu viele. Meine Hände zittern schon vom Koffein, und zwar so sehr, wenn ich dir jetzt in den Schritt fasse, kommst du sofort.«

Er rutscht näher zu mir, so, dass sich unsere Hüften berühren, und grinst zu mir rüber. »Also ich finde, du solltest das doch glatt auf einen Versuch ankommen lassen.«

»Du denkst aber nicht, dass ich das nicht mache, nur weil hier Leute sind? Niemand schaut zu uns her, keiner ist in Flüsterhörweite und hinter der Theke sieht das eh keiner«, frage ich ihn und mache einfach.

»Tut mir leid«, sagt er trocken, als ich meine Hand wieder wegziehe, »Hat nicht geklappt. Nimmst du also doch noch einen Kaffee? Du darfst es dann gerne noch einmal versuchen.«

Ich lache, er lacht auch. Ich knie mich hin, um den Kuchen aus dem Fach hier unten zu holen, und sehe wie er frech zu mir runtergrinst. »Wenn du da unten bist, kommen mir auch Ideen.«

Ich haue ihm aufs Bein. »Du bist ein Ferkel. Mal davon abgesehen, dass das Haus voll ist, hast du dir gar kein Geburtstags-Stelldichein verdient. Also reiß dich gefälligst zusammen, Sweetie!«

Ich tauche wieder mit dem Kuchen oben an der Theke auf und fordere ihn auf: »Schnapp dir ein Messer, damit du den Kuchen schneiden kannst.«

Er holt Luft und sagt: »Nein, ich bleibe noch etwas hier.«

»Warum?«, frage ich, fange dann an zu grinsen und stelle den Kuchen wieder ab, um ihm ins Ohr zur raunen: »Übler Ständer?«

Er leugnet es nicht und sagt nur mit leicht zuckendem Mundwinkel: »Ja Süße, so ist es.«

Ich ärgere ihn leise: »Für dein Alter bist du untenrum ja noch ganz fit.«

Er schaut mich versucht böse an. »Du bist eine sehr garstige Frau.«

»Stell dich nicht so an, ich habe dir auch schon das eine oder andere feuchte Höschen zu verdanken.«

Er zieht eine Augenbraue nach oben und fragt: »Und du denkst, das macht es jetzt besser?«

Ich gehe noch näher an ihn ran und frage unschuldig, während ich mit den Wimpern klimpere: »Etwa nicht?«

»Verschwinde jetzt und hör auf mir deine Brüste gegen den Arm zu drücken! Sonst hole ich meine Schwiegermutter!«, flüstert er bestimmend.

Ich hauche ihm in gespielt trauriger Tonlage ins Ohr: »Ach so, der ist, weil du an deine Schwiegermutter denkst, ich dachte schon wegen mir.«

Dann gehe ich lachend zurück zu seinen Freunden und lasse ihn in Ruhe. Als ich mich noch einmal nach ihm umdrehe, zeigt er mir zwar den Mittelfinger, zwinkert mir dann aber zu.

Es ist ein netter Geburtstag. Man merkt, dass er sich von seinen Freunden etwas entfernt hat, man hat das Gefühl er gehört nicht ganz dazu. Trotzdem lacht er viel, auch mit seinen Schwiegereltern und selbst Philip spricht mal mehr als zwei Sätze mit ihm.

Seine Schwiegereltern beschließen, den nächsten Tag komplett zu bleiben und wollen mit ihren Enkelkindern brunchen gehen und für abends, bevor sie wieder nach Hause fahren, habe ich versprochen für alle zu kochen.

Dadurch, dass sie mit den Kids für mindestens zwei Stunden verschwinden, ergibt sich die perfekte Gelegenheit, um den verpassten Geburtstagssex nachzuholen.

Er hat wohl die gleiche Idee und sobald die Haustür ins Schloss gefallen ist, kommt er her zu mir, wirft mich über seine Schulter und trägt mich in mein Zimmer. Ich trommle auf seinen Rücken ein und beschwere mich: »Was ist denn das für eine Höhlenmenschnummer?«

»Das ist die Strafe für gestern«, antwortet er mir, lässt mich vorsichtig auf mein Bett gleiten und befielt: »Los, weg mit den Klamotten, wir haben keine Zeit.«

Ich bin gerade mal meine Jeans losgeworden, da ist er schon nackt. Er sollte mit dieser Superkraft ins Fernsehen. Er schafft das gefühlt in unter drei Sekunden. Er zieht mir mein Shirt ruppig über den Kopf und beginnt mich stürmisch zu küssen, öffnet mit einen Fingerdruck meinen BH und schleudert ihn davon.

»Na endlich«, raunt er mir zufrieden ins Ohr, während er, jetzt ganz sanft, meinen Hals runter küsst und seine Hände über mich gleiten lässt.

»Was willst du?«, fragt er mich kaum hörbar zwischen seinen Küssen. Wir sind keine Vorspieltypen. Wir küssen uns und dann kommen wir gleich zur Sache. Er weiß genau, was ich will und fragt trotzdem jedes Mal nach, wahrscheinlich, weil er es einfach hören möchte. Ich dränge mich an ihn und ich antworte ihm: »Du weißt, was ich will, Sweetie. Ich will deinen Schwanz.«

Noch bevor ich fertig gesprochen habe, ist er schon tief in mir und er jagt mich über die ganze Matratze meines großen Bettes.

Ich liebe seine anstrengende und fordernde Zügellosigkeit. Mich leidenschaftlich an ihn zu drücken ist manchmal das, was einen Tag erst gut und perfekt macht, weil wir uns gegenseitig so absolut hingeben und unsere Sinne nur noch mit dem anderen ausfüllen, so dass nichts anderes mehr Platz hat. Ich würde jederzeit wieder so eine verrückte Entscheidung treffen, wie die bei ihm einzuziehen, nur um noch einmal so wie mit ihm Sex zu haben.

Unsere Herzen rasen gemeinsam, bis meins noch etwas schneller wird und ich mich fallen lasse. Ich weiß, dass er nicht aufhört, bis ich ihm sage, dass ich genug habe, also hebe ich mir nie etwas auf.

Als ich mich vollkommen befriedigt fühle, will ich ihm sagen, dass er jetzt am Zug ist, aber beim Sex kann er irgendwie meine Gedanken lesen und weiß schon Bescheid. Ich merke, wie er sich auf seinen Moment vorbereitet und versucht sich noch tiefer in mir zu vergraben bis er mit einem männlich zufriedenen Laut das Ganze abrundet.

Nachdem wir beide wieder Luft bekommen, heben wir diesmal gleichzeitig unsere Hand zum obligatorischen High Five und schlagen lachend und zufrieden ein.

Als wir uns wieder anziehen, frage ich ihn nachdenklich: »Hast du schon einmal über die Zukunft nachgedacht?«

»Im Moment lebe ich von Tag zu Tag«, antwortet er und reicht mir meinen BH, der irgendwo auf dem Schreibtisch gelandet war.

»Ich auch. Im Moment. Aber ich musste letztens darüber nachdenken, was wohl in vier Jahren ist.«

»Warum in vier?«

Ich zucke mit den Schultern. »Keine Ahnung. Das kam mir einfach so in den Kopf.«

»Ich weiß, was in vier Jahren ist«, spekuliert er lustig, »Wir sind vier Jahre älter.«

Ich schnaube. »Das vermute ich auch. Meinst du, ich wohne dann noch hier?«

»Mit Stand heute würde ich das schön finden.«

»Und wenn das mit den Trauerstufen stimmt und du nach vorne siehst und eine neue Frau findest?«

»Du denkst also, dass ich schneller über meine Frau hinweg bin, als du über deinen Mann, oder worauf willst du hinaus?«

»Oh, nein, das wollte ich nicht sagen, aber wenn du eine finden würdest ... «

»Ich glaube nicht, dass ich das tue.«

»Sagst du heute.«

»Kannst du mir jetzt bitte endlich verraten, worauf du hinauswillst?«

»Ich habe keine Ahnung. Ich habe mich nur gefragt, ob du mich dann rauswerfen würdest oder ich gehen will, weil das sehr merkwürdig wäre und ich ja schon so der eifersüchtige Typ bin oder ob ich dann einfach weiter hier wohne und wir gelegentlich Sex hätten.«

»Darauf kann ich antworten. Erstens ist der Sex mit dir zu gut, um darauf zu verzichten. Und da ich nicht so der Fremdgeher bin, da mir das zu kompliziert ist, macht noch eine Frau gar keinen Sinn. Zweitens finde ich sicher nie eine Frau, die mit mir was anfängt, solange du mit mir unter einem Dach lebst. Und Drittens suche ich sowie so nicht.«

»Und wenn du eine Bessere als mich findest?«

»Süße, ehrlich, deine Gedankenspiele sind nervig gerade. Ich verspreche dir, dass du immer einen Platz hier bei uns hast und ich so oft mit dir schlafe, wie du es möchtest und ich mir keine neue Frau anlache. Okay?«

»Das ist ein dummes Versprechen.«

»Hilft es denn?«

Ich denke darüber nach und gestehe ihm: »Irgendwie schon. Merkwürdig. Denn das ist ja noch dümmer.«

»Ist doch völlig egal«, sagt er mit offenem Blick und lächelt mich süß an.

Sara & Mitfühlen

Sara

Ich wache auf, weil sich jemand an mich kuschelt. Wer ist das? Paul wird sich doch nicht nachts heimlich in mein Bett schleichen? Nein, das riecht nicht nach Paul, nach seinem Duschgel ja, aber nicht nach ihm. Ich versuche krampfhaft zu erkennen, wer das ist, viele Möglichkeiten bleiben ja nicht mehr und dann wird mir klar, dass das der kleine Philip ist. Jetzt bin ich wach.

Was macht das Kerlchen bei mir? Er hat sich mit seinem Rücken an mich gekuschelt und sagt nichts. Soll ich was sagen? Himmel. Ich habe doch keine Ahnung von Kindern. Und er ist elf! Ich kann doch nicht mit einem Elfjährigen in einem Bett liegen?

Auf einmal tut er mir entsetzlich leid. Er ist erst elf und hat seine Mutter verloren und, so wie ich von Paul weiß, hatten die beiden ein recht inniges Mutter-Sohn-Verhältnis. Er muss schrecklich einsam sein, bis auf die wenigen Gelegenheiten, in denen er zu mir kommt und so tut als würde er mich trösten. Ich streichle ihm vorsichtig über den Kopf. Er sagt nichts dazu, wehrt sich aber auch nicht.

Ich glaube, er ist genauso angespannt wie ich, wahrscheinlich hat er Angst vor meiner Reaktion. Ich atme tief ein und aus und lege vorsichtig meinen Arm um ihn, woraufhin er sich mit seinem Rücken noch fester an mich drückt.

Zum Glück habe ich mir das Nacktschlafen hier im Haus abgewöhnt, sonst wäre das jetzt mehr als unangenehm.

Er greift nach meiner Hand, verschränkt seine Finger damit und zieht sie an seine Brust. Ich muss mich sehr zurückhalten, dass ich nicht anfange zu weinen, das ist so eine so traurige Situation, dieser kleine trostlose Junge. Ich versuche, ihm einfach ein wenig Geborgenheit zu schenken und halte ihn fest, während ich langsam wieder einschlafe.

Als am nächsten Morgen mein Wecker klingelt, ist er weg. Ich stehe auf und mache mich fertig und als ich in die Küche komme, sind die Kinder schon zur Schule verschwunden und Paul zur Arbeit. Ich räume die Reste, die die Kids immer zurücklassen weg und mache mir selbst ein kleines Frühstück, während ich darüber nachdenke. Soll ich das ignorieren? Soll ich mit Philip darüber sprechen und vor allem mit Paul?

Nach dem Frühstück mache ich im Wohnzimmer etwas sauber und entschließe mich mit Paul darüber zu reden. Es wird Zeit, dass er es erfährt. Er ist sein Vater. Bevor ich mit der Arbeit beginne, schreibe ich ihm eine Nachricht.

Ich: *Moin Paul, ich brauch heute mal eine halbe Stunde von dir, ich würde gerne etwas besprechen.*

Paul: *Willst du mit mir eine VHS schauen? ;)*

Ich: *Nein, ich möchte mit dir spazieren gehen und werde dazu eine KAROTTENJEANS tragen. ;)*

Paul: *Dann bin ich ja mal gespannt. Muss ich mir wegen irgendetwas Sorgen machen?*

Ich: *Nicht mehr als sonst.*

Paul: *Dann nach dem Abendessen. Was gibt es heute?*

Ich: *Nudeln mit Ketchup.*

Paul: *Verarsch mich nicht.*

Ich: *Also du bekommst jetzt definitiv Nudeln mit Ketchup.*

Paul: *Dann bestelle ich mir einfach was. Bääähm.*

Ich: *Alles klar. Jetzt muss ich aber wieder etwas arbeiten und du sicher auch.*

Paul: *Stimmt. Bis später.*

Er ist pünktlich zum Abendessen zuhause und während ich die Teller rausstelle und warte, dass die Kinder ihren Arsch dazu bewegen, geht er sich schnell umziehen. Ich stelle einen Pott Nudeln und Ketchup auf den Tisch und grinse über meinen Scherz.

Karla kommt gelangweilt an den Esstisch und fragt: »Was gibt es? Ich habe gar keinen Hunger.«

Das sagt sie immer und wenn es dann was ist, was ihr schmeckt, haut sie rein wie ein Fressmonster und wenn nicht, stochert sie darin rum und besteht darauf, dass sie ja gesagt hätte, dass sie keinen Hunger hat. Ich verdrehe innerlich deswegen die Augen und antworte freundlich: »Nudeln mit Ketchup.«

Sie bekommt große Augen und hakt nach: »Echt? Sonst kochst du doch immer echtes Essen?« Jetzt muss ich lachen. Ich habe es geschafft sie zu überraschen. Philip sitzt schon, er ist mir den ganzen Tag aus dem Weg gegangen, sagt jetzt aber: »Ist doch gut. Nudeln sind lecker, Ketchup ist lecker, was will man mehr?«

Ich wende mich ihm zu und erwidere: »Danke.«

Endlich ist Paul zurück, sieht die Nudeln und den Ketchup und fängt an zu grinsen. »Das war dein Ernst?«

Aber statt nach seinem Smartphone zu greifen und was zu bestellen, fängt er tatsächlich an sich Nudeln aufzutun und greif nach der Ketchupflasche. Jetzt kommt mir das gar nicht mehr so lustig vor, also tue ich so, als wäre ich vergesslich: »Ach, ich habe ja ganz vergessen, dass ich noch mehr gemacht habe«, und hole den Salat und die Gemüsesoße mit Filetstücken aus der Küche.

Jetzt grinst er noch breiter, sagt aber nichts dazu, nimmt sich nur von beidem.

Nach dem Essen macht er, wie immer, den Abwasch und räumt die Küche auf, während ich so lange lese. Als er fertig ist, kommt er zu mir rüber und fragt: »Das mit dem Spaziergang ist immer noch aktuell?«

»Sicher«, bestätige ich.

»Gut, ich frage die Kinder, ob sie mitwollen.«

»Nein, warte«, stoppe ich ihn. »Ich wollte was unter vier Augen mit dir besprechen.«

Er dreht sich zu mir um mit einem verschmitzten Lächeln im Gesicht: »Ich weiß doch, ich frage nur höflichkeitshalber, die wollen doch nicht spazieren gehen, das sind Jugendliche.« Und natürlich hat er recht.

Wir laufen los und kaum sind wir aus dem Haus, fragt er mich: »Also was ist los? Ich muss schon den ganzen Tag darüber nachdenken, ob ich was angestellt habe.«

Ich reiße meine Augen auf und erwidere: »Was? Nein, oh, sorry, nein, alles ist in Ordnung, ich wollte dir nur was erzählen, weil ich nicht ganz weiß, wie ich damit umgehen soll.«

»Jetzt bin ich neugierig, los erzähl es mir.«

Ich fange ohne Umschweife an: »Dein Sohn hat letzte Nacht bei mir übernachtet.«

Er bleibt abrupt stehen. »Was hast du getan?«

»Hey«, wehre ich mich, »Ich habe gar nichts getan. Ich bin aufgewacht, als er zu mir ins Bett gekrochen ist.«

Vorsichtig fragt er nach: »Hat er dich belästigt? Er ist noch ziemlich klein dafür.«

Ich versichere ihm schnell: »Nein, nein, da war nichts Sexuelles, beruhige dich wieder. Er ist zu mir ins Bett und hat seinen Rücken an mich gedrückt und wie ein kleiner, trauriger Junge, der seine Mutter verloren hat, gewirkt.«

»Ist er ja auch«, sagt er bemüht gefasst. »Kerstin hatte gestern Geburtstag. Ich dachte, ich kann das ignorieren. War wohl nicht das Richtige.« Er atmet tief ein und aus und verlangt dann zu wissen: »Und was hast du dann gemacht?«

»Was sollte ich denn tun? Ich habe ihn in den Arm genommen und festgehalten. Morgens war er dann weg. Und ich weiß jetzt nicht, wie ich damit umgehen soll. Soll ich mit ihm sprechen oder willst du mit ihm darüber sprechen? Ich muss auch beichten, dass er öfter mal, aber tagsüber, zu mir kommt und Trost sucht. Tut mir leid, dass ich es dir nicht gesagt habe, aber er hat mich gebeten, es nicht zu erwähnen. Vielleicht solltest du ihn einfach mal in den Arm nehmen? Es wirkt so, als würde er das brauchen.«

Bitter antwortet er: »Das habe ich doch schon versucht. Er will nicht von mir den Arm genommen werden. Er spricht nicht mit mir darüber. Das weißt du doch. Auch mit seiner Therapeutin spricht er nicht. Sie hat mir gesagt, dass er immer einfach schweigend dasitzt.«

Er wirkt aufgelöst und ich fasse ihm vorsichtig an den Arm: »Paul? Was soll ich machen, wenn er das wieder tut?«

Er dreht sein Gesicht weg und antwortet mit brüchiger Stimme: »Könntest du ihn dann einfach wieder in den Arm nehmen? Bitte?«

»Natürlich.«

»Danke«, flüstert er. Ich sehe, wie ihm die Tränen die Wange runterlaufen, nehme ihn den Arm und halte ihn fest, wie wir uns schon oft gegenseitig festgehalten haben.

Er schluchzt auf: »Oh man, tut mir leid. Das ist wirklich schlimm für mich. Ich komme nicht zu ihm durch. Er lässt sich von mir nicht helfen. Ich weiß nicht, was ich tun soll, er ist doch mein Sohn und er hat nur mich. Ich fühle mich so hilflos, weil er das durchmachen muss und mich nicht teilhaben lässt. Ich will, dass er wieder lachen kann und fröhlich ist und Dumme-Jungen-Sachen macht.«

Ich streichle ihm beruhigend über den Rücken und versichere ihm: »Ich weiß.«

Er löst sich aggressiv von mir und krächzt mich schroff an, während ihm weiter Tränen übers Gesicht laufen: »Du weißt gar nichts! Du hast keine Kinder. Wie sollst du denn wissen, wie es mir damit geht? Das ist doch genauso geheucheltes Mitleid wie von allen anderen.«

Ich schaue ihm in sein aufgelöstes Gesicht, in dem so viel emotionale Ballast zu sehen ist: Sein eigener Verlust, der Verlust seiner Kinder, der Verlust der Kontrolle über sein vorheriges Leben, der Verlust seiner Beherrschung, einfach alles.

Er dreht sich um und will weggehen, aber ich halte ihn an der Hand fest und bitte ihn: »Lauf nicht weg. So war das nicht gemeint. Natürlich weiß ich nicht, wie du das als Vater empfindest, aber ich sehe deinen Schmerz und fühle mich genauso hilflos, weil ich dir gerne helfen möchte und deinem Sohn auch. Wir mögen keine so tiefe Verbindung zueinander haben, wie du zu Philip oder Philip zu seiner Mutter, aber du bist mein Freund und ich finde es schon schlimm, wie es dir jetzt geht und weiß, dass es für dich dann noch schlimmer sein muss, also verstehe ich es doch ein bisschen.« Jetzt weine ich auch.

Er ist stehengeblieben, das ist ein gutes Zeichen. Er dreht sich nicht um, das ist kein gutes Zeichen. Er schüttelt meine Hand nicht ab, das ist ein gutes Zeichen. Ich warte.

Er dreht sich doch wieder zu mir um, ich kann ganz deutlich die Verletzlichkeit in seinen Augen sehen, und dann zieht er mich energisch in seine Arme, drückt mich so fest, dass ich kaum noch Luft bekomme, und flüstert: »Danke«, und dann küsst er mich so heftig, als müsste er morgen in den Krieg ziehen und weiß nicht, wann und ob er jemals wieder jemand küssen kann.

Hitze breitet sich in mir aus. Ja, das lenkt prima ab, ich gebe mich ganz diesem Kuss hin und erwidere ihn ebenso dringlich bis wir uns irgendwann, Minuten oder vielleicht auch erst eine Viertelstunde später, ich weiß es nicht, voneinander lösen.

Seine Augen sind jetzt nicht mehr voller Kummer, sondern voller Lust und er sagt mit rauer Stimme zu mir: »Lass uns zurückgehen.«

Ich schaue in sein Gesicht, schüttle meinen Kopf und schlage stattdessen vor: »Wir sollten den Spaziergang machen. So kannst du nicht zurück. Deine Augen sind geschwollen und rot vom Weinen«, dann kichere ich leicht albern, »und deine Lippen vom Küssen.«

Er fasst sich an seinen Mund, schaut dann erst auf meine Lippen und dann auf meine Augen und stimmt mir zu: »Du hast recht.«

Dann gehen wir weiter nebeneinander her bis wir an einer Eisdiele vorbeikommen und er mich fragt: »Wollen wir uns einen Eisbecher gönnen?«

»Auf jeden Fall«, nehme ich diesen Vorschlag an.

Und beim Eisessen reden wir dann wieder miteinander und er gesteht mir:

»Wenn ich ehrlich bin, bin ich etwas eifersüchtig, dass er zu dir kommt. Du bist doch eigentlich eine Fremde. Er sollte wirklich zu mir kommen mit seinem Kummer.«

Ich streichle ihm über seine auf dem Tisch liegende Hand und lege ihm meine Sicht der Dinge dar: »Ich glaube er will keinen Trost von anderen. Nicht von dir oder von jemand, der das berufsbedingt macht, wie die Therapeutin, ich glaube er kommt zu mir, weil er denkt, ich brauche Trost von ihm, wegen Johannes, und tröstet sich so mit. Er fragt immer mich wie es mir geht und wenn ich es ihm erzählt habe, erzählt er was von sich. Ich glaube so kann er besser damit umgehen. Er wirkt sehr sensibel und will stark sein, glaube ich, vielleicht braucht er nur noch ein wenig Zeit.«

Er lächelt mich schräg an. »Danke. Danke, dass du für ihn da bist und versuchst es für mich leichter zu machen. Du hast dir eine ganze schöne Bürde aufgehalst mit uns, obwohl du selbst genug zu tragen hast.«

Ich zucke mit den Schultern. »Vielleicht ist das was Philip macht noch nicht mal so verrückt, weil dadurch, dass bei euch so Trubel ist, bin ich auch abgelenkt und ich bin sehr froh, dass ich nicht irgendwo alleine in einer Wohnung sitze.« Ich stocke kurz, es reicht jetzt mit den ernsten Themen, also frage ich: »Wie ist dein Eis? Darf ich probieren?«

»Sicher«, sagt er und schiebt mir seinen Eisbecher etwas entgegen, klaut sich aber gleichzeitig was von meinem, »Aber nur im Tausch. Ich gebe doch nichts ohne Gegenleistung her!«

Ich nehme mir dann eine halbe Kugel von seinem, lege sie in meinen Becher und lege schützend den Arm darum. »Tja, und was machst du jetzt?«

Er schaut mich ganz ernst an und erwidert: »Ich bleibe schlank und du wirst fett. Wie viel Kalorien hat das wohl? Sicher tausend. Spürst du schon, wie deine Hüften breiter werden?«

Ich lache mit dem Mund voller Eis. »Du bist ein Arsch. Aber nichts wird mich davon abhalten, dieses Eis bis zum letzten Tropfen zu inhalieren. Mein Bett hält bis 300 kg. Da habe ich noch ein bisschen.«

»Aber meine Stühle nicht! Wir sollten hier unbedingt die Notbremse ziehen!«, sagt er amüsiert und klaut mir meinen kompletten Eisbecher.

Wir blödeln noch eine ganze Weile rum bis wir uns auf den Rückweg machen mit zwei verpackten Portionen, die wir für seine Kinder ausgesucht haben.

Paul & Trennung

Paul

Ich bin im Büro und muss schon den ganzen Tag an Sara denken und zwar nicht auf die nette Art, sondern auf die versaute. Da ich das jetzt sicher nicht mehr aus dem Kopf bekomme, schreibe ich ihr.

Ich: *Hallo Süße, heute Abend schon was vor?*

Sara: *Wer ist denn da? Paul oder sein Schwanz? ;)*

Ich: *Hey, wir sind eins! – Na gut, mein Schwanz. Ich habe da einen VHS-Film, den würde ich mir gerne ansehen.*

Sara: *Ich hoffe, es ist ein Actionfilm mit gutem Tempo, heißem Typ und ohne überraschendes Ende.*

Ich: *Mit Happy End und natürlich einem heißen Typen und die Hauptdarstellerin ist absolut scharf. Ich sage nur: WOW.*

Sara: *Du hast mich überzeugt. Kommst du nach dem Essen zu mir?*

Ich: *Nach der Geschichte mit Philip, möchte ich lieber vorsichtig sein. Komm zu mir.*

Sara: *Okay. Bis später.*

Ich: *Meine Heldin rettet den Tag. Bis später.*

Ich mache den Abwasch, wie immer nach unseren gemeinsamen Essen und Karla erzählt mir dabei von einem Gespräch mit ihrer besten Freundin. Ich will ihr wirklich zuhören, ich höre ihr zu, aber meine Gedanken schweifen immer wieder ab. Ob Sara schon fertig geduscht hat?

Als ich fertig mit der Küche bin, frage ich Karla: »Wollen wir uns setzen, damit du mir weitererzählen kannst?« Nicht, dass ich Lust dazu hätte, aber meine Tochter kommt immer vor jeder anderen Frau, egal, was ich mit ihr vorhabe.

»Neee, lass mal, ich will noch mit ihr schreiben, ich gehe auf mein Zimmer.«

Ich versuche ihr über den Kopf zu streicheln, sie entwischt mit einem: »Paps, nicht! Meine Haare!«, und ich wünsche ihr viel Spaß und gehe dann auf mein Zimmer, damit ich auch den Tag abwaschen kann, ehe ich mich Sara widme.

Bevor ich mich ausziehen kann, klopft es leise und ich rufe »Herein«. Sara schlüpft in lässigen Klamotten halb durch die Tür und ich frage mich, was sie drunter hat. Eigentlich auch egal, ich werde es ihr gleich vom Körper reißen.

»Na los«, fordere ich sie auf. »Komm endlich rein und mach die Tür zu.«

Sie betritt etwas zögerlich mein Schlafzimmer und ich küsse sie erstmal ausgiebig. Das hat mir gefehlt. Ihre Lippen passen so perfekt zu meinen. Ich lasse sie wieder los und entschuldige mich: »Ich muss noch schnell duschen«, und fange an mich auszuziehen. »Mach es dir schon mal bequem«, zwinkere ich ihr zu, »Ich bin gleich fertig.«

Sie schaut mir zu, wie ich mich meiner Klamotten entledige, und sie fragt mich: »Rennst du jetzt nackt über den Flur?«

Ich lache. »Sicher nicht. Ich habe ein kleines Bad hier, wusstest du das nicht?«

»Das erklärt einiges«, erwidert sie trocken. »Ich dachte schon einer von euch putzt sich nicht die Zähne und habe mich gefragt womit du dich rasierst.«

Ich drücke ihr noch einen Kuss auf die Stirn und verschwinde in das angrenzende Badezimmer, um schnell wieder zurück zu sein.

Als ich wieder da bin, steht sie, immer noch voll angezogen, an meiner Kommode und hat ein Bild von Kerstin und mir in der Hand mit einem merkwürdigen Gesichtsausdruck. Ich gehe, nur mit einem Handtuch um meine Hüfte gewickelt, zu ihr und frage sie: »Süße, was ist los? Warum machst du so ein komisches Gesicht?«

Sie seufzt und schüttelt ihren Kopf. »Ich bin mir nicht sicher, ob ich hier mit dir Sex haben möchte. In deinem Ehebett. In diesem Zimmer, in dem alles *Kerstin gehört hierher* schreit. Du hast ja sogar noch das zweite Set Zudecke und Kissen hier.«

Ich versuche, das Schlafzimmer mit ihren Augen zu sehen und sie fragt: »Kann ich schnell hier deine Toilette benutzen?«

»Klar.« Während sie weg ist, schaue ich weiter. Ja, das Bett, zwei Seiten, zwei Kissen, zwei Decken. Bilder von Kerstin und mir stehen rum, sie hat es geliebt, überall Bilder zu verteilen. Das Zimmer trägt eindeutig ihre Handschrift. Bin ich unsensibel oder übertreibt sie?

Sie kommt aus dem Bad und ist noch blasser und sagt tonlos: »Ich glaube ich gehe jetzt lieber.«

»Sara? Was ist denn jetzt noch?«

»Du hast ja noch nicht mal ihre Sachen aus dem Bad geräumt. Da steht sogar noch ihre Zahnbürste und halt alles. Ich kann das nicht. Tut mir leid. Ich kann nicht mit dir in dem Bett vögeln, indem ihr euch geliebt habt.«

Jetzt werde ich etwas stinkig. »Das hat dich nicht davon abgehalten das mit mir in deinem Ehebett zu tun, oder? Was ist hier anders?«

»Alles«, stottert sie und ihr Gesicht bekommt rote Flecken. »Ja, das war unser Ehebett, ich wollte ein neues, aber das ist einfach zu cool und war schweineteuer. Aber ich habe neue Matratzen besorgt und völlig andere Bettwäsche und habe nur noch ein Set Zudecke und Kissen, damit ich nicht jeden Tag an ihn erinnert werde, aber hier ist alles so, als könnten sie jeden Moment reinkommen und mich freundlich fragen: *Hallo, wer sind Sie denn und warum schlafen sie mit meinem Mann?* Und das ist mir zu arg. Es tut mir leid.«

Ich seufze und setze mich auf die Bettkante. So wie sie es sagt, klingt es logisch. Ich winke sie zu mir. Als sie nicht herkommt, hebe ich meinen Kopf und sehe, dass sie ihren Kopf schüttelt.

»Jetzt komm schon her, ich fasse dich nicht unsittlich an, versprochen.« Sie zögert immer noch. »Bitte. Ich möchte mich entschuldigen.«

Jetzt reagiert sie, kommt zu mir und ich ziehe sie auf meinen Schoß. »Es tut mir leid. Ich habe das nicht so gesehen. Aber ich verstehe, was du meinst. Das ist zu viel. Ziehen wir uns für heute eine Karottenjeans an und überlegen uns was. Vielleicht ein Hotel? Das wäre neutraler Boden?«

»Und die Kinder? Finden die das nicht seltsam, wenn wir zusammen verschwinden?«

»Doch«, seufze ich. »Hast du eine Idee?«

»Philip ist ja nicht so oft bei mir. Eher ganz selten. Wir könnten es einfach riskieren und natürlich abschließen. Falls er doch auftaucht, gehe ich zu ihm raus und sage, dass ich gerade mit meinen Eltern telefoniere und wir uns bei ihm im Zimmer treffen.«

»Ja, das könnte gehen«, überlege ich. Ich schaue mich im Zimmer um und frage sie dann leise: »Kannst du mir vielleicht helfen Kerstins Sachen etwas auszusortieren? Ich kann das nicht alleine.« Ich merke, wie mich eine Flut Trauer überschwappt, wie kaltes Wasser. Die Erregung, die mich den ganzen Tag begleitet hat, ist fortgespült und ich fühle mich leer. Aber ich weiß, dass es Zeit wird. Ich kann nicht zwischen ihren Sachen leben, ihre Kleidung, ihren Kosmetiksachen, die langsam älter werden und irgendwann schlecht werden, wie etwas, was ganz hinten im Kühlschrank vergessen wurde.

»Natürlich«, flüstert sie. »Ich helfe dir.«

Dann küsst sie mich überraschend, sowie leidenschaftlich und die innere Leere wird wieder gefüllt mit Lust, ich merke, wie ich wieder hart werde. Sie steht auf, ohne meine Lippen loszulassen, und küsst mich zärtlich weiter, während sie sich ihrer Jeans mit samt ihres Slips entledigt, mein Handtuch zur Seite schiebt und sich dann einfach auf mich gleiten lässt.

Sie stöhnt auf. Ich auch. Sie bewegt sich erst in sanften Wellen auf mir und steigert immer weiter das Tempo, bis sie mich wie der Teufel reitet und immer wieder verlangend küsst. Sie ist die Sünde in Person. Ich habe das so dringend gebraucht und es fühlt sich so an, als wüsste sie das genau.

Ich helfe ihr, indem ich ihren Hintern packe und ihren Schwung unterstütze. Bald merke ich, wie meine Gedanken bereits leer werden und denke mir, dass ich es in Runde zwei wieder gut mache oder halt auf andere Art, dann lasse ich mich einfach gehen und drücke meinen Mund an ihre Schulter, um nicht zu laut zu werden.

Sie wartet nicht lange, sondern klettert eine Minute später, während ich ihren Hals mit Küssen bedecke von meinem Schoß und hebt ihre Jeans vom Boden auf.

»Bist du überhaupt gekommen? Bist du nicht, oder?«, will ich wissen.

»Nein«, gibt sie zu. »Jetzt ging es um dich.«

»Es sollte aber auch um dich gehen. Es sollte immer auch um dich gehen. Komm wieder her.«

Sie schüttelt ihren Kopf und steigt in ihre Jeans. »Nicht hier. Das nächste Mal. Sagen wir einfach, ich habe einen gut, ja?« Dann verschwindet sie und lässt mich alleine zurück.

Ich gehe mich frisch machen und als ich bekleidet aus dem Bad komme, steht sie wieder in meinem Zimmer, bewaffnet mit Kisten und Müllsäcken.

Ich stutze: »Was gibt das?«

»Kurzzeitgedächtnis kaputt oder was ist los?«, belehrt sie mich. »Du wolltest aussortieren.«

»Ja, aber doch nicht sofort!«, teile ich ihr überfordert mit. Das geht jetzt doch etwas schnell.

Sie stemmt ihre Arme in die Seite: »Sofort wäre auch übertrieben, du zögerst das schon ganz schön lange raus. Auf geht's.«

»Ich weiß nicht«, zögere ich. Ich hätte nichts sagen sollen, ich hätte wissen müssen, dass sie das sofort anpacken will.

»Paul!«, ermahnt sie mich. »Wir ziehen das jetzt durch. Danach geht es dir besser. Also denke ich. Mir ging es so. Wir fangen mit etwas Leichtem an: Das Bad.«

Ich gebe nach und nicke. Sie packt sich eine der Mülltüten und geht voraus ins Badezimmer. Dort befielt sie mir: »Alles was du benutzt und dir gehört, dorthin«, sie zeigt auf eine freie Stelle auf dem Boden.

Ich will was sagen, aber sie unterbricht mich gleich: »Nicht fragen, machen, ich bin gleich zurück.«

Sie verschwindet und ich beginne kopfschüttelnd meine Sachen auf das zugewiesene Plätzchen zu verteilen. Eine Minute später ist sie mit Putzzeug bewaffnet wieder zurück. Sie wartet, bis ich fertig bin und als ich ihr zunicke, fragt sie: »Der Rest ist also von Kerstin?«

Ich nicke wieder.

Dann beginnt sie, alles was übrig ist in den Müllsack zu werfen. Bei Kerstins Parfums lege ich Einspruch ein: »Die waren teuer, sind die nicht zu schade zum Wegwerfen?«

»Und was willst du damit tun? Dich selbst einnebeln mit Damenparfum? Deiner Tochter schenken? Soll ich es benutzen? Willst du es bei eBay verkaufen? Du kannst damit nichts mehr anfangen«, sie zögert kurz, »Außer du möchtest es aufheben, um ab und zu daran zu schnuppern oder so. Ich kann sowas nicht, aber wir sind da ja anders. Also? Aufheben zum Schnuppern?«

Ich schüttle meinen Kopf. Sie hat recht.

Sie fotografiert die Flaschen, bevor sie sie in die Mülltüte wirft und erklärt mir: »So, falls du es dir anders überlegst, kannst du ja in der Parfumabteilung schnuppern gehen, die Namen haben wir.«

Dann klettert sie noch in die Dusche und wirft auf alles einen kontrollierenden Blick und entfernt Rasierer und anderes Duschzeug, das nach Frau aussieht. Sie wirft Kerstins Bademantel rüber auf mein Bett und fragt dann: »Haben wir alles? Schau dich noch einmal um.«

Ich stehe wie ein Idiot in der Mitte des Badezimmers und sie wirbelt um mich herum. Ohne richtig zu schauen, bestätige ich: »Wir haben alles.«

»Gut«, stellt sie fest und drückt mir den Sack in die Hand. »Raus damit, bring es gleich in die Tonne.«

Als ich zurückkomme, hat sie schon die Schränke und Schubladen ausgewischt und räumt meine Sachen wieder zurück, um mir fünf Minuten später zu verkünden: »Fertig. Ab in Schlafzimmer.«

Sie ist gerade wirklich sehr anstrengend und ich fühle mich vollkommen überrannt, aber ich weiß, dass sie recht hat. Ich folge ihr und sie überlegt kurz, wie sie weitermachen möchte, und teilt mir dann mit: »Zuerst der Kleiderschrank.«

Ich öffne unseren riesigen Kleiderschrank, der eine komplette Wand einnimmt, und schiebe die Tür von Kerstins Seite auf.

Sie steht davor und staunt: »Boah, das ist viel Zeug. Paul, ich hole mehr Kisten, du packst schon mal die Unterwäsche in Müllsäcke. Da wühle ich bestimmt nicht drin rum.«

Ich tue, wie befohlen und setze mich vor die Unterwäscheschublade meiner Frau. Als ich die ersten Hände voll in Säcke gefüllt habe, kann ich nicht mehr, ich bin wie erstarrt. Ich werfe das Leben meiner Frau in Müllsäcke. Wäsche, die sie sich ausgesucht und dann getragen hat und nie wieder tragen wird. Ich hasse es, dass Sara mich dazu zwingt.

Ich merke nicht, dass sie zurück ist, bis sie mir sanft an die Schulter greift: »Zu schwer?«

Ich nicke, ich kann jetzt nicht sprechen. Mein Hals ist wie zugeschnürt, meine Brust zu eng zum richtig Luftholen.

»Steh auf«, fordert sie.

Ich fühle mich wie ein gehorsamer Roboter, denn ich tue schon wieder, was sie sagt. Sie umschlingt mich mit ihren Armen und sagt zu mir: »Ich habe großen Respekt vor dir, dass du das jetzt machst, obwohl es dir schwerfällt. Wir werden auf keinen Fall etwas weggeben, was dir wichtig ist. Aber alte Unterwäsche und Socken sind nicht das Richtige, um sich zu erinnern. Du hast bessere Sachen.«

Sie drückt mir einen der Müllsäcke in die Hand und fordert: »Aufhalten«, und kippt dann die ganze Unterwäscheschublade rein, »Jetzt schau in die anderen Schubladen, ob was drin ist, was du aufheben möchtest. Den Rest da rüber.« Sie zeigt auf eine freie Stelle auf dem Boden. Ich schaue die Schubladen grob durch und kippe sie dann auf den Boden.

Dann setzt sie sich mit mir neben den Haufen und hilft mir sortieren. Viele Sachen fliegt auf den Müll, Ersatzknöpfe, zwei Holzfiguren, die ich nicht kenne und weitere Dinge, die nur für sie einen Wert hatten, aber bei den Gegenständen, bei denen ich zögere, wie ihr Poesiealbum aus der Schulzeit, Steine, die sie am Strand gefunden hatte, die verstaut sie ordentlich in schwarze Plastikkisten und versichert mir: »Alles was Karla oder Philip vielleicht mal haben möchten, packen wir ein. Oder was du vielleicht noch einmal sehen willst.«

Sie nimmt immer wieder meine Hand und drückt sie oder umarmt mich kurz, während wir das machen, und sie räumt die Kisten mit einer überraschenden Sorgfalt ein, so als wäre es ihr wichtig, dass die Sachen ordentlich verstaut sind. Während ich zuerst ständig mit meiner Fassung ringe, gewöhne ich mich irgendwann daran und erwische mich dabei, wie ich anfange, zu Sachen Geschichten über Kerstin zu erzählen, wie wo wir was gekauft haben oder zu welcher Gelegenheit sie es getragen hat.

Wir sortieren die Kleidung und werfen manche Sachen weg, andere packen wir auf einen Stapel für Spenden und einen Teil verstauen wir, falls Karla ihn mal haben möchte. In meinem Schlafzimmer herrscht ein Chaos aus Säcken und Kisten und Stapeln, aber der Schrank ist irgendwann leer.

Sie lässt sich rückwärts auf mein Bett fallen und stöhnt: »Fast geschafft«, dann schaut sie auf die Uhr und entschuldigt sich: »Paul, es ist schon richtig spät. Du solltest schon im Bett sein. Sorry.«

Ich lasse mich neben sie fallen und schaue zu ihr rüber: »Nein, kein Sorry, das macht nichts. Es war gut. Ich fühle mich tatsächlich besser. Danke.« Und ich meine es ehrlich.

»Kannst du hier schlafen, trotz Kisten und Säcke? Ich räume morgen Vormittag alles auf. Vorausgesetzt ich darf hier rein, ohne dich.«

Ich rolle mich auf die Seite und lege ein Bein über sie und schmiege mein Gesicht in ihre Halsbeuge. »Mach nur. Nein, warte, du musst das nicht alleine machen. Warte bis ich von der Arbeit komme, dann machen wir das zusammen.«

Wir liegen noch ein paar Minuten schweigend so da, bis sie mein Bein von sich runter schiebt und mir mitteilt: »Ich gehe jetzt ins Bett und du solltest auch schlafen.« Sie küsst mich auf die Wange und verschwindet. Ich bleibe allein zurück. Ich rolle mich wieder auf den Rücken und blicke gegen die Decke. Ich fühle mich leer und voll zugleich. Ich kralle eine Hand fest um die Bettdecke, so als wollte ich damit Händchenhalten, dabei muss ich eingeschlafen sein, denn ich wache nachts auf und merke, dass ich voll angezogen auf dem Bett liege und quäle mich noch kurz ins Bad, bevor ich unter die Bettdecke krieche.

Als ich am nächsten Tag von der Arbeit nach Hause komme, hat sie schon alles erledigt. Die Kisten sind im Keller verstaut, die Spenden abgegeben und die anderen Sachen entsorgt. Auf meinem Bett liegen jetzt nur noch ein Kopfkissen und eine Zudecke, aber sonst wirkt es normal. Die Deko ist noch da, die Bilder stehen noch rum, so viel anders ist es nicht. Als ich ins Bad gehe und da nur meine Sachen sind, fühle ich mich tatsächlich leichter. Sie hatte recht. Es vor mir herzuschieben hat es schlimmer gemacht. Kerstin ist vor über zehn Monaten gestorben, irgendwann musste ich es tun. Die wichtigen Erinnerungen sind noch da. Die Bilder, die Kinder, viele, viele Dinge, die wir gemeinsam angeschafft haben. Nur die Sachen mit denn ich gar nichts anfangen konnte, sind weg. Was soll ich auch mit ihren Handtaschen und ihrer Zahnbürste?

Ich will mich bedanken gehen und fange Sara in der Küche ab. Sie schaut von ihrem Smartphone auf und fragt mich: »Sag mal Paul, bin ich launisch?«

Bei mir gehen alle Alarmglocken an und ich frage vorsichtig: »Ist das so eine Frage, auf die man garantiert die falsche Antwort gibt? Hast du gerade PMS oder sowas?«

Sie wirft mir einen genervten Blick zu. »Wir sind doch Freunde. Sag einfach ehrlich.«

Ich stelle mich neben sie und antworte wie verlangt ehrlich: »Ja, manchmal bist du launisch. Ein klein wenig. Aber das ist in Ordnung, du bist ja ein Mensch. Für einen Roboter bist du nämlich viel zu süß.«

Jetzt schleicht sich Belustigung in ihr Gesicht und sie grinst etwas. »Ich höre und mag deine Worte, du Roboter.«

»Ach so? Du hältst dich also für kompliziert, mich aber nicht? Dann ist entweder dein Selbstbild verschoben oder dein Blick auf mich getrübt. Außerdem war ich der Meinung, dass ich auch süß bin, oder etwa nicht?«

Jetzt lacht sie und stößt ihre Schulter gegen mich. »Doch. Zuckersüß. Lass mal probieren«, sagt sie und versucht mein Gesicht abzulecken. Im letzten Moment weiche ich aus und werde ermahnt: »Stillhalten, ich will nur mal kosten. Wenn mir gefällt was ich schmecke, will ich später mehr, wenn es Gelegenheit gibt.«

Ich lache und drücke sie von mir weg. »Siehst du Süße, du bist doch herrlich unkompliziert und sicher nimmst du es mir nicht übel, wenn ich heute lieber mit meiner Freundin Sara einfach nur auf der Couch sitzen möchte und einen Film schauen. Ich bin sehr müde von gestern und ja, ich weiß ich schulde dir noch einen. Ich habe das nicht vergessen. Aber heute wäre mir eher nach heimlich Fingerübereinanderlegen. Und vielleicht gestehe ich dir noch ein Geheimnis.«

»Oh, Geheimnisse sind super. Raus damit!«

»Manchmal lasse ich meine schlechte Laune mit Absicht an dir aus, weil ich das nicht an Karla und Philip machen will.«

Sie guckt mich überrascht an. »Puh, kein Wunder ist das ein Geheimnis, das ist ja echt fies.«

»Ja, total. Und in 99% der Fälle habe ich dann gar keine mehr, weil du so entwaffnend bist. Du lässt sie einfach verschwinden. Du weißt fast immer irgendwie was du machen musst, ob es ein dummer Spruch, Schweigen oder eine Berührung sein muss. Danke Frau Anti-schlechte-Laune.«

»Ich weiß jetzt nicht was ich sagen soll, das war erst arschig, dann nett.«

Sie wirkt verlegen und ich erwidere: »Ich habe dir das nur gestanden, damit du verstehst, dass ich es nicht schlimm finde, wenn du ab und an launisch bist. Und natürlich, dass du weißt, dass ich kein Roboter bin. Denn es gibt sicher auch aus Zucker gegossene Roboter, um Menschen wie dich zu täuschen, die sich da ganz auf ihren Geschmacksinn verlassen.«

Sie lacht wieder und befielt mir dann: »Hole das Essen aus dem Ofen, es müsste fertig sein und später schauen wir einen Film, ich habe jetzt auch Lust auf heimliches Fingerhakeln.«

Sara & Explosion

Sara

Es ist ein richtiger Scheißtag, ich leide unter PMS, weshalb ich so schon schlecht gelaunt bin und trotzdem habe ich mir vorhin alte Bilder von Johannes und mir angeschaut und den Nachrichtenverlauf von uns gelesen. So ein bisschen Selbstquälen muss manchmal sein. Es regnet draußen und es regnet in meinem Gesicht. Ich will wo anders sein. Anderer Ort, andere Zeit, anderes Leben. Egal. Nur weg.

Um mich abzulenken, stehe ich in der Küche und backe einen Kuchen. Der Plan, mich damit auf andere Gedanken zu bringen und gleichzeitig einen netten Nachtisch zu haben, geht nicht auf. Ich massakriere den Teig, habe Hass, weil mir ein Ei runtergefallen ist und ich bereue, dass ich mit diesem verdammten Kuchen angefangen habe. Wer will schon Kuchen essen? Wer will schon klebriges Ei vom Boden wischen? Ich bin ganz kurz davor den Teig einfach aus dem Fenster zu werfen, weil ich den Backofen zwar auf Heißluft gestellt habe, aber vergessen habe die Temperatur einzustellen und ich jetzt auch noch warten muss bis er vorgeheizt ist.

Paul kommt in die Küche, auf den ersten Blick erkenne ich, dass er gestresst und genervt aussieht, sicher ein anstrengender Tag im Büro. Aber er hat jetzt Wochenende, ich habe kein Mitleid, es ist mir völlig egal, wie er sich fühlt. Ich bin so voll mit mir selbst, da ist kein Platz mehr für jemand anderen heute.

»Schatz, kannst du...«, wendet er sich mir zu und ich sehe in seinem Gesicht, dass er weiß, was er gerade getan hat und wie sehr es ihn mitnimmt, dass er mich gerade wie seine verstorbene Frau angesprochen hat, der Schmerz kriecht sichtbar in seine Augen.

Wäre ein anderer Tag, hätte ich das sicher hingenommen, ihn getröstet und wir hätten über Verarbeitung im Gehirn gesprochen, vielleicht hätte er geweint und ich hätte ihm versichert, dass das nicht schlimm ist und dass ich für ihn da wäre. Dieses Szenario läuft kurz, wie ein Film durch meinen Kopf, aber gleichzeitig merke ich, wie meine Mundwinkel sich noch weiter nach unten ziehen, wie die Wut und der Frust in mir hochsteigen und dann explodiere ich. Nicht weil meine Zündschnur so kurz ist, sondern weil ich überhaupt gar keine habe und ich schreie ihn, triefend vor Bitterkeit an: »Ich bin nicht dein Schatz, ich bin nicht deine Frau und ich bin KEIN scheiß Ersatz für Kerstin!«

Er brüllt sofort, ebenso laut und frustriert zurück: »Ich weiß das. Ich weiß nichts besser als das. NICHTS ist mir den ganzen Scheißtag bewusster.«

Letztens hatten wir es noch über schlechte Laune, aber dieses Mal haben wir sie beide und keiner versucht dem anderen zu helfen runterzukommen, sondern wir sind wie zwei Pulverfässer, die hochgehen, alles um sich herum in Brand stecken und der Vernichtung preisgeben.

Sprechen ist unmöglich, nur noch schreien kann ich: »Ich hasse alles! Mein Leben ist ein Beschiss! Ich will nicht hier enden als verdammter Ersatz für deine tote Frau!«

Er sieht jetzt so wütend aus, dass ich kurz Angst habe, dass er mich schlägt, aber er schlägt, wie ich, nur mit Worten um sich: »Du KANNST meine Frau gar nicht ersetzen. Ich hatte die beste und coolste Frau aller Zeiten und du könntest noch nicht mal vielleicht in ihre Fußstapfen treten! Allein, dass du auf so eine Idee kommst, zeigt doch wie verrückt du bist!«

»DU beleidigst mich nicht!«

»Ich beleidige dich, soviel ich will, das ist MEIN verdammtes Haus!«

»Du kannst mich gar nicht beleidigen, weil ich auf deine Meinungen einen DRECK gebe!«

»Was willst du eigentlich noch hier?«

»Das hier ist der allerletzte Ort, an dem ich sein möchte!«

»Und ich will dich nicht hier haben! Verschwinde einfach! Ich will dich nicht mehr sehen! Am liebsten nie wieder!«

»Ja, das ist eine ausgezeichnete Idee, ich hätte schon viel früher gehen sollen oder besser nie herkommen!«, brülle ich, während ich davonrenne, meine Ohren rauschen, ich sehe nur noch Tunnelblick. Ich schmeiße ein paar Klamotten wahllos in eine Reisetasche, den Laptop hinterher, schaue mich um, Ladegeräte noch. Mehr brauche ich nicht, das Badezimmerzeug kaufe ich mir unterwegs.

Er steht im Flur, als ich fertig bin und mit meiner Tasche davonlaufen will. »Du gehst?«

»Ja.«

»Gut«, sagt er, wendet sich ab, um davon zu gehen, und ich verlasse das Haus.

Ich renne fast zu meinem Auto, schmeiße die Tasche auf den Beifahrersitz und bleibe ein paar Minuten sitzen, damit ich wieder klar sehe. Dann fahre ich mit normaler Geschwindigkeit aus der Einfahrt und überlege mir, wo ich hingehe. Ich habe kein Zuhause mehr. Ich hatte, seit ich die Wohnung verkauft und bei Paul eingezogen bin, kein Zuhause mehr. Ich bin verloren.

Ich fahre eine ganze Weile durch die Gegend, planlos, ziellos. Wo soll ich auch hin? Für mich gibt es keinen Hafen. Ich fühle mich wie ein steuerloses Boot auf dem offenen Meer. Soll ich zu meinen Eltern? Nein. Meine Mutter würde sofort alles durchanalysieren und versuchen irgendwas zu tun, wahrscheinlich würde sie sogar Paul anrufen. Nein, nein, das tue ich mir nicht an.

Mein Smartphone vibriert. Ich werfe einen Blick auf den Beifahrersitz, wo ich es hingeworfen hatte, aber es muss runtergerutscht sein, ich glaube, ich höre das Vibrieren unter dem Sitz oder im Fußraum, aber das ist ja egal, ich möchte im Moment mit niemandem reden.

Ich merke, dass ich an Joes und meiner alten Wohnung vorbeifahre und ich muss rechts ranfahren, weil ich so heftig anfange zu heulen. Dort sind jetzt andere Menschen glücklich und für mich gibt es nichts. Ich zwinge mich langsam zu atmen und auf andere Dinge zu achten, putze mir die Nase, wische meine Augen und werfe einen Blick auf den Wohnblock. Es macht mir gar nichts aus dort hinzusehen. Diese Wohnung zu sehen löst kein Schmerz mehr aus, nur noch Erinnerungen. Joe war mehr als ein gemeinsamer Ort zu leben. Er war mein Zuhause, egal wo er war.

Ich fahre weiter, halte vor einem Drogeriemarkt und besorge mir Zahnbürste, Erfrischungstücher, um meine verrutschte Restschminke loszuwerden, Haarbürste und ein paar Kleinigkeiten, die es in Hotels nicht gibt. Dann fahre ich zu dem großen Hotel in der Nähe der Autobahn, das hat meines Wissens nach einen Spa-Bereich. Vielleicht kann ich mich da etwas entspannen und mir überlegen, wie ich weitermache. Zurück kann ich nicht. Ich parke, schnappe mir meine Handtasche und betrete das Hotel. Kinn hoch, Augen fest entschlossen nach vorne. Ich habe Joe verloren und lebe noch, dann komme ich damit erst recht klar, das ist nur ein Stolperstein in meinem Leben. Ich bekomme das in den Griff. Ich habe das im Griff. Ich hätte gerne einen Griff.

Paul & Chaos

Paul

Ich gehe ins Wohnzimmer und laufe etwas rastlos hin und her bis Philip hereinkommt und eher feststellt, als fragt: »Das Geschrei, das waren du und Sara, oder?«

»Ja, waren wir. Wir hatten Streit. Tut mir leid, dass du das mitbekommen musstest. Es hatte nichts mit dir zu tun.«

»Ich weiß Paps, was sollte das auch mit mir zu tun haben? Wo ist sie? Ich habe bei ihr geklopft, aber sie antwortet nicht.«

Ich fahre mir durch die Haare und seufze. »Sie ist gegangen.«

Misstrauisch fragt er: »Wann kommt sie wieder?«

»Ich glaube sie ist ganz weg.«

»Du hast es versaut, oder?«

Ich seufze wieder. »Ich glaube du hast recht.«

»Dann musst du dir jetzt wohl was ausdenken, wie du sie zurückholst. Und zwar schnell.«

Ich schaue meinen Sohn an. So viel hat er schon lange nicht mehr mit mir direkt gesprochen. Meistens bekomme ich von ihm nur *Ja*, *Nein* oder *Vielleicht* zu hören.

»Ja, du hast recht. Ich rufe sie an, ja?« Ich nehme mein Smartphone und drücke auf ihren Namen, es klingelt, aber sie nimmt nicht ab. Aber klar, sie fährt ja gerade Auto. Ich probiere es trotzdem noch einmal. Und ein drittes Mal. Dann schaue ich zu Philip, der geduldig wartet, und schüttle den Kopf. »Sie geht nicht ran.«

Er stemmt seine Arme in die Seite. »Skala 1 bis 10, wie schlimm ist es, wie sehr hast du es versaut? Sei ehrlich.«

Ich frage ihn zurück: »Warum interessiert dich das so sehr?«

»Antworte erst. Du hast mir beigebracht, dass es unhöflich ist mit Gegenfragen zu antworten.«

»Du hast recht, tut mir leid. Sicher 9 bis 10.«

Er nickt. »Gut. Oder nicht gut. Ich will nicht, dass sie weg ist. Sie hält die Dinge hier am Laufen. Ich will nicht zu Großpa und Großma ziehen und auch nicht in ein Internat. Und Karla auch nicht. Karla kann sie überhaupt nicht leiden, weiß aber, dass sie das ist, was uns davor bewahrt, dass du uns abschiebst. Also bring das wieder in Ordnung. Bitte.«

Mir bleibt der Mund offen stehen und ich frage ihn: »Wie sprichst du denn mit mir? Und wie kommst du auf die Idee, dass ich euch abschieben würde?«

Wann ist mein Sohn so erwachsen geworden? Er ist elf verdammt. Er sollte auf Bäume klettern und Sachen kaputt machen und Streiche spielen und so einen Scheiß, aber nicht hier stehen und seinem Vater eine Standpauke halten. Ich merke, wie der Gedanke, dass meine Kinder denken, dass ich sie abschieben möchte, mich traurig macht. Das schmerzt sogar sehr. Ich drücke meine eigene Hand, um mich zurückzuhalten, Philip nicht in eine Umarmung zu zwingen. Ich will ihm doch nur zeigen, dass ich ihn liebe, warum lässt er mich nicht?

Seine Stimme trieft vor Sarkasmus, als er darauf antwortet: »Ich wollte nur ehrlich sein. Du sagst doch immer, ich soll ehrlich sein und jetzt passt es dir auf einmal nicht mehr?«

Ich fühle mich überfordert. Als Vater. Mit dieser Situation. Der Wunsch, ihn zu umarmen, und an mich zu ziehen, wie damals, als er ein kleiner Junge war, wird fast übermächtig, ich ertrage seinen Blick, der aussagt *Du zerstörst mein Leben* nicht mehr.

Ich atme tief ein und aus und bitte ihn: »Gib mir einen Augenblick zum Nachdenken.«

Er nickt, bleibt aber stehen und mustert mich.

Ich atme noch einmal tief ein und aus und bitte ihn dann: »Ich brauche deine Hilfe. Kannst du den Streit für dich behalten? Ich rufe jetzt deine Großeltern an und sage ihnen, dass sie dich und deine Schwester abholen sollen, weil ich spontan arbeiten müsste und Sara frei hat. Und dann bringe ich das irgendwie in Ordnung. Geht das? Ich glaube das wird dauern, das wieder hinzubekommen. Ich habe sehr schlimme Dinge gesagt.«

Er nickt. »Ja, das geht. Ich sage Karla Bescheid.« Er dreht sich um und bevor er das Wohnzimmer verlässt, wendet er mir sein Gesicht noch einmal kurz zu und sagt: »Weißt du, Sara hat mir gesagt, dass ihr sehr gute Freunde seid. Sara ist auch meine Freundin und wenn ich was zu ihr gesagt habe, das ich nicht so gemeint hatte, habe ich mich sofort entschuldigt. Sie ist nicht nachtragend. Freunde sagen sich nicht so schlimme Dinge, dass einer ganz geht. Du bist ein mieser Freund, vielleicht hast du sie gar nicht verdient.«

Mit einem dicken Kloß im Hals tätige ich den Anruf bei den Schwiegereltern, die sich freuen, ihre Enkelkinder das ganze Wochenende zu haben, und bin froh, dass sie nicht merken, in welcher Stimmung ich mich gerade befinde.

Wenn ich nur wüsste, wo sie hin ist. Ich hätte sie nicht fahren lassen dürfen, so aufgeregt, wie sie war. Vielleicht ist sie zu ihren Eltern? Nein, sie hat mir gesagt, dass sie nie zu ihren Eltern geht mit ihren Problemen, weil ihre Mutter alles durchanalysiert. Aber wo kann sie hin? Ich habe ihr ihr Zuhause weggenommen. Ich bin ein verdammter Mistkerl. Hotel? Vielleicht.

Ich schaue auf mein Smartphone und die Nachrichten, die ich ihr geschickt habe, aber keine Antwort erhalten habe.

Ich: *Sara. Es tut mir leid. Kannst du mich zurückrufen?*

Ich: *Ich weiß, das ist eskaliert und ich war unfair.*

Ich: *Ich mache mir Sorgen, bitte sag mir, dass es dir gut geht.*

Ich: *Bitte ruf mich an. Oder gibt irgendein Lebenszeichen von dir.*

Ich: *Bitte, bitte, bitte.*

Ich: *Es war meine Schuld. Ganz allein meine. Ich vermisse dich. Bitte nur ein Zeichen.*

Ich: *Wenn ich nicht bald wenigstens sehe, dass du meine Nachrichten gelesen hast, drehe ich hier durch. Bitte Sara.*

Weitere vergebliche Anrufversuche sammeln sich auf meinem Smartphone. Ich mache mir verdammte Sorgen. Wenn ihr wegen mir was passiert ist! Ich muss an ihre Geschichte mit Johannes denken, dass sie sich die Schuld gibt an seinem Autounfall und weiß, dass wenn ihr jetzt was passiert ist, ist es ganz allein meine Schuld, weil ich sie davongejagt habe.

Ich habe die Kinder an die Schwiegereltern übergeben und telefonieren jetzt eine Liste mit Hotels aus der Umgebung ab, aber ich hatte kein Glück, entweder sie ist nicht da oder mir wird die Auskunft verweigert aus Datenschutzgründen. Ich haue mit meiner Faust auf die Tischplatte. Wo ist sie bloß? Ich kann doch nicht einfach durch die Gegend fahren in der Hoffnung, dass ich irgendwo ihr Auto sehe?

Ich stehe auf und habe schon den Schlüssel in der Hand, fest entschlossen es doch bei ihren Eltern zu versuchen und dann Ausschau nach ihr zu halten, weil mir sonst nichts mehr einfällt. Diese Untätigkeit ist so verflucht unerträglich.

Mein Smartphone vibriert. Sie ist es! Erleichterung überkommt mich und ich gehe sofort ran.

»Sara? Süße? Geht es dir gut?«

»Hey Paul, natürlich nicht.«

Ich lache gequält. Das war aber auch dumm von mir.

»Komm zurück. Nein, sag mir, wo du bist, ich hole dich.«

»Paul, ich wollte dir nur sagen, dass es mir gut geht und du dir keine Sorgen machen musst. Ich hatte das Smartphone bis eben im Auto liegen lassen und es gerade geholt und deine Nachrichten gesehen und sofort angerufen, weil ich weiß, wie es sich anfühlt, wenn jemand mit dem Auto unterwegs ist und sich nicht mehr meldet. Aber das ist alles, ich möchte mich nicht mit dir unterhalten und dich auch nicht sehen. Ich melde mich wieder.«

»Sag mir wo du bist! Sofort! Bitte.«

»Nein, sonst kommst du her und ich ertrage dich im Moment nicht.«

»Ich will doch nur wissen, wo du bist, damit es mir besser geht. Bitte. Sag es mir einfach.«

»Im Princess Trisher«

»Danke. Ich bin unterwegs.«

»Halt, warte ...«

Ich höre den Rest nicht mehr, weil ich aufgelegt habe und mich auf den Weg mache.

Zwanzig Minuten später bin ich da und staune. Krasses Hotel. Teures Hotel! Wie kann sie sich das leisten?

Ich gehe an den Empfang und melde mich als Gast von ihr an. Die Empfangsdame ruft auf ihrem Zimmer an und spricht mit ihr. Ich weiß nicht, was sie sprechen, aber sie verrät mir auf jeden Fall die Zimmernummer und erklärt mir den Weg.

Als ich angekommen bin, steht sie schon im Türrahmen, mit verschränkten Armen.

»Hey Paul. Ich wollte nicht, dass du herkommst. Ich brauche Zeit für mich. Können wir nächste Woche reden?«

»Nein, jetzt«, bestimme ich, drücke mich an ihr vorbei und ziehe sie mit mir hinein.

»Das ist ganz schön übergriffig«, stellt sie fest, als wir im Zimmer sind.

Ich setze mich auf einen der Sessel und entschuldige mich: »Ja, sorry. Aber ich habe Angst, dass du bis dahin ganz verschwunden bist.«

Sie seufzt und setzt sich auf den anderen Sessel. »Da hast du nicht ganz unrecht mit der Befürchtung. Mir ist klar geworden, dass das wohl nicht das ist was ich will.«

»Was willst du nicht?«

»Gast sein. Ich will ein Zuhause.«

Ich beuge ich etwas vor zu ihr und sage ernst: »Das ist dein Zuhause. Es tut mir leid, wenn ich vorhin was anderes gesagt habe. Du gehörst dort hin. Ich will nicht, dass du weg gehst. Das war im Affekt und ich will das zurücknehmen.«

Ich lege unbewusst meine Hand aufs Herz, wie zum Schwur und ich hoffe, dass sie mir glaubt. Sie gehört nirgendwo anders hin als zu mir nach Hause und ich habe mich noch nie für irgendetwas so sehr geschämt wie dafür, dass ich das Gegenteilige behauptet habe.

»Ich weiß das alles. Und auch, dass du das so meinst. Ehrlich meinst. Jetzt.«

Ich schüttle den Kopf. »Nein, nicht nur jetzt. Immer. Aus meinem Mund kam nur Müll.«

»Aus meinem auch. Tut mir leid.«

»Kommst du wieder mit? Ich habe es Philip versprochen, dass ich das wieder hinbekomme. Er hat Angst, dass er sonst aufs Internat muss.«

Ihre Gesichtszüge verhärten sich. »Ach so. Es geht darum, dass du wieder jemand für deine Bälger hast.«

»Nenne sie nicht Bälger.«

»Ich kann sie nennen, wie ich will, ich bin in meinem Hotelzimmer.«

»Das habe ich wohl verdient. Und nein, es geht nicht nur um meine *Bälger*, aber wenn du es so willst, wir haben einen Vertrag. Und dort gibt es auch einen Punkt absolute Zuverlässigkeit. Und das ist sicher nicht zuverlässig, wenn man bei der ersten Gelegenheit alles hinschmeißt und sich verpisst. Wir haben sogar eine Kündigungsfrist vereinbart. Ich muss ja auch irgendwie planen.«

»Gut, betrachte den Vertrag als gekündigt, ich komme mit dir mit und bleibe die Kündigungsfrist. In der Zeit kann ich mir ja eine Wohnung suchen.«

Unsere Blicke kollidieren und wir sprühen beide schon wieder fast Funken vor Wut. Sie springt auf, ich auch, wir heben beide unsere Fäuste, als wollten wir miteinander kämpfen oder uns voreinander beschützen und dann beginnt sie hemmungslos zu weinen. Ich ringe ebenfalls um meine Fassung. Ich wollte das alles nicht sagen. Ich weiß nicht, was mit mir los ist. Warum bin ich so ein Schuft?

»Sara?«, frage ich und höre die Verzweiflung in meiner eigenen Stimme. »Können wir aufhören? Wir versauen es total. Ich will dich nicht verlieren. Nicht nur für die Kinder. Auch für mich.«

Ich wage einen Vorstoß und versuche sie in den Arm zu nehmen. Aber sie weicht aus. Meine Arme hängen nutzlos an meinen Seiten, ich weiß nicht, was ich noch tun kann. Mir fallen keine passenden Worte mehr ein und auch keine Gesten. Ich bin zu dumm, zu ungeschickt, zu dämlich, um das wieder hinzubekommen. Wieso stelle ich mich an wie der letzte Mensch? Ich wickle beruflich Menschen um den Finger, wieso versage ich privat so sehr?

Dann bewegt sie sich, reißt mich mit sich, sie schiebt mich Richtung Bett, zieht an meinen Klamotten, während sie anfängt, mich wie wild zu küssen.

Als sie mich aufs Bett schubst und sich ihr Shirt über den Kopf zieht, versuche ich sie zu bremsen.

»Sara, ist das eine gute Idee? Sollten wir nicht lieber erst reden?«

»Nein, im Reden sind wir nicht gut. Aber im Bett, da sind wir richtig gut.«

Dazu fällt mir nichts ein, außer, dass sie recht hat, und ich helfe ihr dabei mich und sie zu entkleiden, während wir uns wild küssen. Dann drücke ich sie aufs Bett und halte sie einen Moment davon ab, mich mit Küssen zum Schweigen zu bringen, und frage sie: »Wie brauchst du es? Zärtlich, hart? Sag mir, was du von mir willst.«

Sie schaut mir in die Augen und befiehlt mir streng: »Kein Vorspiel. Fick mir das Hirn aus dem Schädel und wehe, du hältst dich zurück.«

Alles klar, soll sie bekommen. Ich spreize ihre Beine, packe sie an ihren Schultern und drücke mich fest in sie, lege mit einem tiefen Hüftstoß nach. Sie schließt genüsslich ihre Augen und stöhnt mit mir gemeinsam auf. Ich stehe darauf, wie direkt sie ist.

Ich bewege mich etwas schneller. Raus, rein, das alte Spiel, nie verliert es seine Faszination. Ihre dunklen Augen schauen mich an, sie bewegt sich nicht mit mir. Ich mache ganz langsam, streiche ihr sanft mit einer Hand über die Seite ihres Kopfes und möchte sie fragen, was los ist, aber sie packt meine Hand und legt sie auf ihre Brust, beugt sich mir für einen ungestümen Kuss entgegen und flüstert an meinem Mund: »Mehr Sweetie.« Sie will also mehr. Ich will, dass sie das bekommt, was sie sich wünscht, und bewege mich wilder und mit mehr Druck. Endlich erwacht sie zum Leben, krallt sich an meinen Armen fest und wimmert leise vor Lust. Ich frage sie: »Ist das gut?«

Und sie antwortet prompt: »Sweetie, nicht reden.«

Sie schlingt ihre Beine um meine Hüfte und ihre Arme um meinen Nacken, für weitere zügellose Küsse, jetzt bewegt sie sich wieder mit mir auf ihre wilde, leidenschaftliche Art.

Sexuell ist sie eine Herausforderung für mich. Sie will immer mehr und mehr. Es ist mit ihr wie Sex mit verschiedenen Frauen zu haben, mal ist es wie eine Runde kuscheln und mal wie ein Zweikampf und alles davon gefällt mir. Sie verlangt mir alles ab und das ist gut so, weil es mir viel Freude bereitet ihr alle Wünsche zu erfüllen, das kickt mich so richtig, dass sie genau weiß wann sie was will.

Ich packe sie, drehe sie um, dass sie auf allen vieren vor mir kniet, drücke ihre Beine weiter auseinander, ihre Schultern nach unten und kralle mich an ihrer Hüfte fest, damit sie mir nicht ausweichen kann, und versenke mich wieder tief in ihr. Ich halte sie weiter mit einer Hand fest, die andere lasse ich zwischen ihre Beine wandern, ich weiß mittlerweile genau, was ich tun muss, dass sie aufhört zu denken und ich habe recht, keine Minute später spüre ich, wie sie sich um meinen Schwanz zusammenzieht und noch nässer wird.

Das war nur der erste Höhepunkt, den ich ihr verschaffen werde. Ich werde das tun, worum sie mich gebeten hat, ich werde ihr das Gehirn rausvögeln.

Wir machen immer weiter und weiter, ich schwitze und keuche und merke selbst, wie du Wut verraucht, wie Kummer und Verzweiflung mit meinem und ihrem Schweiß davonschwimmt und nur noch ein Gefühl der Verbundenheit mit ihr übrigbleibt. Ich vergrabe sicher schon Ewigkeiten meinen Schwanz in ihrer süßen Muschi, die alles von mir fordert. Wir kämpfen uns durchs ganze Bett, sie die Oberhand, ich die Oberhand, während sie, so oft es geht, meinen Blick festhält und es dadurch noch viel intensiver macht. Ich tobe mich an ihr aus, sie tobt sich an mir aus.

Zwischendurch hält sie meinen Kopf fest und küsst mich unerwartet so langsam, bedächtig, intensiv, dass es der Heftigkeit dieser Vereinigung Lügen straft. Ein Kuss so zuneigungsvoll, dass er mir schier den Atem raubt. Ich küsse sie, als wortlose Antwort so zärtlich ich kann zurück, bevor sie diese Zwischensequenz beendet und wieder alles von mir fordert.

Als ich mir, viel, viel später erlaube selbst zu kommen ist das nahezu ein überwältigendes Erlebnis. Ich breche neben ihr zusammen und mein ganzer Körper ist taub und brennt zugleich. Ich spüre das Nachklingen meines Orgasmus noch bis in die Fußspitzen.

Wir liegen nebeneinander und schweigen, sie nimmt nur wortlos meine Hand, drückt sie und hält sie fest.

Irgendwann ergreife ich das Wort. »Wie ist denn hier der Zimmerservice?«

Sie dreht sich zu mir rüber und legt ihren Kopf auf meine Armbeuge. »Sweetie, ich habe keine Ahnung, du hast mir keine Chance gegeben ihn auszuprobieren.«

Ich angle nach dem Telefon auf dem Nachttisch und wähle die 0, um mit Rezeption verbunden zu werden. Ich lasse mir die Speisekarte vorlesen und entscheide: »Zwei Sandwichs, Obst, dieses Fingerfoodplattending. - Danke. - Prima.«

Dann lege ich meinen Arm um sie und küsse sie auf die Schläfe. »Du hast sicher auch noch nichts gegessen. Nett, dass sie hier einen 24h-Service haben, es ist schon mitten in der Nacht. Also jetzt nicht einschlafen. Wir gehen jetzt duschen und dann sollte das Zeug da sein.«

»Ich will nicht duschen«, wehrt sie sich und sieht auch nicht aus, als würde sie jetzt noch aufstehen können. Sie wirkt total müde und fertig und ich weiß, dass das nicht nur an dem Sex lag, sondern auch an der emotionalen Achterbahnfahrt, die wir uns heute gegenseitig angetan haben.

Trotzdem entscheide ich: »Doch, du brauchst eine Dusche. Wir haben uns ziemlich rangenommen, jetzt wird heiß geduscht, dann lockern sich die Muskeln wieder.« Ich schiebe meine Arme unter ihrem Körper durch, hebe sie dann hoch und trage sie ins Bad, um sie unter die Dusche zu stellen und das Wasser aufzudrehen. Ich prüfe die Temperatur und als sie mir angenehm erscheint, schiebe ich sie unter den warmen Wasserstrahl und erhöhe langsam die Wärme. »Bleib einfach stehen, ich mach das.«

Mit dem Duschgel aus dem Spender seife ich sie ein und massiere mit kräftigen Bewegungen ihre Muskulatur. Als ich die Seifenreste abspüle, lehnt sie sich gegen mich und ich halte sie mit beiden Armen fest, während das Wasser auf uns niederprasselt. Selbstgemachter Regen. Energisch stelle ich das Wasser ab und schiebe sie, sie immer noch im Arm haltend, aus der Dusche und lasse sie nur los, um sie abzutrocknen und in das Handtuch gewickelt zurück ins Bett zu tragen.

Vorsichtig lege ich sie ab und will mich bedecken, da der Zimmerservice gleich kommen sollte, aber ihre Hand greift nach mir: »Warum hast du das gemacht?«

»Was? Mit dir geschlafen, Essen bestellt oder dich geduscht?«

»Mich so geduscht. Das war, war, ich weiß auch nicht«, stottert sie, »sehr aufmerksam.«

Ich zucke mit meinen Schultern, ich bin etwas peinlich berührt und versuche das dann einfach mit: »Weil du es verdient hast«, zu rechtfertigen. Vielleicht war es aber auch nur ein Versuch, das alles wieder gut zu machen, ich weiß doch gar nicht, was ich sonst machen soll.

Es klopft und ich schnappe mir schnell ein Handtuch aus dem Bad, um es mir um die Hüfte zu wickeln, bevor ich die Tür öffne und dem Boten direkt alles abnehme.

Ich klettere mit dem Essen zu ihr aufs Bett und fordere sie auf: »Los, hau rein.« Dann essen wir eine Weile schweigend, aber angenehm schweigend. Ich habe die Hoffnung, dass das was wir mit Worten kaputt gemacht haben, durch dieses körperliche Zusammensein wieder gekittet wurde.

Nachdem wir fertig sind und ich das Geschirr zur Seite geräumt habe, kuschle ich mich an sie ran und lege meinen Arm um sie. »Wollen wir reden?«

»Ja, okay. Aber nicht über das was passiert ist. Lass das morgen durchkauen.«

»Gut. Worüber magst du dann reden?«

»Ich weiß nicht …«, antwortet sie zögerlich.

Also rede einfach ich irgendetwas. »Schönes Zimmer, merke ich jetzt. Ist das nicht eins der besten Hotels der Stadt? Ist das nicht sehr teuer?«

»War mir egal, macht doch nichts, oder?«

»Hmm, nein. Aber ich dachte, du verdienst nicht so viel. Deswegen wundere ich mich.«

Jetzt fragt sie mich erstaunt: »Wer sagt, denn dass ich nicht viel verdiene?«

»Öhh, keine Ahnung. Ich dachte mir das, nachdem du damals gesagt hast, dass du aus deiner Wohnung raus musst und dir diese hässlichen kleinen Wohnungen angeschaut hast.«

Jetzt kichert sie. »Das ist lustig. Nein. Ich *musste* aus der Wohnung raus, weil ich es darin nicht mehr ausgehalten habe. Zu viele Erinnerungen an Joe. Ich kann das nicht so wie du. Das war meine Wohnung. Ich habe sie verkauft. Und ich hatte nach kleinen Wohnungen zum Kaufen Ausschau gehalten, weil ich alleine ja nicht viel Platz brauche. Ich hätte die dann schon renovieren lassen.«

Jetzt muss ich laut lachen, drücke sie an mich und küsse sie auf die Nasenspitze. »Weißt du, was ich geglaubt habe?«

»Was denn?«

»Dass du vollkommen abgebrannt bist, weil du Joe nicht mehr hast und deswegen dachte ich, dass es eine gute Idee wäre, dass du bei mir einziehst, damit du ein vernünftiges Dach über dem Kopf hast. Was verdienst du denn, wenn ich fragen darf?«

»Als Selbstständige ist das schwierig zu sagen«, weicht sie etwas aus und flüstert mir dann aber eine Zahl ins Ohr, die lässt mich erstaunt die Augen aufreißen.

»Netto?«, hake ich völlig platt nach.

»Ja, das ist mein Gewinn nach allen Kosten und Steuern.«

»Verrückt«, staune ich, »Du verdienst ja mehr als ich! Warum hast du mir das ins Ohr geflüstert? Ist dir das etwa peinlich?«

»Mag sein. Meistens wird das entweder nicht geglaubt oder mir unterstellt, dass ich mit unlauteren Mitteln arbeiten würde oder muss mich mit heftigem Neid ausernandersetzen. Deswegen sage ich das normalerweise niemanden.«

»Und was machst du damit? Du fährst ja sogar nur ein winziges Auto!«

»Ich spare. Ich will früh in Rente, der Traum von Joe und mir war, dass wir mit 50 aufhören zu arbeiten und einfach reisen. Und große, teure Autos sind reine Geldverbrenner. Ich versuche zu investieren, nicht auszugeben. Wenn ich nicht gerade in solchen Hotels hier abhänge, natürlich. Auf jeden Fall musste ich, seit ich bei dir eingezogen bin einiges ändern. Vorher habe ich an anstrengenden Tagen auch mal vierzehn Stunden durchgearbeitet, das geht ja jetzt nicht mehr. Deswegen habe ich mir zwei Online-Assistenten und ein paar Tools besorgt. Wenn ich jetzt morgens an meinen Rechner gehe, haben die mir schon vier Stunden Arbeit abgenommen, allein indem sie meine E-Mails ausgewertet, zusammengefasst und notwendige Maßnahmen eingeleitet haben. Für mich hat sich diese Umstellung alleine dafür schon gelohnt und ich wünschte ich wäre früher schon auf diese Idee gekommen. Ich werde dieses Jahr zwar weniger Gewinn haben dadurch, aber ich arbeite auch viel weniger und so ist mein Stundenlohn deutlich gestiegen.«

»Du musst mir unbedingt mal in Ruhe erzählen, wie du das machst. So kaputt und gestresst ich öfter mal von der Arbeit bin und du immer so entspannt, es scheint als könnte ich noch was von dir lernen.«

Ich glaube, das hat sie nicht mehr gehört, sie ist eingeschlafen. Ich halte sie weiter fest und merke, wie ich selbst immer müder und müder werde. Sie ist so herrlich warm in meinem Arm. Warm wie eine Sonne.

Als ich wieder aufwache, schläft sie noch und klammert sich dabei an mir fest, während ich sie noch enger an mich gezogen habe. Morgens nicht alleine aufzuwachen bin ich nicht mehr gewohnt und bin hin und her gerissen. Ich fühle mich gut. Ich fühle mich sogar sehr gut. Und ich habe ein schlechtes Gewissen. Wie kann ich mich mit ihr im Arm nur so unglaublich wohl fühlen, wenn ich doch um meine verlorene Liebe trauernd sollte? Während ich sie so betrachte erfasst mich sogar heftige Zuneigung zu ihr, die sich auf eine Art nicht richtig anfühlt und auf der anderen schon. Möglicherweise sollte man keinen Sex mit seiner besten Freundin haben.

Einerseits möchte ich sie wegschubsen, weil sie solche Gefühle in mir auslöst, die ich mir gar nicht wünsche, andererseits würde ich gerne meine Augen noch einmal schließen und den Rest der Welt vergessen und einfach nur mit ihr sein. Ich entscheide mich für gar nichts und starre vor mich hin, bis ich merke, dass sie sich bewegt, und streichle ihren Arm. Ich möchte nicht, dass sie was von meinen Gefühlen mitbekommt, sonst reiße ich sie sicher mit rein, in dieses innere Chaos.

Ich nehme ihre warme, weiche Haut unter den Fingerspitzen wahr und ihren nackten Körper, der sich an mich drückt und meine Gedanken schlagen eine andere Richtung ein.

Sie blinzelt und schaut zu mir hoch. »Wir sind eingeschlafen«, stellt sie fest, »Und du bist wach.«

»Ja«, bestätige ich. »Mein Schwanz und ich warten schon sehnsüchtig, dass du endlich aufwachst.«

Mit ihrer Reaktion habe ich nicht gerecht, sie nimmt ihr Bein von mir, mit dem sie mich eben noch umschlungen hatte, fasst nach unten in meinen Schritt und sagt: »Uhh, echt. Auch schon wach.«

Ich lache leise und erkläre ihr: »Das war nur ein Scherz, aber bediene dich, wenn du willst.«

Und tatsächlich verschwindet sie mit ihrem Kopf unter der Decke. Ich lache wieder. »Frau, du bist verrückt.« Dann schlage ich die Decke zurück und sie beschwert sich: »Hey!«

»Erstens bekommst du sonst keine Luft und zweitens will ich das gefälligst sehen!«

Sie schaut zu mir hoch, ich sehe, wie sich ihre Augen weiten und im nächsten Moment springt sie auf, blickt hektisch suchend um sich und schreit mich an: »Wir haben die Kinder vergessen! Wir sind eingeschlafen und haben sie alleine gelassen! Sie wissen doch gar nicht wo wir sind! Wo sind meine Klamotten? Wir müssen los!«

Ich beschwere mich: »Hallo, wie kannst du in so einem Moment an meine Kinder denken?«

Sie schaut mich entsetzt an: »Wieso ist dir das egal? Es sind schließlich deine und sonst machst du doch auch so ein Geschiss.«

»Ich mach gar kein Geschiss, komm wieder her. Sie sind bei ihren Großeltern.«

»Und das sagst du mir jetzt erst? Ach, Mensch. Ich bin total erschrocken.«

Sie kommt zurück ins Bett, zieht sich die Decke über den Körper und deckt mich auch wieder zu. Ich nehme ihre Hand und verschränke unsere Finger. »Sorry, dass du dich gesorgt hast, aber es gab noch keine passende Gelegenheit das zu erwähnen.«

Sie seufzt. »Du hast recht.«

Ich hake mal sicherheitshalber nach: »Der Moment ist zerstört, oder?«

Sie grinst zu mir rüber: »Auf jeden Fall, Sweetie.«

»Schade«, grinse ich zurück.

»Wann kommen sie wieder?«, will sie wissen.

»Sonntagnachmittag.«

»Ich habe das Hotel bis einschließlich Montag gebucht, sollen wir einfach hier bleiben bis sie wiederkommen?«, schlägt sie vor.

»Keine schlechte Idee. Wollen wir frühstücken gehen oder uns was kommen lassen? Und reden wir dann darüber, wie wir weitermachen wollen? Ich würde wirklich gerne wissen, wie du dazu stehst.«

Sie lächelt mich an. »Ja, du hast recht. Es wird Zeit, lass es uns gleich klären. Ich fange an: Es tut mir schrecklich leid. Es war nicht deine Schuld. Es war meine.«

Ich unterbreche sie: »Nein, es war meine. Ich bin einfach ausgerastet und habe schreckliche Sachen gesagt.«

»Ich auch. Ich habe in deinem Gesicht gesehen, wie es dir ging, als dir das rausgerutscht ist und trotzdem habe ich dich beschimpft, statt ... ach ich weiß auch nicht. Wir waren beide sehr fies.«

»Ja, aber ich habe dir dein Zuhause weggenommen und so getan als wärst du nur ein ungebetener Gast. Und ich will nicht, dass das zwischen uns steht. Ich will nicht, dass du denkst, dass ich das denke.«

»Paul, dafür ist es zu spät. Aber, wenn ich ehrlich bin, war mir das vorher schon klar. Genauso wie ich mich oft wegwünsche, wünscht du mich auch weg. Ich denke, das ist natürlich. Aber wir hätten uns das nicht an den Kopf werfen dürfen als Waffe.«

Sie hat recht und das macht mich traurig. Wir haben einen Punkt überschritten, den kann man nicht einfach zurückgehen.

Ich schlage ihr vor: »Du musst nicht mit mir zurückgehen. Ich verstehe das. Du musst auch nicht die Kündigungsfrist abwarten. Du kannst einfach gehen, sobald du was Neues gefunden hast. Ich finde eine Lösung für die Kinder, ich finde immer eine Lösung. Können wir trotzdem Freunde bleiben? Wir sind doch Freunde, oder? Wir mögen uns ja eigentlich, wenn wir uns nicht gerade Scheiße an den Kopf schleudern. Du würdest mir wirklich fehlen.«

Sie stößt mich mit dem Ellenbogen in die Seite und fragt verspielt: »Und wer spricht jetzt mit mir? Paul oder wieder sein Schwanz?«

»Ist das alles, was du dazu zu sagen hast? Mir ist das wirklich ernst. Auch wenn ich deine kleine Muschi sehr schätze, würde ich sicher auch ohne sie auskommen. Aber du würdest mir fehlen.«

Jetzt schaut sie gerührt. »Sorry, ich wollte nur die Stimmung etwas auflockern. Ich weiß nicht, was ich sagen soll. Du bist mein bester Freund geworden. Die Trauer hat uns zusammengeschweißt. Die Frage ist ob das eine gute Grundlage für eine Freundschaft ist.«

Sie schweigt, wirkt aber so, als würde sie angestrengt nachdenken, also unterbreche ich ihre Gedanken nicht, sondern denke über ihre Aussage nach. Steht unsere Freundschaft auf einem falschen Fundament? Ich stelle mir uns in der Zukunft vor, ich versuche, uns beide zu sehen, wie wir die Trauer hinter uns gelassen habe und ob wir uns dann noch was zu sagen hätten.

»Paul?«, höre ich sie fragen. »Hörst du mir zu?«

»Natürlich. Entschuldigung.«

»Ich glaube, wir wären auch Freunde, wenn wir nicht die Trauer hätten. Und auch wenn man den Sex weglässt. Denn wir reden ja auch so miteinander und sind auf einer Wellenlänge. Irgendwie. Ich glaube, unter anderen Umständen, hätten wir auch Freunde werden können.«

»Ja, zu dem Schluss kam ich gerade auch«, stimme ich ihr zu. »Aber was bedeutet das jetzt für den Augenblick? Du bist bei mir daheim und wenn du wieder mitkommst, will ich, dass du mein Zuhause auch als deins siehst. Ich kann dir nicht versprechen, dass ich keine dummen Sachen mehr sage, aber ich kann dir versprechen, dass ich sie nicht so meine und dass ich mein Bestes gebe, um mich zu beherrschen.«

»Ja, das reicht mir«, teilt sie mir mit. »Ich will, dass wir wie vorher weitermachen. Und ich kann sicher auch nicht versprechen, dass ich nie wieder was Dummes sage. Sehen wir es uns einfach nach, manchmal sind wir nicht wir selbst. Wir können ja auch ein Codewort vereinbaren, wie beim Sex. Wenn einer zu verletzend wird, sagen wir einfach, hmmm, Einhornpups!«

Ich lache, teils erleichtert, teils belustigt. »Warum denn gerade Einhornpups?«

»Da kann keiner Ernst bleiben.«

Ich lache wieder. »Du hast recht.«

»Dann sind wir uns ja einig. Los, zieh dich an, ich will gehen.«

»Ich dachte, wir bleiben hier?«

»Nein, ich will nach Hause, wenn die Kinder weg sind, will ich, dass du es mir auf diesem gewaltigen Holztisch im Essbereich besorgst. Und dann gehen wir Brunchen, ich kenne da ein super Restaurant.«

»Süße, du bist wirklich ziemlich direkt mit deinen Wünschen. Warst du schon immer so?«, lache ich wieder. Und dann merke ich, dass das etwas pietätlos war. Sie nach Sex mit ihrem verstorbenen Mann zu fragen. Bevor ich mich entschuldigen kann, antwortet sie mir: »Ich weiß nicht ... vielleicht etwas zurückhaltender ... aber bei dir war und ist es mir egal, was du von mir hältst, also kann ich ja alles rauslassen und mir nehmen, was ich will. Wir schulden uns ja nichts.«

Ich streichle ihr über den Arm. »Mir gefällt das. Du kannst bei mir alles sein, was du willst. Sag mir einfach was ich tun soll oder darf. Und es tut mir leid, dass ich indirekt nach Sex früher gefragt habe, das war nicht okay von mir.«

»Ja, ein wenig komisch war das schon, einerseits reden wir beiden über alles, andererseits geht dich das gar nichts an. Aber wenn ich darüber nachdenke, was für Seelenstriptease wir voreinander schon hingelegt haben, kommt mir das gar nicht mehr so intim vor.«

»Ich habe nur Striptease gehört«, antworte ich grinsend.

Sie grinst zurück. »Das mag ich an dir. Erst kann man was Ernstes sagen und dann gleich wieder lustig sein. Oder ordinär. Oder beides. Ich glaube das Beste an unserem Sex ist das Zwanglose. Wir müssen damit keine Beziehung oder sonst was am Laufen halten, wir benutzen uns einfach so lange gegenseitig, wie wir beide noch Spaß aneinander haben. Hat einer die Nase voll oder findet jemand anderen, sind wir wieder Mitbewohner und ich dein Kindermädchen.«

Ich antworte gedehnt: »Ja, das stimmt.«

»Warum klingst du dabei nachdenklich?«, hakt sie nach. »So ist doch unser Deal, oder? Du wärst mir nicht böse, wenn ich den sexuellen Teil beende?«

»Hmm«, überlege ich, »Nein. Böse nicht.«

»Paul? Aber? Das hört sich nach einem Aber an.«

»Kein aber«, antworte ich, »Oder doch. Aktuell würde ich das wirklich schade finden. Aber natürlich respektiere ich deine Entscheidung. Ich mag dich auch so. Aber bis dahin nehme ich mit, was ich bekommen kann.«

Jetzt grinst sie wieder. »So machen wir das. Außerdem weißt du ja heute noch nicht, ob du nicht zuerst die Nase von mir voll hast. Los, Sweetie, anziehen, ich habe Hunger«, fordert sie.

Ich haue ihr auf ihren Hintern und stimme ihr zu: »Ich auch Süße und zwar auf Essen und auf dich auf meinem Tisch!«

Während des Anziehens schreibe ich Philip eine Nachricht: »Ich glaube ich habe es wieder hinbekommen. Sie bleibt. Ich freue mich auf dich und deine Schwester. Grüße die Großeltern.«

Zurück kommt nur ein Daumen-hoch-Smiley. Selbst bei Nachrichten hält er sich knapp gegenüber mir. Ich seufze kurz und stecke das Smartphone wieder ein. Dann wende ich mich Sara zu und nehme mir fest vor, dass das heute ein schöner Tag werden wird. Es wurde Sonnenschein angekündigt.

Paul & Dank

Paul

Es ist schön, dass Paul frei hat. Normalerweise nimmt er nur in den Ferien Urlaub, aber er muss ein paar Überstunden abfeiern und hat jetzt drei Tage zwischendurch frei. Vormittags, während die Kinder in der Schule sind, haben wir ungestört Sex und fassen uns ständig an. Wir schmusen auf der Couch, umarmen uns, halten Händchen. Vielleicht ist das fast zu viel, aber keiner sagt was dazu. Und so genieße ich diese Zeit und mache mir keine Gedanken, denn es ist, als würde jemand den ganzen Vormittag meine Seele streicheln.

Wir schauen ein wenig zusammen fern, kuscheln uns dabei eng aneinander und haben unsere Hände miteinander verschränkt, als wir von einer Stimme unterbrochen werden.

»Aha.«

Paul lässt mich erschrocken los. »Philip! Was machst du schon hier?«

»Zwei Lehrer sind krank, ich hatte vier Stunden früher Schluss. Und was macht ihr hier?«

Seine Stimme klingt wütend. Richtig wütend. Nein, zornig.

Jetzt schreit er Paul an: »Du nimmst mir alles weg! Erst Mama, dann sie, es bleibt nie etwas für mich! Nie! Ich bin unsichtbar. Keiner will mich.«

Paul springt schockiert auf und versucht nach ihm zu greifen, aber er weicht nach hinten aus, während ich wie versteinert auf der Couch sitze. Paul versucht ihn zu beschwichtigen: »Es tut mir leid, dass du das sehen musstest. Natürlich will ich dich und du bist nicht unsichtbar. Ganz und gar nicht. Ich sehe dich jeden Tag. Ich sehe jeden Tag, wie weit du von mir weg bist und ich versuche dich zu erreichen.«

»Sag mir, VATER«, er spuckt das Wort verächtlich aus, »Wer ist für mich? Wen lässt du mir übrig?«

»Wie meinst du das? Ich bin übrig, darf ich nicht für dich da sein? Bitte? Sohn? Philip?«

»Du hast mir Mama weggenommen, also brauchst du nicht so zu tun, als wärst du für mich da.«

Ich höre das Entsetzen in Pauls Stimme. »Ich habe dir doch Mama nicht weggenommen...«

»Oh doch, das hast du. Du hast sie in das Hospiz gesteckt, dann warst du ein paar Mal mit mir da und dann hast du mich nicht mehr mitgenommen, du bist immer alleine hin oder mit Karla! Du hast sie mir einfach weggenommen! WEGGENOMMEN! Wahrscheinlich hättest du ihr auch gerne verboten mit mir zu schreiben, oder? Zum Abschiednehmen durfte ich hin, aber das war schon nicht mehr Mama, da war sie doch schon fast weg. Und jetzt nimmst du mir auch noch sie weg.« Er zeigt auf mich und flüstert dann: »Ich will jemanden für mich.«

»Philip, Schatz, Mama und ich wollten dich doch nur schützen, du bist doch noch so jung. Ich bin für dich da. Immer.«

»Bist du nicht. Du teilst nichts mit mir. Du nimmst nur weg.«

»Ich habe schon viel mit dir geteilt. Am Anfang hatte ich Mama ganz für mich und dann kam deine Schwester und ich musste Mama teilen und dann kamst du und ich habe sie auch mit dir geteilt. Ich hatte aber dann euch beide, also hatte ich mehr, obwohl ich geteilt habe. Teilen ist nicht schlimm.«

»Aha. Und wenn ich nicht teilen will? Wenn ich dich nicht teilen wollte? Was machst du dann? Und was bekomme ich von ihr«, er zeigt auf mich, »wenn du doch schon wieder alles für dich willst?«

»Das kommt auf sie an. Ich kann doch nicht über sie bestimmen, wem sie was geben möchte. Aber von mir bekommst du alles. Wenn du willst, dass sie geht, dass du mehr von mir hast, dann muss sie gehen. Dann nur noch wir drei, du, Karla, ich, wir bekommen das hin.«

Obwohl ich weiß, dass seine Kinder für ihn an erster Stelle stehen, tut es trotzdem weh, das zu hören, dass er mich auf ein Wort wegschicken würde. Ich schlucke schwer. Ich halte das aus. Es geht jetzt um den kleinen Philip. Er geht vor. Er braucht Paul mehr als ich.

»Können wir Karla wegschicken?«, fragt Phil ernst, »Die nervt nämlich. Sara soll bleiben.«

Paul schüttelt den Kopf und lacht nervös. »Nein, Schatz, wir können Karla nicht wegschicken, sie ist ein Teil von uns.«

Philip lacht bitter auf und zeigt wieder auf mich. »Sie aber auch. Wie lange wohnt sie hier? Fast ein halbes Jahr? Sie gehört jetzt auch zu uns. Irgendwie. Sie braucht uns. Wenn du sie wegschickst bist du ein Arsch, dann gehe ich auch.«

»Okay, alles was du willst«, sagt Paul, schafft es, ihn in eine Umarmung zu ziehen und Philip umarmt ihn zurück. Soweit ich weiß ist es die erste, seit Kerstin krank wurde, und es scheint eine gute Umarmung zu sein, eine intensive Vater-Sohn-Umarmung.

Ich habe am ganzen Körper eine Gänsehaut wegen Philips Worten, was der kleine Kerl manchmal von sich gibt! Aber ich bin auch peinlich berührt und will mich davonschleichen, um den beiden ihren Freiraum zu lassen. Aber sie sagen gleichzeitig bestimmt zu mir: »Du bleibst.« Dann lösen sie sich deswegen leise lachend voneinander und schauen sich an. Ich merke, dass sie nicht wissen, wie es jetzt weitergeht. Wer soll was sagen?

Also schlage ich aus dem Bauch heraus vor: »Eis? Will jemand Eis?«

Beide drehen sich in meine Richtung und Philip fragt mich: »Vormittags?«

Und Paul antwortet: »Das ist eine super Idee. Für Eis gibt es keine falsche Zeit.« Er schaut in das Gefrierfach des Kühlschranks und teilt uns mit: »Ich muss schnell in den Keller, Eisnachschub holen.«

Ich nehme solange Schüsseln und Löffel aus dem Schrank und wende mich Philip zu. »Phil, danke. Danke, dass du mich so siehst. Und, dass du deinen Vater glücklich gemacht hast. Du weißt, dass du das gerade hast, oder?«

Er wirkt nachdenklich. »Ja, ich denke schon. Willst du auch eine?«

»Was meinst du?«, hake ich nach.

»Das«, sagt er und nimmt mich kurz in den Arm. Ich bin mir nicht sicher, ob er das für mich tut oder für sich, aber das ist ja egal. Er ist auf der einen Seite noch ein richtiges Kind und manchmal so beängstigend erwachsen, dass ich seine Motive nicht durchschaue.

Dann sagt er betont beiläufig zu mir: »Was ist das mit dir und meinem Paps? Seid ihr ein Paar? Ich weiß nicht was ich davon halten soll. Wie lange geht das schon so?«

Ich überlege kurz. Auf dieses Gespräch bin ich absolut nicht vorbereitet. Ich versuche so ehrlich, wie möglich zu sein. »Nein, wir sind kein Paar, wir spenden uns nur Trost. Und das haben wir verheimlicht, weil wir Angst hatten, dass eben einer von euch denkt, dass wir ein Paar wären. Er hat nämlich Sorge, dass es euch damit nicht gut gehen könnte. Aber gleichzeitig braucht er Trost, weil er oft traurig ist und auch viel weint. Wenn du ihn öfter mal in den Arm nehmen könntest, braucht er mich sicher weniger.«

»Vielleicht«, antwortet er nachdenklich. »Er ist traurig? Ja? Ich dachte schon, Mama wäre ihm egal gewesen, weil er nie wegen ihr weint. Ich wusste das nicht.«

Als er mir das so sagt, werde ich ein wenig wütend auf Paul, weil er seine Trauer nicht mit seinen Kindern teilt und die deswegen denken müssen, dass ihm ihre Mutter egal gewesen wären. Auf eine gewisse Art hat er sie allein gelassen damit. Bevor ich mich aber gefühlsmäßig reinsteigern kann, ist er lächelnd zurück und ich nehme mir vor, später mit ihm darüber zu reden.

Wir essen das Eis zusammen und dann ziehe ich mich zurück unter dem Vorwand, dass ich noch arbeiten müsste, damit die beiden Zeit alleine haben, um sich auszusprechen.

Als ich Philips Geige höre, klopft es wenig später bei mir, Paul huscht in mein Zimmer und er strahlt über das ganze Gesicht. Ich habe ihn selten so glücklich gesehen. Er setzt sich auf mein Bett und erzählt mir, wie gut das gelaufen ist und dass er so froh ist, dass er endlich weiß warum Philip so war und dass er sich entschuldigt hätte und dass sie vereinbart haben, mehr miteinander zu reden.

»Weißt du Sara, du hast mal gesagt, dass es besser ist das Falsche aus den richtigen Gründen zu tun als das Richtige aus den falschen Gründen. Vielleicht war es ja falsch, dass er nicht mehr mitdurfte, aber wir hatten es gut gemeint.«

Ich schüttle langsam meinen Kopf. »Ich weiß nicht Paul. Gibt es hier ein Richtig oder Falsch? Er kam sich jetzt ausgeschlossen vor. Aber du hast selbst gesagt, wie schwer es dir gefallen ist, dass es Kerstin immer schlechter ging und du nichts tun konntest. Was denkst du denn, wie es Philip damit gegangen wäre? Vielleicht wäre er noch schlimmer traumatisiert worden. Du sagst doch immer, dass er so sensibel sei. Das war jetzt keine schöne Zeit für euch beide, aber vielleicht tat es ihm ja gut, dass er dich als Feindbild hatte? Dann konnte er sich damit beschäftigen, statt immer über den Tod nachzudenken. Vielleicht hast du ihm als Bösewicht mehr geholfen, als als tröstender Vater. Du wirst es nie erfahren.«

Kaum habe ich fertig geredet, bekomme ich keine Luft mehr, weil Paul mich an sich gezogen hat und so fest drückt, dass ich wie ein Fisch auf dem Trockenen japse. »Danke, dass du das sagst. Danke. Ich weiß nicht ob das stimmt, aber danke. Es ist ein guter Gedanke. Ich bin froh, dass ich mit dir darüber reden kann. Danke.«

»Paul«, röchle ich. »Weniger fest.« Er lässt mich wieder los und drückt mir einen Kuss auf die Schläfe.

»Entschuldige, da sind die Pferde wohl mit mir durchgegangen, aber du hast keine Ahnung, wie erleichtert ich bin, dass dieser Knoten geplatzt ist und dann nimmst du mir auch noch die Selbstvorwürfe. Besser kann der Tag wohl nicht mehr werden.«

Ich grinse ihn an. »Du bist süß. So viel *Danke* in unter zehn Sekunden, habe ich noch nie gehört. Aber ich muss dich auch noch schimpfen, mein Freund«, spielerisch hebe ich den mahnenden Zeigefinger zur Untermauerung meiner Worte: »Ich weiß nämlich noch etwas, was dich gleich wieder runterzieht. Du bist nämlich auch ein wenig selber schuld, dass ihr euch so entfremdet habt. Er wusste nämlich nicht, dass du trauerst. Er hat gesagt, dass du kein einziges Mal geweint hättest und war total erstaunt, als ich ihm gesagt habe, dass du eine Heulsuse bist und ständig an Kerstin denkst und über sie redest.«

Er senkt beschämt einen Kopf. »Ja, das hat er mir schon gesagt, dass du ihm das vorhin verraten hast. Ich dachte wohl ich muss vor den Kindern stark sein. Vielleicht war das falsch.«

»Das sind wir wieder bei dem Falsch-Richtig-Ding. Du bist ein guter Vater. Dafür, dass du das Spiel zum ersten Mal spielst, sind deine Plagen doch ganz gut geraten, oder?«

»Hey«, sagt er und schubst mich leicht. »Nicht Plagen dazu sagen. Die gehören mir. Plagen sind nur die Kinder anderer Leute.«

Ich schubse ihn zurück: »Schubs nicht.«

Er schubst mich fester, ich schubse ihn und dann liegen wir auf dem Bett und lachen.

Ich schaue zu ihm rüber. »Ich freue mich ehrlich, dass du das mit Philip geklärt hast. Und was ist mit Karla? Bei euch ist alles klar, oder? Ich habe sie noch nie trauern sehen. Was ja nichts heißt, Philip hat dich ja auch nie gesehen.«

Paul schaut zu mir zurück und ich sehe seinen Gesichtsausdruck, der irgendwie voller unterdrückter Emotionen ist, ich glaube, das war eine wilde Achterbahnfahrt der Gefühle für ihn heute. »Bei Karla ist, hoffe ich doch, alles klar. Sie trauert auf ihre Art. Sie hört Kerstins Playlist, die wir oft im Auto gehört haben, immer wieder. Zum Schlafen trägt sie Kerstins Shirts. Sie hat sich ein paar Sachen von ihrem Schmuck genommen und wenn wir Pizza bestellen, dann bestellt sie manchmal Kerstins Lieblingspizza.

Und sie redet mit mir. Sie sagt nie, dass sie sie vermisst, aber sie erinnert mich an Dinge, die wir zusammen gemacht haben, so als wollte sie sie selbst nicht vergessen und ab und zu zeigt sie mir alte Fotos, so als hätte sie sie gerade ganz zufällig gefunden. Sie ist eine sehr starke Persönlichkeit.«

»Wie ihr Vater.«

»Der auch noch eine Heulsuse ist.«

»Ist er.«

Wir schweigen eine Weile und starren an die Decke. Ein merkwürdiger Tag. Ein guter Tag. Ich merke, wie sich Pauls kleiner Finger an mich rantastet und verschränke meinen mit seinem. Das ist nur eine kleine Berührung, aber ich glaube da steckt sehr viel Zuneigung drin, vielleicht mehr als in einer Umarmung oder beim Sex.

Er sieht weiter an die Decke, sagt aber in melancholisch anmutender Stimmung: »Danke, dass du dich so um uns alle kümmerst und sorgst. Du hast gar kein Interesse an Kindern und interessierst dich doch so sehr für meine. Du hörst mir zu, unterstützt mich und wäscht mir den Kopf, wenn es sein muss. Ich glaube, dass wir Freunde wurden und dann Mitbewohner war eins der besten Dinge, die mir passieren konnten. Ich habe manchmal das Gefühl, dass ich zu wenig für dich tue. Wie soll ich das denn jemals zurückgeben?«

»Du gibst genug. Man gibt auf verschiedene Arten. Aber Geben und Nehmen ist nicht alles. Ich denke, dass man großes Glück hat, ist man jemandem wichtig, der einem auch wichtig ist. Ich bin dir doch wichtig, oder?«

»Ja. Bist du.«

»Eben und das reicht mir.«

Sara & Vergangenheit

Sara

Ich habe heute kochfrei. Paul wird gleich die Kinder abholen, um mit ihnen auf den Friedhof zu gehen und dann fahren sie weiter in Kerstins Lieblingsrestaurant.

Man merkt die Anspannung im Haus, es ist der erste Todestag von ihr und ich habe das Gefühl, dass keiner so richtig weiß, wie er damit umgehen soll. Selbst ich nicht. Paul hat auf jeden Fall beschlossen, diesen Tag nicht wie ihren Geburtstag zu ignorieren und so machen sie jetzt diesen gemeinsamen Ausflug.

Philip wartet im Wohnzimmer auf Paul und hält einen Brief in der Hand. Da mir kein unverfängliches Gesprächsthema einfällt, frage ich ihn: »Was ist das für ein Brief?«

Mit einem irgendwie ertappt wirkenden Gesichtsausdruck schiebt er ihn schnell in seine Hosentasche, wobei er von der Hektik der Bewegung zerknickt wird, und ich bereue die Frage etwas. Ich erwarte keine erklärende Antwort, aber er sagt dann mit bemüht selbstbewusster Stimme: »Die Therapeutin hat mal gesagt, dass man aufschreiben soll, was man noch sagen wollte. Ich dachte das ist eine gute Gelegenheit. Den nehme ich mit auf den Friedhof und will ihn da vergraben, dass Mama ihn bekommt.« Er pausiert einen Moment und hängt dann etwas aggressiv an: »Und natürlich weiß ich, dass sie ihn nicht mehr wirklich lesen kann.«

Ich nicke nur und sage nichts dazu. Ich hatte Joe ganz am Anfang ein paar E-Mails geschrieben aus demselben Grund. Ein paar waren böse, wie er mich so im Stich lassen kann, andere entschuldigend, weil ich ja schuld bin und in anderen haben ich ihm geschrieben, wie sehr ich ihn vermisse. Ich bin mir, so hinterher, nicht mehr sicher, ob es geholfen hat, aber es gibt ja kein Patentrezept, was hilft und was nicht.

Ich höre die Haustür, Paul ist da und steht zwei Minuten später bei uns im Wohnzimmer, begrüßt uns und löst schnell seine schon gelockerte Krawatte. Sicher, weil ich ihn gerne ärgere und daran durch das Haus ziehe, heute hebe ich nur minimal eine Augenbraue. Denkt er, ich würde an einem solchen Tag kindische Scherze machen?

»Bereit Philip? Wo ist deine Schwester? Ich ziehe mich schnell um, dann können wir los. Hol sie schon mal.«

Ich lasse mich auf die Couch fallen und kann mir gerade noch die Floskel »Viel Spaß« unterdrücken und verabschiede sie stattdessen mit einem: »Bis später.« Das wäre aber auch ein super Fettnäpfchen gewesen.

»Hä?«, fragt Philip. »Kommst du nicht mit?«

Ich lächle ihn an, er ist zuckersüß manchmal. »Nein, Philip, das ist ein Familientag. Da habe ich doch nichts zu suchen.«

Er setzt sich zu mir und versichert mir: »Also mich störst du nicht.«

»Das ist lieb von dir, aber ich glaube, das ist eine sehr familiäre Sache.«

Bevor er antworten kann, kommt Paul, jetzt umgezogen, mit Karla im Schlepptau rein und erkundigt sich: »Philip, wo bleibst du denn? Wir wollen los.«

»Paps, Sara will nicht mit.«

Paul wirft mir einen Blick zu und entgegnet etwas durcheinander: »Das war ja auch nicht geplant. Wir gehen eure Mutter besuchen. Ist das nicht ein Familiending?«

»Gehört sie denn nicht irgendwie zur Familie?«, kontert Philip.

Karla lacht über seine Aussage und entgegnet: »Wie ein Hund, oder was? Sara, unser treuer Famlienwauwau. Muss sie dann im Auto warten und wir lassen ihr das Fenster einen Spalt offen?«

»Karla«, ermahnt Paul sie mit genervter Stimme, »Vergleiche Sara doch bitte nicht mit einem Hund.«

Philip steht auf und fordert: »Na komm schon, es gibt lecker Essen und jeder mag lecker Essen. Du willst doch nicht lieber den ganzen Abend alleine rumsitzen.«

Paul winkt mit einer gestressten Geste. »Dann komm halt mit.«

Karla schnaubt genervt und verschwindet nach draußen.

Ich stehe auf und folge den anderen nach, obwohl ich eigentlich genau das vorhatte, was Philip gesagt hat: Den Abend alleine rumsitzen. Ich und eine Pizza und ein Film oder ein Buch.

An der Haustür habe ich es mir anders überlegt und sage: »Du Paul, das ist doch keine gute Idee, oder? Was soll ich denn da?«

»Sara, heute ist kein schöner Tag für mich oder uns und ich möchte mir jetzt gar keine Gedanken machen oder diskutieren, komm einfach mit, jetzt bist du eh schon fast im Auto.«

Ich überlasse Karla den Beifahrersitz und starre aus dem Fenster nach draußen. Als der Friedhof in Sichtweite kommt, merke ich, wie sich mein Magen zu einem winzigen harten Knoten zusammenballt.

Joe ist auch hier beerdigt und ich war seit seiner Beerdigung nicht mehr hier. Warum auch? Sein toter, begrabener Körper kann mir keinen Trost mehr spenden. Ich weiß, dass Paul und Philip das anders sehen, sie sind regelmäßig hier. Ich weiß aber auch, dass Karla das ähnlich wie ich sieht und nur hier ist, wenn es sich nicht vermeiden lässt.

Beim Betreten knirscht der Kies der Wege unter meinen Schuhen und ich bekomme eine unangenehme Gänsehaut. Seit der Bestattung habe ich dieses Geräusch nicht mehr gehört und mir wird etwas übel davon. Zügig laufen die drei voraus, beladen mit Kartons und ich bleibe kurz zögernd stehen, als sie in dieselbe Reihe einbiegen in der Joes Grab ist.

Karla ist mit etwas Abstand zum Grab ihrer Mutter stehen geblieben und zieht ihr Smartphone aus der Tasche, um darauf rumzudrücken oder jemanden zu schreiben

Ich bleibe neben ihr stehen und beobachte, was die beiden anderen machen. Paul kniet sich hin, um etwas Unkraut aus dem Grab zu ziehen, und Philip läuft los und holt eine Gießkanne mit Wasser. Gemeinsam ordnen sie routiniert das Grab, ohne dabei miteinander zu reden und entfernen ein paar alte Pflanzen und setzen neue ein, die Paul in den Kartons mitgebracht hat. Ich sehe den Brief von Philip in der Erde verschwinden, ganz heimlich macht er das. Als Abschluss packt Paul einen Strauß Blumen aus, große, langstielige und elegante Blumen, sie sehen sehr teuer aus, und stellt sie in eine eingelassene Vase am Grab.

Während die beiden die Reste ihrer Erneuerungsaktion auf- und wegräumen schlendere ich dann doch Richtung Joes Grab. Ich hatte mich für eine Steinplatte entschieden, weil ich ja nie vorhatte herzukommen und diese fast keiner Pflege bedarf. Ich bleibe davor stehen und gucke darauf. Ich hatte sein Grab zuletzt an der Beerdigung gesehen. Wie die Platte tatsächlich aussieht, weiß ich nur vom Aussuchen und von Erzählungen meiner Mutter, denn zur Beerdigung stand hier nur das provisorische Holzkreuz.

Die Platte und der Stein sehen nicht mehr neu aus, etwas Unkraut wächst an den Kanten und man könnte den Stein mal abwaschen. Warum wäscht das nicht der verdammte Regen weg? Ich kann gar nicht fassen, dass das nicht mehr neu aussieht, es ist doch noch so frisch!

Philip reißt mich aus meinen Gedanken, als er auf einmal neben mir steht und irgendwie erfreut sagt: »Dein Mann wohnt hier ja gar nicht so weit weg von meiner Mama.« Er schaut sich die Platte an und stellt dann fest: »Oh, er hat ja auch bald Todestag. Dann kommen wir auch mit dir her.«

Ich kann und will nichts dazu sagen, lege aber kurz als Zeichen, dass ich ihn gehört habe, die Hand auf seine Schulter und gehe aus der Reihe der Gräber. Dort warte ich auf die drei und beobachte, wie Philip was zu Paul sagt und auf Joes Grab zeigt. Daraufhin geht Paul rüber und bleibt einen Augenblick davor stehen. Wahrscheinlich wusste er das nicht, wer schaut auch auf alle Gräber und deren Namen?

Er geht zurück zu den Kindern, legt ihnen je eine Hand auf die Schulter und sie kommen in meine Richtung. Gerade als ich mich umdrehen möchte, um schon vor ans Auto zugehen, sehe ich, dass Paul noch einmal zurückgeht, eine Blume aus Kerstins Vase nimmt und schnellen Schrittes zu Joes Grab eilt, die Blume dort ablegt und sich dann endgültig auf den Weg zum Auto macht.

Zuviel, zu viel, zu viel! Tomaten, Nudeln, Bohnen, Waschmittel, Glasreiniger, Salz, Küchenrolle. Ah, und Zwiebeln noch. Und Kaffee, ganz wichtig Kaffee! Ist noch Milch da? Erdnussbutter ist fast leer. Einatmen. Ausatmen. Lächeln. Geht wieder. Nur noch Herzpochen, kein Ertrinken. Die drei fangen mich ein und nehmen mich in die Mitte. Philip fordert: »Du musst gleich das Kirsch-Tiramisu dort ausprobieren. Das ist Karla und mein Lieblingsnachtisch.«

»Ich esse doch kein Tiramisu! Ihr könnt das ja machen, aber ich werde schlank bleiben.«

»Du bestellst dort immer Tiramisu, isst zwei Bissen und schiebst es dann Paps unter.«

»Ja, weil so bleibt man nämlich schlank!«

»Aber nicht, wenn man danach noch davon klaut.«

Es ist sicher dämlich, aber ich genieße dieses sinnlose Wortgeplänkel der beiden, Pauls Arm, der ab und zu meinen beim Gehen streift, das ist besser als Einkaufslisten im Kopf durchgehen. Und ich habe jetzt verdammte Lust auf so ein Tiramisu.

Sara & Abschied

Sara

Ich bin aufgeregt. Paul muss zwei Wochen nach Belgien auf Geschäftsreise und ich bleibe zum ersten Mal so lange mit den beiden Kindern komplett alleine zurück. Ich bin mir fast sicher, dass es mit Philip keine Probleme geben wird, aber bei Karla mache ich mir etwas Sorgen. Sie hört schon nicht immer auf ihren Vater, was macht sie dann erst, wenn er weg ist? Wenn Paul bis jetzt ein paar Tage weg war, hat sie mir zwar nie richtig Ärger gemacht, aber auch nur, weil ich ihr auch keinen mache. Wenn er da ist und sie was anstellt, klärt Paul das mit ihr und jetzt muss ich das übernehmen, weil man weder alles davor noch danach klären kann. Was ist, wenn sie auf eine Party gehen will und ich *Nein* sage? Wird sie auf mich hören?

Paul gegenüber lasse ich mir nichts anmerken, er soll sich auf seine Arbeit konzentrieren und nicht darauf, dass ich etwas Sorge habe mit seiner Tochter nicht klar zu kommen.

Ich glaube, er ist ebenfalls nervös. »Du rufst mich sicher an, wenn was ist, ja? Die Nummer der Großeltern hast du? Ich kann mich auf dich verlassen? Natürlich kann ich mich auf dich verlassen. Vergiss das. Aber sag mir auf jeden Fall Bescheid, wenn was ist.«

Ich lache und streichle seine Haare. Wir haben unser letztes Date, intimes Treffen, Stell-dich-ein, wie auch immer man das nennt, was wir da immer tun.

»Nicht lachen«, ermahnt er mich und muss dann selber lachen. »Ich mache mich etwas lächerlich, oder?«

Ich küsse ihn zärtlich und schüttle meinen Kopf. »Nein. So lange warst du halt noch nie weg, seit wir dieses Arrangement haben. Ich glaube das längste waren vier Tage, oder? Da darf man sich schon mal Gedanken machen. Wenn ich die Kinder kaputt mache, dann besorge ich dir irgendwo neue, ich verspreche es.«

Er schmunzelt, drückt mich aufs Bett, um mich an der Vertiefung meines Schlüsselbeins entlang zu küssen und seine Hand unter meine Bluse wandern zu lassen. Ich beginne sie aufzuknöpfen und er legt eine Hand in den Nacken, um zwischen den Küssen schnell sein Shirt so über den Kopf zu ziehen, und legt sich dann mit nacktem Oberkörper auf mich.

Ich halte mit einer Hand seinen Nacken fest, mit der anderen fahre ich seine Seite entlang bis er etwas kichert. »Nicht, das kitzelt Süße.«

»Macht nichts, wir haben eh unsere Hosen noch an, gute Gelegenheit diese loszuwerden, oder?«

»Hmm, eigentlich will ich gar nicht von dir runter, aber gut, für diesen Zweck mache ich eine Ausnahme«, antwortet er, hüpft von mir, entledigt sich seiner Hose und hilft mir dann bei meiner. Er wirft einen Blick auf die Uhr. »Meine süße Sara, wir haben fast genau zwei Stunden Zeit und ich beabsichtige diese in dir zu verbringen ohne Unterbrechung. Bist du dabei?« Er küsst von den Fußrücken beginnend mein Bein nach oben und sieht mich fragend an.

»Ohne Absetzen? Na, da bin ich mal gespannt Sweetie«, kichere ich gut gelaunt.

Er schiebt sich langsam küssend wieder nach oben und legt sich wieder auf mich, ich mag die Schwere seines Körpers auf mir, ich fühle mich darunter wohl und geborgen und es törnt mich an, wie er sich an mich drückt.

Leider ist heute nicht mein Tag, ich weiß nicht, was mein Unterbewusstsein beschäftigt, aber ich kann mich nicht ganz fallen lassen.

Irgendwann fragt er mich mit den Händen links und rechts von meinem Kopf aufgestützt: »Sag mal, willst oder kannst du nicht kommen? Mache ich was falsch heute?«

»Klappt nicht. Tut mir leid.« Ich beiße mir auf meine Lippe unter seinem durchdringenden Blick.

Er legt den Kopf schräg und mustert mich nachdenklich weiter. »Es tut dir leid? Du entschuldigst dich bei mir deswegen? Verrückter Gedanke. Kann oder soll ich was Spezielles tun? Sag es mir einfach. Oder magst du einfach aufhören? Sprich mit mir.«

Ich wedle peinlich berührt abweisend mit der Hand. »Mach einfach du zu Ende.«

Er schüttelt seinen Kopf und sagt: »Nein. Dann mag ich auch nicht. Wir machen das zusammen oder gar nicht.«

Ich ärgere mich deswegen und motze ihn an: »Das ist doch Blödsinn, mach doch einfach. Sonst fühle ich mich schlecht, nur weil ich heute nicht kann, heißt das ja nicht, dass du verzichten musst.«

»Hör auf damit Süße.« Er lässt sich neben mich fallen und streichelt mir mit der Hand über den Bauch. »Es ist doch kein Verbrechen mal nicht die richtige Stimmung zu haben.« Ich nehme seine Hand von meinem Bauch und schleudere sie von mir. Seine Nettigkeit verursacht nur noch mehr schlechte Laune. Hätte er das doch einfach durchgezogen. Aber jetzt ist das sein Pech!

Er wendet sich mir zu, ich sehe eine verärgerte Falte zwischen seinen Augenbrauen und er sagt streng: »So nicht. Dreh dich auf den Bauch.«

»Ich will nicht«, motze ich zurück.

»Mach schon!«

Seine Stimme duldet keinen Widerspruch und unter unwilligem Grunzen drehe ich mich auf den Bauch und verschränke meine Arme zu einem Kissen. Dann zieht er die Decke hoch bis über meinen Hintern und fängt an mir mit einer Hand den Rücken zu streicheln und leicht zu massieren. Ich sage nichts, habe aber irgendwie einen Kloß im Hals.

Irgendwann hört er auf, legt seinen Kopf auf meinen unter Rücken und streichelt die Innenseite meines Arms, den ich mittlerweile ausgestreckt habe.

Mit fürsorglicher Zärtlichkeit in der Stimme fragt er mich dann, nachdem wieder etwas Zeit vergangen ist: »Kann ich was für dich tun? Brauchst du Zucker, mehr Streicheln, eine Umarmung, einen Zuhörer, ein Gespräch, deine Ruhe?«

»Einfach nicht sprechen«, nuschle ich und schließe meine Augen.

»Was du willst. Darf ich bleiben?«

»Ja.«

Irgendwann bewegt er sich, um aufzustehen, sicher weil die Zeit um ist und er sich fertig machen muss. Er sagt nichts mehr, aber bevor er ganz aus dem Bett ist, angle ich blind nach seiner Hand und drücke sie kurz. Er drückt sie zurück und küsst mich in mein Haar, bevor er sich anzieht.

Ich beobachte ihn aus zusammengekniffenen Augen. Als er sein Shirt anziehen will, springe ich ihm, ohne darüber nachzudenken, in die Decke eingewickelt, in die Arme.

»Wohaa! Sara, erschrecke mich nicht so. Ich habe dich ja fast fallen lassen!«

Ich kuschle mich an ihn und er nimmt meinen Kopf in seine Hände, um mich zu zwingen, ihn anzusehen.

Bevor er etwas sagen oder fragen kann, räuspere ich mich und sage: »Danke, dass du so ein perfekter Freund bist.«

Er drückt mich an seine Brust und erwidert: »Ich bin ganz sicher kein perfekter Freund. Weißt du nicht mehr? Ich bin der Typ, der über eine Woche nicht mit dir geredet hat, weil er beleidigt war wie ein Kind. Und dir gesagt hat, dass er dich nicht hier bei sich haben will. Und der sonst auch immer wieder dumme Sachen sagt und tut.«

»Ist mir nur recht«, gebe ich zurück. »Sonst kämen mir meine dummen getanen oder gesagten Sachen ja noch schlimmer vor.«

Er lacht leise. »Gut, dann einigen wir uns darauf, dass wir unperfekte perfekte Freunde sind, ja?«

Ich nicke und dann löse ich mich von ihm und reiche ihm sein Shirt, damit er los kann, sich fertig machen.

Eine Stunde nach dem Abendessen stehen wir im Flur zum Verabschieden, ich würde ihn gerne noch einmal ausgiebig in den Arm nehmen, aber Philip ist auch da um ihn mit mir zu verabschiedet und da kommt mir das nicht richtig vor. Karla ist nicht da, sie ist nachmittags zu einer Freundin und hat ihm nur eine Nachricht geschickt, dass sie ihm einen guten Flug wünscht.

Paul nimmt Philip zum Abschied in den Arm und sagt ihm: »Du passt auf, dass Sara nichts anstellt, ja?«

Philip klopft ihm auf den Rücken und antwortet: »Sie wird schon nicht das Haus abfackeln.«

Paul lacht, lässt Philip wieder los und ist dann kurz unschlüssig, wie er sich von mir verabschieden soll. »Ach, komm du auch her«, sagt er und umarmt mich kurz. Das tut gut. Ich werde ihn vermissen.

Philip und ich begleiten ihn zu dem Auto, das ihn abholt, um ihn an den Flughafen zu bringen, und gehen dann zusammen wieder rein. Als ich die Haustür schließe bitte ich ihn: »Philip? Kannst du mir mit deiner Schwester etwas zur Seite stehen? Um ehrlich zu sein, weiß ich manchmal nicht, wie ich mit ihr umgehen soll und du kennst sie besser als ich.«

In seinem Gesicht spiegeln sich gemischte Gefühle. Einerseits Freude, vielleicht, weil ich ihn um Hilfe bitte und andererseits Sorge, möglicherweise, weil er selber Bedenken hat, dass das klappt. Aber er versichert mir: »Selbstverständlich. Ich werde tun, was ich kann. Du kannst dich auf mich verlassen.«

Ich putze die Küche und höre dazu laut Musik, als Karla auftaucht und mit mitleidigem Blick in der Tür stehenbleibt. Ich drehe die Musik etwas leiser und will wissen: »Was ist los Karla?«

Sie lacht und fragt: »Das nennst du Musik? Das ist einfach nur ... hahahah ... alte Leute ... hahaha.«

Mit so etwas kann ich umgehen, es ist mir egal, ob sie mich für cool oder uncool hält, also lächle ich sie freundlich an und fordere sie auf: »Sag mal, was du heute gerne essen würdest.«

»Hmm, wir sollten mehr Gemüse essen, denke ich. Ich bin Tänzerin, du kannst mich nicht immer mit Kohlenhydraten, wie Nudeln und Reis vollstopfen.«

Ich schnaube belustigt. »Wenn dir mein Essen nicht passt: Wie wäre es, wenn du das Kochen übernimmst, damit es ganz deinen Vorstellungen entspricht?«

Sie hebt abwehrend ihre Hände. »Bleib mal ganz locker, du musst nicht gleich emotional werden, das war eine ganz objektiv geäußerte Meinung. Das sollte zu einer Steigerung der Essensqualität führen.«

Ich schlage ihr ironisch vor: »Soll ich Feedback-Formulare nach dem Essen verteilen?«

Sie schaut mich beleidigt an. »Wäre wohl eine gute Idee. Dir ist das was du isst wohl egal. Aber du bist ja auch alt und hässlich.«

Ohne nachzudenken, antworte ich ihr: »Und du jung und dumm. Zusammen können wir sicher die Welt erobern.«

Sie schnaubt und verschwindet, nicht ohne die Tür zuzuknallen. Ich zucke kurz zusammen bei dem lauten Geräusch, um dann die Musik wieder aufzudrehen. Wenn das, das Schlimmste von ihr war, dann habe ich mich zu viel gesorgt.

Heute ist eine Party, auf die ich Karla erlaubt habe hinzugehen. Ich habe die Adresse und ich habe mit ihr vereinbart, dass ich sie Punkt 12 Uhr abhole. Falls sie nicht draußen stehen sollte, habe ich ihr angedroht, dass ich mit Lockenwicklern und Schlafanzug reinkomme und lautstark nach ihr fragen werde. Und ich werde ein Einhorn-Plüschtier mitbringen und jedem erzählen, dass Mr. Ponyherz seine Freundin Karla vermisst. Da sie mich sowieso für verrückt hält, glaubt sie mir das und ich bin zuversichtlich, dass das gut klappen wird.

Ich öffne den Vorratsschrank, um Essen für uns zu machen, ich wühle etwas drin rum und schreie dann laut: »Philip!«

Ich höre, wie er aufhört zu geigen, dann in die Küche kommt und vorsichtig fragt: »Ja? Ist alles in Ordnung?«

Ich stemme meine Hände in die Seite und schimpfe: »Nein, eben nicht. Du hast gesagt, dass du mir hilfst. Wo sind die Einkäufe?«

Er fängt an zu jammern: »Ach Sara, ich habe gesagt, dass ich dich unterstütze, aber einkaufen ist so langweilig. Ich gehe gleich, ja?«

Ich nörgle weiter: »Wenn Kinder *gleich* sagen, dann kann man es auch selber machen. Sei froh, dass du zu groß für die Babyklappe bist, sonst würde ich deinen Vater überreden dich da reinzustecken.«

Er schaut mich bei meinem Geschimpfe gelangweilt an und fragt dann: »Kann ich jetzt einkaufen gehen oder muss ich mir weiter deinen Vortrag anhören?«

Ich atme tief durch und nicke. »Wenn du jetzt sofort losgehst, dann passt das.«

Er nickt ebenfalls und verschwindet. Ich stütze mich auf meinen Armen auf den Tresen auf und frage mich, ob Philip ein gutes oder schlechtes Kind ist. Ich habe ja keinen Vergleich und sicher werde ich nicht anfangen, mich mit Müttern auszutauschen. Ich wüsste ja noch nicht mal, wo ich das machen sollte.

Als ich die Küche verlassen möchte, kommt Karla rein und fragt mich in einem so netten Tonfall, dass sofort alle Alarmglocken bei mir angehen: »Kannst du mir helfen beim Selfiemachen? Ich bekomme heute kein gutes hin. Hast du einen Tipp für mich?«

Mein Misstrauen ist weiter geweckt. Sie macht ungefähr eine Millionen Selfies am Tag, warum sollte sie ausgerechnet mich fragen? Vorsichtig antworte ich gedehnt: »Jaaaa, ich hätte einen: Keine machen. Wer braucht schon Selfies?«

Sie schaut mich böse an. »Das ist alte Leute Gelaber und ich weiß, dass du auch Selfies machst. Du hast ja sogar eins von dir und meinem Vater als Sperrbildschirmhintergrund. Und auch noch ein total dämliches.«

Ich werfe ein Blick rüber auf mein Smartphone, das auf dem Tresen liegt, als könnte ich das Bild von hier sehen. Sie hat recht. Ich hatte immer ein Bild von Joe und mir als Hintergrund. Ein Urlaubsbild: Gebirge und wir Hand in Hand von hinten mit Selbstauslöser fotografiert klein davor.

Ich weiß nicht mehr genau, wann das war, aber eines Tages hat Paul mir mein Smartphone abgenommen und zu mir gesagt: »Ich ertrage nicht mehr wie traurig du immer guckst, sobald du das Ding in die Hand nimmst, du brauchst ein anderes Bild.«

Dann hat er angefangen Selfies von uns zu machen und dabei die ganze Zeit Grimassen zu ziehen, er hat dann eins ausgewählt, auf dem er wirklich dämlich sein Gesicht verzieht und ich herzhaft lache und als Sperrbildschirm eingerichtet. Dann hat er seinen Arm um meine Schulter gelegt und ganz verständnisvoll erklärt: »So, hoffentlich musst du jetzt lachen, wenn du es in die Hand nimmst. Du kannst es ja wieder ändern, aber es macht mich traurig, wenn du immer so betrübt schaust, wenn du ein Blick auf das Display wirfst.«

Da ich aber keine Lust hatte, immer einen schielenden Paul zu sehen, wenn ich den Bildschirm anmache, habe ich mich für eins entschieden, auf dem er mich ansieht und auch lacht. Das ist schöner.

Ich schüttle mich kurz, um mich wieder auf Karla zu konzentriere und teile, mein Wissen über gute Selfies: »Lieber von oben fotografieren. Und das Licht muss passen.«

Sie antwortet, völlig überraschend: »Danke.«

Gut, dass ich mich am Tresen abstütze, sonst wäre ich sicher umgefallen und ich mustere sie mit leicht zusammengekniffenen Augen, da stimmt aber ganz sicher was nicht.

»Sara, da du dich ja mit Selfies etwas auskennst: Ich muss am Montag ein Referat darüber abgeben. Vielleicht kannst du mir ja helfen?«

»Was bedeutet Hilfe?«

»Du könntest es für mich schreiben. Du kannst doch so gut schreiben. Ich bessere es dann noch aus, aber du kennst dich ja ganz gut aus, ich gebe dir einfach ein Beispiel, wie es auszusehen hat, daran kannst du dich dann orientieren.«

Ich bin erleichtert. Sie beichtet keine Geschlechtskrankheiten, Schwangerschaft, Ladendiebstahl oder dass sie sich hat nackt fotografieren lassen oder so etwas. Sie will mich *nur* ausnutzen.

Ich antworte ihr: »Hm, klar. Ich lese später in meiner Jobbeschreibung noch mal unter R, wie Referat nach, ob das da drinsteht. Wenn nicht, musst du das selber machen. Sorry.«

Ich sehe an der Art, wie sich diese kleine Falte auf ihrer Stirn bildet, dass sie wütend wird über meinen Spruch, aber da ich erleichtert bin, setze ich sogar noch einen drauf: »Aber vielleicht schreibe ich es ja doch. Oh, ich glaube, ich habe keine Zeit, außer jemand anderes kocht, macht eure Wäsche und euren Dreck weg.«

Jetzt stapft sie wütend davon.

Sie spricht erst wieder beim Essen mit mir und dann auch nur, weil sie was zu schimpfen hat: »Sag mal: Spinnst du? Hast du da Knoblauch rein? Ich gehe auf eine Party, du dumme Nuss!«

»Hey, hey«, beschwichtige ich sie albern. »Dumm bin ich sicher nicht. Schließlich mache ich dir Knoblauch ins Essen, um dich vom Küssen auf der Party abzuhalten.«

Philip schüttelt kauend seinen Kopf und wirft mir einen Blick zu, der wohl so viel heißen soll wie: *Vorsicht, sie platzt gleich.*

Sie schimpft auch umgehend los: »Du hörst dich schon an wie so eine richtig nervige Mutter!«

»Wenn ich wie eine Mutter wäre, hätte ich sicher nicht Chloroform für euch auf meinem Wunschzettel stehen.«

Unter wüsten Beschimpfungen verlässt sie den Esstisch und ich mache mir Sorgen, dass ich es zu weit getrieben habe.

Als ich sie von der Party abhole, höre ich, wie sie den Stellenbeschreibungsspruch gegenüber ihren Freunden benutzt. Ich tue so, als hätte ich das nicht gehört, aber innerlich muss ich sehr grinsen.

Paul und ich schreiben viel, wir texten und senden uns Fotos von den Dingen, die wir machen und lustige Bildchen. Von Philip weiß ich, dass er täglich mindestens einmal ihm und Karla schreibt. Es ist schön, dass es heute so einfach ist, Kontakt zu halten.

Abends telefonieren wir immer, auch wenn er nicht viel Zeit hat. Einmal schleicht er sich bei einem Geschäftsessen davon und ruft mich von dem Restaurant-WC an, weil er mich erwischen wollte, bevor ich ins Bett gehe. Sehr süß. Und ich muss zugeben, dass ich ihn wirklich sehr vermisse und immer darauf warte, dass er anruft.

»Ich war shoppen. Ich habe beim Umzug so viele Klamotten aussortiert, ich habe es wohl etwas übertrieben. Jetzt habe ich mich wieder eingedeckt.«

»Hey«, beschwert er sich. »Und warum habe ich keine Fotos bekommen?«

»Von was?«, will ich wissen.

»Ha, natürlich von dir in den Sachen. Irgendjemand muss ja seine ehrliche Meinung dazu kundtun und dich beraten!«

»Das meiste hatte ich sowieso bestellt und dann war ich heute noch mit Nadine in *echten* Läden.«

»Und ich bekomme keine Fotos aus der Umkleide? Du vertraust wohl nicht meiner Expertise. Ich bin enttäuscht und fühle mich gedemütigt als dein Freund und Vertrauter.«

Ich lache und er lacht auch. »Ich habe mir ungefähr 35 Teile gekauft inklusive Unterwäsche. Willst du wirklich von allem Bilder?«

»Du kaufst so viele Teile?«, fragt er mit gespielt überraschter Stimme. »Aber wieso? Die schönsten Momente verbringt man doch nackt! Das ist doch Blödsinn.«

»Du isst also nackt?«, frage ich ihn trocken zurück.

Er macht belustigte Geräusche. »Ja. Ich vergaß. Du bist die Frau, die mich beim Sex losschickt, dass ich die Pizzareste vom Abendessen hole. Und wann schickst du mir jetzt die Unterwäschebilder nochmal?«, fragt er unschuldig.

»Ich weiß wovon ich dir ein Bild schicke: Ich habe mir noch einen Schlafanzug gekauft. Mit *He-man* drauf!«

»Oh, ja«, erklärt er in lasziven Tonfall. »DAS macht mich richtig heiß.«

»Sweetie, so ist das Leben: Manchmal ist man fickbar und manchmal trägt man seinen *He-man*-Schlafanzug.«

Er lacht wieder und sagt dann ernst: »Du fehlst mir Sara. Ganz ehrlich.«

»Du mir auch Paul«, gesteh ich ihm, »Sehr sogar.« Mir entfleucht ein Seufzer.

»So schlimm?«, fragt er verständnisvoll nach.

»Nein. Doch. Vielleicht.«

Er lacht warm. »Gibt mir Bescheid, wenn du dich entschieden hast.«

»Habe ich. Ja, so schlimm.«

Er sagt erstmal nichts und beichtet dann: »Ja, bei mir auch.«

Sara & Heiraten

Sara

Ich bin froh, dass er wieder da ist. Wir verbringen fast jede Minute zusammen, wie jetzt auch wieder im Hauswirtschaftsraum. Paul legt Wäsche zusammen und ich werfe eine Ladung Handtücher in die Maschine. Als ich sie gestartet habe, drehe ich mich um und lehne mich an sie und beobachte Paul beim Zusammenlegen. Er sieht umwerfend aus, er ist barfuß, trägt eine locker auf der Hüfte sitzende Jeans und ein figurbetontes Shirt. Und es ist irgendwie total sexy, wie er konzentriert und schnell die Sachen zusammenlegt, als würde er das schon immer so machen und nicht erst seit Kerstin nicht mehr in der Lage war sich darum zu kümmern.

Am Anfang hatte er verzweifelt mit seinen Arbeitshemden gekämpft. Er zog im Büro schon nicht mehr das Sakko aus, weil er das mit dem Bügeln nicht hinbekam, hat er mir gestanden, als ich einen Abholschein von der Reinigung gefunden hatte und dort tatsächlich noch Hemden von ihm auf die Abholung gewartet haben.

Der Inhaber war erst etwas unfreundlich, weil die Sachen so lange da waren, dann hatte ich ihm die Situation erklärt und er war sehr verständnisvoll und hat mir sogar einen Gutschein geschenkt.

Pauls erste Reaktion darauf, als ich es ihm erzählte, war, dass er ein schlechtes Gewissen hatte, er hatte das Gefühl, dass er sich nicht genug für Kerstins Leben interessierte, um solche Dinge zu wissen.

Danach hat er sich geärgert, dass er nicht selbst auf diese Idee kam, aber jetzt kann er darüber lachen und seine Hemden und Anzüge landen wieder in der Reinigung und mit dem restlichen Zeug kommt er gut klar.

Er schielt zu mir rüber, macht weiter und schielt dann noch einmal und fragt dann: »Was ist los? Was starrst du mich so an?«

»Du hast mir gefehlt. Und du bist süß«, stelle ich fest. »Oder nein, doch schon, aber...«

»Was jetzt?«, unterbricht er mich und lacht mich an.

»Heiß wollte ich sagen. Aber süß natürlich auch. Siehst du: So heiß, dass du mich verwirrst.« Ich lache verlegen über mein Gestotter und er grinst nicht unzufrieden. »Sag mal Paul, hättest du mich tatsächlich rausgeworfen, wenn Philip das damals gewollt hätte?« Manchmal muss ich darüber nachdenken, wie leicht und schnell ihm das über die Lippen kam.

Er schaut mich verlegen an und legt das Shirt, das er gerade gefaltet hat zur Seite. »Das ist eine wirklich schwere Frage.«

»Nein, Paul, das ist keine schwere Frage, man kann sie mit einem Wort beantworten. Du kannst *ja* oder *nein* sagen.«

»Sara«, fängt er zögerlich an. »Ich halte meine Versprechen. Du bist hier zuhause und ich schicke dich nicht einfach weg. Es ist wie Philip gesagt hat: Du gehörst zu uns. Ich wusste, dass er das nicht will.«

»Und wenn er es doch gewollt hätte?«, hake ich nach.

Er seufzt. »Ich hätte wissen müssen, dass du das fragst. Ich hätte alle Hebel in Bewegung gesetzt, um ihn umzustimmen. Ich hätte Logik, Bestechung, Zeit, alles was mir eingefallen wäre, genutzt, um ihn umzustimmen. Aber letztendlich, wenn er das nicht könnte mit dir, dann hätten wir eine Lösung finden müssen. Auch wenn mir das sehr schwer fallen würde, kann ich leider nichts anderes sagen. Tut mir leid.«

Ich sehe sein angespanntes Gesicht. Er beißt die Zähne zusammen und erwartet wohl, dass ich jetzt beleidigt bin.

Ich schenke ihm ein ehrliches Lächeln. »Keine Entschuldigung nötig. Danke, dass du mich nicht anlügst und einfach *niemals* oder so etwas sagst.« Jetzt hinterher kommt mir die Frage dumm vor. Ich kannte die Antwort doch schon.

Er lächelt zurück. Und lächelt und lächelt weiter und breiter. Trotzdem fragt er dann, wahrscheinlich, weil er gar nicht glauben kann, dass ich nicht verstimmt bin: »Ja? Du bist echt nicht sauer?«

»Nein. Ich hoffe, nein ich weiß, dass das eine schwierige Entscheidung für dich wäre und das genügt mir. Ich finde es schön, dass deine Kinder nicht an deiner Liebe und Verlässlichkeit zweifeln müssen.«

»Nein, das müssen sie wirklich nicht«, erwidert er nachdenklich.

Ich stoße mich von der Maschine ab und fange an ihm beim Zusammenlegen zu helfen.

Ich glaube, langsam hat Paul das hier im Griff mit den Kindern und deren Organisation. Ich habe einen Kalender für alle erstellt, der sich auf allen Smartphones abgleicht. Jeder kann seine Termine eintragen und wann er wo ist. Nach etwas Gewöhnungszeit ist es für alle jetzt normal dort alles reinzuschreiben und zu checken wann andere Zeit oder Hilfe brauchen.

»Kommst du zu Karlas Tanzveranstaltung auf dem Straßenfest?«, frage ich ihn, weil er noch keine Zusage im Kalender gegeben hat.

»Ja, werde ich. Gehen wir zusammen mit Philip hin? Ich habe gesehen, dass du zugesagt hast.«

»Gerne. Sag du auch noch im Kalender zu, dann freut sich Karla.«

»Habe ich das noch nicht? Ich Trottel«, schimpft er sich selbst. »Es ist manchmal sehr ärgerlich, dass ich so etwas vergesse. Wie machst du das nur? Es ist dir von Anfang an leichtgefallen den Alltag meiner Familie zu organisieren. Warum fällt mir das so schwer an alles zu denken?«

Ich verstehe das schon, also erkläre ich ihm: »Das ist doch total logisch.«

Er grummelt mich an: »Warum sollte das logisch sein, dass du darin besser bist als ich?«

Ich zeige auf mich: »Pluspunkt eins für mich: Gelernte Eventmanagerin; Pluspunkt zwei für mich: Ich habe Joes gesamtes Berufs- und Privatleben organisiert, weil er der verpeilteste Typ der Welt war, Künstlerseele halt; Pluspunkt drei für mich: Ich bringe Menschen bei wie sie sich organisieren müssen um voranzukommen«, dann zeige ich auf ihn und fahre fort: »Minuspunkt eins für dich: Kerstin hat dein gesamtes Privatleben und das der Kinder gemanagt; Minuspunkt zwei für dich: Du hast im Büro zwei Assistenten, die sich um alles kümmern, ich bin ziemlich sicher, dass einer davon mit dir aufs Klo geht, um dich ans Abschütteln und Händewaschen zu erinnern.«

»Erstens sind die weiblich und ich nehme die sicher nicht mit aufs Klo und zweitens vergesse ich bestimmt nicht das Händewaschen!«, schimpft er erst und schlägt spielerisch mit einem Shirt nach mir, dass er schon zusammengelegt hatte, gibt dann aber zu: »Ja, du hast recht, das hört sich logisch an. Aber ich bin doch lernfähig, oder?«

Ich schüttele belustigt meinen Kopf und frage zurück: »Bettelst du echt gerade nach Lob?«, dann streichle ich ihm über den Kopf, wie einem Hund übers Fell, und bestätige ihm: »Ja Paul, das machst du ganz fein, du bist ein guter Junge.«

Er schüttelt meine Hand erst ab und hält sie dann fest. Nachdenklich sagt er: »Weißt du worüber ich in letzter Zeit oft nachdenke?«

»Warum die Gummibärenbande keine Hausratversicherung hat?« Ich bin jetzt in alberner Stimmung, da muss er durch. Ich weiche einem zweiten Schlagen mit dem Shirt nach mir aus.

Er schmunzelt dabei und antwortet dann in einem ernsten Tonfall: »Nein, ich meine tatsächlich was Ernstes.«

Ich runzle meine Stirn und fordere ihn auf: »Dann raus damit, wenn dich das schon länger beschäftigt.«

Er schaut etwas verlegen zur Seite und sagt: »Ich habe letztens gelesen, dass am schwierigsten ist drei Dinge laut auszusprechen: Erstens: Ich liebe dich. Zweitens: Es tut mir leid. Drittens: Du hattest recht.«

Ich unterbreche ihn spaßig: »Und: Die neue Frisur sieht scheiße aus!«, entschuldige mich aber sofort: »Sorry, das war doof. Ich bleibe jetzt ernst. Versprochen.«

Er zögert und lässt meine Hand los. Ich greife zu, hole sie mir und halte jetzt seine. »Bitte Paul. Ich will wirklich wissen, was dich beschäftigt.«

Er nickt entschlossen und fährt fort: »Zwei von drei Sachen hatten wir schon: *Du hast recht.*, *Es tut mir leid.*, vielleicht wird es Zeit für die dritte offensichtliche Sache.«

»Was ist die dritte Sache?«, frage ich verwirrt. »Ich stehe auf dem Schlauch.«

Er seufzt. »Du machst es mir wirklich schwer.«

»Paul, jetzt lass mich nicht dumm sterben.«

»Ich finde, wir könnten heiraten oder sowas.«

Ich antworte irritiert: »Was? Du willst mich heiraten?«

Immer noch im selben ersten Tonfall erwidert er, während er mit seiner zweiten Hand, meine Hand umgreift, die seine festhält: »Hmm, so abwegig ist die Idee doch gar nicht. Ich liebe dich und du liebst mich, das stimmt doch?«

Ich sage nichts, denke aber darüber nach. Lieben wir uns? Objektiv betrachtet, könnte er recht haben, dass wir das tun. Ich musste auch schon darüber nachdenken. Fühlt sich Verliebtsein so an? Ich würde gerne jede freie Minute mit ihm verbringen. Ich vermisse ihn schrecklich, wenn er nicht da ist. Ist das Liebe oder stehe ich nur im Moment auf ihn? Ich weiß nicht mehr, wie sich das genau anfühlt, ich weiß, dass ich Johannes geliebt habe, aber liebe ich auch Paul oder ist das nur eine momentane Laune, die vorbeigeht?

»Du bist so still. Ich habe dich überfordert. Tut mir leid.«

Ich schüttle bedächtig meinen Kopf. »Nein ... Das ist es nicht. Das kam jetzt nur überraschend und ich musste darüber nachdenken.«

»Und zu welchem Schluss kommst du oder musst du noch weiterdenken?«

»Wie liebst du mich? Vielleicht nur wie eine Schwester, wie eine Freundin, wie ein Familienmitglied?«

»Nein, ich denke schon, dass es auf die romantische Art ist. Oder?«

Oder? Ich muss innerlich lächeln und frage ihn behutsam: »Zweifelst du an meinen oder deinen Gefühlen diesbezüglich?«

Dann wird mir klar, dass er vielleicht genauso verwirrt darüber sein könnte, wie ich es bin und dass er eventuell schon bereut, was er gesagt hat. Also baue ich ihm eine Brücke, damit er das zurücknehmen kann, ohne blöd dazustehen, und spreche schnell weiter: »Ach, vergiss die Frage, ich nehme dir das nicht übel. Wir hatten vorhin ziemlich berauschenden Sex, wahrscheinlich ist dein Gehirn überschwemmt mit Bindungshormonen, das geht vorbei.«

Er schaut mich jetzt etwas planlos an, ich glaube, mit dieser Reaktion hat er nicht gerechnet. Er macht seinen Mund ein paar Mal auf und zu und sagt dann schließlich nur: »Es ist mein Ernst. Nicht nur nach dem Sex.«

Ich rolle mit den Augen. »Ja, klar Paul, und wo ist dann der Ring für den Antrag? Und im Hauswirtschaftsraum, während wir Wäsche zusammenlegen? Das ist doch gerade aus einer Laune heraus und eine spontane Idee von dir, du kannst das ruhig zugeben.«

»Nein, so ist das nicht Sara, ich war der Meinung, wir besprechen Dinge gemeinsam. So ein kitschiger Antrag ist nicht ganz unser Stil.«

»Aha«, sage ich nur und merke, wie meine Augenbrauen nach oben wandern. Ich glaube ihm kein Wort.

Ich versuche, meine Hand wegzuziehen, aber er hält sie eisern fest. »Sara, meine Süße, ich meine das wirklich ernst. Und da du zwar nicht ja gesagt hast, aber auch nicht nein, denke ich, nein, bin ich mir sicher, dass du das auch in Betracht ziehen könntest.«

Ich lache bitter. »Paul, ich will dich nicht verletzten. Ich mag dich, ich will dir nicht weh tun.«

»Verletzen?« Er zieht jetzt doch seine Hand weg. »Oh. Vielleicht hast du recht. Aber eine Sache möchte ich noch sagen, dann lasse ich dich in Ruhe. Ich, Sara, ich bin der Mensch, der dich am besten kennt, vergiss das nicht. Ich will nicht, dass du das ins Lächerliche ziehst und was Gemeines sagst, was du nicht so meinst. Deswegen sage ich an dieser Stelle Einhornpups. Gibt mir Bescheid, wenn du bereit dazu bist über das Offensichtliche zu reden. Ist meine Frisur denn scheiße? Meinst du ich sollte mal wieder zum Friseur?«

Ich stottere verwirrt: »Was Friseur? Nein, du siehst gut aus, du warst doch erst vor Kurzem«, dann merke ich, was er macht, er wechselt das Thema. Aber ich muss noch was wissen: »Paul? Was ist das Offensichtliche, das du meinst?«

»Dass wir uns lieben. Ich finde, wir sollten langsam mal dazu stehen.«

Ich bin neugierig und löchere ihn deshalb weiter: »Warum jetzt? Was ist anders?«

Er verzieht etwas verlegen sein Gesicht und antwortet leise: »Mir ist klar geworden, dass ich dich gerne immer und überall und vor jedem küssen möchte, nicht nur heimlich, wenn wir miteinander schlafen. Ich möchte mit dir in einem Bett übernachten und mich nicht davonstehlen, dass das keiner mitbekommt. Ich will Händchenhalten, ganz dicht neben dir auf der Couch sitzen und meinen Arm um dich legen. Ich will alles, das ganze Programm. Wie als ich die paar Tage frei hatte. Nur immer.«

»Oh«, sage ich nur und er schnappt sich die zusammengelegte Wäsche.

»Ja, genau, Oh!«, antwortet er und lässt mich alleine zurück.

Ich lehne mich gegen den Tisch, auf dem wir die Sachen zusammengelegt haben und versuche das, was passiert ist, sacken zu lassen. Und umso länger ich darüber nachdenke, desto übertriebener finde ich es. Wie kommt er denn darauf, dass wir heiraten sollten? Das ist so abwegig. Er sagt mir, noch bevor er mir sagt, dass er mich liebt, dass er heiraten möchte. Das ist doch bescheuert. Wir sind beide immer noch am trauern und ich will ja noch nicht einmal eine Beziehung und er schlägt eine Hochzeit vor? Er, der immer darauf bedacht ist, dass seine Kinder nichts mitbekommen von uns und der sagt, dass es bloß keine neue Frau in seinem und ihrem Leben geben soll? Der Mann will seinen Kindern jetzt eine neue Ehefrau vor die Nase setzen? Das MUSS ein Gehirnfurz von ihm gewesen sein. Wenn das mit dem Heiraten ein Gehirnfurz war, war es das mit dem Lieben sicher auch.

Ich will das jetzt mit ihm klären und suche ihn. Aber er ist nicht da. Ich sehe, dass sein Schlüssel nicht in der Schale auf der Kommode liegt, wo er immer ist, und werfe einen Blick nach draußen: Sein Auto ist weg. Ich schaue in seinen Terminkalender, aber da ist nichts.

Erst Stunden später ist er wieder zurück und ich erwische ihn, wie er sich ins Haus schleichen will, halte ihn aber auf und folge ihm auf sein Zimmer.

»Wo warst du?«

»Weg.«

»Ach nee. Warum willst du mir nicht sagen wo du warst?«

»Weil es unwichtig ist und ich gerade nicht mit dir reden möchte. Ich hätte gerne etwas Zeit für mich. Danke.«

»Dabei hätte ich wirklich gerne gewusst, warum du gleich heiraten willst«, ich halte ihm meinen Ehering unter die Nase und zeige auf seinen, wir tragen sie nämlich beide noch. »Wir sind ja irgendwie noch verheiratet.«

»Ja, die Idee war dumm. Eine Übersprungshandlung, es war nicht einfach für mich das zuzugeben, dass ich dich liebe. Es war schon schwierig genug mir das selbst einzugestehen. Also hacke bitte nicht darauf rum. Wir machen es so: Falls du irgendwann denkst, dass du mich gerne heiraten möchtest, dann sag es einfach und bis dahin erwähnen wir das nie wieder, in Ordnung? Und...«

»Paul?«, frage ich unsicher dazwischen. »Liebst du mich wirklich?«

»Ja.«

»Ich mag dich auch.«

Er schnaubt. »Ich glaube du weißt sehr gut, dass wir über ein *Ich mag dich* längst hinaus sind«, er zeigt mit seinem Finger zwischen uns hin und her. »Das zwischen uns ist mehr. Viel mehr.«

»Ich liebe dich auch.« Ich sage das schneller, als ich denken kann, aber er hat recht. Ein *Ich mag dich* ist viel zu wenig. Zu wenig, um das zu beschreiben. Aber ist ein *Ich liebe dich* vielleicht doch schon zu viel?

»Als was? Als Freund?«

»Ja. Aber alles andere auch. Denke ich. Ich meine: Wie kannst du dir darüber so sicher sein?«

»Süße, ich bin einfach sicher. Aber ein guter Hinweis war, wie furchtbar ich dich vermisst habe, also wir uns nicht sehen konnten. Und zwar nicht nur den sexuellen Teil, falls du mir das unterstellen willst.«

»Ja, du hast recht, ich habe dich auch schlimm vermisst.«

»Und?«

»Es tut mir leid, dass ich deine Worte anzweifle.«

»Und?«

»Ich liebe dich?«

»Das war eine Frage Sara. Wenn du dir sicher bist, lass es mich wissen.«

»Du bist dir sicher?«

»Ja. Sagte ich doch schon«, er pausiert kurz, »Ja, ich gebe zu, dass mit dem Heiraten war übertrieben. Ich wusste nicht, wie ich dir sagen soll, dass ich so empfinde. Es ist schon verdammt lange her, dass ich in einer solchen Situation war. Ich nehme das zurück, ich will auch noch nicht wieder heiraten. Ich wollte dir nur irgendwie klar machen, dass ich es absolut ernst meine. Tut mir leid, wenn das nicht so gut geklappt hat. Ich bin nicht so gut in Gefühlssachen.«

»Ich auch nicht.«

»Habe ich nicht gemerkt«, antwortet er ironisch. »Würde es dir etwas ausmachen, mich jetzt alleine zu lassen?«

»Du sagst mir, dass du mich liebst und dann soll ich gehen?«

»Ja. Sara. Süße. Ich muss meine Gedanken sortieren. Du sicher auch. Geh ins Bett. Wir sehen uns morgen.«

Er hat recht. Als ich die Türklinke schon in der Hand habe, drehe ich mich noch einmal um und sage ihm: »Es tut mir leid, dass ich mich weder angemessen noch erwachsen verhalte. Ich fühle mich ganz verwirrt. Du bist super.«

»Ich glaube in Liebesdingen wird man nie erwachsen, egal ob man Zwanzig, Dreißig oder Siebzig ist. Also mach dir keinen Kopf, ich bin dir nicht böse, falls du das vermutest.«

»Danke. Du bist wirklich ein großartiger Mann Paul. Du hast Kinder und Verantwortung und du stellst dich deinen Gefühlen, ich bewundere dich dafür.«

»Hey, schleimst du dich etwa bei mir ein Süße? Funktioniert.«

Er zwinkert mir zu, ich zwinkere zurück und schließe dann die Tür. Ich mache mich bettfertig und wäre gerne bei ihm. Ich liege in meinem Bett und zum ersten Mal seit langer Zeit kommt es mir wieder zu groß vor. Ich starre an die Decke und denke nach. Ich liebe ihn auch. Ja, das tue ich. Aber ich bin noch nicht bereit Joe ziehen zu lassen in meinen Gedanken. Ich kann keine neue Beziehung anfangen. Bis vor Kurzem dachte ich, dass ich das nie wieder kann und jetzt so schnell? Es kommt mir falsch vor.

Ich will mich vor dieser Entscheidung nicht drücken und schreibe ihm eine Nachricht.

Ich: *Paul, ich liebe dich schon. Ich möchte kein aber schreiben, aber es gibt eins. Ich kann keine neue Beziehung führen. Ich hänge noch an Johannes und auch aus Respekt vor Kerstin. Und was wäre, wenn wir es den Kindern sagen und dann klappt das nicht? Das wäre nicht gut. Es tut mir leid.*

Paul: Du zweifelst. Das ist in Ordnung. Ich bin trotzdem froh, dass ich es dir gesagt habe. Lass uns einfach normal miteinander umgehen, ja? Gute Nacht. Ich liebe dich, auch wenn du das nicht hören willst. Ich werde es aber auf gar keinen Fall zurücknehmen. Schlaf gut.

Ich: *Danke*

Ich versuche zu schlafen. Aber ich bin so voller Sehnsucht und ich weiß noch wonach. Nach früher? Nach Paul?

Paul & Jackpot

Paul

Sara ist mir heute aus dem Weg gegangen. Ich hoffe, ich habe sie nicht zu sehr überfallen. Es war ja kein Plan von mir, ihr zu gestehen, dass ich sie liebe. Sonst hätte ich mich sicher etwas geschickter angestellt. So richtig klar war mir das auch erst, als sie mir sagte, dass meine Kinder nicht an meiner Liebe zweifeln müssten und ich mir dachte, dass sie das auch nicht muss. Und dann war das glasklar.

So verwirrt wie ich selbst davon war, bin ich zu Kerstins Grab gefahren, hatte mich dort hingesetzt und imaginäre Gespräche mit ihr geführt. Sie hatte mir vor ihrem Tod gesagt, dass ich meine Liebe den Kindern geben solle, aber dass eine andere Frau in mein Leben kommen könnte, davon war nie die Rede. Niemand hat mich drauf vorbereitet. Ich habe lange überlegt, ob sie damit einverstanden wäre, bis mir klar wurde, dass das völlig egal ist. Nur noch ich bin da. Sie kann mir nicht mehr helfen bei meinen Entscheidungen, es betrifft sie nicht mehr.

Ich schnappe mir die Autoschlüssel, ich bin mit Ralf verabredet. Ich bin unschlüssig, ob ich ihm von Sara und mir erzählen soll, einerseits ist er sowas wie mein bester Freund, auch wenn wir uns selten sehen und er stand mir bei, als Kerstin krank wurde und auch nach ihrem Tod, andererseits habe ich Angst auf falsches Verständnis zu treffen. Ich werde das spontan entscheiden.

»Du siehst gut aus. Gehst du aus?«, fragt sie mich verwundert. Sie kommt gerade aus dem Bad, sie war bouldern und brauchte eine Dusche.

»Klar, du weißt doch, wie gerne ich mit Kolleginnen ausgehe«, antworte ich spaßig.

»Du gehst mit einer Frau aus?«, fragt sie erstaunt.

»Sieht so aus«, zwinkere ich ihr zu. Sie muss erschöpft sein, wenn sie das nicht gleich richtig verstanden hat.

»Willst du mich eifersüchtig machen?«

»Oh, das wäre schön. Funktioniert es?«

»Du bist ein merkwürdiger Typ.«

»Hmm«, überlege ich laut. »Vielleicht, aber«, ich schaue links und rechts, wir sind allein, also ziehe ich sie an mich und küsse sie, »ein merkwürdiger Typ, der dich liebt. Vergiss das nicht.«

»Und warum sagst du dann nochmal, dass du mit einer anderen ausgehst?«, meckert sie unzufrieden. »Ich dachte du bist nicht auf der Suche?«

Innerlich freue ich mich, dass sie eifersüchtig ist. Ich habe ihr sicher auf die dämlichste und unbeholfenste Art klar gemacht, dass ich sie liebe, und hoffe sehr, dass es jetzt auch bei ihr klick macht und sie ihren Gefühlen nachgibt, statt zu zweifeln. Wenn sie ihren süßen Dickschädel bemüht, würde sie es auch so deutlich sehen wie ich: Wir passen perfekt zueinander. Wir harmonieren auf so vielen Ebenen. Wir führen tolle Gespräche, haben fantastischen Sex, lachen zusammen, verstehen uns blind, sie ist die Person, mit der ich über alles reden kann. Und ich bin das für sie. Außerdem lieben wir beide noch jemand anderen und helfen uns dabei, damit umzugehen.

»Süße, ich suche nicht, ich habe bereits gefunden.«

»Paul, ich fühle mich etwas verwirrt von deinen Aussagen.«

»Das ist okay, ich von deinen manchmal auch«, antworte ich und küsse sie noch einmal. »Vielleicht bis später, Sara.«

Ich warte ihre Antwort nicht ab, sondern verschwinde und hoffe, dass sie bald aufhört zu zweifeln. Um vorbereitet zu sein, überlege ich schon, wie ich es denn Kindern sagen kann. Davor fürchte ich mich ehrlich gesagt am meisten. Ich kann ihre Reaktion einfach schlecht einschätzen. Karla wird sicher ausrasten. Und Philip? Er mag Sara, aber ist es für ihn auch in Ordnung, wenn sie wirklich mit mir zusammen wäre?

Ich komme recht spät nach Hause, Ralf und ich haben uns verquatscht. Ich gehe in mein Schlafzimmer und da liegt Sara auf meinem Bett. Ich muss schmunzeln. Hat sie auf mich gewartet und ist eingeschlafen? Süß. Ich knöpfe mein Hemd auf und überlege: Soll ich sie in ihr Zimmer tragen oder lasse ich sie einfach hier? Eigentlich haben wir diese Nicht-beim-anderen-übernachten-Regel. Ich ziehe mein Schlafshirt über und gehe leise ins Bad, um mir die Zähne zu putzen. Als ich zurückkomme, sitzt sie schlaftrunken am Rand des Bettes.

»Hey Paul. Ich bin wohl eingeschlafen. Sorry.«

»Habe ich bemerkt. Hast du auf mich gewartet?«

»Wie war dein Date?«

»Mein Date? ... Ah so. Ich hatte kein Date. Ich war mit Ralf unterwegs. Denkst du wirklich, ich treffe mich mit anderen Frauen? Ich habe einen Scherz gemacht und dachte, das wäre dir klar. Sorry. Aber dass du das echt glaubst ... Und warum liegst du jetzt auf meinem Bett?«

Sie reibt sich ihre Augen und schaut dann auf ihre Hand. Sie ist noch geschminkt und jetzt hängt die Hälfte auf ihren Händen. Sie schaut auf ihre Hände und flucht: »Scheiße. Egal«, sie blickt mich an und ich muss grinsen, wegen ihren verschmierten Augen. »Ich wollte dich nicht verpassen. Ich hatte das Gefühl unser Gespräch ist noch nicht zu Ende.«

Ich setze mich zu ihr auf mein Bett, ziehe sie zu mir und schlinge ihre Beine um meine Hüfte, damit wir nahe beieinandersitzen.

»Gut, lass uns reden.«

Sie schweigt. Ich lege meinen Kopf schräg und lächle sie an. »Sara? Wolltest du nicht reden?«

»Gerade hatte ich so viele Worte im Kopf Sweetie«, antwortet sie verlegen, »Aber jetzt ist alles weg.«

»Soll ich reden?«

»Ja. Fang du an. Danke.«

»Süße, ich will dich ganz für mich haben. An meiner Seite, nicht heimlich hinter geschlossenen Türen. Ich will jedem sagen, dass wir zusammengehören und es ist mir egal was andere darüber denken. Wenn jemand fragt, wer du bist, will ich sagen: *Das ist meine Sara.* Und nicht: *Sie ist eine Freundin und passt auf meine Kinder auf.* Ich will mir dabei ein glückliches Grinsen nicht verkneifen müssen.«

Sie zupft an ihrem Shirt rum und schaut mich nicht an, sondern fragt leise: »Und Kerstin?«

»Du weißt, dass ich Kerstin weiter lieben werde. Aber ich habe sie verloren und jetzt will ich dich gewinnen. Nicht als Ersatzfrau. Als Jackpot. Wir kennen uns jetzt fast ein Jahr, du bedeutest mir weit mehr als nur eine Mitbewohnerin, Freundin oder Affäre.«

»Und wenn ich mir weiter wünsche, dass Johannes noch leben würde und ihn jederzeit gegen dich eintauschen würde?«

Ich seufze frustriert. »Ja, wenn du so deutlich bist, tut das schon echt weh, aber ich weiß auch, dass dich Schuldgefühle wegen den Umständen seines Todes plagen. Wir sind keine unbeschriebenen Blätter. Da müssen wir durch. Ich komme mit deinem emotionalen Ballast klar und du mit meinem.«

»Also gut«, sagt sie dann entschlossen, immer noch ohne mich anzusehen, »Dann will ich es versuchen.«

Ich hebe vorsichtig ihr Kinn an, damit sie mich ansehen muss, und schüttle meinen Kopf. »Nein, Sara, nicht versuchen, das ist mir zu wenig. Ganz oder gar nicht. Ich will, dass du es willst. Wirklich willst. Nimm dir Zeit, das ist in Ordnung. Ich habe dich damit ziemlich überfallen. Triff eine Entscheidung. Lass uns bis dahin einfach Freunde bleiben. Aber ohne gewisse Vorzüge.«

Sie bekommt große Augen. »Du willst nicht mehr mit mir schlafen?«

»Ja. Ich will das erst wieder tun, wenn wir eine echte Beziehung haben. Sonst nicht mehr. Ich habe doch gesagt, dass mir das jetzt zu wenig ist. Ich will alles.«

»Jetzt fühle ich mich erpresst von dir.«

»Tut mir leid, wenn du das so interpretierst.«

»Dann suche ich mir jemanden anderen, der das übernimmt.«

»Das ist nicht besonders erwachsen Sara.«

»Ja«, erwidert sie spöttisch, »Aber es ist total erwachsen mich mit Sex zu erpressen.«

»Ich will dich doch nicht erpressen!« Ich seufze wieder frustriert. »Ach Süße, ich bin doch genauso überfordert wie du. Ich mache hier den Klassiker: Ich verliebe mich in das Kindermädchen meiner Kids, auch wenn es in diesem Fall eine selbstständige Frau ist. Und natürlich bin ich auf einer Seite auch unsicher. Aber auf der anderen bin ich mir so sicher, dass das gut wird und dass es richtig ist. Vertrau mir und vertrau dir. Es ist nichts Falsches daran.«

»Und du denkst wirklich, das ist richtig und nicht zu schnell? Du bist doch auch eher der rationale Typ. Hast du dir das gut überlegt?«

»Du meinst so gut, wie dass du bei mir einziehst und dass wir Sex haben?«, frag ich mit ironischem Unterton. »Sara, ich glaube jede Entscheidung, die etwas mit dir zu tun hatte, habe ich aus dem Bauch heraus getroffen und wenn ich hinterher darüber nachgedacht habe, war es gut und richtig. Und so ist es auch hier. Und ehrlich gesagt, möchte ich nicht mehr weiter darüber reden. Wir reden das tot. Ich schlage dir etwas vor«, ich überlege kurz, »Nimm dir doch vier Wochen. Höre in dich rein und entscheide dann. Ich werde akzeptieren, was du mir dann sagst. Ich liebe dich. Du liebst mich. Sag mir, was wir damit machen. In Ordnung?«

»Und wenn ich will? Was ist dann?«, verlangt sie zu wissen. »Wir schlafen dann zusammen in einem Bett, oder? In deinem oder meinem Zimmer?«

Ich muss schmunzeln. Erkennt sie echt nicht, dass sie sich eigentlich bereits entschieden hat? Sie fängt ja schon an die praktische Seite anzupacken. Ich streichle ihre Hand und antworte ihr: »Ich schlage meins vor, deins hat kein eigenes Bad.«

»Und ich darf das dann umgestalten? Ich möchte es dann nicht als dein Zimmer sehen oder eures, sondern als unseres.«

»Wenn dir das wichtig ist: Selbstverständlich. Du sollst dich wohl fühlen.«

»Und wir sagen es dann Karla und Philip?«

»Ja.«

»Hast du Angst davor?«

»Sehr«, gestehe ich.

Sie schaut mich auf ihre analysierende Art an, die sie manchmal an den Tag legt, und ich muss mir ein Lächeln verkneifen, damit sie nicht denkt, dass ich mich darüber lustig mache.

»Sara, ich liebe dich. Ich werde das einfach nie wieder zurücknehmen. Ich kann das nicht zurücknehmen. Ich weiß, dass das verrückt ist. Ich habe mir so viele Gedanken darüber gemacht und ich bin mir so unglaublich sicher, dass das richtig ist. Ich will das unbedingt. Überleg doch mal: Was wäre, wenn wir sagen: Dass ist zu früh und zu schnell und zu unüberlegt und was man sonst noch sagen könnte und wir lassen das wegen dieser Zweifel sein. Aber was wäre, wenn wir nie wieder jemanden treffen mit dem wir so eine Verbindung haben, wie wir sie jetzt haben? Was ist dann?«

Sie schweigt. Ich hoffe, weil sie weiß, dass ich recht habe.

Sara & Ka-wumm

Sara

Ich bin in einem Zwiespalt. Ich dachte nicht, dass ich noch einmal jemand finden könnte, mit dem ich mich so verbunden fühle. Und jetzt ist da Paul. Meine größte Sorge ist, dass das nicht echt sein kann, weil es so schnell ging. Als wir nur miteinander geschlafen haben, konnte ich es mir ja schönreden: Sex als rein körperliches Bedürfnis. Aber dieser Schritt zu einer offiziellen Beziehung fühlt sich falsch an, zu schnell, zu unüberlegt.

Ich würde so gerne mit jemandem darüber sprechen. Früher hatte ich Joe, mit ihm konnte ich über fast alles reden. Für den Rest hatte ich Julia und Nadine, aber das hat sich ja verlaufen, nachdem Julia so ein Miststück ist und Nadine ihr näher steht als mir. Meine Mutter kommt nicht in Frage. Die Person, die mir am nächsten steht und mit der ich alles bespreche, ist Paul. Ich hatte sogar überlegt Knut zu fragen, Joes besten Freund, aber wie soll er mir da helfen?

Ich beschließe, bouldern zu gehen. Das macht den Kopf leer und hilft Dinge klarer zu sehen.

In der Halle bin ich schnell frustriert, meine Konzentration ist nicht gut. Ich falle ständig und kann mich nicht entscheiden, wie ich die Routen löse. Ich könnte schreien. Ich stehe wütend vor der Wand und balle meine Fäuste. Das hilft doch nichts.

Ich gehe zu den Anfängerrouten, an die Stelle, an der auch Philip schon rumgeklettert ist. Besser. Hier muss ich nicht viel überlegen, meine Instinkte übernehmen. Dann wechsle ich wieder auf anspruchsvolle Routen und mache weiter bis ich total verschwitzt bin und ich merke, wie die Kräfte mich verlassen. Meine Arme zittern schon. Wenn ich nicht aufpasse, bekomme ich die Hände später nicht mehr hoch zu meinem Kopf, um meine Haare zu waschen. Also gehe ich direkt hier in der Umkleide der Halle duschen und fahre nach Hause.

Ich weiß immer noch nicht, was ich will. Ja, Paul hat gesagt, ich soll mir vier Wochen Zeit nehmen. Aber ich hasse es, nicht zu wissen, was ich möchte. Ich bin es gewohnt mich zu entscheiden und ein Ziel zu verfolgen, nicht rumzueiern.

Ich gehe an meinen Laptop und schaue mir Fotos von Joe und mir an. Von unserer Hochzeit, meine Güte, sahen wir da jung aus. Von unseren Reisen, von seinen Events. Viele Selfies von uns aus den letzten Jahren: Schöne Selfies, lustige Selfies, seltsame Selfies. Ich vermisse ihn immer noch. Geht das jemals weg?

Ich lege meinen Kopf auf die Tischplatte und frage leise: »Joe, was soll ich machen? Darf ich jetzt schon einen anderen Mann lieben?« Aber natürlich bekomme ich keine Antwort mehr von ihm. Ich schaue weiter Fotos an und bleibe an einem hängen. Ein Wohltätigkeitsevent, wir strahlen beide in die Kamera und hinten dran sieht man den Banner des Events auf dem steht: *Zweite Chance.*

Ich erinnere mich. Das war eine Informationsveranstaltung zur Auslandsadoption, mit großer Spendensammlung für nicht staatlich unterstütze Waisenhäuser im Ausland.

Mein Blick bleibt an dem Banner hängen. Zweite Chance. Zweite Chance. Zweite Chance. Ist Paul meine zweite Chance? Sehe ich das möglicherweise völlig falsch? Aus dem falschen Blickwinkel?

Ich dachte ja eigentlich, dass ich nie wieder jemanden finde, der mir etwas bedeuten könnte. Und ich hänge mich am Zeitpunkt auf? Bin ich vielleicht blind? Ist man nicht oft blind, wenn es um einen selbst geht? Ich predige meinen Kunden immer, dass man die Dinge bereuen wird, die man nicht macht. Ja, ich vermisse Joe oft noch. Aber Paul Kerstin auch. Er liebt mich trotzdem. Ich ihn auch. Vielleicht ist das einfach in Ordnung?

Ich stehe auf und klappe den Laptop zu. Es ist entschieden. Ich will das. Ich will Paul. Ich merke, wie meine komplette innere Anspannung von mir abfällt. Es tut so gut sich zu entscheiden, zu wissen, was man will.

Wenn ich das rückblickend betrachtet, ist es klar darauf zugelaufen. Wir lernen uns kennen, wir mögen uns, wir trösten uns, ich ziehe hier ein, wir haben Sex, wir streiten, wir versöhnen uns, wir vereinbaren eine gewissen Monogamie, wir kuscheln ja mittlerweile sogar, wir führen doch eigentlich schon eine heimliche Beziehung. Die Frage ist nur: Haben wir sie vor anderen verheimlicht oder vor uns selbst?

Obwohl ich ihm am liebsten mit großem Ka-wumm meine Entscheidung mitgeteilt hätte, habe ich das erstmal gelassen. Ich habe einen anderen Plan.

Er benimmt sich fast wie immer, aber lässt mich echt auf dem Trockenen sitzen. Kein Sex für mich. Mittlerweile finde ich das ja fast niedlich, fast. Er ist lieb und nett und süß zu mir, er drückt mir sanfte Küsse auf die Lippen, nimmt heimlich meine Hand, strahlt mich an, aber sobald ich Andeutungen mache, sagt oder schreibt er mir einfach: »Ich liebe dich«, und wechselt das Thema.

Heute ist der Tag, über den ich intensiv nachgedacht habe. Ich habe mich entschieden, es den Kindern zu sagen. Alleine. Ich will ihre Unterstützung für meinen Plan. Einerseits komme ich mir gemein vor, weil ich das mit seinen Kindern, ohne sein Wissen oder Beisein besprechen werde, andererseits weiß ich, dass ihm das mehr als schwerfällt und will ihm das abnehmen.

Ich klopfe an Karlas Tür und schimpfe: »Karla, jetzt komm doch bitte, ich habe dir doch gesagt, dass ich was mit euch besprechen muss! Jetzt lass mich doch nicht hängen.«

Genervt kommt die Antwort von der anderen Seite: »Hau ab, es geht nicht schneller, wenn du nervst. Ich bin gleich da.«

Ich stöhne und gehe zurück an den Esstisch, an dem Philip, der wie immer pünktlich war, schon sitzt und wartet. Er drückt auf seinem Smartphone rum und fragt, ohne aufzusehen: »Zickt sie wieder rum?«

Ich drohe ihm: »Wehe du wirst so wie sie! Dann setze ich dich aus.«

Jetzt schaut er zu mir hoch und hebt eine Augenbraue an, bevor er belustigt antwortet: »Du weißt schon, dass ich zurückfinden werde und mich dann dafür räche?«

»Dann bring ich dich halt einfach um.«

»Das musst du nur meinem Vater und der Polizei erklären, das ist dann natürlich eine bessere Lösung. Es ist wirklich toll, dass ich so ein Babysitter wie dich habe. Man fühlt sich so geborgen und verstanden.«

Ich setze mich und trommle mit den Fingern auf den Tisch und Philip stöhnt: »Das nervt. Das Getrommle. Was willst du denn so Wichtiges mit uns besprechen, dass du so nervös bist?«

In diesen Moment erscheint Karla und ich stoße einen erleichterten Seufzer aus, dass sie tatsächlich aufgetaucht ist und nicht einfach zwei Stunden später erklärt hat, dass sie doch keine Lust hatte.

Philip legt sein Smartphone zur Seite und hält fest: »Jetzt bin ich aber wirklich neugierig.«

Ich warte, bis Karla sitzt und mir ihre Aufmerksamkeit schenkt, auch wenn es mit genervtem Blick ist, dann fehle mir die Worte und ich stottere: »Ähhmmm. Also ich ..., euer Vater, ... wir, ähhhm«

Karla schaut mich an, als wäre ich schwachsinnig und fragt: »Und deswegen sollte ich herkommen? Damit du mich vollstotterst?«

Ich reiße mich zusammen und spucke es aus: »Euer Vater und ich wären gerne zusammen. Als Paar. Wir sind verliebt.«

Ich schlucke schwer. Jetzt ist es raus. Kein Zurück mehr.

»Ach du scheiße«, sagt Karla böse, »Und deswegen musste ich mich hier an den Tisch setzen? Wurde auch mal Zeit, dass ihr das endlich zugebt, dass da was läuft.«

Ich schaue sie an und hake verblüfft nach: »Du weißt es?« Ich wende mich Philip zu und frage ihn ebenfalls: »Philip, du auch?«

Philip zuckt mit den Schultern. »Seit ich euch auf der Couch gesehen habe, war mir das schon irgendwie klar, dass da was im Busch ist.«

Und Karla sagt höhnisch: »Denkt ihr echt, es bekommt keiner mit, wenn ihr zu zweit in ein Zimmer verschwindet? Ich kann mir schon denken, was ihr da treibt. Ihr seid echt peinliche Gestalten. Und dann ständig diese Blickfickerrei.« Sie rollt mit den Augen und ich ermahne sie, mit einem Seitenblick auf Philip: »Karla!«

Er winkt ab. »Schon gut Sara, ich weiß was Sex ist.«

Ich werde rot. Sie haben es bemerkt. Sie wussten es. Ach du meine Güte. Wie peinlich. Wir waren so felsenfest davon überzeugt, dass wir uns unauffällig verhalten hätten.

»Und, und was sagt ihr dazu? Könnt ihr euch das vorstellen, dass wir ein Paar sind?«, will ich immer noch perplex wissen und fahre schnell fort, mit dem was ich mir ausgedacht hatte: »Bevor ihr euch negativ äußert, will ich euch sagen, dass es ein großer Wunsch von mir ist, dass ihr keine Szene macht, vor allem nicht eurem Vater und dafür bin ich bereit euch auch einen großen Wunsch zu erfüllen.«

»Du willst uns bestechen?«, fragt Karla spitzzüngig zurück, »Wir sind doch nicht bestechlich.«

Ich erkläre ihr frech: »Bei Philip glaube ich das, aber du bist sechzehn und natürlich bist du da bestechlich. Was hältst du beispielsweise von dem sündhaft teuren Tanzkurs, den du dir so wehmütig angeschaut hast? Ich bezahle ihn und überrede deinen Vater, dass du hindarfst. Und du Philip«, wende ich mich ihm zu, »hast du einen unerfüllten Wunsch? Sonst kann ich dir anbieten, den Gegenwert des Kurses auf dein Konto zu packen für später.«

Philip gesteht schüchtern: »Da gibt es tatsächlich etwas. Da gibt es diese eine tolle Geige...«

»Gekauft«, bestätige ich.

Karla schaut mich abschätzend an und fordert: »Leg noch was drauf.«

Jetzt kann ich mir ein Grinsen nicht verkneifen, damit habe ich gerechnet. »Ich bezahle euch beiden den Führerschein. Ich packe das Geld auf eure Sparbücher, so dass ihr es, wenn es soweit ist, verfügbar habt.«

»Ich will noch tausend Euro in bar«, verlangt Karla.

Ich lache auf. »Nein. Das reicht.«

»Gut«, erklärt sie mir und verschränkt ihre Arme vor der Brust, »Dann bin ich nicht einverstanden und werde meinem Vater sowas von eine Szene machen mit Heulen und allem.«

Ich lehne mich etwas über den Tisch in ihre Richtung und teile ihr freundlich mit: »Karla, es geht nicht um dein Einverständnis. Wir werden so oder so eine Beziehung haben, egal ob du dafür oder dagegen bist. Egal ob ich hier wohnen bleibe oder ausziehe. Ich biete euch das an, um es euch etwas zu versüßen und damit ihr mir behilflich seid, es eurem Vater einfach zu machen. Er liebt euch über alles und würde sehr darunter leiden, wenn ihr es ihm übel nehmt. Und ich will, dass er sich gut fühlt, dass er glücklich ist.«

»Ach, eigentlich ist es mir völlig egal, wen mein Paps vögelt«, sagt Karla trocken und fragt dann nach: »Weiß mein Vater, dass du mit uns sprichst oder ist das eine Masche von dir, ihn irgendwie zu einer Beziehung zu überreden, indem du seine Kinder auf deine Seite ziehst?«

Jetzt mischt sich Philip ein: »Nein, ich glaube nicht. Ich habe erst vor ein paar Tagen auf ihrem Smartphone eine eingehende Nachricht von Paps gesehen. Er hat ihr geschrieben: »Ich liebe dich Sara«, also scheint das nicht einseitig zu sein. Und wenn ich ehrlich bin, fand ich das nicht gut. Ich war sogar ziemlich böse und wollte ihn zur Rede stellen, dass er so schnell Ersatz für Mama sucht. Aber als ich darüber nachgedacht habe, dachte ich mir, dass es besser Sara ist, als irgendeine Unbekannte.«

Mir wird heiß-kalt. Ich muss das umstellen, dass Nachrichten nicht mehr aufpoppen auf dem Bildschirm. Wenn er statt dieser Nachricht eine der ordinären gesehen hätte, die wir uns gerne mal geschickt haben. Gruselige Vorstellung.

Ich lächle ihn verlegen an. »Danke Phil.«

Ich kann es gar nicht fassen. Der sonst so sensible Philip, für den scheint es wirklich in Ordnung zu sein, denn er antwortet in gespielt ernsten Tonfall: »Muss ich dich dann Mama nennen?«

Ich würde gerne vor Freude tanzen, weil er es so locker aufnimmt, ja sogar Witze macht, und erwidere lustig: »Natürlich nicht. Du musst mich Mutter nennen, für Mama stehen wir uns nicht nahe genug.« Ich grinse ihn an und werde dann wieder ernst: »Phil, ich möchte, dass du mich als Freundin und nicht als billigen Mutterersatz siehst. Außer ich will, dass du etwas bestimmtes tust, dann sieh dich selbst als meinen Sklaven.«

Er lächelt amüsiert. »Klar Sara, sowieso.«

Karla macht Kotzgeräusche und verlangt: »Wehe, du sagst jetzt noch, dass wir Freundinnen werden können.«

Ich schaue belustig zu ihr und verspreche ihr: »Niemals. Noch nicht einmal vielleicht. Maximal Mitbewohner.«

Ich fühle mich so unglaublich gut und bin so zufrieden. Damit habe ich nicht gerechnet, keiner heult, keiner schreit, keiner ist beleidigt. Ich kann es gar nicht glauben, am liebsten würde ich vor Erleichterung losheulen, die beiden in den Arm nehmen und ein Tänzchen gleichzeitig machen. Über die Geschenke habe ich lange nachgedacht. So, wie es gelaufen ist, hätte ich sie gar nicht benötigt, aber ich hatte da mit mehr Problemen gerechnet. Und ja, es sieht aus, als wollte ich die Kinder kaufen, aber ich würde lieber noch viel mehr Geld ausgeben, als das Paul traurig sein muss, weil seine Kinder ihm das krummnehmen. Ich würde für jeden Tag, an dem er lachen statt weinen kann, ein Jahr später in Rente gehen.

Ich atme tief ein, lege meine Hände auf den Tisch und sage bestimmt: »Dann erkläre ich euch jetzt meinen Plan!«

Ich dachte, es den Kindern zu sagen, wird am schwersten, aber jetzt, wenn ich hier bei seinen Schwiegereltern am Tisch sitze, erkenne ich, dass ich falsch lag.

Seine Schwiegermutter, die sonst so mütterliche Frau, spuckt mich fast an vor Wut und beschimpft mich, was ich doch für ein Flittchen wäre, mich an einen trauernden Mann ranzumachen. Dass ich ihn ausnutzen würde, dass ich einen schlechten Einfluss hätte, dass ich ihn manipulieren würde, dass ich seine Gutmütigkeit missbrauche, dass ich es auf sein Geld abgesehen hätte.

Ich versuche zu erklären, dass wir das beide nicht mit Absicht gemacht haben, dass das einfach so passiert ist, dass wir uns gegenseitig guttun. Ich bin sogar versucht ihr meine Kontoauszüge zu zeigen, damit sie mir glaubt, dass ich kein finanzielles Interesse habe.

Aber sie verstummt erst, als Pauls Schwiegervater liebevoll seine Hand auf ihre Schulter legt und ihr sanft erklärt: »Sie nimmt unserer Kerstin doch nichts weg. Unser Paul bekommt wieder jemand und die Kinder auch. Gönn es ihnen doch. Keiner wird deswegen Kerstin vergessen. Oder?«, wendet er sich dann mir zu, »Kerstin wird nicht irgendwie gedanklich in den Keller gesteckt und wir dürfen die Kinder noch weiter sehen? Wir sind dann nicht außen vor? Ich glaube, dass ist ihre Hauptangst, dass wir dann ausgegrenzt werden. Wir vermissen Kerstin so schrecklich und wenn wir dann ausgeschlossen werden, das wäre sehr schlimm für uns. Paul und die Kinder sind uns sehr wichtig.«

Ich glaube, so viele Worte hat Pauls Schwiegervater noch nie mit mir am Stück geredet und ich muss heftig blinzeln, dass ich nicht weinen muss, vor Dankbarkeit, dass er Partei für mich ergreift.

Ich hebe meine Hände und versichere mit belegter Stimme: »Auf gar keinen Fall. Ihr seid ein Teil von Pauls Leben und von dem der Kinder, ich will doch niemanden was wegnehmen. Paul hat Kerstin auch nicht vergessen, er erzählt mir oft von ihr und ich ihm von meinem Johannes.

Beide sind noch in unserem Leben, aber es ist einfacher und schöner, wenn man nicht alleine damit dasteht«, dann zwinkere ich ihnen zu, »Und wir freuen uns auch, wenn ihr die Kinder mal über das Wochenende zu euch nehmt«, füge aber auch noch schnell hinzu: »Und natürlich kommt ihr auch weiter zu Paul und den Kindern nach Hause, wie ihr es gewohnt seid. Ich will Kerstin wirklich nicht ersetzen, ich will einfach nur Paul lieben dürfen. Bitte.«

»Siehst du«, sagt er in zufriedenem Tonfall zu seiner Frau, »Alles ist gut. Für uns ändert sich nichts. Es wird besser statt schlechter, da bin ich mir sicher. Und wenn die Kinder mit der Sara klarkommen, dann wir doch auch.«

Ich wische mir verstohlen über meine Augen und schaue auf die Uhr, ich muss bald wieder zurück. Karla hat einen Auftrag von mir bekommen, da ich ganz schön viel zu tun habe, in den zwei Tagen bis Paul zurückkommt. Im Gegenzug für ihre Hilfe habe ich Karla versprochen, dass ich ihr für diesen Gefallen eine Runde Shopping ausgeben werde und bin mir sicher, dass das ziemlich teuer für mich werden wird, weil sie mit hoher Wahrscheinlichkeit unverschämt sein wird. Aber das ist in Ordnung, ich bin so froh, dass sie mich überhaupt unterstützt und vielleicht können wir uns bei einer gemeinsamen Runde Einkaufen etwas näher kommen, zwei Fliegen mit einer Klappe quasi.

Ich bin ganz ehrlich zu Pauls Schwiegereltern und erzähle sogar ein wenig von unserem Gefühlschaos und den Unsicherheiten, die Paul und ich deswegen haben und erkläre ihnen meinen Plan. Seine Schwiegermutter wirkt immer noch nicht ganz begeistert. Aber sie macht vermutlich mit, weil sie Angst hat, dass ich Paul gegen sie aufbringe und ich bin sicher, wenn sie sich an den Gedanken gewöhnt hat, dann taut sie auch wieder auf.

Endlich im Auto bin ich dann doch zufrieden. Ich musste mich zwar beschimpfen lassen, aber jetzt habe ich beide doch irgendwie auf meiner Seite. Als Abschluss noch einen Abstecher zu meinen Eltern und dann zurück. Meine Eltern werden kein Problem sein. Sie denken ja sowieso schon, dass wir ein Paar wären. Ich werde ihnen erklären, dass wir es jetzt vor den Kindern und Schwiegereltern offiziell machen möchten, easy.

Paul & Sonnenschein

Paul

Ich bin froh, dass ich endlich wieder zuhause bin. Grundsätzlich mag ich die Abwechslung durch Geschäftsreisen, aber daheim ist es dann doch am schönsten. Ich freue mich auf eine Dusche und auf die Kinder und natürlich auf Sara.

Während der zwei Tage, die ich weg war, haben wir weniger geschrieben, als sonst und ich beginne mich zu sorgen, dass sie sich doch gegen mich entscheiden könnte, einfach nur weil sie stur ist, und mache mir Gedanken, ob das mit dem Ultimatum vielleicht doch keine so gute Idee war.

Ich schaue, bevor ich aus dem Auto steige, auf die letzte Nachricht von ihr: »Ich liebe dich auch und ich freue mich, dich später zu sehen. Auch wenn du mich nicht ranlässt. ;)«

Eigentlich hört sich das nicht so an, also wollte sie mich abservieren. Ich schnappe mir meinen Koffer aus dem Kofferraum und gehe ins Haus. Als ich die Tür hinter mir schließe höre ich Saras Stimme rufen: »Er ist da!«, und dann fliegt sie mir entgegen und küsst mich. Ich fange sie instinktiv auf und drücke sie an mich um sie zurückzuküssen, bevor ich sie sanft von mir wegdrücke und flüstere: »Schön dich zu sehen Süße. Seit wann werde ich so begrüßt, ist denn keiner da?«

»Doch«, flüstert sie verschwörerisch zurück, »Komm mit ins Wohnzimmer, du wirst erwartet.«

»Ich sage den Kindern kurz Hallo und dann brauche ich eine Dusche und bequeme Kleidung«, sage ich ihr und zeige an mir runter. Ich habe immer noch meinen Anzug an, auch wenn ich die Krawatte schon ausgezogen habe, sonst zieht sich mich daran wieder durch die Gegend, wie sie es immer tut und dabei so lacht, dass ich ihr das noch nicht mal übelnehmen kann.

Sie zieht mich an meiner Hand hinter sich her ins Wohnzimmer und dort stehen die Kinder, deren Großeltern und Saras Eltern und rufen: »Überraschung!«

Ich schaue mich irritiert um. »Was für eine Überraschung? Ich habe doch gar nicht Geburtstag oder so etwas?«

Sara zieht mich weiter zum Esstisch und dort befindet sich ein großer Kuchen, auf dem steht:

Paul & Sara

Du & Ich

Wir

Ich schaue sie verwirrt an. »Du hast es allen gesagt? Ohne mich?« Ich bin fassungslos und blicke in die Gesichter von allen. Ihre Eltern, meine Schwiegereltern, meine Kinder. Sie hat es meinen Kindern gesagt, ohne mich zu fragen! Mein Hals wird eng. Ich finde das nicht gut.

Ich drehe mich auf dem Absatz um und flüchte in mein Schlafzimmer. Verblüfft bleibe ich an der Tür stehen, gehe wieder raus und noch einmal rein. Richtige Tür. Aber das ist nicht mein Schlafzimmer. Oder halt, doch ist es, aber was hat sie gemacht? Das Zimmer ist renoviert. Alle Möbel sind ersetzt. Ich gehe an einen Schrank. Alle meine Sachen sind ordentlich verstaut. Ich gehe ins anliegende Bad, auch da ist vieles ausgetauscht.

Ich gehe zurück in mein Zimmer und nehme eins der Bilder, die auf der Kommode stehen, in die Hand und betrachte die anderen. Alle Familienbilder sind noch da und auch die von Kerstin und mir. Aber es stehen jetzt auch neue Bilder da, Bilder von ihr und Johannes, aber auch eins von uns. Ich stelle das Bild wieder hin und setze mich auf das Bett. Meine Schlafshorts und das Shirt liegen fein säuberlich auf dem Kopfkissen. Ich versenke mein Gesicht in den Händen, als ich Saras Stimme höre: »Paul? Was ist los? Ich dachte, du freust dich? Ist es nicht das was du willst? Ich dachte, ich dachte, du, ich, wir...«

Ich stehe auf und bin wütend. »Nein, Sara, du hattest kein Recht dazu. Kein Recht es meinen Kindern zu sagen ohne mich! Du kannst mir nicht erst sagen, dass du nicht weißt was du willst und dann einfach entscheiden alles alleine durchzuziehen.«

Sie sagt nichts dazu, aber ich sehe, wie sie blass wird, und ich habe recht. Sie ist zu weit gegangen.

Karla betritt das Zimmer durch die offenstehende Tür und sagt: »Es ist gut Paps, hör auf rumzustänkern, sie hat sich echt Mühe gegeben.«

»DU verteidigst sie?«, bohre ich fassungslos nach.

»Ja, Paps«, mischt sich jetzt auch Philip ein, »Sie wollte, dass du es einfach hast. Sei nicht beleidigt.«

»Du auch Philip? Für euch ist das in Ordnung? Ich habe mir so viele Gedanken gemacht, wie das bei euch ankommt und jetzt ist es einfach gut?«

»Du kannst ja nicht für immer alleine bleiben, oder? Wir wollen auch irgendwann mal ausziehen. Außerdem hat sie uns gut bestochen«, erklärt mir Karla. Ich glaube, mein Mund steht offen, weil ich mich so überfahren fühle.

Philip kommt zu mir her, klopft mir auf die Schulter und ermuntert mich: »Auf jetzt, lass uns von diesem Kuchen essen. Die anderen warten.«

»Ja, klar«, erwidere ich nachdenklich, »Gebt mir einen Moment mit Sara, ja? Schneidet den Kuchen schon mal an und nehmt euch davon.«

Als die Kinder das Zimmer verlassen haben und die Tür hinter ihnen ins Schloss gefallen ist, wende ich mich, der immer noch blassen Sara zu.

»Sara, ich weiß nicht, was ich sagen soll.«

»Dann sag ich was«, erwidert sie und räuspert sich kurz, »Ich liebe dich und du hattest recht und es tut mir leid. Es tut mir leid, dass ich dich so überfallen habe und das hinter deinem Rücken organisiert. Du hattest recht damit, dass wir dazu stehen sollen, ich will auch alles, alles von dir. Ich will die Regentage, den Wind, den Sonnenschein. Ich liebe dich. Ich habe eine Sache jetzt erst verstanden: Für den richtigen Menschen gibt es keinen falschen Zeitpunkt.«

Ich schweige. Ich verstehe, was sie sagt, aber ich muss das erst einmal sacken lassen.

»Paul, wenn du jetzt beleidigt bist, weiß ich auch nicht. Ich kann dir nicht versprechen, dass wir nie wieder streiten, aber hier gibt es doch gar keinen Grund. Wäre unsere Geschichte ein Liebesroman, beginnend von unserem Kennenlernen, wäre jetzt doch der ideale Zeitpunkt für das Happy End, oder meinst du nicht? Der spannende Teil ist rum, wir können doch einfach ein wenig glücklich sein miteinander.«

Sie streckt mir ihre Hand entgegen und sieht mich an. Ich will die aufkommenden Wolken in ihren Augen nicht sehen, ich überwinde die Distanz zwischen uns und küsse sie. Ich küsse sie erst kurz, schaue ihr in die Augen, dann küsse ich sie wieder, lang und intensiv.

Purer Sonnenschein.

Happy End

Nachwort

So ein Nachwort zu schreiben ist wirklich schwer. Was will ich den Lesern sagen, die es bis hierher geschafft haben?
Erst habe ich Sara und Paul auf ihrem Weg begleitet und jetzt du.
Vielen Dank.

Hast du mir etwas zu sagen?
Schreib mir doch deine Meinung und Gedanken an:
daphne@daphneteubner.de
Es interessiert mich was du zu sagen hast.

Wenn dir die Geschichte gefallen hat, freue ich mich, wenn du dir die Mühe gibst, eine Rezension für dieses Buch zu schreiben.
Eine bessere Unterstützung gibt es für einen Autor nicht.

Zu guter Letzt:
Es ist mir eine Ehre, wenn die Buchstaben, die ich zu Wörtern zusammengefügt habe, dich unterhalten konnten. Vielen Dank.

Herzliche Grüße
Daphne

Danke

Mein Dank gilt allen Beteiligten, ihr wisst schon, dass ich euch meine. ;)

Außerdem gilt mein Dank jedem Einzelnen, der mich in irgendeiner Form unterstützt, auch ohne direkt an der Entstehung beteiligt zu sein.
Jedem, der dieses Buch geladen/gekauft/gelesen hat.
Jedem, der sich die Mühe macht mir in irgendeiner Form seine Meinung mitzuteilen.
Denn nur dadurch wird es möglich, dass ich die weiteren Geschichten, die bis jetzt nur in meinem Kopf wohnen, lesbar für andere zu machen.

Und ich danke mir selbst, weil ich es getan habe.
Denn es macht echt Spaß!

Impressum

© 2019

1. Auflage

Autor: Daphne Teubner
Korrektorat: Maja Matka
Covergestaltung: Susanne Tessmer
Coverbild: depositphotos/watman

Als Verleger:
Susanne Tessmer
Malscher Straße 11/1
76448 Durmersheim

Printed in Poland
by Amazon Fulfillment
Poland Sp. z o.o., Wrocław

58063470R00204